U0353068

孩子读得懂的
山海经 ②
仙山

杨士兰 蒋文芹 - 著　　王庆松 - 绘

北京理工大学出版社
BEIJING INSTITUTE OF TECHNOLOGY PRESS

版权专有　侵权必究

图书在版编目（CIP）数据

孩子读得懂的山海经 . 2. 仙山 / 杨士兰 , 蒋文芹著 ；
王庆松绘 . -- 北京 : 北京理工大学出版社 , 2023.4（2024.7 重印）
ISBN 978-7-5763-2202-6

Ⅰ . ①孩… Ⅱ . ①杨… ②蒋… ③王… Ⅲ . ①儿童故
事—作品集—中国—当代 Ⅳ . ① I287.5

中国国家版本馆 CIP 数据核字（2023）第 048663 号

责任编辑：李慧智　　文案编辑：李慧智
责任校对：王雅静　　责任印制：施胜娟

出版发行 / 北京理工大学出版社有限责任公司

社　　址 / 北京市丰台区四合庄路 6 号

邮　　编 / 100070

电　　话 /（010）68944451（大众售后服务热线）
　　　　　　（010）68912824（大众售后服务热线）

网　　址 / http://www.bitpress.com.cn

版印次 / 2024 年 7 月第 1 版第 9 次印刷

印　　刷 / 三河市金元印装有限公司

开　　本 / 880 mm × 1230 mm　1/16

印　　张 / 13

字　　数 / 100 千字

定　　价 / 219.00 元（全 3 册）

图书出现印装质量问题，请拨打售后服务热线，负责调换

　　我最初知道《山海经》这本书，是通过鲁迅先生写的《阿长与〈山海经〉》。当时年龄小，对于"人面的兽，九头的蛇，三脚的鸟，生着翅膀的人，没有头而以两乳当作眼睛的怪物"感到害怕，但好奇心又无限地膨胀起来，很想知道《山海经》中到底还有哪些神秘又奇特的故事。不过之后一直都没有接触到《山海经》，中国神话故事倒是看了很多——一直以为神话故事和《山海经》是两码事。

　　事实上，像夸父逐日、羿射九日、精卫填海等故事都来自这本奇特的书。

　　而捧起《山海经》来读，却又如置身于幻境中，那些半人半神半兽的古怪形象、奇特瑰丽的玉石矿物、罕见神奇的参天大树、珍稀而又绚烂的神鸟、延绵神秘的高山、灵动魅惑的碧水……无不把你带入仙境或者幽冥之地，令人惊叹不已。

　　《异兽》卷里的动物不但长相奇特，而且大多有着神奇的"特异功能"：样子像鸡，长着三个脑袋、六只眼睛、六只脚、三只翅膀的鹒鸺，能使人睡不着；样子像羊，没有嘴巴的獓，却饿不死；样子像猫头鹰，长着人脸，只有一只脚的橐𦚐，把它的羽毛插在身上就不怕打雷。此外，还有形状像喜鹊，却有两个脑袋、四只脚的鶹；样子像蛇，却长有四只脚的鲭鱼；身体像狗，长着豹纹和牛角的狡……这些稀奇古怪的动物，一个个都像是外星球的生物，充满了奇幻神秘的色彩。

1

　　《神木》卷就是根据《山海经》中所描述的草木来展开的故事。能治愈心痛病的菜荔、能解百毒的焉酸、使人不迷路的迷穀、忘忧树白蓉、让马日行千里的杜衡……也都——在故事中变得立体、形象。它们寄托着古人美好的愿望，令人神往……

　　《仙山》卷里藏着一个个动人的神话传说，它们是我们中华民族宝贵的精神财富。万山之祖昆仑山、日月的寝宫日月山、凤凰的栖息地南禺山、巨灵神劈成的太华山、河姆渡文明的诞生地句余山……这些瑰丽的上古神话，宛如璀璨夺目的星辰，闪耀在幻想王国的星空里，开启了一代又一代孩童的智慧，照耀了一代又一代孩童的心灵，激发了一代又一代孩童的想象。孩子们通过阅读《仙山》卷里的这些故事，不但能了解我国源远流长的历史，还能增长知识见闻，丰富内心体验，获得趣味和愉悦。

　　是不是有点迫不及待地想要去了解这些奇特而又神秘的异兽、神木和仙山了呢？请你缓缓地打开书本，尽情享受这场穿越之旅吧。

目录
CONTENTS

目录
CONTENTS

目录
CONTENTS

目录
CONTENTS

南山经

西山经

东山经

北山经

中山经

海外西经

海内南经

海内西经

大荒东经

海内北经

大荒南经

大荒西经

大荒北经

海内经

zhāo yáo shān
招摇山
——上古理想国

祝余 草	桂 木 迷榖	狌狌 兽	金 矿 玉

南山的第一座山系叫鹊山，鹊山山系的第一座山叫招摇山。它东临西海，丽麂（jǐ）水从山中流出来，流入西海。山坡上长了好多桂树，山中蕴藏着丰富的金矿和玉石矿。

上古大巫师巫彭，云游四海、采集草药，来到招摇山，闻到桂花飘香，不觉心旷神怡。他在草地上坐了下来，陶醉于清风和花香中。忽然，他肚子"咕咕"叫起来。他低头看到一丛韭菜，不对，这丛"韭菜"开着青色的花朵，不是韭菜，是祝余。巫彭笑了，拔起一棵放到嘴里，嚼嚼咽下去，饥饿感很快消失了，浑身充满了力气。他站起来，继续向森林深处走去。走着走着，竟然迷失了方向，怎么也走不出森林了。

巫彭站在那里，闭目祷告，请求神灵指引。过了一会儿，他睁开眼睛，看到一棵大树，开满绚烂的花朵。哎呀！这不是迷榖吗？刚才怎么没有看到？他摘了一朵花戴在衣襟上，随即就找到了下山的路。

他下了山，在水边搭了个小茅屋，住下来。他发现招摇山真是一个理想国：这里不仅有可以充饥的祝余，可以指引方向的迷榖，还有野兽狌狌，吃了它们的肉就能变成飞毛腿；水中还生长着很多育沛，把它们戴在身上就不会得寄生虫病……

巫彭在这里住了两年，收集了很多祝余和迷榖的种子，撒满了招摇山。然后他带了一些种子下山，要去播种到更多的地方：让更多的人能吃到祝余，不再受饥饿之苦；让更多的人能佩戴上迷榖花，不至于迷失方向。

【南山经·南山一经】

　　南山经之首，曰鹊山①。其首曰招摇之山②，临于西海③之上，多桂④，多金、玉。

【注释】

① 鹊山：一说即南岭山脉；一说可能是今广西漓江上游的猫儿山。
② 招摇之山：一说即今广东连县北湘粤界上的方山；一说可能是今广西的十万大山。
③ 西海：一说指今广西桂林附近古时的水泽；一说指北部湾。
④ 桂：桂花树，又叫木樨，花有特殊香气。

3

杻阳山
niǔ yáng shān

——福禄寿俱全的宝山

鹿蜀 兽 赤金 矿
白金

　　大禹治水时，玄龟帮助他投放息壤，立了大功。治水成功之后，玄龟就自由了。大禹知道玄龟长寿并且通神，就让妻子和儿子启尾随着它，看它去哪里。

　　玄龟溜溜达达来到杻阳山，山下有一条怪水，清澈见底。它刚走到怪水旁，就听到了一阵歌声。歌声时而高亢，时而低沉，时而婉转……玄龟听得出了神，不知不觉地迈进河水中，躺在水中一块石头上，露出肚皮晒起了太阳。有这么美的歌声相伴，它舍不得走了。

　　唱歌的是一种叫作鹿蜀的神兽，长得像马，头是白色的，身上的花纹像老虎，却长了一条红色的尾巴。

4

启和母亲也留了下来。启到山林中
打猎，走遍了枙阳山，发现南坡有赤金
矿，北坡有一座白金矿。不久，启娶了
妻子。成亲的那天，玄龟和鹿蜀都来道
贺：玄龟送给启一小块龟甲，让他随身
携带，能够耳聪目明，长命百岁；鹿蜀
也带了礼物，它送给启九根毛发。鹿蜀
的毛发很神奇，在身上佩戴一根，就能
多子多孙。这时候，启才知道，鹿蜀是
世间少见的吉祥瑞兽，而枙阳山则是一
座福禄寿俱全的宝山。

后来，启出山帮助父亲禹治理天
下。等到禹年老的时候，按照惯例，把
首领之位禅让给了伯益，可是，大臣们
却更加信任启，于是拥立他做了首领。

【南山经·南山一经】

又东三百七十里，曰
枙阳之山①，其阳多赤金，
其阴多白金。

【注释】

① 枙阳之山：一说指今广东连
县北的方山；一说可能是今
广东的鼎湖山。

青丘山
qīng qiū shān

——狐族圣地

鸟 灌灌

兽 九尾狐 赤鱬

矿 玉 青䰄

青丘山是一座神秘而美丽的山。这座山上到处仙木林立，山的南面有很多美丽的玉石，山的北面有许多青䰄矿，走在山中，让人如临仙境。不过，要是有时在这里听到像是有人在大声叱骂，倒也不用惊讶，因为那只是一种名叫灌灌的鸟发出的声音。

青丘山上生活着许多狐狸，其中最特别的是一只有着九条尾巴的九尾狐。九尾狐一直生活在这里，视青丘山为自己的领地和家园，因此，每当它看到有人上山来采玉和青䰄矿，就感到无比愤恨。它想：照这样下去，青丘山早晚有一天会被那些人破坏掉的。所以，它决心要找机会惩治一下这些贪婪的人类。

有一天，又有几个人到青丘山采青䰄矿了。他们走到一片山林，忽然听到林子里传来一阵婴儿的哭声，心想：怎么会有人把婴儿丢在这青丘山

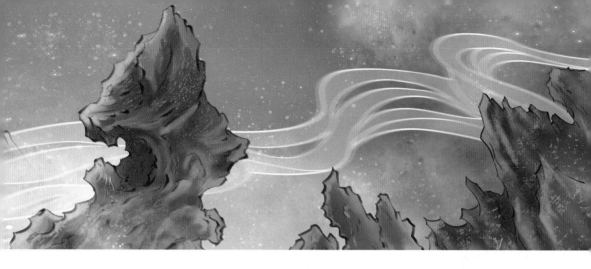

上呢？真是太奇怪了！于是，他们向婴儿哭声传来的方向找去。

等那几个人走进林子里，婴儿的哭声突然停止了，他们四处张望，可是哪里有什么婴儿的身影呢？这时，从一棵大树上突然跳下一个白色的身影，大家一看，原来是一只九尾狐！只见九尾狐怒目圆睁，九条尾巴全都竖了起来，用力地挥向那几个目瞪口呆的人。那几个采矿人还没反应过来，有的就被九尾狐的尾巴重重地拍倒在地，有的被卷起来，高高地抛到树上，又重重地摔下来……

最后，这几个到青丘山采矿的人，只有一个人活了下来。此后，只要一有人提起青丘山，他就流露出恐惧的眼神，告诉大家说："你们千万别去青丘山了，那山上有只九尾狐，它可是会要人命的……"

在九尾狐的威名之下，没有人敢再上山开采，青丘山也变得越来越神秘而美丽了。

【南山经·南山一经】

又东三百里，曰青丘之山①，其阳多玉，其阴多青䨣②。

【注释】

① 青丘之山：具体所指待考。

② 青䨣（huò）：青色的可做颜料的矿物。

yáo guāng shān
尧光山

——尧帝点火之山

猾 怀 **兽**　玉 金 **矿**

　　每年春耕时节，尧帝都会出巡，看到百姓们有困难，就及时帮他们解决。

　　一天，他遇到从承山逃出来的难民，询问之后得知：去年一冬天没有下雪，山里的承湖水位下降了。这承湖是承山的生命之源，农民们要用湖

水浇灌土地，山里的野兽也要喝这湖水，水位下降之后，大家都着急。

承山里有一种野兽叫猾怀，凶猛高大，像人一样直立行走，长着像野猪一样硬硬的鬃毛。它们一着急，抢先切断了水源，把湖水据为己有。没水就不能播种，百姓们没有了活路，又不敢去跟猛兽争斗，只好拖儿带女，背井离乡。

一个叫舜的年轻人走出来说："承山山谷土壤肥沃，这么一走了之，实在太可惜了！我不想走，可是，又拦不住大家——"

"没有水，这就是一座荒山，留下来就是等死呀！"一位老人说。

尧帝拍拍老人的肩，眼睛却看向舜，问道："你有什么办法？"

舜说："离承山一百多里有一座大雪山，有一条白河从那里发源，流入大海，如果能开挖沟渠，把河水引到这里来——"

好主意！尧帝和舜马上带人赶往大雪山。农时不等人，耽误了播种，一年的收成就没了。

赶到雪山，天已经黑了，尧帝下令点起火把，连夜开工。他自己也挽起裤管，干了起来。

附近的农民看到火光，听到了这个消息，纷纷拿着工具赶来，加入了挖渠的队伍。随着沟渠的开挖，一条火龙慢慢向前延伸——

沟渠很快就挖好了，白河水流过来的时候，正是半夜。火把照亮了整座山，人们聚拢来，看着河水闪着金色的光芒流入承湖……大家欢呼着，跳起了舞蹈，歌颂尧帝的功德。

从此以后，这座山改叫尧光山。百姓们都说，是尧帝的仁德点亮了这座荒山，把这里变成了粮仓，成为苍茫大地上一颗璀璨的明珠。

【南山经·南次二经】

又东三百四十里，曰尧光之山^①，其阳多玉，其阴多金。

【注释】

① 尧光之山：一说可能指湘赣边界的景阳山；一说可能指湘鄂边界的武功山。

羽山

yǔ shān

——禹的诞生地

从尧光山往东三百五十里，有一座羽山，山上常常下雨，山下流水潺潺，却不长草木，渺无人烟，只有很多蝮虫爬来爬去。

这一天，山脚下来了两个人。穿红色长袍的是火神祝融，他冷冷地看着对面的鲧。这个中年汉子面容憔悴，衣衫破旧，挽着两只裤管，两只光脚上沾满泥巴。祝融有些不忍，却不得不质问："鲧，你可知罪？"

鲧昂头挺胸回答道："我确实偷了天帝的息壤，但我是为了治理洪水，为了天下百姓，我不觉得这是什么罪过！"

祝融叹息道："我奉天帝旨意而来——"话音未落，一道寒光击中了鲧，鲧倒了下去。

鲧死得不甘心，他的魂魄记挂着流离失所的老百姓，不肯离去。一年、两年……三年的时间过去了，鲧仍然躺在羽山脚下，面容栩栩如生，身体也没有腐烂，就像睡着了一样。

天帝听说了，心里纳闷：他的身体里肯定是凝聚了一团舍不下、散不去的精神，是什么呢？于是，派一名天将去查看。

天将来到羽山，举刀要砍，在刀刃将要碰到鲧身体的一刹那，红光迸裂，一个火球窜上半空，昂首摆尾，舒展开来，竟然是一条虬龙。紧接着，一条黄龙腾空而起，在半空中和虬龙头颈相交，盘旋良久，像是在说什么悄悄话。

天将看呆了！忽然，虬龙落下地来，变成了一个少年，这就是禹。禹仰望天空，只见黄龙在独自盘旋，于是他大声说："父亲，您安心地去吧，我会继承您的遗志，治理好水患，还老百姓一个太平世界！"

"鲧的儿子!""鲧的儿子!"大山的回声宣告着禹的决心。

黄龙冲禹点点头，向羽渊的方向落下去，他终于可以安心了。

【南山经·南次二经】

又东三百五十里，日羽山，其下多水，其上多雨，无草木，多蝮虫。

句余山

gōu yú shān

——河姆渡文明诞生地

金玉矿

　　南方第二列山系中有一座句余山，远古时期，山上没有什么草木，只有一座金矿和一片玉石矿。传说中，有巢氏就生活在这一带山脉附近的平原上，那里河道纵横，灌溉非常方便，他们种植水稻，每年都能有不错的收成。于是，这个部落越来越壮大了。

　　最初，他们为了躲避野兽，都住在大树上。那时候，他们已经学会了烧制陶器，要知道制陶是需要烧木柴的，还有平时取暖做饭也要烧柴，每晚还要点燃篝火吓唬野兽……人们对树木的需求越来越大。可是，平原上的土地要用来种植水稻，于是，有巢氏就带人到句余山里种树，每年春天都去种。几年后树苗长成大树，一座荒山变成了青山，人们随时可以去山

里砍柴回来烧火。

　　偶然的一天，有巢氏干活累了，坐在树荫下休息。旁边放着人们砍回来的树枝，他无意识地拿起几根，摆弄了起来。他把树枝一根根插在地上，又折了一些树枝横七竖八地搭在竖立的树枝上……忽然，他猛地一拍脑门："哎呀，我们可以这样搭建住的地方——"他召集来部落里的能工巧匠，大家你一言我一语，一起动手，终于用树干、树枝等建起了两层的房屋：下层潮湿，给猪牛等家畜住，人们则住在比较干燥的上层。

　　他们在句余山种下的森林派上了用场，后人把这种房子叫作干栏式房屋，河姆渡文明就在这一带发展了起来。

【南山经·南次二经】

　　又东四百里，曰句余之山①，无草木，多金、玉。

【注释】

①句余之山：在今浙江境内，一说即四明山。

15

浮玉山

——如天之目

彘兽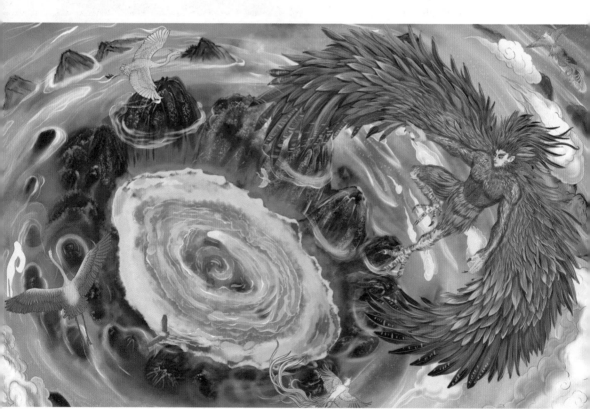

句余山向东五百里，就是浮玉山。从山上向北能望见发源于北面山谷的苕水，一路蜿蜒流进烟波浩渺的太湖。这一片沃土，孕育了灿烂的良渚文明。

浮玉山也叫天目山，因为这座山有东西两个山头，每个山头上都有一个大池塘，池塘水清澈见底。山下的老百姓认为这是两眼神水，是天的眼睛，洞察着人世间的一切。有了犯难的事儿，爬上山头，照一照神水，许个愿，心里就敞亮了。

　　西山谷住着一只叫彘的野兽，长得像老虎却有一条牛尾巴，叫起来像狗一样，会吃人，所以住在西坡的人们轻易不敢上山，更别提去山头许愿了。东坡的人们幸运多了，东山上住着一位心地善良的神人，鸟身人面，头上像戴了一顶羽冠，他们随时可以上山许愿。

　　西坡有个聪明的小伙子，绕了一个大圈，躲过食人兽，从东坡爬上了东山头，对着神水许愿："让食人兽不再吃人！"神人听到了，就去劝彘不要再吃人了，彘汪汪了两声说："如果能用赞美喂饱我，我就不吃人了！"

　　神人飞下山，告诉百姓们在玉器上刻下彘的面容，按时祭祀，极力赞美它。百姓们马上照办！不过，神人的恩德也不能忘，也要刻下来的，于是，他们在玉琮上面刻下神人的头像，下面再刻上兽面，让它们两个共同享受人们的祭祀，护佑这一方的百姓。

　　彘听着大家的赞美，整天美滋滋的，再也不想吃人了！人们终于可以随意上山了，照一照神水，说一说心愿，神清气爽！西坡和东坡的人们都过上了幸福生活！

【南山经·南次二经】

　　又东五百里，曰浮玉之山[1]，北望具区[2]，东望诸毗[3]。

【注释】

[1] 浮玉之山：即今浙江境内的天目山。

[2] 具区：水名，即今浙江和江苏两省间的太湖。

[3] 诸毗（pí）：山名，亦为水名，具体所指待考。

kuài jī shān
会稽山

—— 大禹封禅之地

金玉矿砆石

会稽山的山体呈四方形，山上有很多金矿和玉石，山下有许多像玉一样的砆（fū）石。有一条勺水从这里发源，一直向南流入溴（jú）水。

这座会稽山，以前还有一个名字叫涂山，涂山上住着涂山氏一族。有一年，大禹在治水途中路过涂山，和涂山氏的女儿女娇结成了夫妻。不过，大禹心系天下，眼看百姓们一直为水患所苦，所以在新婚不久，他就离开了涂山，继续前往各地治水。此后，大禹更是"三过家门而不入"，直到过了十三年，治水成功之后，他才有时间回到涂山，看望阔别已久的妻子，以及他那还从没见过一面的孩子。

这一年，大禹回到涂山，除了看望妻儿之外，还有一件非常重要的事，那就是召集天下诸侯会集到涂山，在这里举行盛大的封禅大典。在封禅大典上，大禹和诸侯们一起祭祀天地，庆祝没有水患，天下终于有了太平的日子。同时，为了感谢各方诸侯和他一起在漫长的治水过程中所做出的贡献，大禹还郑重地记下了各方诸侯的功劳，并且给了他们丰厚的奖赏。

诸侯们心想，这天下治水的功劳，没有一个人比得上大禹的，可是他还这么奖赏我们，真是一个伟大无私的人呀！因此，大家都更加敬重大禹的为人了。而为了纪念这次封禅大典，大禹还将这座山的名字正式命名为会稽山。

后来，大禹在会稽山去世。临死之前，大禹对大家说："我是在会稽山成家的，又在这里举行了封禅大典，如今我又要死在这里了，你们就把我安葬在会稽山吧。"说完，他还特意吩咐大臣们，说他的丧事要一切从简，

不能让住在这里的百姓劳苦。

　　大禹的功绩和精神，赢得了后世百姓久远的崇敬和传颂，而和大禹渊源最深的会稽山，也成了一座非常重要的仙山。从夏朝开始，不同朝代的帝王都会专程前往会稽山，举行祭禹大典。

【南山经·南次二经】

　　又东五百里，曰会稽之山①，四方，其上多金、玉，其下多砆石②。勺水③出焉，而南流注于湨④。

【注释】

① 会稽之山：在今浙江境内。

② 砆石：一种像玉的石头。

③ 勺水：在会稽山中。

④ 湨（jú）：水名，具体所指待考。一说在河南西北部，源出济源市，东南流入黄河。

漆吴山

qī wú shān

——太阳休息的地方

博石矿

从鹿吴山向东五百里的东海之滨，有一座漆吴山，这座山光秃秃的，只有石头，看不到一点点绿色。它的余脉延伸到东海里，形成一片丘陵，称作丘山。站在漆吴山上，可以看到丘山那里有光亮时隐时现。据说，那是太阳休息的地方。

太阳看起来是一只火球，其实是一只金乌神鸟。它本来和九位哥哥一起生活在一棵神树上。可是，自从哥哥们被羿射落之后，它再也不想回神树上了——

它需要另寻一处落脚休息的地方。可是，它落到哪里，那里的植物便是一片焦枯，即使是落在光秃秃的山坡上，山石也会被融化成滚烫的岩浆，四处流淌，伤害附近村子里的百姓。

太阳心里像刀割一样，它想要带给人间的是光明，是温暖，不是灾难。可是，它也需要休息，也需要朋友呀。

太阳只好孤零零地回到神树上去，一天又一天，直到有一天，偶然间发现了丘山。这些浅海中的山石看上去异常坚硬，它试着下落，两只脚踩到了山石，太棒了！竟然没有融化！于是，这里成了太阳的家。

很快，一些渔夫看到了光亮，想去看个究竟，脚踩到山石，发现山石是热的，海水也是热的，再往前走，山石变得滚烫。他们只好退回来，忽然，一个渔夫叫起来："哎呀，我的腿好像不疼啦！"其他几个也觉得腿脚变得有劲，走路轻快了！

他们这才知道那些热热的石头、温暖的海水，是可以治病的。一传十十传百，大家都跑来踩石头、泡脚。他们的谈笑声传到太阳耳朵里，它好开心！

这也算是有朋友了吧！

【南山经·南次二经】

东五百里，曰漆吴之山①，无草木，多博石②，无玉。处于东海③，望丘山，其光载④出载入，是惟日次⑤。

【注释】

① 漆吴之山：一说指今浙江东部海外诸岛，如舟山群岛等。

② 博石：用于博戏（古代的一种棋戏）的石头。

③ 东海：一作"海东"。

④ 载：又，且。

⑤ 次：太阳、星辰所在之处。

tiān yú shān
天虞山
—— 龙狗相争之地

　　南方第三列山系的第一座山天虞山，是一座水中的仙山，山高水险，人类爬不上去。山里住着两只白狗，它们浑身雪白雪白的，没有一丝杂毛。

　　白狗在山里找不到食物，就跑进山脚的村子里，偷鸡、偷鸭、偷兔子……族长派出十几个年轻力壮的小伙子轮流守夜，想逮住它们。可是，这两只白狗有些神通，跑得飞快，刚刚看到它们的影子，就不见了。

　　这两只白狗天天来，闹得村子里鸡飞鸭叫。老百姓们跺着脚埋怨："人面龙身的山神呀，你去哪啦？白狗作乱，你知不知道？管还是不管？"

　　正在打盹儿的山神被埋怨声吵醒了，揉揉惺忪的眼睛，竖起耳朵仔细听："哎呀，是我失职了，神仙睡半天，人间就是半年呀！让白狗钻了空子！"

　　山神蹿出洞府，落到一棵老槐树上，躲在浓密的枝叶里，等待着……

　　嗖——嗖——两道白光闪过，白狗来了！

　　山神摘下两片槐树叶，一扔，正中两条白狗。可是，白狗只是晃了晃，丝毫没有减缓向前奔跑的速度。山神一愣，折了两支树枝扔出去，仍然不管用。他咬咬牙，从自己身上揭下两片龙鳞，嘴里念着咒语，把龙鳞扔了出去，啪啪——白狗应声倒下。

　　村民们围了过来，白狗没有死，只是昏迷了，他们把白狗捆好，关进一个特制的笼子里。按照山神的指示，每到祭祀的时候，就取一点白狗血涂在祭品上，供奉给山神，表示白狗的臣服之意。白狗被一次次取血后，神力越来越小，渐渐地成为普普通通的看家狗。

【南山经·南次三经】

南次三经之首，曰天虞之山[1]，其下多水，不可以上。

【注释】

[1] 天虞之山：有说在今广东境内，也有说在今广西境内，具体所指待考。

南禺山 nán yú shān

——凤凰的栖息地

凤凰 鸟 金 矿
鹓雏 玉

　　南方第三列山系的最后一座山是南禺山。山下有很多水流，山中有一个神奇的洞穴，春天溪水从洞口流进去，直到夏天才流出来；冬天寒冷的时候，则闭塞不通，流水不进也不出。佐水从山下发源，向东南方流去，一直流入大海。

　　传说中，凤凰是神鸟，清高孤傲，喜欢一切高洁美好的事物，所以，人们常说，凤凰飞到哪里，就会给那里带来吉祥。

　　凤和鹓（yuān）雏都是凤凰的一种，凤通身是红色，鹓雏则披了一身黄色羽毛。凤和鹓雏比较要好，常常结伴出游。它们一路上只吃竹子的果实，只喝甘甜的泉水。

　　这一天，它们飞到南禺山上空，凤眼睛一亮，这里有美玉，闪着温润的光；鹓雏的眼睛也一亮，这里溪水潺潺，散发着甘甜的气息。它们落到了佐水岸边，水流汩汩地向东南流去，鹓雏冲着凤点点头，两只大鸟同时扎下头去，喝了一口，仰起脖子，啊——好甜！这是它们喝过的最清甜的泉水！

　　有甘泉，还有美玉，真是个安详纯净的好地方！那就留在这里吧！

　　凤和鹓雏就住了下来。它们常常围着南禺山盘旋，高声啼叫，你唱我和，此起彼伏，就像是在唱一首婉转动听的歌儿。附近的百姓们在田野里劳动，伸伸懒腰望望蓝天，听到凤凰的歌声，看到神鸟美丽轻盈的身影，劳累便一扫而空了。

　　凤凰果真带来了吉祥，这一年风调雨顺，百姓们家家户户大丰收。他

们感念凤凰的恩德，制定了村规：任何人不准靠近佐水源头，保护好那一片净土，让凤凰永远留在南禺山。

【南山经·南次三经】

又东五百八十里，曰南禺之山①，其上多金、玉，其下多水。有穴焉，水出②辄③入，夏乃出，冬则闭。佐水④出焉，而东南流注于海，有凤皇⑤、鹓雏⑥。

【注释】

① 南禺之山：一说即今广东的番禺山。

② 出：一作"春"。

③ 辄（zhé）：就。

④ 佐水：水名，具体所指待考。

⑤ 凤皇：即凤凰。

⑥ 鹓雏：传说中鸾凤一类的鸟。

太华山
tài huá shān

——巨灵神劈山而成

肥蟥 兽

太华山高五千仞（rèn），宽十余里，整个山体四四方方，犹如一堵巨大的高墙竖立在那里。

在很久以前，太华山还正对着黄河。河水流经那里，就会在太华山下淤积漫延。渐渐地，水越积越深，把太华山下的太华村都淹了。

太华村的村民们原本过着宁静祥和的日子，如今，眼看着家园被毁，大家都心急如焚。有个年轻人望着太华山，试探着问："咱们能不能搬到山上去呢？"

老村长叹了口气，摆摆手，说："这太华山如此险峻，哪里有路可走呀？别说是人了，就是一般的禽鸟野兽，也很难在这太华山上栖身呐！"

"是呀，我活了七八十岁，也只听说这山上曾经出现过一种蛇形异兽，那家伙长着六只脚、四只翅膀……"旁边的一位老者也附和道。

就在大家一筹莫展的时候，忽然看见远处的河面上，一个高大魁梧的身影正踏浪而来。

"是巨灵神！掌管黄河的巨灵神！"有人惊呼起来。

众人一看，只见巨灵神足有两个人那么高，整个人像是一座圆墩墩的小山，毛发直竖，眼似铜铃。原来，巨灵神正在黄河沿线巡视，快到太华山时，他感觉到河水被阻，因此赶紧前来查看。

巨灵神来到村民们身边，抬头望了望眼前的太华山，说："原来是太华山阻挡了黄河的流向，我得让它给黄河让出路来！"

让路？太华山要怎么给黄河让路呢？

忽然，大家发现巨灵神的身体正神奇地越变越大，越变越高，渐渐地，竟然与太华山一般高了！接着，巨灵神把手掌撑在太华山的山顶，双脚则蹬在了遥远的首阳山下。"开——"只听一声大喝，巨灵神硬生生地将太华山劈成了两半！

一直堵在太华山下的黄河水奔涌而出，向着东边滚滚流去。

村民们回过神来，欢呼着，恭敬地向巨灵神鞠躬："感谢神仙显灵，我们的家园保住了！"

巨灵神微微一笑，向村民们挥挥手，飘然而去。

从那之后，原来的太华山就分成了两座山，一座还叫太华山，另一座就叫小华山。而巨灵神劈山时留下的掌印，也一直留在了太华山的山崖上。

【西山经·西山一经】

又西六十里，曰太华之山①，削成②而四方，其高五千仞③，其广十里，鸟兽莫居。

【注释】

① 太华之山：是西岳华山的主峰。

② 削成：指像用刀斧劈削而成。

③ 仞：古代以八尺或七尺为一仞。

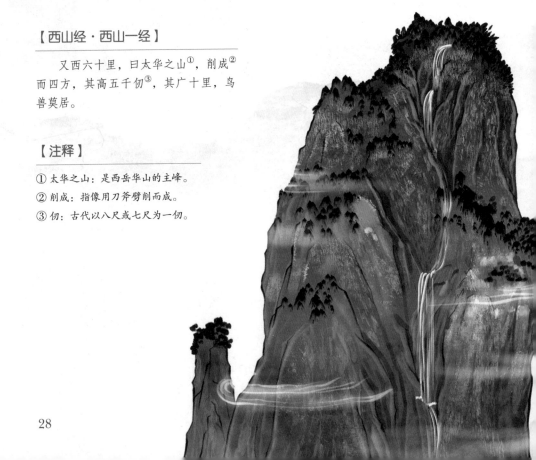

小华山
xiǎo huá shān
——炎帝诞生地

菫荔 **草**　荆杞 **木**　赤鷩 **鸟**　牰牛 **兽**　磬石 璊瑌 **矿**

　　远古时期，有熊国的国君少典娶了有蟜氏的两个女儿做妻子，其中姐姐叫作女登。女登喜欢山山水水，有空了就会出来游玩。有一天，她来到了小华山，这是一座神山，在太华山西边，山北坡盛产可以制作乐器的磬（qìng）石，南山坡盛产玉。

　　女登对玉石不感兴趣，她喜欢那些茂盛的荆和枸杞，还有一种叫草荔的野草。草荔形状很像黑韭菜，有的生长在石头上，有的攀缘在树木上。女登走呀走，走累了，就坐在一块石头上休息，一只赤鷩鸟乖乖地卧在她身边，好像给她站岗一样。天蓝蓝的，风轻轻的，女登不知不觉睡着了。

　　忽然，从天上蹿下一条龙，直奔女登扑过来，女登来不及躲闪，竟然被龙缠住了，她大叫一声，醒了！抹一把额头上的冷汗，四处张望，天蓝蓝的，风轻轻的，哪有什么龙？原来是做了一场梦。

　　没多久，她发现自己怀孕了，后来生下一个男孩，长着牛的脑袋，看上去很威猛。他们母子俩在姜水一带生活，于是，这个男孩就以姜为姓。

　　有一天，女登犯了心痛病，疼得直冒冷汗，男孩干着急没有办法。这时候，那只赤鷩鸟仿佛看懂了什么，走到旁边，用嘴巴扯了一根草荔，递到女登面前。女登明白了，她接过野草，放进嘴里嚼了嚼咽下去。不一会儿，疼痛竟然止住了！

　　男孩高兴极了，原来，野草可以治病。于是，他开始到处游历，尝遍百草，学会了用草药治病。他还发明了耒耜（lěi sì），教会人们种植五谷。

　　长大后，他统一了姜水各部落，做了首领，人称炎帝。

　　又西八十里，曰小华之山①，其木多荆、杞，其兽多㸲牛②，其阴多磬石③，其阳多㻬琈④之玉。

【注释】

① 小华之山：也叫少华山，在今陕西境内。

② 㸲（zuó）牛：山牛，即野牛。

③ 磬石：适宜制磬的美石。

④ 㻬琈（tū fú）：美玉名。

nán shān
南山
——道教发祥地

尸 鸠 **鸟**　　猛 豹 **兽**　　丹 粟 **矿**

南山天下闻名，是道教的发祥地，丹水从这里发源，一直流向渭水。

周朝有个叫作尹喜的人，他喜欢看星望气，天文地理无一不通。据说周平王很欣赏他的学识，所以封他为大夫，又召他为东宫宾友。但他不喜欢吵吵嚷嚷的俗世人间，常常一个人游历山水，自由自在。

这天，他来到了南山，这里草木茂盛，郁郁葱葱，枝叶间有布谷鸟飞来飞去，"布谷布谷"地啼叫着，更显得山谷安详宁静。尹喜看中了一处山岗，就在这里修建了一座草楼，以后每次来到南山，他都要登上草楼观察天象，于是就起名叫楼观。

有一天，他登上草楼，向远处望去，哎呀！半空中隐隐有一团紫气，从东而来。紫气东来，好兆头呀！这是要有圣人驾到。

尹喜在山里待不住了，他请求周王任命他为由东西行必经之地函谷关的守令。获准到任后，他立即赶赴函谷关，等候圣人。

他每天站在城楼上，日日等，夜夜盼！关城下人来人往，哪个也不像圣人呀！终于有一天，他远远地望见一位老人骑着青牛，慢悠悠地从东而来，鹤发童颜，神情恬淡——圣人来了！尹喜赶忙跑下城去迎接老人。老先生本来做管理图书文献的史官，看周朝衰败了，无心做官，就想悄悄地离开都城。

尹喜哀求老先生留下来讲学，向百姓们传授自己的思想，老人推辞不过，在函谷关讲了十几天的课，就要离去。尹喜再次哀求他把大道写下来再走，老先生觉得这个想法不错，于是，跟着尹喜来到南山楼观。就在这青山绿水之间，老先生写下了五千余字的《道德经》。写完之后，他飘然远去，不知去向。这位老先生便是道家学派的创始人老子。

人们仰慕老子的思想，纷纷来这里修道，研读老子的《道德经》，道家思想得以发扬。

【西山经·西山一经】

又西百七十里，曰南山①，上多丹粟②，丹水③出焉，北流注于渭④。

【注释】

① 南山：在今陕西境内。一说指终南山；一说指首阳山。

② 丹粟：即丹砂，又叫朱砂或辰砂，红色或棕红色，是炼汞的主要矿物，也用作颜料或入药。

③ 丹水：一说指今陕西周至县东的黑水河。

④ 渭：渭河，位于今陕西中部。

嶓冢山
bō zhǒng shān

——禹迹天书

草	木	鸟	兽
菁蓉	桃枝 钩端	白翰 赤鷩	犀兕熊罴

　　远古时期的大禹治水，采用了疏通河道的方法，大部分地区的洪水都乖乖地流入挖好的河道，只有汉水下游地区，总也治理不好，老百姓深受其害。到底是怎么回事？大禹也不清楚，最后，他决定到汉水的源头去看一看。

　　他顺着汉水一路向西，一直走到陕西汉中的嶓冢山。这座山上长着桃枝竹和钩端竹，还有一种开黑色花朵的植物，大禹顾不上欣赏风景，一门心思向前走。忽然，他看到一个石洞，有急流从洞口倾泻而出，向东流去。对，这里就是汉水的发源地。大禹在这里住了下来，白天走访附近的山民，晚上再回到洞口休息。功夫不负有心人，还真让大禹摸清楚了：洞里住着一条蛟龙，是它在兴风作浪。

  怎样才能制住蛟龙呢？大禹踱着步，想着对策。忽然，他的目光停留在一块山石上："好像一头牛哇！"他灵光一闪，走过去，拍拍牛头："神牛神牛，跟我来！有一件大事儿非你不可！"说来奇怪，话音刚落，石牛晃晃头，扭扭屁股，真的迈开步子，跟在大禹身后。

  大禹把石牛带到洞口，拍拍牛角，指着山洞说："神牛神牛，堵住洞口，造福百姓，功在千秋！"石牛真听话，径直走过去，堵住了洞口，只听见山洞内水声激荡，冲击着石牛。石牛屹立不动，好半天，声音小了，急流终于被堵住了，只有一线水流从石牛脚底下汩汩流出。

  为了表彰石牛的功绩，大禹刻下了八个符号。因为谁也看不懂，所以后人把这些符号称为"禹迹天书"。

【西山经·西山一经】

  又西三百二十里，曰幡冢之山，汉水出焉，而东南流注于沔^①；嚣水出焉，北流注于汤水。

【注释】

① 沔（miǎn）：即沔水，水名，古代把汉水源出今陕西留坝的一支称为沔水，也把汉水通称为沔水。

天帝山
tiān dì shān

——天帝行宫

菅草蕙 杜衡　棕木楠　栎鸟　豞边兽

很久很久以前，有五座仙山：岱舆、员峤、方丈、瀛洲、蓬莱，它们由十五只大神龟背着，漂浮在茫茫大海中。山上住着很多神仙，逍遥自在。

有一天，龙伯国的一个巨人来这里钓鱼，偏偏就把背着岱舆和员峤两座山的那六只神龟钓了上来。这下坏了，两座仙山像无根的浮萍一样，向北极海漂去。眼看着就要沉没，在岘山中修道的赤松子撑着神木筏赶来，把仙山运到了岘山。他用柳树枝把岱舆山固定住，又用青檀摇钱树的枝干把员峤山也固定住，神仙们总算有了安身之处。

天帝知道了这事儿，带着女儿来岘山看望众神。仙人们陪天帝去树林里散步，清风徐徐，树叶哗哗作响，蕙草散发着淡淡的幽香，令人心旷神

怡。天帝吩咐女儿："造一座行宫吧，咱们要多住几天，我喜欢这里！"

帝女领命出来，正在山坡吃草的小红马跑过来。帝女装了一些岱舆、员峤山上的仙土，飞身上马。小红马四蹄腾空，竟然飞了起来。原来，它吃了山里的杜衡草，浑身有使不完的劲儿。

小红马驮着帝女在岷山上空飞了一圈，才停了下来。帝女扔下一把仙土，念动咒语，造了一座大方诸山，在山上造了一座方诸宫，还剩下一些仙土，又造了一座小方诸山。

天帝就住在方诸宫里，接待众神，处理事务。仙人们把这里称为"天帝宫"，把大方诸山叫作"天帝山"。从此，这里就成为天帝的一处行宫。每次来人间，他都会到这里小住几天，和仙人们一起游玩，享受山中美景。

【西山经·西山一经】

又西三百五十里，曰天帝之山^①，上多棕、楠，下多菅、蕙。

【注释】

① 天帝之山：具体所指待考。

騧山
guī shān

——脚下有条倒淌河

彩石
丹 黄
粟 金
玉

矿

　　西方第一列山系最后一座山是騧山，坐落在青海湖边上，山上覆盖着粟米一样大小的红色沙石，其中也夹杂着一些玉石。山上寸草不生，没有一丝绿色。山脚下有一条凄水从这里发源，却一路向西流去。因为"天下河水都向东，唯有此水向西流"，所以，这条河又被称为倒淌河。

后来，关于这条倒淌河还有一个凄美的传说。

唐朝时候，为了促进汉藏两族之间的和平，文成公主远嫁吐蕃可汗松赞干布。送亲队伍离开长安，千里迢迢向西行进，走到骡山停下了。文成公主站在山顶，遥望西方一片茫茫戈壁，回头望望自己的来时路，想起再也回不去的家乡，心中难过，落下泪来。她掏出皇后赠送的日月宝镜，宝镜里显现出长安的繁华景色。

文成公主心情激动，双手颤抖，宝镜跌落下去，摔成两半，正好落在两个小山包上。一半向西，映照出正要落山的夕阳；一半向东，反射出刚刚升起的新月。从此，这座山改叫作"日月山"。

摔坏了宝镜，文成公主更难过了。

可是，她知道自己重任在肩，再难过也要继续赶路。车轮滚滚向前，泪水却止不住地流呀流，泪水汇成了一条河，顺着她的足迹向西方流去。浸泡在河水中的玉石和丹砂，被文成公主的泪水冲刷着，一天又一天，一年又一年，变得格外晶莹美丽。

文成公主一去不再回头，她留在了吐蕃，为这块土地的发展做出了巨大的贡献。骡山脚下的这条倒淌河，成为汉藏两族人民友谊的见证。

【西山经·西山一经】

又西二百五十里，曰骡山①，是錞②于西海③，无草木，多玉。凄水④出焉，西流注于海⑤，其中多采石⑥、黄金，多丹粟。

【注释】

①骡山：即今青海西宁的日月山。

②錞：同"蹲"，指蹲踞的意思。

③西海：这里指今青海湖。

④凄水：即今倒淌河。

⑤海：这里指青海湖。

⑥采石：彩色的石头。

gāo shān
高山
——米缸山的传说

棕 **木** | 磐石 银 **矿**
青碧
雄黄

　　宁夏六盘山的主峰叫作高山，也叫米缸山。从隆德去泾源、平凉一带，必须要穿过这座山。

　　山上蕴藏着很多白银矿，山下有很多青色的玉石，还有雄黄。雄黄是一种矿石，可以用来泡酒，喝了雄黄酒，就不怕蛇虫叮咬了。山上长着很多高大的棕树，还有低矮的竹林。泾水从这里发源，向东一直流到渭水。这座山虽然物产丰富，却不产稻米，为什么叫米缸山呢？

　　传说，山腰上有一块像米缸一样的大石头，底部有一个小孔。每当有人经过的时候，小孔里就会漏出香喷喷的米饭给行人吃。更神奇的是，这座石头好像长了眼睛一样，经过多少人，它就会漏多少人的米饭，每人两碗，不多不少。米缸山由此得名。

　　有一天，一个小石匠经过这里，守着米缸石吃了两碗米饭，吃完后，抹抹嘴，心里寻思：这么好吃的米饭，我还没吃够呢！于是，他钻到石头下面，扭着脖子看那个小孔，嗯！小孔太小了，要是能凿大一点，说不定就能多漏点米饭，我带在路上吃。

　　说干就干！他拿起凿子，几下子就把小孔凿大了。可是，不见一粒米掉出来，他捅进两个手指头，空空的，什么也摸不到。

　　路上又走来了几个人，小石匠赶紧让开，那几个人走到米缸石跟前，掏出饭碗，准备吃饭。可是，什么都没有，有人拍拍米缸石，还是没有动静。"哎呀！"小石匠叫了起来，"怪我，怪我！我把米缸山的仙气破啦！"大家知道了原委，纷纷指责小石匠贪心不足，害了大家。

小石匠捂着脸跑走了，再也没有回来。从此，米缸山就再也没有米了。

【西山经·西次二经】

又西百五十里高山①，其上多银，其下多青碧②、雄黄③，其木多棕，其草多竹④。泾水⑤出焉，而东流注于渭，其中多磬石、青碧。

【注释】

① 高山：一说指今宁夏六盘山山脉中的米缸山。"高山"前面当有"曰"字。

② 青碧：青色的玉石。

③ 雄黄：矿物，成分主要是硫化砷，橘黄色，有光泽。也叫鸡冠石。

④ 竹：这里指蔺（biān）竹，又名蔺蓄，一年生草本植物，叶狭长似竹。

⑤ 泾水：即今泾河，源出宁夏南部六盘山东麓，至陕西高陵县境入渭河。

女床山
nǚ chuáng shān

——西周王朝的发祥地

鸾鸟 **鸟**

虎 豹 犀 兕 **兽**

赤铜 石涅 **矿**

　　周人的始祖后稷，最早居住在姬水一带，所以以姬为姓。后来迁居到豳（bīn），犬戎等少数民族常常来骚扰，部落首领古公亶父只得带领族人离开家乡，寻找适合生存的安身之处。

　　这一天，他们正在赶路，忽然，天上飞过一只大鸟。"彩色的野鸡！"一个小孩子看到了，叫了出来。人们都抬头看，只见大鸟那五彩斑斓的羽毛在阳光下鲜艳无比。

　　大鸟冲古公亶父点点头，叫了三声，仿佛在招呼他："跟我来！"亶父心里怦怦直跳，这哪里是什么野鸡，分明是神鸟鸾凤，它出现就预示着天下太平！他命令百姓们在这里扎下帐篷休息，自己则骑马追随鸾鸟而去。

　　前面是一座山，山脚下是一片广阔的平原，这里土地肥沃，水草丰美。古公亶父满心欢喜，他冲鸾鸟拱拱手："感谢神鸟，带我们找到新的家园！"鸾鸟引颈长鸣，向山里飞去，消失在苍茫的暮色里。

　　这座山叫作女床山，也叫岐山，这片平原叫作周原。

　　古公亶父带领族人开垦土地，建设城郭，部族越来越强大。但是当时商朝势力更大，为了生存，他只能选择臣服，成为商朝属下的一个大方国。到了商朝末年，纣王无道，周人首领姬昌看准时机，出兵征服了一些小国，把都城迁到离商朝都城很近的丰都。姬昌去世后，他的儿子姬发联合诸侯，灭掉了商朝。

　　为了纪念部族的发祥地"周原"，姬发把新建立的朝代命名为周朝，他就是周武王。

【西山经·西次二经】

　　西南三百里，曰女床之山^①，其阳多赤铜，其阴多石涅^②，其兽多虎、豹、犀、兕。

【注释】

① 女床之山：一说即今陕西岐山。

② 石涅：即石墨，矿物名，铁黑色，古时用作黑色染料。

lóng shǒu shān
龙首山
——难越之山

黄金 矿
铁
美玉

　　从女床山向西走二百里，有一座龙首山，也叫陇山或关山，它的南面有很多黄金，北面有很多铁。苕水从龙首山发源，向东南流入泾水，水里有很多美玉。

　　陇山是关中西北一带的天然屏障，自古就有"陇坂艰险无双地，天下难行第一山"的说法，是兵家必争的军事重地。

　　东汉时候，光武帝刘秀平定了中原之后，就要出兵攻打盘踞在陇右的隗嚣（wěi áo），他的最终目的是消灭蜀地的公孙述。刘秀得陇望蜀，只有拿下陇右，扫平障碍，才能进军蜀地。攻打陇右最大的难题是横亘在汉军眼前的陇山，此山地形险要，道路崎岖狭窄，易守难攻。

　　隗嚣早已经派出四员大将带重兵镇守陇坻、番须口、鸡头道和瓦亭道

四道关口，汉军插翅也飞不过陇山。刘秀愁坏了，这时，将军来歙求见："我想去偷袭略阳！"刘秀一愣："略阳在山那面，你能翻越陇山？"来歙拍拍胸脯说："关口有重兵把守，难以攻破。我们走小路，也能翻越陇山！"

刘秀精神一振，随即下令奇袭略阳。来歙带领两千多人伐木开山，凿石成路，历尽千辛万苦，终于越过陇山，直奔略阳城下。略阳城守将毫无防备，被汉军斩杀，略阳城轻松落到来歙手中。

隗嚣害怕了，集结兵力回来夺取略阳，汉军乘虚攻占陇山的关口，终于翻过这座难越之山，消灭了隗嚣。后来汉军由陇右进军，很快又平定了蜀地。刘秀制定的战略目标终于实现了。

【西山经·西次二经】

又西二百里，曰龙首之山①，其阳多黄金，其阴多铁。苕水②出焉，东南流注于泾水，其中多美玉。

【注释】

① 龙首之山：一说即今陇山，在陕西和甘肃交界处。

② 苕（tiáo）水：一说应作"芮水"，具体所指待考。

皇人山
huáng rén shān

——天真皇人论道之地

丹粟 金玉 青雄黄 矿

　　传说中，远古时期的部落首领黄帝一生下来就会说话。他虽然聪明，却仍然勤奋好学，在治理天下的同时，常常不远千里，走遍名山大川，向仙人们求教修身成仙之道。他到王屋山得到了炼丹的经书，爬上崆峒山去请教广成子大道的真谛，还去具茨山求教过大隗，进入金谷咨询过涓子……

　　有一天，黄帝来到了峨眉山，因为这里是天真皇人的修行之所，所以也叫作皇人山。这位天真皇人是元始天尊的侍者，当年元始天尊讲经说法时，天真皇人就在一旁记录。后来，他又把天尊讲的内容翻译成普通老百姓能够听得懂的语言，整理成一本《度人经》。

　　黄帝来峨眉山就是为了寻访他。

　　峨眉山是皇水的发源地，山上蕴藏着黄金和美玉，黄帝一心求仙问道，径直向山上爬去。忽然，他看到了一处绝壁，绝壁上有一个苍玉筑成的山洞，洞口坐着四个人。其中一个九尺高，浑身长满黑毛，身旁侍立着仙童玉女，这就是天真皇人吧！旁边那三位应该也是仙人。黄帝爬上去，拱手向天真皇人行礼，请教长寿之道。真人说："你是凡间的君主，还想要长生不老，有没有觉得自己有点贪婪呢？"黄帝若有所悟，默默离去。

　　当黄帝回到山脚下，在皇水岸边休息时，天真皇人跟了下来，把《太上灵宝度人经》传授给他。黄帝终于掌握了天地间的奥秘，体悟到了真正的道，最后乘龙升天。

　　作为天真皇人的论道之地，皇人山成为后世道教修行者心中的圣地。

【西山经·西次二经】

又西五百里，曰皇人之山①，其上多金、玉，其下多青雄黄②。皇水③出焉，西流注于赤水，其中多丹粟。

【注释】

① 皇人之山：具体所指待考。

② 青雄黄：一说指青和雄黄二物；一说指雌黄，矿物名，橙黄色，可做颜料。

③ 皇水：一说可能指今青海的湟水。

49

中皇山
zhōnghuáng shān
——女娲炼石补天处

蕙草　棠木　黄金矿

　　远古时期，女娲造出人类之后，世界充满了欢声笑语，变得生机勃勃。可是，好景不长，火神祝融和水神共工闹矛盾，打起仗来。共工被打败了，一气之下，一头撞折了撑天的柱子。

　　这下可坏了，天塌了一大块，天河里的水哗哗地倾泻下来，四处横

50

流，淹没了农田和村庄；天上的陨石也噼里啪啦地往下掉；还有一团团天火，也从缺口处落下来，落到哪里，哪里就烧起熊熊大火，吓得老百姓们哭喊着四散奔逃、无处存身。

女娲急坏了：天塌了，得想办法补上呀！女娲飞遍九州大地，寻找可以补天的东西。这天，她来到清漳河畔的一座大山，山脚下长满了茂盛的棠梨树，还有一片片蕙草，在清风中摇曳着，散发出阵阵幽香。她穿过棠梨树林，向山上走去。山上蕴藏着丰富的黄金，还有一些矿石。"太好了！"她高兴地叫起来，这就是可以补天的石头。

于是，女娲用这些矿石炼出了五彩晶石，把天一点点补了起来。可是，石头用完了，还有一个小洞没有补上，女娲看了看地面上张皇失措的人们，那都是自己的孩子呀。她一咬牙，用自己的身体堵住了那个破洞！天地间瞬时安静了下来。

人们静静地望着天空，眼泪止不住流下来。

天被补好了，世界又恢复了原有的秩序，百姓们再次过上了安居乐业的生活。为了纪念女娲，人们在清漳河畔的那座山中，她炼五彩晶石的地方，建起了女娲宫，时时拜祭。当时有天皇伏羲、人皇女娲和地皇神农一起治理天地万物，女娲居中，也称为中皇，所以，她采石炼石的这座山就改名为"中皇山"了。

【西山经·西次二经】

又西三百里，曰中皇之山①，其上多黄金，其下多蕙、棠②。

【注释】

① 中皇之山：具体所指待考。
② 棠：即棠梨，也叫杜梨，落叶乔木，叶子长圆形或菱形，开白色花，果实略呈球形。

崇吾山
chóng wú shān
—— 天帝搏兽之丘

蛮蛮 鸟　　举父 兽

　　西方第三列山系的第一座山，叫作崇吾山，坐落在黄河的南岸，山中有一种叫作蛮蛮的禽鸟，看上去像野鸭子似的，却只长了一只眼睛和一只翅膀。所以，一只蛮蛮是飞不起来的，必须要找到相匹配的另一只才能飞翔。它们只要一出现，就会有水灾发生。

　　山里还有一种像猿猴一样的野兽，叫作举父，它们长着像豹子一样的尾巴，手臂上布满斑纹，投起石头来又远又准，堪称"神投手"。

　　崇吾山北边是苍茫的冢遂山，东边是蠚（yān）渊，南边是瑶（yáo）泽，西边是一大片丘陵。有一天，举父们爬上山顶，正在欢快地玩耍，忽然听到山下乱哄哄的叫喊声。它们顺着声音向西方望去，看见好多只野兽正在围攻一个——哎呀，是天帝——正在和野兽们搏斗。

　　不知道是谁叫起来："这肯定是妖兽，天帝是在为民除害，我们帮忙去！"一呼百应，举父们飞奔下山，纷纷抓起石块砸向野兽们。野兽们被砸得抱头鼠窜，嗷嗷乱叫。这时候，西极之神蓐（rù）收也带着长乘、江疑、红光、耆童四大天神赶到了，大家一拥而上，终于把野兽制服了。

　　天帝派四大天神和举父一起，合力看管这些妖兽："把它们囚禁在搏兽之丘，不得再出去危害人间。"

　　天帝话音刚落，忽然看到两只蛮蛮从头顶飞过，一只举父急忙叫道："蛮蛮要去哪儿？肯定是有地方发大水了，怎么办？"天帝摆摆手说："不怕，你们只管看好妖兽，我去治理洪水！"说完，天帝腾空而起，一转眼就不见了。

西次三经之首,曰崇吾之山^①,在河之南,北望冢遂^②,南望㟭之泽^③,西望帝^④之搏兽之丘^⑤,东望螭渊^⑥。

【注释】

① 崇吾之山:一说在今青海茶卡盐湖附近;一说在今甘肃境内。

② 冢(zhǒng)遂:山名,具体所指待考。

③ 㟭之泽:水名,具体所指待考。

④ 帝:一说指黄帝;一说指天帝;一说指炎帝。

⑤ 搏兽之丘:搏杀猛兽的丘陵。一说指山名,即搏兽丘,具体所指待考。

⑥ 螭渊:地名,一说即"盐渊",指茶卡盐湖。

53

不周山

bù zhōu shān

——由此可达天界

嘉果木

商朝时候，有一位辅佐商王的巫医，叫作巫咸。他会用巫术看病，更重要的是他能够用占卜之术跟神灵沟通。

有一年，天下大旱，巫咸占卜求雨，商王也亲自拜祭祖庙和神灵，但都无济于事。商王找巫咸商量，想让他去天上一趟，当面求天帝降雨，给百姓们一条活路。巫咸知道有一座不周山是可以通到天界的，但是山上终年覆盖着冰雪，他不敢确定自己能不能顺利登山。不过，想到干裂的土地、饿着肚子的百姓，他下决心要去试试。

巫咸出发了。他顺着黄河走呀走呀，终于来到了不周山下，只见山峦高耸，果然覆盖着皑皑冰雪。他咬咬牙，向山上爬去，山高路滑，不知道摔了多少个跟头，他又饿又累，实在走不动了，瘫倒在地上。这时他忽然抬头看到了一棵树，绿油油的像是枣树，但是果实却像桃子，而且还开着黄色的花朵！他心中一喜，挣扎着爬起来走过去，摘下一颗果实，吃了下

去。好甜！他一口气吃了好几个，疲劳竟一扫而光，浑身充满了力量。

他继续向上爬，饿了累了，就吃这种神奇的果实。吃过果实，马上就又能继续爬山了。就这样，他爬到了天界，见到了天帝。天帝被他的坚韧和仁爱感动，派风伯、雨师下去降雨。

巫咸下了山，风雨兼程地赶回国都。商王带领百姓们出城迎接他，看着绿油油的庄稼，巫咸欣慰地笑了。

【西山经·西次三经】

又西北三百七十里，曰不周之山①，北望诸毗之山，临彼岳崇之山②，东望泑泽③，河水所潜也，其原④浑浑泡泡⑤。

【注释】

① 不周之山：一说在今内蒙古境内。

② 岳崇之山：具体所指待考。

③ 泑（yōu）泽：一说可能是汉代居延海的古称，在今内蒙古境内。

④ 原：一说同"源"，指源头；一说指原野。

⑤ 浑浑泡泡：大水奔流时的喷涌之声。

钟山

——神仙打架之地

鸱鸟　鸟

大鹗

　　西方第三列山系中还有一座钟山，钟山的山神是烛阴，他的儿子叫作鼓，长着人的脑袋，龙的身子，能腾云驾雾，神通广大。不过鼓性格暴躁，一生气就喷火，有一次他生起气来，喷了一场大火，烧着了好几个村子。天神葆江正好路过，喷出雨水熄灭了大火，并且教训了鼓几句。

　　鼓打不过葆江，回去约了朋友钦鸡（pí）去报仇。葆江一开始不愿意动手，年轻人嘛，还是要多教育的。可是，他们根本听不进去，前后夹击，葆江没办法，只好和他们打了起来。但是寡不敌众，一不留神，竟然被他们杀死了。

　　这下惹了大祸。天帝岂能容忍这种随意杀神的行为？于是，天帝派天兵天将下凡捉拿鼓与钦鸡，带到钟山东面的瑶崖上处死了。

　　烛阴很伤心，抱着儿子哭了起来，泪水落到鼓身上，鼓竟然动了起

58

来，变成了一只鹭鸟，形状像鹞鹰，脑袋也是白色的，长着直直的嘴巴，身上有黄色斑纹，脚却是红色的，叫声像天鹅。更神奇的是，旁边的钦䲹也复活了，他变成了一只大鹗，白色的脑袋上长了一张红色的嘴巴，身上布满黑色纹路，长着老虎般的爪子，也有着清晨天鹅般的叫声。

两只鸟飞起来，盘旋几圈后，冲烛阴点点头，就要向远方飞去。烛阴吓坏了，手一伸，抛出两根丝绳，拴住了两只鸟的腿，把它们捉了回来。烛阴很清楚，它们已经变成了凶鸟。鼓一出去，天下就会大旱；钦䲹一出去，天下就会打仗。所以，绝对不能放它们出去。

烛阴硬下心肠，把两只大鸟关进了石洞。

【西山经·西次三经】

又西北四百二十里，曰钟山。其子曰鼓，其状如人面而龙身，是与钦䲹杀葆江于昆仑之阳，帝乃戮之钟山之东，曰峂崖。钦䲹化为大鹗[1]，其状如雕而黑文白首，赤喙而虎爪，其音如晨鹄[2]，见则有大兵；鼓亦化为鹭鸟，其状如鸱，赤足而直喙，黄文而白首，其音如鹄，见则其邑大旱。

【注释】

[1] 鹗：又名鱼鹰，背暗褐色，腹白色，常在水面上捕食鱼类。

[2] 鹄：也叫天鹅，形状像鹅而较大，羽毛白色。

槐江山

huái jiāng shān

——黄帝的空中花园

英招 神

玉 丹粟 银 青雄黄 琅玕 黄金 矿

槐江山是丘时水的发源地，这里物产丰富，景色优美。在这座山中，除了随处可见的石青、雄黄等漂亮的矿石，还有很多黄金、美玉，更有那像珠玉一般的罕见美石。走在山间，满目都是葱茏的树木、美丽的奇花异草，再加上山中若隐若现的飞瀑，还有那潺潺的溪水……这一切美若仙境。

槐江山的南方就是昆仑山，那里是天帝设在下界的都城。有一天，天帝又从天界来到昆仑山巡游，当他站到昆仑山顶，远远地看到朝北的方向，出现了一座异常美丽的空中花园。天帝赶紧叫来昆仑山的大总管陆吾，手指着北方问道："那里什么时候建了一座空中花园？"

听到天帝口中的"空中花园"，一开始，陆吾还一头雾水。等他看清了天帝手指的方向，才知道他所说的是槐江山。陆吾笑了笑，恭敬地回答说："那是槐江山，离这儿四百里。那山上的风景最是秀美，的确称得上花园。"

天帝这才知道，原来离昆仑山不远的地方，竟然还有这样一个美丽的地方呢！

"快快快，带我过去看看！"天帝迫不及待地催促着陆吾。

对天帝和像陆吾这样的天神来说，四百里的路程，也不过眨眼之间就到了。置身于美丽的槐江山中，一时之间，天帝完全放下了身为帝王的威仪，兴奋得如同一只飞入花丛中的蝴蝶。

"哇，不错不错……"

"太美啦，这里怎么会有这么多美妙之物呀？"

他这里看看，那里瞧瞧，不时发出赞叹。最后，天帝决定，他要将槐江山"收编"，纳入自己的花园之列，以后一有时间就来这里小住一些日子。

"陆吾，你帮我推荐一个人选，看有谁能在这里替我管理槐江山呀？"

"我看英招就很适合。"

有了天帝的召唤，英招很快来到了槐江山，从此成为天帝在槐江山的花园管家。

【西山经·西次三经】

又西三百二十里，曰槐江之山①。丘时之水②出焉，而北流注于泑水。其中多嬴母。其上多青雄黄，多藏③琅玕④、黄金、玉，其阳多丹粟，其阴多采黄金、银。实惟帝⑤之平圃⑥，神英招司⑦之，其状马身而人面，虎文而鸟翼，徇⑧于四海，其音如榴。

【注释】

① 槐江之山：一说在今新疆境内；一说在今甘肃境内；一说在今新疆与青海交界处。

② 丘时之水：即丘时水，水名，具体所指待考。

③ 藏：一说指隐藏、埋藏；一说即"臧"，指善、好。

④ 琅玕：玉石。

⑤ 帝：黄帝。一说指天帝。

⑥ 平圃：即"玄圃"，传说中神仙的居处。

⑦ 司：管理，掌管。

⑧ 徇：巡行。

kūn lún shān
昆仑山
——万山之祖

陆吾 神　　　龚草 草　　　沙棠 木　　　钦原 鸟　　　土蝼 兽
　　　　　　　　　　　　　　　　　　　　　鹄鸟

　　昆仑山巍峨壮观，山势辽阔，黄河、赤水、洋水、黑水四条河都发源于这里①，其中，黄河经由千万年的流淌，更是成了中华文明的发祥地。而古人心目中黄河之源的昆仑山，则被誉为"万山之祖""中国第一神山"。

　　至高无上的天帝，也是一个喜欢纵情于天地间的人。虽然天界有很多美妙无比的仙境，但天帝也喜欢时不时地到下界来游历一番，或是考察民情，或者就只是单纯地来游览一下山水，放松一下心情。

　　当天帝第一次来到昆仑山时，他就被这昆仑山的气势所深深吸引了："想不到在下界，还有这样雄伟壮阔的地方！"

　　天帝决定，他要把这座昆仑山打造成自己在下界的都城，这样，他以后来到下界，就可以有一个固定的落脚之处了。这么重要的地方，当然得有一个得力的人来帮他管理啦！天帝首先想到了陆吾。

　　陆吾是一位人脸虎身的天神，还有九条尾巴，看起来威风凛凛，做起事来又总是尽心尽力，所以一直最得天帝信任。陆吾本来掌管着天上的九个部界，另外还要管理天帝的那些花园，现在，又奉命来到这昆仑山，成了昆仑山的大总管。

　　昆仑山上有许多神奇的花草，比如吃了就能让人不怕水淹的沙棠，还有可以让人解除烦恼忧愁的龚（pín）草等。也有很多神奇的鸟兽，比如一种会吃人的羊形怪兽叫土蝼，还有被它螫一下就会死掉的钦原鸟。不过，

---

① 黄河发源于青藏高原巴颜喀拉山，昆仑山是黄河发源地是清代以前古人的认知，《山海经》就是这么记载的。

63

自从陆吾来到昆仑山后，这些脾气古怪又爱伤人的鸟兽，就被管得服服帖帖的，再也不敢随便做出伤害他人的事了。

一有时间，陆吾就在昆仑山上走动，看看还有哪些可以改进的地方。有一次，他在山中看见一只五彩缤纷的鹑鸟，觉得非常喜欢。"不如以后，你来帮我分担一下工作，就由你来专门管理天帝的各种服饰吧，怎么样？"听到陆吾的话，鹑鸟又惊又喜，愉快地接受了这样一份工作。

后来，陆吾把昆仑山打理得越来越好，而天帝把这里当作下都的事也渐渐传开了，昆仑山就成了所有山中地位最高的一座了。

【西山经·西次三经】

西南四百里，曰昆仑之丘①，是实惟帝②之下都③，神陆吾④司之。其神状虎身而九尾，人面而虎爪；是神也，司天之九部及帝之囿⑤时⑥。

【注释】

①昆仑之丘：即昆仑山。古代所谓昆仑山在今甘肃境内，与现代所指不同。

②帝：黄帝。一说指天帝。

③下都：在下界的都城。

④陆吾：神名，即开明兽。

⑤囿（yòu）：养动物的园子。

⑥时：时节。

玉山

yù shān

——西王母居住的地方

西方有一座山叫玉山，玉山上最多的就是玉石，所以得名玉山。这座山上有一位女神，她常年披散着头发，头上戴着一串玉石做的发饰。不说话的时候，她就像一位美丽端庄的淑女，可只要一张口，立马就会变得面目狰狞起来——因为她长着一口老虎牙齿，看起来锋利无比，很是吓人。此外，在她的身后，还拖着一只长长的豹尾巴。这位女神就是西王母。

西王母很喜欢玉山的玉石，就把自己的宫殿建在了玉山上。守着这么大一座玉山，西王母的宫殿房屋，以及房屋里面的各种器具用品，全都是用玉做成的。

西王母是一位身份尊贵的女神，在整个天界有着很大的权力。她掌管着天上的各种灾难、瘟疫和刑罚，所到之处就会给人一种紧张的压迫感。人们一看到她，就会退避三舍。不过，自从住在这玉山之后，每天看到光洁莹润的玉石，西王母的内心，竟然也不知不觉地变得平和、温润了起来。她开始考虑，怎样尽力控制这些灾害的发生。

玉山有一种红色的鸟叫胜遇，长得像野鸡，这种鸟有带来水灾的能力。以前，胜遇鸟常常跑出去，高兴去哪儿就去哪儿，它们一到哪个地方，那里很快就会发生水灾。现在，西王母就会想办法约束胜遇鸟，给它们限定活动范围，不让它们随便给人间带去灾害。

而且，如果哪里头一年发生了灾害，第二年，西王母就会特意派神兽狡去那个地方走一趟。神兽狡也生活在玉山上，它长得像狗，头上有一对牛角，身上长着豹一样的斑纹，它出现在哪里，哪里就会获得大丰收。

【西山经·西次三经】

又西三百五十里，曰玉山，是西王母所居也。西王母其状如人，豹尾虎齿而善啸，蓬发戴胜^①，是司天之厉^②及五残^③。

【注释】

① 胜：古代人们戴在头上的一种饰物。

② 厉：灾疫。一说指星名。

③ 五残：五刑残杀。一说指星名。

<ruby>轩<rt>xuān</rt></ruby><ruby>辕<rt>yuán</rt></ruby><ruby>丘<rt>qiū</rt></ruby>

——黄帝诞生地

丹粟
青雄黄

　　黄帝还有个名字叫轩辕氏，这个名字，跟他出生的地方有关，因为黄帝就出生在轩辕丘。

　　传说黄帝的父亲是少典。少典又称有熊氏，是有熊国的国君。少典娶了一位名叫附宝的妃子，可是过了很久之后，附宝一直都没能生下一个孩子，这让少典和附宝夫妻二人都觉得很遗憾。

　　后来有一天，一件神奇的事情发生了。那天，附宝在少典的陪同下，一起到沟水边游玩。突然，附宝眼睛一亮，指着水里说："看，那里好像有很漂亮的五彩石呢！"

　　少典一看，发现河水中果然有些红的、青的、黄的小石头。少典下到水中，把那些小石头捡了起来，发现是些丹砂、青雄黄之类的。二人很高兴，沿着沟水一直往前走，一直走到了轩辕丘。

　　轩辕丘上没有花草树木，看起来光秃秃的，两个人游玩了一会儿，就准备回家了。可是突然之间，天空乌云密布，一道闪电划破天空。附宝心想，难道是要下雨了吗？但奇怪的是，天空不但没有下雨，那道闪电也没有消散，而是绕着北斗七星一直转呀转，最后，那电光竟然像一条长龙似的，从天空中飞跃而下，径直往附宝的身上奔来！

　　很快，那道电光消失了，天空也重新亮了起来。"刚才那电光……"少典不敢相信地看着附宝，而这时，附宝感觉到自己已经怀上孩子了。

　　少典愣了愣，高兴地说："真是太好了！看来这座轩辕丘就是我们的宝地啊，不如我们就搬到这里，准备迎接我们的孩子吧。"

　　于是，附宝和少典就搬到了轩辕丘。在这里，附宝的肚子一天天大了起来，直到二十五个月之后，肚里的孩子才生了下来。

　　少典为孩子取名轩辕，而这个孩子，就是后来的黄帝。

【西山经·西次三经】

　　又西四百八十里，曰轩辕之丘①，无草木。淘水出焉，南流注于黑水，其中多丹粟，多青雄黄。

【注释】

① 轩辕之丘：传说中黄帝娶嫘祖的地方。一说位于帕米尔高原的山峰雪岭的东段；一说地属葱岭。

积石山
jī shí shān

——有求必应山

传说很久以前，西方的天空缺了一块，女娲就运了很多石头过去补天。在补完天之后，还剩下了很多的石头，女娲就把那些石头垒在一起，堆成了一座大山，这就是积石山。

积石山上的石头，跟别的普通石头可不一样。因为是女娲用来补天的石头，所以它们都被赋予了一种灵力，能根据需要幻化出任何别的东西来，可以说是有求必应。只不过，积石山上看起来就只有光秃秃的石头，别的什么也没有，所以，这积石山的秘密，很久都没有被人发现。

有一天，有个出远门的年轻人路过积石山，当他走到这里时，身上带的食物都已经吃完了。此时的他又饿又累，靠在一块石头上，不由得发出了绝望的叹息："唉，看来今天，我只能饿死在这荒山上了吧？这么大的一座山，怎么连用来充饥的野菜、野果也没有呢！"

话刚说完，那块石头的旁边，突然就冒出一棵桃树来，树上还挂着好多红艳艳的桃子。年轻人一惊，以为自己在做梦呢，但此时的他也顾不上那么多了，赶紧摘下一个桃子吃起来。年轻人一连吃下了十个桃子，终于感觉到肚子有些饱了。这时，他才注意到，在那棵桃树下，还长着一丛嫩绿的野菜。"奇怪，这是怎么回事呢？刚才这里明明什么都没有呀！"

年轻人很是不解。不过，填饱肚子后，他感到困了，就想："要是能有一床棉被，让我在这里好好睡一觉该多好呀！"

谁知，这个念头刚一蹦出脑海，他的身边就出现了一床被子。他用手一摸，只觉得软乎乎的，比自己家里用的还好呢！年轻人高兴极了，心扑通扑通直跳，他一把抱住被子，感到不可思议："这到底是什么神仙地方

呀？怎么会有求必应呢？"

第二天，年轻人醒来，发现旁边的石头上放着一大包干粮。年轻人带上干粮，离开了积石山。走了几步，当他回头看时，发现那棵桃树不见了，放在石头上的棉被也不见了，积石山又变成了光秃秃的样子。

"感谢神山！"年轻人对着积石山深深地鞠了一躬，然后背上积石山送给他的干粮继续赶路了。

【西山经·西次三经】

又西三百里，曰积石之山①，其下有石门②，河水冒③以西流。是山也，万物无不有焉。

【注释】

① 积石之山：一说在今青海、甘肃交界处。

② 石门：这里指大型的石洞。

③ 冒：往外透。一说指覆盖。

长留山

cháng liú shān

——白帝少昊的宫殿

白帝少昊　员神磈氏　神

　　传说白帝少昊是黄帝的长子，他原本是东夷部族的首领，后来又来到西方，成了主管西方的天帝。在西方，少昊住在一个名叫长留山的地方。这座长留山有个很神奇的特点，那就是山上各种鸟类的头顶上、野兽的尾巴上甚至是玉石上，都带有漂亮的花纹。

　　有一段时间，少昊在山上发现一些新来的鸟兽。少昊注意到，刚开始的时候，这些外来鸟兽的身上原本是没有花纹的，然而过了一段时间，它们的身上竟然也渐渐长出花纹来了。少昊想，这可真是太有意思了！他决定一有空闲，就四处走走。

　　一天傍晚，少昊来到山顶，他发现山顶上竟然有一座玉石做的宫殿，在宫殿的门口，有一个人静静地站着，一直望着西方正在下落的太阳，神情很是专注。少昊的眼睛随着那人的目光，也望着正在西下的太阳。此时，夕阳的光辉洒满大地，天边的红霞映照出一个柔和而美丽的世界。少昊心想，这可真是个欣赏日落的好地方呀，怪不得这人看得如此入迷呢！

　　很快，太阳完全落了下去，那人像是终于完成了一项任务似的，神情放松下来。这时，他发现了少昊，愣了一下，赶快走到少昊面前，自报家门说："我是一直住在这长留山的员神磈（wěi）氏，听说天帝少昊也要搬到这里来，想必就是您了吧？"

　　原来，少昊见到的这个人，就是负责掌管太阳西落的员神磈氏。

　　此后，少昊和员神磈氏一起居住在长留山，成了要好的邻居和朋友。少昊也会时不时地来到山顶的宫殿前，欣赏长留山最美的日落景观。

【西山经·西次三经】

　　又西二百里，曰长留之山，其神白帝[1]少昊居之。其兽皆文尾，其鸟皆文首。是多文玉石。实惟员神魂氏之宫。是神也，主司反景[2]。

【注释】

① 白帝：古代神话中的五位天帝之一。
② 反景：指太阳西落时的景象，因与太阳东升时光照的方向相反，故称。

符惕山
fú yáng shān

——这里住着一位怪雨神

江疑 **神** ｜ 棕楠 **木** ｜ 金玉 **矿**

有一座山叫符惕山，这座山上长满了茂密的棕树，还夹杂着许多珍贵的楠木，山下藏有丰富的金属矿物和玉石。

有一天，几个山民跑到符惕山来砍楠木。当他们看到满山的楠木，眼睛都放光了："这里有这么多的楠木，这符惕山可真是一座宝山呀！"

他们在山中转了一会儿，然后选了一棵又高又大、树干笔直的树，抡起斧头，就对着大树的根部砍去。"砰砰"的声音在林中响起，打破了符惕山的宁静。突然，山上狂风大作，把那些棕树的巨大叶片掀起，发出响亮的"啪啪"声。几个山民吓了一大跳，停下了手中的斧头。

"看，那是什么？"一个山民指着旁边的方向，这时，他们看到了一个无比奇怪的景象——只见一大团乌黑的东西，从几棵棕树的叶片之下冒了出来，正在缓缓上升，越升越高，然后朝着他们几个人的上空飞。

"好像……是云？"一个人迟疑地说，他还从没有见过这样的云呢。

很快，他的猜测就得到了证实。因为那团乌云停在了那棵楠木的树梢上，也就是他们几个人的上方。紧接着，一场大雨"哗啦啦"地落了下来！

"这雨，也太奇怪了吧？这是怎么回事呀？"

大雨劈头盖脸地落在他们身上，像是被一根根水做的鞭子抽打着。几个人赶快丢下斧头，四散开去。这时他们才发现，那奇怪的大雨只落在那棵楠木的四周，而旁边的地方，却连一滴雨水都没有。

"咱们快走吧，别砍什么楠木了。这符惕山可真是太奇怪啦！"

"大概是有山神显灵，不让我们砍吧？"

几个人连斧头也不要了，赶紧逃走了。这时，一位穿着棕衣的山神，从棕树下走了出来，他就是住在符惕山的雨神江疑。原来，他既是一位可以呼风唤雨的雨神，也是这符惕山的守护神。

望着山民的背影，雨神江疑往上空一挥手，那团乌云就消散了，大雨也立刻停了下来。

【西山经·西次三经】

又西二百里，曰符惕之山[1]，其上多棕、楠，下多金、玉，神江疑[2]居之。是山也，多怪雨，风云之所出也。

【注释】

[1] 符惕之山：当为祁连山中的一座山岭。
[2] 江疑：传说中的神名。

sān wēi shān
三危山

——三青鸟乐园

 鸟

三青鸟
鸱

微徊 兽

从符惕山向西二百二十里，有座三危山，山里住着一只奇怪的鸟，叫作鸱，它长了三个身子，却只有一个脑袋。鸱喜欢绿色，它总是喜欢衔各种各样的种子，播撒在三危山上。可是，山里还有一个叫作微徊（ào yē）

的怪兽，像一头白色的牛，脑袋上长了四只角，身上像披了蓑衣一样，长满硬毛。它总爱跟鸱对着干，鸱种花草，它就搞破坏。

鸱打不过徽狍，只好来找西王母求助。

西王母派三只青鸟代表自己去劝说徽狍，帮助鸱种花种草。这三只青鸟都飞得极快，翅膀一扇就是几百里，而且还能上天入地。

徽狍根本不听青鸟的话："三危山是我的地盘，就是西王母来了，也不行！"三只青鸟气坏了，俯冲下去，六只爪子一齐抓住徽狍，飞了起来。呼呼的风掠过徽狍的耳边，它吓坏了，紧闭着双眼，大声嚎叫："我知错了，知错了！快放我下去！"

三只青鸟带着徽狍飞了一圈，回到三危山，把它放了下来，头晕目眩的徽狍再也不敢捣乱了。三只青鸟飞来飞去，衔来世界各地的奇花异草，种在三危山。从那以后，它们有空了就会飞来，帮助鸱照顾花草。

夕阳西下，它们在柔软的草地上悠闲地散步，微风送来阵阵花香。

三只青鸟爱上了这里。

它们去请求西王母："让我们住在三危山吧，那里太美了！"

西王母笑笑："好呀，给我建一座行宫吧，我也想去住几天！"

【西山经·西次三经】

又西二百二十里，曰三危之山①，三青鸟②居之。是山也，广员③百里。

【注释】

① 三危之山：在今甘肃敦煌市。

② 三青鸟：传说中为西王母取食的鸟。

③ 员：同"圆"。

天山
tiān shān

——西王母会见周穆王之地

帝江 **神**

金玉 **矿**

青雄黄

在西方第三列山系中有一座天山，山上蕴藏着许多金属矿和玉石，也有大量的青雄黄。英水从这座山里发源，向西南流入汤谷。半山腰处，群山环抱着一汪碧水，就是瑶池，池边绿草青青，山花烂漫。

这里是西王母喜欢的行宫之一。

这一天，青鸟来报信，周朝的天子周穆王从遥远的东方来拜见。西王母有点吃惊："一个人间帝王，怎么能走这么远的路？""他是坐着八匹骏马拉的车子来的，真是威风！"青鸟赞叹道。

西王母派青鸟去迎接周穆王，把他的车队带上天山，带到瑶池。西王母设宴款待，她命侍女们端出美酒佳肴招待客人，又命山神帝江载歌载舞，为远方的客人助兴。帝江长得像一只黄色的口袋，六只脚四只翅膀，脸上模糊一团，没有鼻子和眼睛。就是这样一位山神，歌声婉转悠扬，舞姿优美动人，吸引了山里的鸟兽也纷纷跑出来观看。

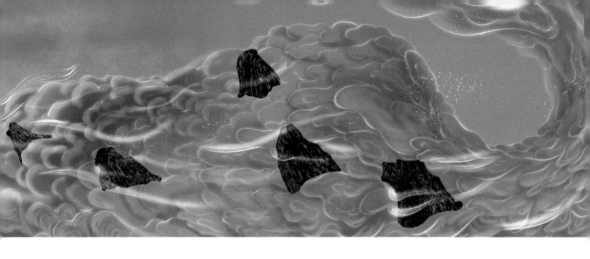

周穆王端着酒杯，看呆了！

帝江表演完毕，西王母又亲自为周穆王唱了一首歌，周穆王随着歌声跳起了舞，青鸟们也忍不住翩翩起舞。

周穆王住了几天，西王母和青鸟陪着他到处游玩，他看遍了天山的美景，吃遍了仙境的美食，不想走了。

可是，还有一国百姓等着他呢，他必须回去！

临别的时候，西王母送给他很多美玉，还有青雄黄。周穆王上了马车，青鸟在前面带路，送他们下山。周穆王回头远望天山群峰，心中默念："美丽的天山瑶池，我还会来的！"

【西山经·西次三经】	【注释】
又西三百五十里，曰天山①，多金、玉，有青雄黄。英水②出焉，而西南流注于汤谷③。有神焉，其状如黄囊，赤如丹火，六足四翼，浑敦④无面目，是识歌舞，实为帝江⑤也。	① 天山：一说即位于今甘肃张掖的祁连山；一说指今新疆天山山脉东端的博格罗山；一说指今昆仑山脉北面的帖尔斯克伊山。现在的天山指横贯新疆中部、西端伸入哈萨克斯坦和吉尔吉斯斯坦的巨大山系。 ② 英水：水名，具体所指待考。 ③ 汤谷：水名，具体所指待考。一说指今吐鲁番盆地。 ④ 浑敦：即"混沌"，指模糊一团的样子。 ⑤ 帝江：传说中的神名。一说即帝鸿，也就是黄帝。

泑山
yōu shān

——天神蓐收的住所

蓐收 神

瑾瑜 矿
青雄黄

从天山向西二百九十里，有座泑山，天神蓐收就住在这里。

他是西方之帝少昊的儿子，浑身长满白毛，有着锋利的虎爪，左耳朵上戴着一条小蛇。他是管理西方的秋天之神。每天，他都会骑上左右双龙，手提大斧，巡视天下。然后在日落前回来，往山谷温泉里投放一定数

量的火石，再飞上山顶，坐在家门口的大树上，静静地等待日落。累了一天的太阳缓缓下落，落到熔化了火石的温泉里，补充消耗的能量。

蓐收需要根据各地植物的生长情况，决定当天的火石投放量。春夏植物要生长，需要高温，火石的投放量就要多；秋冬植物要收获收藏，温度就要降下来了，火石的投放量就要少。

可是，他太忙了。因为他还是刑罚之神，肩负着维护天下秩序的重任。一路走来，看到为非作歹的，就要出手阻止并且惩治恶人。有一天，他在回泑山的路上，看到了两个村子里的人在打架，只得停下来阻止他们，紧接着调查情况，调解矛盾，惩治罪魁祸首，安抚受伤的百姓。他忙得晕头晕脑，无法抽身，就没有回家，也没有投放火石。

第二天，太阳虽然照旧升上了天空，却懒懒的、冷冷的，导致整个世界都阴沉沉的。那一天，本来要开的花骨朵，没能绽放就打了蔫儿。

这样可不行！于是，蓐收把投放火石的事儿交给了红光，自己只管确定每天的投放量就行了。红光尽职尽责，蓐收很放心。不过，他还是争取每天回家，因为，他最幸福的事儿，就是坐在门口的大树上，看落日把天空染成红色。

【西山经·西次三经】

又西二百九十里，曰泑山①，神蓐收②居之。其上多婴短③之玉，其阳多瑾④瑜⑤之玉，其阴多青雄黄。是山也，西望日之所入，其气员⑥，神红光⑦之所司也。

【注释】

① 泑山：一说指今新疆的火焰山；一说可能指今新疆罗布泊附近的高山。
② 蓐收：传说中的神名，掌管秋天万物的收藏。
③ 婴短："短"似应作"脰"。意思是挂在脖子上。
④ 瑾：美玉。
⑤ 瑜：美玉。
⑥ 气员：指气象浑圆。
⑦ 红光：传说中的神名。一说即蓐收。

hào shān
号山
——这里住着六十位山神

　　自古以来，每座山都只有一位山神，不过，也有例外，西方第四列山系中的号山，就有六十位山神。

　　这座山上长了一些漆树、棕树，还有大片大片的香草，微风吹来，很远都能闻到清香。山里这六十位山神，本来是散仙，虽然也在众神名册上，但法力低微，没有官职，只能到处游荡。他们先后来到这里，喜欢香草的芳香，留了下来。大家和睦相处，过得倒也自在。

　　一年前，一个小妖怪红孩儿霸占了号山，散仙们都怕他的三昧真火，只好乖乖地听话。

　　他要每天吃一只鸡，散仙们不想去村子里偷鸡，其中一位只好去偷了几颗鸡蛋，用法力催动它们一天孵出小鸡，又一天长成大鸡，留下一只母鸡下蛋，再孵小鸡，这样，就有鸡送给红孩儿了。

　　过了一段时间，他又想吃猪肉，散仙们就去别的山里捉来几头野猪，圈养起来，供给红孩儿。就这样，他们陆续驯服了猪、牛、羊等。

　　后来，孙悟空保护着师父唐僧取经，路过火焰山，在观音菩萨的帮助下收服了红孩儿。六十位散仙恢复了自由。不过，他们已经习惯了养鸡鸭养猪牛羊，看着鸡"咕咕咕"地走来走去觅食，鸭子一扭一扭地走进池塘，大黄牛站在牛棚里默默地嚼着干草……他们心里高兴。不过后来，他们不再着力于增加这些动物的数量了，而是想办法繁殖一些新品种，送给附近的老百姓。号山的老百姓过上了好日子。天帝非常高兴，把六十位散仙都封成了号山山神，和当地百姓幸福地生活在一起。

【西山经·西次四经】

又北百八十里，曰号山①，其木多漆、棕，其草多药、蘗、芎䓖。多泠石。端水出焉，而东流注于河。

【注释】

① 号山：当在今陕西北部，具体所指待考。

yú shān
盂山
——忠义之山

白雉 鸟
白翟

白狼 兽
白虎

铁 矿
铜

从号山往北二百二十里，有一座盂山，山中矿藏丰富，北面盛产铁矿，南面蕴藏着很多铜矿。山里生活着很多白色的飞禽走兽，有白狼、白虎，还有白色的野鸡和翠鸟，非常好看。生水从这里发源，向东流进黄河。这里曾经发生过一个令人感动的故事。

春秋时期，晋景公即位后，宠信一个叫屠岸贾（gǔ）的人。这个人和另一个大臣赵盾有仇，但是赵盾权势很大，他不敢动手。等到赵盾去世，他再没有顾忌，就在晋景公面前陷害赵家，杀死了赵盾的儿子赵朔。赵朔的妻子刚刚生下一个儿子，叫作赵武，屠岸贾连小小的婴儿都不放过，派人追杀。

赵朔的门客程婴和公孙杵臼决定誓死保护小主人，公孙杵臼问："你说保护小主人和为主人去死，哪个容易一些?"程婴思索片刻说："去死当然

容易——"公孙杵臼说："好，那我就把困难留给你了！"

屠岸贾带人追了上来，程婴假装出卖了带着小主人逃亡的公孙杵臼。屠岸贾杀了他们，奖赏了程婴。

屠岸贾怎么也想不到，他杀的是程婴的儿子。而赵武早已经被程婴的妻子带着逃到了盂山。程婴找到他们，历尽千辛万苦把小主人抚养长大。

赵武长大后，除掉了屠岸贾，为父亲报了仇，继承了先祖的爵位，赵氏重新成为晋国的大家族。这才有了后来赵、韩、魏三国分晋，历史进入了战国时代。

为了纪念程婴牺牲亲子、忍辱负重的忠义，人们把盂山改叫藏山，藏山成为名副其实的"忠义之山"。

【西山经·西次四经】

又北二百二十里，曰盂山①，其阴多铁，其阳多铜。

【注释】

① 盂山：一说应作"盂山"，具体所指待考。

niǎo shǔ tóng xué shān
鸟鼠同穴山
——渭水发源地

白虎兽 | 白玉矿

渭水是黄河最大的一条支流，它的发源地是西方的一座山。这座山有一个很奇怪的名字，叫鸟鼠同穴山。

有一段时间，渭水流域接连发生了很多大的纠纷和争斗。那段日子，不知怎么的，住在渭水边的人，忽然变得脾气暴躁无比。比如，两个人在渭水里捕鱼，有时候只是因为不小心看了对方一眼，就会吵起来，接着就大打出手。两个人对打还不够，连在一旁看热闹的人、双方的亲戚朋友，也都加入进来，很快就会发展成一场大混战。如果那两个人分属不同的村子，两个村子的人也会一起加入这场争斗……常常，这些争斗就像滚雪球似的，越滚越大，越滚越多。于是，走在渭水流域，总能看到很多鼻青脸肿，甚至是缺胳膊少腿儿的人。

后来，终于有人发现了其中的奥秘。他们发现，原来每次争斗的起因，都跟渭水中的一种鱼有关。那种鱼叫鳋（sāo）鱼，每次只要有人在渭水中发现了鳋鱼，人们很快就会发生很大的争斗。

"这是一种不祥之物！为了渭水流域的和平安宁，咱们得想办法消灭它们啊！"一位德高望重的老村长说道。于是，整个渭水流域的人联合起来，一起沿着渭水寻找鳋鱼，找到后就立即将它们消灭掉。就这样，村民们找啊找，一直找到了渭水的源头。

在这里，他们看见一座大山，山上没有树，却有很多的洞穴。不一会儿，一群老鼠不知从哪里跑了过来，齐刷刷地钻进了洞穴。"原来这些都是老鼠洞呀！"有人恍然大悟地说道。

88

话刚说完，又有一群鸟儿不知从哪里飞了过来，也齐刷刷地钻进了那些洞穴里去。原来，这里没有树可供鸟儿们筑巢，它们便只好也住进了老鼠洞里。

"鸟和鼠还能住在一个洞穴里，这可真是咄咄怪事呀！"大家正在看热闹呢，远远地，他们又看见一群白虎朝这边走来，于是赶紧跑下山去。

后来，他们就把渭水源头的这座山称为"鸟鼠同穴山"。

【西山经·西次四经】

又西二百二十里，曰鸟鼠同穴之山①，其上多白虎、白玉。渭水出焉，而东流注于河。

【注释】

①鸟鼠同穴之山：今名鸟鼠山，在今甘肃渭源县西南。

dūn hóng shān
敦薨山
——传说中的黄河之源

芘草 **草**

棕楠 **木**

鸤鸠 **鸟**

赤鲑 **兽**
兕
旄
牛

　　北方第一列山系中有一座敦薨山，山上长着很多棕树和楠树，山坡上长满很多紫草，树林里生活着犀牛和牦牛，还有很多鸤鸠飞来飞去。敦薨水从这里发源，流经昆仑山的东北角，向西流入泑泽。水里有很多红色的鲑鱼游来游去，很漂亮。

　　泑泽在汉朝的时候，叫盐泽，张骞出使西域的时候到过这里。

　　汉朝建立后，北方一直受到匈奴的攻击。汉武帝即位后，想派人到西域去，找到和匈奴有仇的大月氏，联合他们前后夹击匈奴。于是，张骞奉命出使西域，顺便寻找黄河的源头。

　　他不惧艰险，一路西行。这一天，走到了一片湖泊，向导告诉他，这是盐泽，从这里向西就是于阗。于阗西边的河水都向西流入西海，东边的河水向东流到这里——正说话间，前面忽然走来一位美丽的女子，竟然是天上的织女！

　　织女告诉他："盐泽的水潜入地下，一直向南流，再冒出地面，就是黄河了！"

　　张骞心中一喜："那这就是黄河的源头了！"

　　织女摇摇头："这里还不是，你随我来！正好我要去拣支撑织布机的石头。"织女带着张骞顺着河流向西走，绕过昆仑山，走进敦薨山，一直找到黄河的源头。张骞蹲下来，捧起黄河源头的水洗了洗脸，洗去一路风尘。织女在水边拣了几块美丽的玉石，把其中一块送给张骞，便飘然远去了。

　　张骞九死一生，回到长安，把这事儿禀告了汉武帝。张骞在黄河之源见到仙女的故事传到民间，越传越神奇，甚至有人猜测：说不定黄河水也是从天上来的呢！

【北山经·北山一经】

又北三百二十里，曰敦薨之山①，其上多棕、楠，其下多茈草。敦薨之水出焉，而西流注于泑泽。出于昆仑之东北隅，实惟河原②。

【注释】

① 敦薨之山：在今新疆境内，具体所指待考。
② 河原：即河源，指河水的源头。河，一说指黄河，一说指开都河。

guǎn cén shān
管涔山

——冰火两重天

玉矿

　　北方第二列山系中第一座山，是管涔山，这座山坐落在黄河东边，汾河从这里发源。山上没有高大的树木，只长着茂密的野草，山下有很多玉石。

　　在商朝末年，这里住着一个少数民族部落，称作燕京戎，所以，这座山也叫燕京山。燕京戎人勇武善战，时常骚扰商王朝的地盘抢东西。这时候，商朝已经走下坡路了，没有力量去征讨这个小部落，只好招抚了他们，让他们负责镇守北方。

　　可是，越来越强盛的周人部落看中了管涔山和汾河流域这一片沃野。这年秋天，周军向燕京山进发，燕京戎人听到消息，撤回到大山深处，做好了迎战的准备。

　　周军人多势众，攻势非常猛烈。燕京戎军不是对手，刚一交战就溃不

成军，四散奔逃。周军根本没把这些乌合之众放在心上，叫嚷着"消灭戎人，占据这座大山"，紧追不舍。追着追着，周军感觉越来越热，仿佛到了夏天似的。忽然，有人叫起来："着火了！"大家都看到了，前面烟尘滚滚，热浪扑面而来。将军一惊：不好！中计了！燕京戎人烧山了！他大喊："撤退，小心埋伏！"周军掉头就跑——

忽然，四周杀声四起。燕京戎人挥舞着刀枪杀了出来，周军大败，退出了管涔山。

其实，燕京戎人并没有烧山，他们看到的是一座火山。在火山附近还有一座"万年冰洞"，洞内冰柱常年不化，寒冷刺骨，燕京戎人就埋伏在了冰洞里。他们靠着管涔山"冰火两重天"的奇特地貌，战胜了强大的敌人。

【北山经·北次二经】

北次二经之首，在河之东，其首枕汾①，其名曰管涔之山②。其上无木而多草，其下多玉。汾水出焉，而西流注于河。

【注释】

① 汾：指汾河，在今山西中部，是黄河第二大支流。源出宁武县管涔山，在河津市西入黄河。
② 管涔之山：在今山西宁武县境内。

县雍山

xuán yōng shān

——龙城的脊梁

白翟 **鸟** 白鹤

闾麋 **兽**

玉铜 **矿**

　　北山第二列山系中有座县雍山，山上有丰富的玉石，山下蕴藏着很多铜矿。晋水从这里发源，水中生长着很多鳖鱼，形状像小鰷鱼却长着红色的鳞甲，叫声就像人的斥责声。隋唐时期，这座山也叫悬瓮山，由于山腰里有一块像大瓮一样的巨石而得名。

隋朝末年，天下大乱，驻守晋阳的唐国公李渊也想起兵。这时候，隋炀帝亲信王威和高君雅听到了风声，想捉拿李渊。可是，李渊手握重兵，他们不敢轻举妄动，就哄骗李渊，请他到悬瓮山的晋祠求雨，想趁机除掉他。

李渊猜到两人的心思，不想去。可是，李世民说："晋阳好多天不下雨了，地里庄稼眼看就要干死了，求雨是为国为民的大事儿，必须去！"说完，他赶往晋祠，捉住了王威和高君雅。李渊随后也到了，亲自为百姓求雨。

晋祠是为纪念周成王的弟弟唐叔虞而建的。李渊焚香祷告："祈求神灵降雨，保我晋阳风调雨顺，五谷丰登。我一片诚心为国为民，讨伐暴君，希望神灵保佑我马到成功！"

话音刚落，外面响起"轰隆"一声惊雷，天空传来一个声音："晋阳是龙城，这悬瓮山便是龙城的脊梁。站在脊梁上为国为民祈福，神灵必佑！"紧接着殿外传来噼里啪啦的雨点声，终于下雨了！

雨过天晴之后，李渊率军出征，经过了几年征战，灭掉了隋朝，建立了唐朝。后来，人们就把晋阳叫作龙城，悬瓮山也改叫龙山，从此，"龙城的脊梁"闻名于世。

【北山经·北次二经】

又北五十里，曰县雍之山①，其上多玉，其下多铜。

【注释】

①县雍之山：即今山西太原市西南晋祠西山，一名龙山。

梁渠山
liáng qú shān

——鲜卑族聚集地

器 鸟 | 居 兽 | 金 矿
　　　暨　　　玉

古时候，北方有很多少数民族，常常侵扰中原国家。汉朝时，北匈奴单于被大将任尚斩杀，匈奴人被迫西迁，鲜卑族慢慢崛起——当时的鲜卑人有好几个部落，部落之间虽然形成了联盟，但是很松散，首领们谁也不服谁。想要称雄一方，鲜卑部落需要一个英雄。

这时候，檀石槐出现了。因为他英勇果敢、善谋略，所以被推举为部落首领。随着实力的增强，檀石槐的野心也越来越大。他不满足于仅仅做一个部落首领，他想要统治整个鲜卑族，甚至想和东汉一争高下。

就在他踌躇满志的时候，部落里闹开了瘟疫，很多人肚子疼，拉肚子，几天下来，一个个面黄肌瘦，有气无力。这可怎么办？难道老天爷在故意跟我作对？檀石槐很郁闷，骑上马跑出帐篷，随从们紧紧跟随。

不知道跑了多远，来到梁渠山山脚下。这时候，他们头顶上飞过几只奇怪的鸟，形貌像猿猴形状的夸父，长着四只翅膀，一只眼睛，却有一条狗尾巴，叫起来像喜鹊。檀石槐正在气头上，弯弓搭箭，嗖嗖嗖——几箭射出，几只大鸟跌落下来。他长出了一口气，招呼随从们捡起怪鸟，飞马回营。随从们把怪鸟放到火上去烤，不一会儿，香喷喷的气味就四处飘溢。几个躺在附近的病人也闻到了，挣扎着爬过来，嚷着要吃烤鸟肉。神奇的事儿发生了，吃过之后，他们的肚子不疼了。檀石槐非常高兴，吩咐随从们去梁渠山多射几只怪鸟来。

大家吃了怪鸟，腹泻都治好了。梁渠山真是吉祥之地呀！檀石槐就在这里建立了王庭，统一了鲜卑族部落，势力日益壮大。

【北山经·北次二经】

又北三百五十里，曰梁渠
之山①，无草木，多金、玉。修
水②出焉，而东流注于雁门③。

【注释】

① 梁渠之山：在今内蒙古兴和县。

② 修水：即今内蒙古的东洋河。

③ 雁门：水名，即今南洋河，源出山西雁门山。

湖灌山
hú guàn shān

——山脚下响起过《敕勒歌》

南北朝时期，北魏分为东魏和西魏，高欢把持东魏朝政，他手下有一员敕勒族的名将斛律金，英勇善战，威名远播。

有一次，高欢出兵攻打西魏的玉璧城，五十多天没有攻下来，士兵们死伤过半，被迫退兵。途中有人造谣说高欢中箭受伤了，一时间，人心惶惶，有些士兵偷偷地逃跑了。

斛律金心急如焚：这样下去怎么行？他走到士兵中间，想到这些都是跟着自己从湖灌山脚下敕勒川走出来的族人，他有了主意——

他登上一处高坡，面对士兵，高声唱起了敕勒川上的民歌《敕勒歌》："敕勒川，阴山下，天似穹庐，笼盖四野——"高亢嘹亮的歌声响起来，士兵们安静了下来，接着便跟着唱起来："天苍苍，野茫茫，风吹草低见牛

羊。"高欢听到歌声，走出营帐，也登上高坡，和斛律金并肩而立，跟着唱了起来。歌声在天地间回荡，士兵们眼中闪烁着晶莹的泪光，他们仿佛看到了辽阔美丽的故乡。

相传，远古时期，有一群天马从天上飞奔而来，卧在这里，化为湖灌山山峦。湖灌山北面有很多青绿色的玉石，山谷中长着一种树，叶子像柳树叶，树叶上有红色的纹理。湖灌水浇灌着敕勒川这片沃土，养育了英勇的敕勒族人民。

战马一阵嘶鸣，把大家的思绪拉了回来。这些战马都来自湖灌山，它们也思念家乡了吧？士兵们看到主帅安然无恙，士气大振，再也没有士兵逃跑了。

【北山经·北次二经】

又北三百八十里，曰湖灌之山①，其阳多玉，其阴多碧②，多马。

【注释】

① 湖灌之山：即今河北省与内蒙古自治区边境的大马群山。
② 碧：青绿色的玉石。

wáng wū shān
王屋山
——愚公的故乡

石矿

　　北方第三列山系中有一座王屋山，山上有很多石头，㴙水从这里发源，向西北流入泰泽。山脚下有个小村庄，住着愚公一家人。愚公快要九十岁了，儿孙满堂，日子过得和和美美。但是，老人家有一点不满意：

王屋山挡路，赶个集要绕很远，太不方便了。于是，他就想把这座山搬走，打通进出的道路。

说干就干！他招呼儿孙们凿石头、挖土……一家人干得热火朝天。这么大动静，山神早知道了，不过，他没把这事放心上：一个老头，也不过心血来潮干几天，坚持不下去的。可是，时间一天天过去，愚公一家人依然热情高涨地干着。愚公说："儿子生孙子，孙子又生儿子，我的子子孙孙没有穷尽，山却不会长高，怎么能挖不平呢？"

这话把山神吓坏了，要知道，王屋山是道家十大洞天之首，轩辕黄帝曾经在这里祭天，道家创始人老子曾经在这里悟道修道，就是现在，还有一位冲虚道长列子在这里修道呢。这里是道家文化的根本，怎么能毁坏？他找到冲虚道长商量对策。列子微微一笑："愚公心诚，倒是可以和我一起修道，我们去帮帮他吧！"

列子加入了愚公挖山的队伍，而天神则去求助玉帝。玉帝派夸娥氏的两个大力士儿子去王屋山，为百姓们踩出了一条出山的路。

列子把这个故事写了下来，不过，为了吸引大家，他把结尾改成了大力士背走了整个王屋山。

【北山经·北次三经】

又北百里，曰王屋之山①，是多石。

【注释】

① 王屋之山：在今山西垣曲县和河南济源市之间。

教山
jiào shān

——"七十二候"发源地

玉 矿

从王屋山往东北走三百里,就到了教山。山上有很多美玉,教水从这里发源,向西流入黄河。这条河夏天水流很大,足以灌溉周围的农田。冬天,河水干涸后,会看到河床里的两座小山,方圆只有三百步,叫发丸山。

山脚下的村子里住着一个勤劳的农民,就是舜。这一年,东风来了,大家开始收拾农具,准备耕地播种,却被舜拦住了。

他蹲下去扒开枯草让大家看:"小草还没有长出来,说明地温还不够高。大家注意到了吗?刮起东风的那一天,土地开始解冻,风里少了些寒冷,多了些暖意;大约五天后,就会有小虫子开始活动;再过大约五天,小草就会钻出来,这时候才是耕种的好时机。我观察几年了,年年大致如此,我想,根据这个规律种地,收成肯定错不了。"

哦——大家明白了,原来大自然每五天就会有一点细微的变化,动物、植物乃至土地、河流都会变。捕捉到这些变化,就可以掌握从耕作到收获的最佳时机。

从此,乡亲们也跟舜一起观察大自然:第一朵桃花开了,看到的人会跑来向舜汇报;燕子从南方飞回来了,也会马上去告诉舜;天上响起了第一声惊雷,大家都会提醒舜记录下来……

舜按照"五日为候,三候为气,六气为时,四时为岁",把一年二十四节气整理成"七十二候",作为一套历法推行全国,指导农事活动。

作为"七十二候"的发源地,百姓们把教山改名为历山。

【北山经·北次三经】

又东北三百里，曰教山^①，其上多玉而无石。教水^②出焉，西流注于河，是水冬干而夏流，实惟干河。

【注释】

① 教山：即历山，在今山西垣曲县北。

② 教水：在今山西垣曲县，经古城入黄河。

píng shān
平山

——《逍遥游》里的仙山

美玉 矿

北方第三列山系中还有一座平山，是姑射山的支脉。平水从山上发源，流到平阳城西五里处形成一片湖泊，叫作平湖。尧帝做了部落首领之后，就在平山脚下的平阳城建都，所以，平阳城也称为尧都。尧英明仁德，把天下治理得井井有条，百姓们安居乐业。

即使这样，尧帝仍然四处寻访贤人。有一次，他听说许由隐居在姑射山中，就去向他请教治国之道。几天的相处，他发现许由不仅道德高尚，而且学识渊博，比自己强多了，于是就想把天下让给许由。

许由坚决不肯接受："现在天下在你的治理下已经很好了，我出山代替你，无非是求得一个虚名。何况，我对天下没有什么兴趣，还是让我在山中逍遥自在吧。"

任凭尧帝再三恳求，许由只是摆手。看尧帝过于执着，他无奈地摇摇头，站起来就走，尧帝紧追不舍。

只见许由来到一处清泉前，伸手接了清冽的泉水，嘴里念念有词："哎呀，你的话弄脏了我的耳朵，我得好好洗洗！"说完，认认真真地洗起了耳朵。尧帝没有办法，只好离开了。

庄子在《逍遥游》中借一位狂人接舆之口说：姑射山是座仙山，山里住着一位神人，肌肤雪白，姿态优美，不吃五谷杂粮，只喝甘甜的露水，常常骑着一条飞龙，在无边无际的云海翱翔。他凝神关注的地方，人和万物就会自然和谐，风调雨顺，五谷丰登。

或许，这位神仙就是许由吧？

【北山经·北次三经】

又东南三百二十里，曰平山①。平水②出于其上，潜于其下，是多美玉。

【注释】

① 平山：即今山西临汾市西的姑射山。

② 平水：发源于姑射山，向东流入汾河。

tài shān
泰山
——盘古的头幻化而成的山

狷獬 兽 | 玉金 矿

在东方大地上，泰山是最雄伟壮丽的一座山。这座山上盛产美玉，山下还蕴藏着丰富的黄金。有一条环水从这里发源，向东流入汶水，水中有很多水晶石。

相传，泰山是盘古开天辟地之后，用自己的头幻化而成的。

在很久很久以前，整个宇宙还是混沌一片，在这片混沌之中，孕育着一个名叫盘古的巨人。盘古在混沌中昏睡了一万八千年之后，终于醒了过来。可是，他睁开眼睛，还是什么都看不见。在黑暗之中，他摸到一把锋利的斧头，然后抡起斧头，重重地朝周围的混沌劈去。于是，一些东西被他劈开了，向四周散开：一部分缓缓地向上升高，变成了天空；一部分缓缓地向下沉去，变成了大地。为了不让天地再合起来，盘古就头顶着天，脚踩着地，稳稳地站在天地之间，就那样站了一万八千年。

后来，天地逐渐成形了，盘古也累得再也支撑不住了，终于有一天，他重重地倒了下去。盘古死后，突然之间，他的身体发生了极大的变化：他的两只眼睛飞上天去，一只变成了太阳，一只变成了月亮；他的血液流向大地，变成了奔腾不息的河流；而他的头和四肢，则变成大地上高耸的五座大山——其中，盘古的头变成的，正是位于东方的泰山。

此后，泰山就一直稳稳屹立在东方，犹如盘古始终高昂的头颅，每天看着太阳升起，迎接东方的第一缕阳光。后来，泰山还逐渐成了历代帝王的祭天之地，也成为百姓崇拜的神山。

【东山经·东山一经】

　　又南三百里，曰泰山①，其上多玉，其下多金。

【注释】

①泰山：在今山东泰安市北，别称岱、岱宗、岱岳，属五岳中的东岳。

kōng sāng shān
空桑山
——商朝贤臣伊尹的出生地

轳轳 兽

东方第二列山系中第一座山是空桑山，它北面临近食水，东面可以望见沮吴，南面可以看到沙陵，西面可以望到滍泽。这座山本来没有名字，因为商朝的贤臣伊尹出生在这里而得名。

伊尹的母亲生活在伊水旁，在伊尹出生前的晚上，她做了一个梦，梦

108

里有位天神告诉她："你看到臼里冒出水来，就赶紧向东方逃命，不要回头。"早晨醒来，她推开房门，果然看到臼里冒出水来，天神的话是真的！于是，她赶紧跑出去，挨家挨户地通知乡亲们逃命。乡亲们将信将疑，但大多数还是选择相信她，收拾了东西跑出村子。

他们跑出十几里地，前面就是大山了。忽然从山里窜出一只长着老虎斑纹的野牛，大家都认得这种野兽叫轳轳，叫声像人的呻吟，也像是在叫自己的名字。轳轳从伊尹母亲身边蹿过，"哎呀，它一出现，就会发大水，难道真的发大水了？"这么想着，她回头一望，天哪！身后已经一片汪洋。

伊尹母亲违背了天神的命令，瞬间变作一棵空心的桑树。后来有一个采桑女来到这里，听到了小孩子的啼哭声，找来找去，最后在桑树的空洞里，找到了一个小婴儿。这就是伊尹。

伊尹长大后，非常能干又很贤德，商王成汤听说了，就提拔他做了相。他辅佐成汤打败了夏桀，灭掉夏朝，建立了商朝。伊尹辅佐商朝五代君主，为商朝的兴盛富强立下了大功。人们为了纪念伊尹的功德，把他出生的那座山叫作空桑山。

【东山经·东次二经】

东次二经之首，曰空桑之山①，北临食水，东望沮吴②，南望沙陵③，西望湣泽④。

【注释】

① 空桑之山：一说在今山东曲阜市北。

② 沮（jū）吴：山名，具体所指待考。

③ 沙陵：沙丘。

④ 湣（mǐn）泽：水名，一说当指大小汶河汇合处的水泽。

huò shān
霍山
——尧帝祭天处

穀（木 构树） | 胐胐 兽

霍山是一座植被非常茂密的高山，山上古木参天，其中最多的是构树。这里常年溪水潺潺，瀑布飞泻，即使在炎热的夏天，只要一走进霍山，人们就会瞬间感受到无比的清凉和舒适。

相传天帝的妻子羲和是太阳女神，她在嫁给天帝之后，一连生下了十个太阳。这十个太阳原本每天一个轮流出门，但是突然有一天，它们觉得一个人出门太孤单了，于是大家一起出了门。这下可不得了了，在十个太阳的照射下，人间立刻发生了大旱，河水断流，庄稼干枯，连茂盛的大树也全都变得蔫耷耷的。人们望着天上的太阳，叫苦连天。

当时，尧帝负责执掌人间的大事。看到百姓们生活在大旱中，尧帝也是心急如焚。有一天，一位长者来到尧帝面前，向他报告说："我听说有一座山叫霍山，即使在最热的季节，那里也十分清凉，并且登上霍山的山顶，您还可以祭告天帝。如果您到那里去向天帝请求，天帝一定会制止这十个太阳的行为的。"

听了长者的话，尧帝喜出望外，立即启程往霍山赶去。

尧帝一行冒着酷暑来到了霍山。才走到山脚，尧帝就惊呆了——原来，他们沿途所到之处，看到的都只有晒得干枯的植物，而眼前的霍山，却到处都还是郁郁葱葱的，仿佛一点都没受十个太阳影响。

"看来，那位长者说的话一定没错，百姓们有救了！"

尧帝走进霍山腹地的一道谷口，沿着山谷往山顶登去。越往山上走，尧帝就越感觉到了山中的清凉。喝一口山间的溪水，沿途的疲惫和焦渴顿时全消。

终于，尧帝登上了霍山的山顶。他对着天庭的方向，郑重地祭告天帝，祈求天帝管理好太阳，还给人间正常的生活。

很快，天帝接收到了尧帝的祭告，立刻派出天神羿去处理此事。于是，羿射下了九个太阳，大地才重获生机，人间才恢复了正常的生活。

尧帝又名陶唐氏，后来，人们为了纪念尧帝在霍山祭天一事，就把尧帝登上霍山的那道山谷叫作陶唐峪，流传至今。

【中山经·中山一经】

又北四十里，曰霍山①，其木多穀。

【注释】

①霍山：在今山西霍州市东南。

111

敖岸山

áo àn shān

——天神熏池居住之地

熏池 神	夫诸 兽	琈瑹 矿
		黄金
		美玉

敖岸山是赀（bèi）山山系的第一座山。这座山的南面出产很多美玉，其中最特别的一种叫琈瑹（tū fú）玉；山的北面则出产赭石和黄金。登上敖岸山的山顶，面朝北方，便能望见奔腾的黄河以及茂密的丛林。

在这座神秘而美丽的敖岸山中，住着一个名叫熏池的天神。熏池长着一张孩子似的面容，不管过了多少年，始终都保持着这样的长相；并且熏池的性格也和他的面容一样，如同孩子一般的天真活泼、纯洁无邪。

熏池住在敖岸山中，每天都过着快快乐乐、无忧无虑的日子。有时候，他会捡拾一些琈瑹和黄金，搭建起精巧无比的小房子，送给山中的小鸟小兽居住。要是有谁为了这美丽的房子而争抢起来，他就会一把将房子推倒、打散。那些小鸟小兽呢，则一个劲儿地追着他跑，一边跑一边喊："熏池，小熏池，你赔我们宝石房子！"

熏池没好气地回答："嘿，谁是小熏池？……不对，我为啥要赔你们宝石房子呀？那明明就是我做的！"虽然嘴上这样说着，但熏池还是一转眼，就又高高兴兴地给它们搭建出一座更漂亮、更大的宝石房子来。

有一天，熏池站在敖岸山的山顶，远远地望见黄河边有一只白色的小鹿，那是熏池从没见过的小兽。他一溜烟地跑下山，看到白鹿还站在那里，很孤单的样子。它跟普通的鹿长得不一样，因为它的头上有四只角。

"你是谁？"看见白鹿，熏池心中又高兴又好奇。

"我叫夫诸，"白鹿回答，"我还被大家叫作灾星。他们说，我走到哪里，哪里就会发生水灾。大家都不欢迎我。"说完，它羞愧地低下了头。

112

"你可以在我的敖岸山住下来，我们这里欢迎你。放心，这里是不会发生水灾的。"熏池拍着胸口，笑呵呵地说道。

熏池是最爱热闹的，他把夫诸带回敖岸山，每天带着它和山中的鸟兽们一起玩耍。从此，敖岸山就变得更加热闹了。

【中山经·中次三经】

中次三经萯山①之首，曰敖岸之山②，其阳多㻬琈之玉，其阴多赭③、黄金。神熏池④居之。是常出美玉。

【注释】

①萯山：一说指今河南新安县西北的东首阳山。

②敖岸之山：一说在今河南渑（miǎn）池县西北。

③赭（zhě）：红土。

④熏池：传说中的神名。

113

青要山
qīng yào shān
—— 美人圣地

武罗 神　荀草 草　鹑 鸟
鹑驾鸟

　　青要山是黄帝的秘密行宫，站在青要山的山顶向北望去，可以看见黄河的弯曲处；向南则可以望见墠渚，据说，那里就是大禹的父亲鲧死后变成黄龙的地方。

　　青要山层峦叠嶂，山高林密，是一个隐秘而美丽的地方。这座山的山神名叫武罗，是一位非常美丽的女神。武罗有一张异常娇美的脸，她明眸皓齿，腰身纤细，身体上还带有一种很特别的豹纹，看起来美艳无比。她喜欢在耳朵上戴一副精美的金属耳饰，每当走起路来，就会发出叮叮当当的声音，非常清脆悦耳，这让她显得更加婀娜多姿了。

　　武罗的美，跟青要山上的荀草有着密切的关系。这种荀草长得有点像兰草，却是方形的茎干，根部又长得像一种叫藁本的药材。荀草会开出黄色的花朵，结红色的果实，不管是吃它的花、果实还是根，都能让人的皮肤变得更加光洁。武罗生活在青要山上，每天都会采一些荀草来食用，这样，她就变得越来越美了。

　　附近的人们都知道了青要山上有一个很美的女山神叫武罗，也知道有一种很有效的美容草叫荀草，于是，很多爱美的女子慕名来到青要山。

　　伴随着一阵环佩叮当的声音，武罗出现在女子们面前。她们见到武罗，都惊呆了，接着又激动地叫起来："你……就是武罗吧？哇，果真是名不虚传，太美啦！"

　　武罗微微一笑，点点头，将手中的一丛荀草递给她们，说："我知道你们是想来青要山寻找荀草的，送给你们。这山上有许多，你们可以随便采摘。"女子们吃了这些荀草后，果然都变得更加漂亮了。

后来，到青要山采荀草的女子越来越多了，有的甚至就在青要山上住了下来。武罗很欢迎这些女子的到来，有了她们的欢声笑语，青要山变得更加热闹了，还成了有名的美人圣地。

【中山经·中次三经】

又东十里，曰青要之山①，实维帝之密都。北望河曲②，是多驾鸟③。

【注释】

① 青要之山：在今河南新安县境内。

② 河曲：黄河弯曲的地方。

③ 驾鸟：一说指鹅。

和山
hé shān

——九河之都

泰逢 神 ｜ 瑶碧苍玉 矿

　　有一座山叫和山，这座山上草木不生，却有许多美玉。和山的形状很特别，它的山脚下有五个很大的弯曲处。山上有很多的溪流、瀑布，这些水流流到山脚，就在和山的那五个弯曲处形成了很深的水潭。水潭里的水流出去，又分成了九条河流。这九条河流就从和山出发，经由九条不同的河道向北流去，后来又汇聚到一起，浩浩荡荡地流入黄河。

　　和山的山神叫泰逢，他平常喜欢住在赀山的南面。泰逢长着人的身体，但有一条老虎的尾巴。每次只要他一出现，就会伴随着一团闪闪发亮的光芒，看起来神气极了。泰逢还能兴云布雨，被人们尊为吉神。

　　有一年夏天，天下遭逢了一场罕见的旱灾，连黄河里的水都干涸了，这可愁坏了老百姓。那段时间，人们常常对天求雨，可怎么也不见成效。住在和山附近的一位老人说："咱们这里的和山号称河之九都，那可是黄河九条支流的源头呢！而且这和山的山神泰逢，就是能兴云布雨的吉神，咱们去求求他，肯定有用！"

　　在老人的带领下，大家来到和山脚下，看见和山脚下的水潭也干了，纷纷道："这可咋办呀？"

　　正在众人愁眉不展的时候，空中出现了一团光芒，向和山这边飘来。

　　"快看，那是泰逢神啊！太好了，咱们有救啦……"

　　泰逢落在和山的山顶，他的虎尾直立，用力地摆动起来。很快，天上出现了大片的乌云，接着就落下雨来。那雨水从和山的四面八方流下来，很快就注满了山脚的水潭。

接着，水潭里的水又灌满了和山的九条河流，一起流向黄河。就这样，一场大旱成功解除了。

【中山经·中次三经】

又东二十里，曰和山[①]，其上无草木而多瑶碧[②]，实惟河之九都[③]。是山也，五曲，九水出焉，合而北流注于河，其中多苍玉[④]。吉神泰逢[⑤]司之，其状如人而虎尾，是好居于萯山之阳，出入有光。泰逢神动天地气[⑥]也。

【注释】

①和山：在今河南西北部，具体所指待考。

②瑶碧：美玉和青绿色的玉石。

③河之九都：黄河的九条支流的发源地。

④苍玉：灰白色的玉。

⑤泰逢：传说中的神名。

⑥动天地气：指能兴云作雨，改变天气。

píng féng shān
平逢山

——炎黄二帝母族的故乡

骄虫 神

　　平逢山是一座不生花草树木的山，山上到处都是沙子和石头。站在平逢山山顶，向南可以望见伊水和洛水，向东可望见谷城山。这座山中住着一位名叫骄虫的山神，他长着人的身体，却有两个脑袋，是世上各种蜂类昆虫的掌管者。

　　平逢山上有一个叫作有蛴氏的部落，部落把蜜蜂当作自己的图腾。很多年以来，有蛴氏部落一直有个传统，那就是喜欢和有熊氏部落的人通婚。

　　有蛴氏部落有一个叫女登的姑娘，是一位养蜂能手。平逢山上没有花可以让蜜蜂采蜜，可是女登养的蜜蜂，却能飞到很远的地方去采蜜，然后酿出最好的蜜来。女登到了成亲的年纪，部落的长老们说："女登是咱们有蛴氏最美丽、能干的姑娘，所以，一定要在有熊氏找一个最优秀的小伙

子，那才能配得上咱们的女登啊。"

那时候，有熊氏部落刚刚推举出了一位年轻的首领，名叫少典。听说有蛲氏最美丽能干的姑娘正在寻找夫婿，有熊氏部落的长老就对少典说："您现在成了咱们部落的首领，也应当娶妻生子了。现在你就去平逢山，迎娶有蛲氏的那位女登姑娘吧。"于是，少典带着许多精美的礼物，来到了平逢山。有蛲氏的长老们看到少典威武、俊逸的样子，都满意极了，立刻同意了少典和女登的婚事。

女登嫁给少典之后，生下了一个男孩。这个男孩就是后来的炎帝。

又过了些年，有蛲氏另一个名叫附宝的姑娘，也从平逢山嫁到了有熊氏，成了少典的妻子。附宝生下的孩子，就是后来的黄帝。

很多年后，炎帝和黄帝都成了伟大的部落首领，而平逢山的有蛲氏也变得更有名望了。

【中山经 · 中次六经】

中次六经缟羝山之首，曰平逢之山①，南望伊洛，东望谷城之山，无草木，无水，多沙石。

【注释】

① 平逢之山：位于今河南洛阳市北之北邙（máng）山（也叫芒山）。

kuā fù shān
夸父山
——黄帝铸鼎之地

远古时期，有一年，荆山一带闹瘟疫，黄帝派了几位医生去给百姓们治病，都治不好。黄帝心急如焚，这天晚上就做了一个梦。一位天神告诉他："去找一个湖水宝地，铸三个大铜鼎，用这三个鼎炼成的仙丹可以驱除

120

瘟疫。"

黄帝从梦中醒来，马上出发，走了几天，终于在首山找到了铜矿。他命人开采出来，马上拉到荆山，自己则去寻找天神所说的湖水宝地。这一天，他看到了一条河流，顺着河流往北走，来到一处湖泊。

"这是什么水？"黄帝问。

当地人回答："这条河没有名字，不过它发源的那座山是夸父山，是夸父的身体变的——"

"哦，我知道了！夸父逐日精神可嘉，用这里的水铸鼎，一定能成功！天神所说的湖水宝地肯定就是这里了，那这条河就叫作湖水吧！"

三只大鼎铸好了，正要准备炼丹，忽然天上传来龙吟之声，一条黄龙从天而降，它垂下长长的龙须捆住了黄帝，就要飞升。老百姓们吓坏了，纷纷跳起来扯住龙须："仙丹还没炼成，您不能上天呀！"可是，黄龙不理会大家，抖动身体，甩掉人们，继续飞升。百姓们扑通扑通掉下来，扯下的几根龙须也随风飘落。龙须掉到一条沟里，刹那间，沟里长满了仙草，清香扑鼻。黄帝在半空喊道："乡亲们，这就是治病的仙草！"

百姓们吃了仙草，治好了瘟疫。后来，他们把这一带叫作铸鼎塬，还建造了一座黄帝陵纪念黄帝。

【中山经·中次六经】

又西九十里，曰夸父之山①，其木多棕、楠，多竹箭。

【注释】

① 夸父之山：曾名秦山，在今河南西北部。

<ruby>鼓<rt>gǔ</rt></ruby> <ruby>钟<rt>zhōng</rt></ruby> <ruby>山<rt>shān</rt></ruby>

——帝台的宴会厅

焉
酸 草 　　 砺
砥 矿

　　有一座山，山的底部看起来像一面巨大的鼓，整个山峰的形状又好像一口倒扣的大钟，所以这座山就叫鼓钟山。鼓钟山上有很多像粗磨刀石一样的石头，山下有很多像细磨刀石的石头；山中还有一种叫焉酸的草，圆圆的叶片叠着长有三层，茎干是方形的，上面还开着黄色的花朵，据说这

种草具有解毒的功效。

　　神仙帝台很喜欢钟鼓之乐。有一回，帝台巡游到这里，远远地望见鼓钟山的样子，心里直纳闷儿："这里何时摆上了这么大的钟鼓，难道是为我准备的？"帝台高兴极了，等他飞近一看，才发现原来这是一座山。

　　帝台突然想到，这座山就是钟鼓的形状，若是我在这里演奏钟鼓之乐，不知道会不会更加好听呢？一想到这里，帝台就心潮澎湃起来，于是赶紧飞身回到天界，将自己的钟和鼓带到了鼓钟山。

　　帝台将自己的钟鼓摆放好，开始在鼓钟山演奏起来。他一会儿击鼓，鼓钟山上传出浑厚、雄壮的鼓声；他一会儿击钟，钟鼓山又传出了嘹亮、悠扬的钟声。好像这样一来，鼓钟山就更加名副其实了。而帝台呢，他还从来没有像现在这样在山上演奏音乐呢，现在有了这山间的回音，他觉得这是他演奏得最动听的一次了。

　　那天，帝台回到天界后，将他在鼓钟山演奏钟鼓之乐的事，告诉了诸位天神，还将那天的音乐大大夸耀了一番。天神们一听，都吵着说："帝台，你说得那样好，何不带我们一起去到那钟鼓山再演奏一遍，让我们大家都好好欣赏一番呢？"

　　"那有何难？只要你们有兴致，我可以常常在那钟鼓山宴请你们，为你们演奏这天下最好的钟鼓之乐！"

　　第二天，帝台就带着他的钟鼓，和诸位天神一起来到鼓钟山，为他们演奏了一场美妙的钟鼓之乐。

　　此后，帝台就把鼓钟山当成了自己的宴会厅，常常在这里为天神们演奏钟鼓之乐。

【中山经·中次七经】

　　东三百里，曰鼓钟之山①，帝台之所以觞②百神也。

【注释】

① 鼓钟之山：一说在今河南嵩县境内。
② 觞（shāng）：向人敬酒。

堵山

——天愚神居住的山

天愚 神 ｜ 天楄 木

传说中有位天神叫天愚，特别贪吃，每次都要吃到再也塞不进去一点东西为止。所以，他的肚皮常常是滚圆滚圆的，这就导致他再遇到美食的时候，一点都吃不下。眼巴巴地看着好吃的，却吃不进去，太难受了。而且，他越长越胖，再也飞不起来了，出行只能靠两条腿走路。

有一天，他来到中央第七列山系中的堵山，山上长满了各种树木，郁郁葱葱。他走进树林，好香哦！有几棵叶子长得像葵菜一样的树，茎干是方形的，树上挂满了红彤彤的果实，散发着诱人的香味儿。天愚虽然肚子饱饱的，却也忍不住摘了一个塞进嘴巴里。酸酸甜甜的汁水咽下去真舒服！他张大嘴巴，打了一个大大的嗝儿，太好吃了！

一个接一个，他吃了起来，边吃边打嗝儿，吃着吃着，忽然发现，肚子瘪了！太棒了！这个果实能帮助消化！他感到浑身轻盈，双臂一伸，竟然飞了起来。看着山峦在下面掠过，天愚神兴奋极了，在空中玩起了杂技：忽而上蹿忽而俯冲，一会儿又翻几个跟斗。身上的大斗篷搅动着气流，形成一阵阵怪风。

天愚神住在了堵山，他给这种神奇的果树起名为天楄。有了它，他可以自由地飞翔，到处寻找美食，可以放开肚皮大饱口福，不会再噎食。

从此，堵山常常会刮起怪风，有时候还会下怪雨，人们知道，那是天愚神离开或者回来了。

又东二十七里，曰
堵山①。神天愚居之，
是多怪风雨。

【注释】

① 堵山：一说指伏堵岭，
在今河南洛阳市东南。

shào shì shān
少室山
——这里有座少林寺

帝休 木 | 玉 矿
铁

中央第七列山系中有一座少室山，和对面的太室山都属于中岳嵩山。少室山中有一种神奇的树，名叫帝休，叶子的形状与杨树叶相似，开黄花，结黑色的果实，吃了它的果实就不会发怒。禹的第二个妻子涂山氏女娇就住在这里，负责管理帝休树林。

北魏孝文帝时候，印度高僧佛陀跋陀罗来到都城平城，为孝文帝讲经说法，孝文帝为他修禅寺并且开凿了云冈石窟。后来，北魏迁都洛阳，跋陀罗也跟随孝文帝来到洛阳，孝文帝要为他修建禅寺，请他自己去挑选清幽之地。

跋陀罗为此走遍了洛阳城外的山山水水。太室山本来有一座嵩阳寺，他不太满意，最后来到少室山，被这里深深吸引：此地不仅林木葱茏，而且还弥漫着隐隐约约的幽香，让人倍感清凉。向导给他讲解了帝休果实的神奇之处。跋陀罗摘下一个，咬了一口，甘甜的汁水咽下喉咙，心中顿时一片清明……

于是，孝文帝派人在少室山茂密的丛林中建造了一座寺院——少林寺，跋陀罗成为这里的首位方丈，少林寺因此成为佛教的"第一名刹"。

【中山经·中次七经】

又东五十里，曰少室之山①，百草木成囷②。

【注释】

① 少室之山：在今河南登封市西北，是中岳嵩山中的山。

② 囷（qūn）：圆形的谷仓。

126

tài shì shān
泰室山
—— 黄帝在此制定历法

蕾草 · 栯木 · 美石

泰室山又叫太室山，由许多大大小小连绵起伏的峰峦组成。泰室山上长着一种名叫栯（yù）木的树，这种树的树叶形状和梨树叶相似，上面有红色的纹理，人吃了它就不会嫉妒。山中还长着一种蕾草，样子有点像

128

茱，开白色的花，能结出黑色油亮的果实，有点像野葡萄的样子，吃了它能让失明的人重获光明。

那时候，黄帝刚刚经历过和蚩尤的一场大战。在取得胜利后，黄帝迫切地希望百姓们过上安宁幸福的生活。炎帝已经将种植五谷的方法教给了大家，可是因为那时还没有历法，人们不懂得该在什么时候种植什么作物，所以收成时好时坏，全凭运气。

"有没有一种办法能帮助大家更好地种植谷物，让老百姓得到更好的收成呢？"黄帝向大臣们问道。

这时，仓颉就告诉黄帝说，泰室山上有位很懂天象的华盖老人，或许能帮助黄帝。黄帝很高兴，就带着仓颉前往泰室山寻访这位老人。

黄帝和仓颉来到泰室山，翻山越岭地找了很久，终于，在最高的一座山峰上，看到了一位须发全白的老人。

"请问您就是华盖老人吧？"仓颉拱手对老人行了一个礼，又指着黄帝说，"这位便是黄帝。我们这次来泰室山，就是专程来向您请教的！"

黄帝也恭敬地对华盖老人行了礼，然后对老人说出了自己的愿望。华盖老人很佩服黄帝的作为，便将他所了解到的天象情况，详细地告诉了他们。

后来，黄帝就根据华盖老人的经验制定了黄帝历法。有了历法后，人们就能根据时间和作物的生长情况，更加科学地种植五谷，百姓们就有了更好、更稳定的收成了。

【中山经·中次七经】

又东三十里，曰泰室之山①。其上有木焉，叶状如梨而赤理，其名曰栯木②，服者不妒。

【注释】

① 泰室之山：在今河南登封市。
② 栯木：一说指郁李，落叶灌木，高1~1.5米，叶卵形或阔卵形，花粉红色或近白色，果实球形。

浮戏山

fú xì shān

——中华文明起源地

亢木 木

有一座山叫浮戏山，这座山中长着一种叫亢木的树，这种树的树叶形状与臭椿树的叶子相似，果实是红色的，吃了它就能使人免受毒热恶气的侵袭。浮戏山的东面有一条幽深的山谷叫蛇谷，里面有很多蛇；在蛇谷两岸的峭壁上，长着很多细辛（一种中草药）。有一条氾水河从浮戏山发源，

130

向北流入黄河。

这座浮戏山又叫伏羲山——顾名思义，是和华夏文明的始祖伏羲有关。

伏羲的母亲华胥，是上古时期母系氏族杰出的部落首领。有一天，华胥走在野外，踩上了一个巨人的脚印，于是生下了伏羲。后来，伏羲成为部落的首领，还统一了华夏各族，并且创立了中华民族的图腾龙。

有一次，伏羲经过浮戏山，忽然天色暗了下来。一时间，天空电闪雷鸣，一阵大风呼啸着吹动着浮戏山的树林，好像要将那些树都连根拔起似的。很快，大雨下了起来，伏羲赶紧钻进浮戏山里避雨。

这场大雨来得快去得也快，下了不久就停了。伏羲登上浮戏山的山顶，看见远处出现了一道美丽的彩虹；而脚下的浮戏山，则是树木林立，烟雾缭绕，鸟儿在林间快乐地飞翔、啼叫；在那幽深的山谷中，还隐隐看见有蛇虫野兽在穿行……伏羲看着眼前的一切，心想，这就是天地之间的阴阳变化之理吧！

伏羲找了一块平整的大石头，在上面画了起来。他用两种符号，按照大自然的阴阳变化平行组合，组成了八种不同形式的符号，来表示宇宙中各种自然现象和社会现象。这就是中国古人认识事物的古老概念——"八卦"的起源。

在浮戏山，伏羲还创造了文字，并制定了人类的婚姻制度。因此，浮戏山也被认为是中华文明的起源地。

【中山经·中次七经】

又东三十里，曰浮戏之山①。有木焉，叶状如樗而赤实，名曰亢木②，食之不蛊③。

【注释】

① 浮戏之山：一说在今河南巩义市、荥（xíng）阳市、郑州市一带。

② 亢木：木名，一说指卫矛，落叶灌木，高可达3米，叶子呈倒卵形，开淡黄绿色的小花。

③ 蛊：毒热恶气。

<ruby>荆山<rt>jīng shān</rt></ruby>

——楚国发祥地

木
松柏橘櫄

兽
牦牛豹虎闾麋

矿
铁赤金黄金

　　中央第八列山系中的第二座山荆山，是战国时期楚国的发祥地。周成王时候，为了表彰辅佐过文王和武王的功臣，分封了他们的后代，其中就有鬻熊的曾孙熊绎。周成王封他为子爵，并且把南方荆山一带方圆五十里的地方给他做了封地。熊绎兴冲冲地带着随从赶往荆山。一到荆山，大家就傻了眼，这是一片蛮荒之地，山高林密，野草丛生，看不到一个人影。

　　他们在周围转了一天，好不容易遇到一个猎人，猎人告诉他们，这山中有很多野兽。漳水从这里发源，向东南流入雎水。

　　"有水源就不怕！咱们开山造田！"熊绎带着随从们进了山，砍伐林木，放火焚烧野草，开辟出一块块田地，又开挖渠道，引漳水过来。

他们用砍下来的林木建造宫殿房屋，还造了一座小小的宗庙。有了封国，就要祭祀先祖，可是，白手起家的熊绎连祭品都没有。没办法，有个随从就去邻国偷了一头小牛回来，怕被发现，在晚上祭祀了先祖。熊绎对着祖先发誓："一定要富强起来，到时候，加倍奉还邻国两头大牛！"

那时候，他们都要定期去朝见周天子。没有贡品，熊绎就砍伐树木，做了桃木弓、枣木剑；没有像样的衣服，他就穿着破衣；没有马车，他就赶着柴车，去都城朝贡周王。

后来，经过几代楚王的努力，楚国从一个五十里地的子爵国，扩张成一个强大的国家。

【中山经·中次八经】

东北百里，曰荆山①，其阴多铁，其阳多赤金，其中多牦牛，多豹、虎，其木多松、柏，其草多竹，多橘、櫾②。漳水③出焉，而东南流注于雎，其中多黄金，多鲛④鱼。其兽多闾、麋。

【注释】

① 荆山：在今湖北南漳县西部。

② 櫾（yòu）：同"柚"，一种常绿乔木，种类很多，果实叫柚子，比橘子大。

③ 漳水：与沮水合流后称为沮漳河。

④ 鲛（jiāo）：即鲨鱼。一说指"蛟"，也叫蛟龙，古代传说中的一种龙。

guāng shān
光山
——雨神计蒙的居所

计蒙 神 | 碧 矿

有一座光山，山上到处都是青绿色的玉石，山下则有很多水系，这些水系汇聚在一起，形成了一个很深的水潭。光山上住着一个叫计蒙的雨神，他长着人的身体，头部却是龙的样子。没事的时候，计蒙就喜欢在山下的水潭里游来游去，或是潜入深水中，一个人玩得快活极了。每当他潜入水潭，或是从水中冒出来的时候，都会带来一阵猛烈的疾风骤雨。

有一年，天下很久都没有下雨了，出现了严重的旱情。在离光山不远的一个村子里，庄稼干枯，河水枯竭，人们连喝水都成大问题了。有人说："离咱们这儿不远的光山，好像经常都在下雨呀，咱们去那里看看，或许能想到办法呢。"这时，村里的一位老人说道："我听说那座山上有位雨神，就是好像没人见过。如果能找到他，或许就可以跟他求雨。"

大伙儿一路来到光山，一眼就看见了光山下的深水潭。其他地方到处都是旱灾，这里竟然还有这么深的水，不是有雨神又是什么原因呢？大家兴奋得两眼放光，跟着就跪在水边，喊道："雨神啊雨神，求求你帮帮我们吧！"

可是，什么动静也没有。于是，大家又往光山上走去，到处寻找雨神的身影。

光山上溪水潺潺，一派清凉的景象。村民们四处寻找，却始终都没有找到什么雨神，只得往山下走去。

刚走到山下的水潭边，就见一个龙头从水中冒了出来。大家吓了一跳，以为见到了一条龙，结果却看到那龙头的下面，分明又是一个人的身体。突然，一阵狂风吹来，一场大雨也跟着下了起来。原来，计蒙一直潜

藏在水潭的下面呢!

村民们淋了一身的雨,个个又惊又喜。现在他们知道,眼前的这个人就是真正的雨神了。村民们向计蒙说明了他们的来意。计蒙爽快地答应了他们的请求,立即前往他们的村子,为大家带去了一场解救旱情的大雨。

【中山经·中次八经】

又东百三十里,曰光山①,其上多碧,其下多木。神计蒙处之,其状人身而龙首,恒游于漳渊,出入必有飘风②暴雨。

【注释】

①光山:在今河南光山县。

②飘风:暴风,旋风。

岐山

qí shān

——涉蟲神的居所

涉蟲　神　　梼　木　　青雘　赤金　　矿
　　　　　　　　　　　　白珉
　　　　　　　　　　　　金
　　　　　　　　　　　　玉

　　从光山向东一百五十里处，有一座岐山。岐山上藏有丰富的宝藏：山的南面有很多赤金，北面有许多像玉一样的白色美石；山腰以上蕴藏着丰富的金、玉矿石，山腰以下则有许多青雘。这座岐山上还长着郁郁葱葱的树木，其中最多的一种是臭椿树。

　　岐山上有这么多的宝藏，所以常常有附近的村民上山来寻宝。

　　岐山下的村子里有个叫阿茫的年轻人。这天，阿茫母亲的生日快到了，他想，要是能给母亲送上一份精美的贺礼，母亲一定会非常开心的。突然，阿茫眼前一亮：听说岐山上有很多宝贝，何不上山去寻一寻呢？

　　说走就走，阿茫独自一人来到岐山。他望了望巍峨的岐山，开始往山上爬去。

　　穿过一片臭椿树林，阿茫先是找到了一些色彩鲜艳的青雘。他仔细看了看，这东西据说做染料很好，可是不能作为送给母亲的礼物呀！于是，他继续往山上爬去。

　　找啊找，突然，阿茫在一片岩土中发现了一团白晃晃的东西——啊，是一块精美的玉石！阿茫赶快把它捡起来，开心极了。

　　阿茫低着头，正仔细地擦拭玉石上面的泥土时，突然，前方传来一阵脚步声。阿茫还没来得及抬眼，就看到前面站着的是三条腿！他心中一震，又惊又怕，抬头一看，只见那三条腿的上方，是一个体格非常高大的人，这人长着一张四四方方的脸，神情十分严肃。

　　阿茫看看自己手上的玉石，紧紧地护住，说："这是我好不容易找到的，是我打算送给母亲的生日礼物，我不能给你……"

这时，那人开口说话了："既然是送给你母亲的，那我就让你拿走吧。我是住在岐山的神涉蟲（tuó），你下山之后，别和其他人说见过我。"

"好，好，谢谢你，涉蟲！"阿茫道了谢，赶紧带着玉石下山去了。

【中山经·中次八经】

又东百五十里，曰岐山①，其阳多赤金，其阴多白珉。其上多金、玉，其下多青雘，其木多樗。神涉蟲处之，其状人身而方面，三足。

【注释】

① 岐山：一说在今湖北境内；一说在今安徽境内。

137

嵩山
lái shān
——四姑娘山的美丽传说

蕤
韭
药
空
夺
草

檀
柘
木

麋
麈
兽

黄
金
矿

　　很久很久以前，日隆镇上来了一个名叫墨尔多的恶魔，这家伙非常恶毒，一到夏天，就喝光河流里的水，让老百姓的庄稼干渴枯死。老百姓没有吃的，只能四处逃亡。阿郎巴依是镇上有名的勇士，为了保护百姓们，保护美丽的家园，他决心除掉墨尔多。可是，他不是墨尔多的对手，被杀死了，连家传的日月宝镜也丢了。

　　阿郎巴依有四个美丽的女儿，四位姑娘听到父亲去世的噩耗，非常痛苦，发誓要为父亲报仇。大姐派四妹去寻找日月宝镜，自己带着二妹和三妹去找墨尔多。一番激烈的争斗之后，三个姐姐都被恶魔杀死了。但是她们用尽最后的力气变成三座大山，把恶魔压在了山下。

　　恶魔力大无穷，他使劲挣扎，眼看就要把三座大山掀翻，这时四妹带着日月宝镜赶来了。她把日月宝镜往空中一扔，自己也变成一座大山，正

好压到恶魔的胸膛上。日月宝镜在空中光芒四射，漫天的雪花飘落，很快覆盖了四座大山。日月宝镜散发着阵阵寒光，雪花不停地飘落，天气越来越冷，越来越冷。恶魔被冰雪冻僵了，再也挣扎不动了。这冰雪千年不化，恶魔被压在四座大山下面，再也不能为害人间了。

这座山被称为四姑娘山，也就是中央第九列山系中的崃山。恶魔被降服之后，发源于这里的江水重新开始奔流，浇灌着周围的土地，人们终于又过上了安宁的日子。

【中山经·中次九经】

又东北一百四十里，曰崃山①。江水②出焉，东流注于大江③。其阳多黄金，其阴多麋、麈。

【注释】

① 崃山：即邛（qióng）崃山，在今四川阿坝藏族羌族自治州。
② 江水：指长江的支流，一说即青衣江。
③ 大江：指长江。

gāo liáng shān
高粱山
——天下雄关剑门

桃枝钩端 **木** | 垩砥砺 **矿**

　　战国时期，秦惠王想要攻占蜀国。可是，从秦国到蜀国山路陡峭，非常难走，尤其是还有座高粱山正好堵在进入蜀国的道路上，要开山修路，工程太大了，不仅劳民伤财，还会让蜀军提早得到消息，积极备战。

　　怎样才能神不知鬼不觉地突破高粱山，灭掉蜀国呢？

　　秦惠王忽然想到蜀侯非常贪婪，倒是可以利用这一点，让蜀侯自己来修路。他派人雕刻了一头石牛，并且在石牛的屁股后面放了好多金块，对外宣称是石牛拉出来的。然后他派人去告诉蜀侯，想把这头会拉金子的石牛送给蜀国，请蜀侯派人来迎接。

　　蜀侯一听两眼放光："金子？吃草的牛能拉出金子来？太好了，我喜欢，我派大力士带人去修路——"

　　大力士带人凿开山路，填平沟壑，把路一直修到高粱山下。高粱山巍峨高耸，要想凿通它，那得等到什么时候？大力士看山坡上都是磨刀石，有了主意，他掏出宝剑，在磨刀石上噌噌噌磨了几下。阳光下，宝剑闪着寒光，大力士双手举剑，使出浑身气力，大吼一声"开"！宝剑劈向山峰，只听"咔嚓""轰隆"，高粱山被劈开了一道口子，就像开了一扇门。从此，高粱山也叫作剑山，这座关口就叫作剑门关。

　　石牛迎进来了，紧跟在石牛后面的是秦国的军队，他们长驱直入，不费吹灰之力消灭了蜀国。蜀侯贪图小利，却丢掉了国家。

【中山经·中次九经】

　　又东三百里，曰高粱之山①，其上多垩，其下多砥、砺，其木多桃枝、钩端。

【注释】

① 高粱之山：指今四川剑阁县北的大剑山。

fēng shān
丰山
——耕父神居住的地方

耕父 神　　穀柞杻檀 木　　雍和 兽　　金 矿

有一座山名叫丰山，这座山上藏有很多金矿，山下林木茂盛。

丰山上有九口钟，每年秋冬季节，山中常常会响起一阵阵悠扬动听的钟声。不过，这样的钟声在别的季节可听不到。因为这九口钟名叫霜钟，每当它们感应到霜的降落，才会发出好听的鸣响。

丰山上有一种野兽，名叫雍和。这雍和看起来有点像猿猴，长着红色的眼睛和嘴巴，其余的部分呈金黄色。据说，雍和出现在哪个国家，哪个国家就会有令人恐慌的事情发生。

在丰山的山脚下，有一个清泠渊，由山上的许多清泉水汇聚而成。清泠渊中的水常年都是清凉寒冷的，山上的鸟兽因为怕冷，一般都很少进入水中。只有神仙耕父不怕冷，时常来到这清泠渊中巡游。而且耕父每次出

入水中时，都会发出闪闪的光亮。

耕父常年住在这座丰山里，很少离开。因为他和雍和一样，会给所到之处带去不好的事情。

有一次，耕父和雍和出现在了同一个国家。起先，人们看到雍和，大家都陷入一片恐慌中："不好了，不好了，雍和来了，肯定要有不好的大事发生了！"正当他们不知所措之时，有人又看到了耕父的出现。知道耕父传说的人，简直要陷入绝望了。不久后，这个国家果然发生了一场很大的战争，很快就灭亡了。

其实，耕父自己也不知道，那个国家的灭亡是不是真的和他有关。不过在那之后，他就一直隐居在丰山上。

【中山经·中次十一经】

又东南三百里，曰丰山①。有兽焉，其状如猿，赤目、赤喙、黄身，名曰雍和，见则国有大恐。神耕父处之，常游清泠之渊②，出入有光，见则其国为败。有九钟焉，是知霜鸣③。

【注释】

① 丰山：一说在今河南南阳市东北。

② 清泠之渊：在今河南南阳市。

③ 有九钟焉，是知霜鸣：山中有九口钟，一有霜出现，它们就会鸣响。

jī shān
鸡山

——神鸡被贬到凡间

韭草 ｜ 梓木桑

传说中，天宫里有一只司晨的神鸡，每天早晨朝阳升起，投射出第一道曙光的时候，它就会引吭高歌，报告新的一天到来了。这只神鸡很正直，看到有不合理、不公平的事儿，就会站出来反对。

有一天，它听说玉皇大帝要娶亲，气坏了。神仙是不可以结婚的，

这是天规，就是玉皇大帝也不能违背呀。它愤怒地冲上宫殿，想要制止这件荒唐事儿。太上老君前来劝说，反倒被它训斥了一番。太上老君恼羞成怒，掏出一粒仙丹，趁神鸡张大嘴巴吵嚷的时候，弹进去卡住了它的喉咙，但倔强的神鸡哑着嗓子仍然叫个不停。

太上老君又诬告神鸡偷吃了仙米，派司酒神去捉拿它。神鸡气得满脸通红："你们害我！我剖开嗉（sù）子，给你们看看，证明我的清白！"说完，它用爪子划开自己的嗉子，只倒出一些小石子。可是，司酒神却偷偷地往里面掺了仙米，才拿去给玉帝看。玉帝以为抓住了把柄，就把神鸡贬到了凡间。

神鸡来到人间，一路走一路叫："哽儿哽儿哽儿——玉帝害我！"它越叫越委屈，越叫越生气。有一天，它来到一座大山，走进茂密的桑树林，只见树上长满了红黑色的桑果。它跳上树，吃了起来，甜甜的汁水消融了心里的委屈和愤怒……

它对这座大山充满了感激和依恋，留了下来，每天在附近山村巡视，路见不平就出手相助。老百姓非常尊敬它，把它称为鸡公，这座山就叫作鸡山，也叫鸡公山。

【中山经·中次十一经】

又东南四十里曰鸡山[1]，其上多美梓，多桑，其草多韭。

【注释】

[1] 鸡山：今名鸡公山，在今河南信阳市与湖北交界处。

gāo qián shān
高前山

——帝台饮水处

金矿

有一座山叫高前山，山上有许多金矿，山下有许多红土。这座山海拔很高，有一股清泉从山顶蜿蜒流下。不管春夏秋冬，这里的泉水都十分清澈、冰凉，并且带着一股清甜的味道。

有一回，神仙帝台路过高前山。那时正值炎热的盛夏，帝台经过长途跋涉，早就觉得又累又渴了。当他来到高前山，听到林间传来一阵"叮叮咚咚"的泉水声，顿时困意全消。帝台循着声音找过去，只见茂密的树林间，一股清澈无比的泉水在轻轻流淌着。帝台用手掬起一捧泉水尝了一口，感到冰凉而清甜。"啊，这是我喝过的味道最好的泉水了！"帝台欣喜地俯下身去，直接喝了个痛快。

喝饱泉水之后，帝台感到神清气爽，畅快无比，全身的疲乏也一扫而光。"想不到在这高前山，还藏着这样美妙的泉水呢！"帝台感叹道。然后顺着那股清泉一直往山上走去，最后在山顶上找到了泉水的泉眼。

从那之后，帝台一直记挂着高前山的泉水，有时，他还会专程从很远的地方来到高前山，只为再喝一口这里的泉水。

后来有一天，一位犯了心痛病的老人晕倒在高前山下，正巧被帝台神看见了。帝台将老人扶到山泉边，将一捧泉水喂入老人的口中。老人好像服下了灵丹妙药似的，很快就苏醒了过来。

"啊，原来是帝台神啊！谢谢您救了我！"老人看到帝台，赶紧向他行拜谢之礼。

那位老人回家之后渐渐发现，曾经折磨了他多年的心痛病，竟然神奇

地痊愈了。

"一定是在高前山，帝台神让我喝的泉水治好了我的病呀！"老人感激地说道。

后来，高前山帝台喝过的泉水能治好心痛病的说法，就传了出去。不少犯有心痛病的人慕名找到高前山，喝下帝台喝过的泉水，真的治好了病。

【中山经·中次十一经】

又东南五十里，曰高前之山①，其上有水焉，甚寒而清，帝台之浆②也，饮之者不心痛。

【注释】

① 高前之山：一说在今河南内乡县。
② 帝台之浆：帝台神饮用的水。

fēng bó shān
风伯山

—— 风伯练功的地方

柳 杻 檀 楮 — 木

金 玉 瘐石 文石 铁 — 矿

有一座山叫风伯山，山上有许多金和玉，山下有一种可以用来治病的瘐（suān）石。这座山中的树长得很茂盛，其中多是柳树、杻树、檀树和构树。

风伯山的东面有一片树林，叫莽浮林。这片林子尤为美丽，林中常年树木葱茏，还有很多漂亮的鸟儿和小动物。

风神名叫风伯，最早的时候，风伯就住在这座风伯山上。他长着人面鸟身，平时最喜欢做的，就是在那片莽浮林里和那些鸟儿们一起飞舞。当然，风伯不是和那些鸟儿一样飞舞着玩闹，而是在那里练功，练习他鼓风的本领。

随着长久的练功，风伯鼓风的本领日益精进，他"风神"的名气也逐渐广为人知，连同风伯山的名气也越来越大了。

有一年，战争之神蚩尤和黄帝部落展开了一场大战。蚩尤感到自己敌不过黄帝部落，他想，如果利用狂风暴雨这样的极端天气来对付黄帝，说不定就能增加自己的胜算。于是，蚩尤一边派人去请来了雨师，一边又派人前往风伯山，请风伯出山相助。

蚩尤的手下一来到风伯山，就看到风伯山东边的那片树林里风势浩荡，那些树木被狂风吹动着，一会儿整齐地向东俯下，一会儿又一齐向西倒下。不一会儿，风伯从林中飞了出来。听说蚩尤特意派人来请自己去对战黄帝，风伯很高兴，就一口答应了下来。

风伯来到蚩尤和黄帝交战的地方，和雨师一起施展法术。很快，原本晴朗的天气突然变得漫天狂风暴雨，到处飞沙走石。在这样的情况下，黄帝一方迷失了方向，果然被蚩尤一方占了上风，差点就败下阵来。不过那场战争的最后，黄帝还是打败了蚩尤。

黄帝掌管了天下，并没有迁怒于风伯，还正式地封风伯为掌管风的神灵。后来，风伯离开了风伯山，成为黄帝部下的天神。不过只要有空的时候，风伯还是会回到风伯山练功。

【中山经·中次十二经】

又东南五十里，曰风伯之山①，其上多金、玉，其下多瘦石②、文石。

【注释】

① 风伯之山：在今湖北境内，具体所指待考。

② 瘦石：具体所指待考。一说指砭石的一种，能用来治病。

洞庭山
dòng tíng shān
——湖里藏着东海龙宫

神
娥皇 女英 怪神

草
蕳 蘪芜 芍药 芎䓖

木
柤 梨 橘 櫾

矿
黄金 银 铁

古代有个书生叫作柳毅，进京赶考。这一天，他来到泾阳，沿着泾河边向前走，边走边欣赏河边美景。忽然，一个牧羊女赶着一群羊迎面走来，边走边擦眼泪。柳毅忍不住开口询问，这才知道，她是东海龙王的三公主，住在洞庭山下的洞庭湖中，前年嫁给泾河小龙做妻子。可是小龙

152

脾气暴躁，动不动就打骂她，还把她赶出来放羊。龙女请求柳毅帮忙去洞庭湖送信，请父亲来救自己脱离苦海。柳毅犹豫了一下，毅然决定放弃赶考，去送信。可是，他还是将信将疑，洞庭湖里真的藏着东海龙宫吗？自己一个普通人真的能进入水里的龙宫？直到龙女把进入龙宫的方法和盘托出，柳毅才放下心来，赶往洞庭湖。

他坐船渡过洞庭湖，登上洞庭山，绕到湖水南岸，找到龙女说的那棵大橘树，解下腰带挂在树上，然后在树干上敲了三下。只见波浪涌动，一位武士冒出水面，让他闭上眼睛，带他下了水。等他再睁开眼睛，已经到了龙宫。他穿过一座座高大的殿宇，来到最华丽的灵虚殿，见到了龙王。

柳毅把信递给龙王，又把见到龙女的经过讲述了一遍，龙王气得拍案而起，大声咆哮。叫声惊动了龙女的叔叔钱塘君，他听说龙女受苦，勃然大怒，龙尾一摆飞出洞庭湖，赶往泾河，很快就把龙女带回了龙宫。

龙女终于脱离苦海，和家人团聚了。

【中山经·中次十二经】

又东南一百二十里，曰洞庭之山①，其上多黄金，其下多银、铁。

【注释】

① 洞庭之山：即今湖南岳阳市洞庭湖畔的君山。

大运山

dà yùn shān

——夏启举办歌舞大典之地

远古时期，大禹老了，本来想把首领之位让给伯益，但是人们都拥立他的儿子启，最终，启继承了夏朝国君的位子，后世称他为夏启。

夏启喜欢音乐。那时候的歌舞主要是为了祭祀，并不是娱乐自己的，所以乐曲神圣而单调。时间一长，夏启听腻了，就想去天庭听听仙乐。那时候，人们在做事之前，都会请来巫师占卜吉凶。夏启找来皋陶，皋陶占卜之后，面露喜色："大吉呀！您可以到天上和天帝交流，回来后，就可以做四海之王了。"不过，他还告诉夏启，要想登天就要找一座离天最近的高山大野，举办一场歌舞大典，隆重地祭祀天帝，表达崇敬之情。在神圣庄严的乐声中登天，会得到天帝的隆重欢迎。

于是，夏启派人四处寻找高山顶上的大野，最后在大运山找到了。这是山顶上的一片开阔平地，正好适合举行歌舞大典。人们忙碌开了，乐师们背着乐器，仆从们背着祭品，向山顶爬去——

一切准备就绪后，夏启骑着神龙上了山，钟磬声响了起来，人们翩翩

起舞。在乐声中，夏启来到了天庭，受到了天帝的热情招待。果然不虚此行，夏启学会了《九辩》《九歌》等仙乐。回来后，他征召了一些宫廷乐师，专门习练仙乐，演奏给他一个人听。

皋陶不满意夏启的做法，他进入宫廷，偷学了所有仙乐，然后辞官不做，离开了宫廷，四海为家。他走到哪里，就把仙乐传授给当地乐师，很快，夏启想要据为己有的仙乐，就传遍了天下。

【海外西经】

大运山①高三百仞，在灭蒙鸟北。

【注释】

① 大运山：在今中国的西南部，具体所指待考。

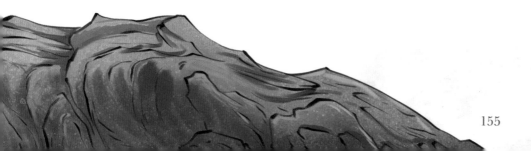

苍梧山
cāng wú shān

——帝舜和丹朱的葬身之所

　　舜很小的时候，母亲就去世了，继母对他很不好，可是，他一点儿也不记恨她，仍然恭恭敬敬地对待她。尧听说了，就把舜找来，让他帮助自己管理部落事务。舜勤奋努力，吃苦耐劳，而且为人正直，能够公正合理地处理事情，深得百姓们的爱戴。尧年老了，想把部落首领的位置传给

158

舜，可是，有一些人却拥护尧的儿子丹朱，不同意尧的做法。

舜找到尧说："您还是让我离开吧，这样吵下去怎么得了？"尧皱着眉头，不说话。这时候，丹朱闯进来，挥舞着斧头，吵嚷道："把舜赶走，天下是我的！"尧一拍桌子："来人，把丹朱拿下！"身边的卫士们一拥而上，把他捆了起来。

尧沉着脸下令："把丹朱拉出去处死！"

丹朱没有想到父亲会这么不讲情面，吓得脸都白了，赶紧跪下认错求饶。舜赶紧劝说："丹朱也是一时糊涂，不能杀。"大臣们也来求情，于是，尧赶走了丹朱，永远不许他回来。

五十年后，舜把首领之位让给了大禹，自己则去找寻丹朱。这么多年，一想到丹朱和尧父子分离，至死不能相见，他总是心存愧疚。

舜的足迹踏遍了山山水水，最后，在苍梧山的北坡找到了丹朱的坟墓。当地人告诉他，丹朱在这里生活了三十多年，为百姓们办了很多好事。坐在丹朱的墓前，舜欣慰地笑了。几天后，他就去世了。舜临死前叮嘱侍从，把自己葬在这里。

【海内南经】

苍梧之山①，帝舜②葬于阳，帝丹朱③葬于阴。

【注释】

① 苍梧之山：又叫九疑山，在今湖南宁远南。

② 帝舜：即舜。

③ 丹朱：传说中帝尧之子，名朱，因居丹水，名为丹朱。据说他傲慢荒淫，故尧不传位于他，而是传给了舜。

雁门山
yàn mén shān

——天下九塞之首

在代地的北边有一座高柳山，高柳山的北边有一座山叫雁门山。每年冬去春来，大雁都是从这里飞去北方。这座山高峻雄伟，地势险要，历来是兵家必争之地。

战国时期，匈奴人时常进犯赵国边境，赵武灵王非常苦恼，找来大将军李牧商量对策。李牧看着地图，指着雁门山自信地说："这里地势险要，可以设置雁门郡，派重兵驻守，就像是扼住了匈奴进军我赵国的咽喉，一定可以挡住他们的进攻！"赵武灵王点点头："将军说得对，本王就派你去镇守雁门山！"

李牧到了雁门山，开始招兵买马，训练军队。匈奴人多次派小股部队来骚扰，都被李牧打退了。匈奴单于气坏了，集结十万大军来攻打雁门山。李牧命令士兵们预先埋伏好，只等匈奴人的到来。

匈奴骑兵冲过来了，李牧居高临下，镇定自若。等匈奴兵进入了包围圈，他一声令下，伏兵四起，一举击溃敌军。这一仗之后，匈奴再也不敢进犯赵国。

秦朝建立后，秦始皇派蒙恬出兵雁门山，把匈奴人赶到阴山以北，然后在这一带修建了长城。

即使如此，北方的少数民族仍然不死心，时常出兵，试图入侵中原。

唐朝时候，北方突厥人势力越来越大。为了防御他们进攻，唐朝在雁门山制高点铁裹门设置关卡，派重兵把守。绵延不断的长城上有宁武关、紫荆关等九座关城，雁门关最为险要，所以，被称为天下九塞之首。

雁门山，雁出其间①。在高柳②北。

【注释】

① 间：一作"门"。
② 高柳：地名，在今山西阳高县。

蓬莱山

——秦始皇找寻不死药之所

战国末年，秦王嬴政灭掉六国，建立了秦朝，称为秦始皇。他拥有至高无上的权力，想做什么就做什么。可是，他怕死，于是就诏令天下，让人们为他寻找长生不老的仙药。

这时，一个叫徐福的人来见秦始皇："海外有座蓬莱仙山，山上住着老神仙，听说老神仙炼成了不老仙丹——"

"真的？"秦始皇兴奋地从宝座上站起来，"你——愿不愿意去蓬莱寻找仙丹？"

徐福拱拱手："愿意效劳。"

一年后，徐福无功而返，他说海里有大怪鱼，根本到不了蓬莱。秦始皇怎肯罢休？他又准备了几十艘大船，配备了武器精良的军队，让徐福再

次出海。徐福要求带上几千名童男童女，还有各行各业的工匠。为了长生不老，秦始皇满口答应。

徐福带领船队再次起航，浩浩荡荡地驶向远方。秦始皇等呀等，等到胡子都白了，等到死，徐福也没有回来。那么，徐福去哪儿啦？

原来，徐福第一次出海就找到了蓬莱山。这座海外仙山四季如春，物产丰富，却没有人烟，他们几个人没有办法生存下去，只得回去。可是，秦朝法律严酷，百姓们日子过得艰难，于是，他就找了个借口多带些人再次出海。

他们来到蓬莱山，住了下来，开山种地，烧制陶器，种麻织布，种桑养蚕……孩子们渐渐长大了，结婚生子，山上人口越来越多。

在徐福的治理下，蓬莱山成了幸福安宁的世外桃源。

【海内北经】

蓬莱山①在海中。

【注释】

①蓬莱山：古代传说中位于东海中的一座神山，上面有神仙居住。

甘山
——少昊建国之地

东海之外有一座甘山，甘水从甘山上发源，最后流入一条深不见底的沟壑，汇成甘渊。甘水养育了甘山的生灵们，从山顶望下去，层层叠叠的绿色延伸到谷底，各种颜色的野花点缀其中。

这里生活着一个勤劳的部落——凤鸟氏。凤鸟氏的首领是黄帝的儿子少昊，他出生的时候，有五种颜色的凤鸟飞来，所以，人们又叫他凤鸟氏。少昊长大后，统一了东夷各部落，就在甘山建立了属于自己的国家。

后来，少昊年纪大了，就把侄子颛顼接来亲自教养。颛顼聪明好学，吃苦耐劳，跟老百姓们一起下地干活，学习各种知识，同时他还注重了解百姓疾苦，及时帮助他们解决问题……少昊看在眼里，非常满意。不过，要想把首领的位置交到他的手里，还要得到凤鸟们的同意。

一天早晨，少昊带着颛顼来到山崖上，把他的琴扔进了沟壑。"哎呀！"颛顼急得叫了起来，想要爬下去把琴找回来。正在这时候，青色的鸾鸟从谷底飞上来，背上背着一把琴。"我的琴！"颛顼高兴极了，伸出双臂迎接鸾鸟——

少昊又拿起颛顼的瑟扔下去。这次，鸿鹄又飞下去把瑟找了回来，送到少昊面前。

"哈哈——天意呀！"少昊接过瑟，对颛顼说："今后你就是国家之主了，凤鸟会庇佑你的！"说完，少昊弹瑟，颛顼抚琴，两个人合奏了一曲盛世赞歌，青鸾和鸿鹄在乐声中翩翩起舞。

【大荒东经】

　　东海之外大壑，少昊之国。少昊孺^①帝颛顼于此，弃其琴瑟。有甘山^②者，甘水^③出焉，生甘渊。

【注释】

① 孺：这里有养育的意思。

② 甘山：山名，具体所指待考。

③ 甘水：水名，具体所指待考。

大言山
dà yán shān

——日月升起的地方

少昊在东方建国后，就开始发展农业。他管辖的老百姓生活富足，安居乐业。

盘古开天辟地之后，一切都按照天地之间的自然规律运行着。有一天，少昊骑着玄鸟巡视疆土，飞到东部大荒中的大言山，天已经暗下来了，他就在大言山住了一晚。第二天一早，刚刚醒来，就看到太阳从东方海天相接的地方升了起来。看着喷薄而出的朝阳，他若有所思：记得在其他几座山上也看到过类似的日出场景。他知道日月的运行是有规律的，但是大山是固定不变的，那么，是不是就可以通过观察日月运行的方位来确定时节呢？

于是，少昊就派出玄鸟氏、伯赵氏、青鸟氏、丹鸟氏等到大言山、合虚山、明星山等几座山上去，观察日月升起时的地点变化。凤鸟氏负责在这几座山中巡视，收集他们观察到的第一手资料。

少昊任命凤鸟氏总管天文历法，玄鸟氏掌管春分秋分，伯赵氏掌管夏至冬至，青鸟氏掌管立春立夏，丹鸟氏掌管立秋立冬。

百姓们就根据历法来安排农业生产，生活越来越好。

【大荒东经】

东海之外，大荒之中，有山名曰大言[1]，日月所出。

【注释】

[1] 大言：山名，具体所指待考。

巫山
wū shān
——天帝的丹药存放处

黄鸟 鸟 | 玄蛇 兽

　　天庭里有一位太上老君，他整天守着一座熊熊燃烧的炼丹炉。他炼制的丹药，有长生不老丹、返老还童丹、避刀枪丹、避火丹、避水丹等。天帝会把这些丹药亲自送到巫山上，藏进早就修好的八座洞府里。这些洞府都隐藏在密林深处，有黑蛇王带领黑蛇们负责看守，酬劳就是每年给它们吃一颗长生不老丹。这些蛇浑身漆黑锃亮的，只有一对眼睛泛着蓝光，很吓人。不管是天神还是人类，都不敢靠近它们。

　　这是仙丹呀，普通人吃了也会拥有无比的神力，要真的被坏人偷吃了去干坏事，天下不就乱套了吗？所以，动用这些丹药的权力，始终掌握在天帝一个人手里。

　　黑蛇们忠于职守，丝毫不敢疏忽。巫山西面住着一只黄鸟，它整天在山中飞来飞去，很快就发现了洞府的秘密。原来，这些黑蛇们是在看守丹药呀！哼，它们每年能吃到一颗长生不老丹，太不公平了！

　　黄鸟也想长生不老，于是就去请求天帝："给我一颗长生不老丹，让我去看守洞府吧！我肯定比黑蛇们干得好！因为我有翅膀，我会飞呀！"

　　天帝不同意："黑蛇们干得好好的，没什么差错，凭什么换了人家？"

　　黄鸟不肯罢休，苦苦哀求。最后，天帝实在没办法了，便说："你回去监视黑蛇吧，发现它们偷懒就来报告我！我就撤了它们，换上你！"

　　黄鸟回到巫山，整天飞来飞去，监视黑蛇们。可是，很多年过去了，它也没有抓住黑蛇们的一点儿差错。黑蛇们依然忠诚地看守着丹药，而黄鸟则继续监视着，期待着能替代它们的那一天。

【大荒南经】

　　有巫山^①者，西有黄鸟。帝药^②，八斋^③。黄鸟于巫山，司此玄蛇^④。

【注释】

① 巫山：具体所指待考。不是今重庆、湖北边境的巫山。

② 帝药：指天帝的药，当指不死之药之类。

③ 斋：屋舍。

④ 司此玄蛇：伺察这种黑蛇，防止它们去偷天帝的不死之药。

169

岳山
yuè shān

——帝喾、帝尧、帝舜葬于此

兽 视肉 熊 罴 虎 豹

鸟 离俞 鸱久 鹰 延维

木 朱木

　　传说中，黄帝到赤水北岸去游玩，爬昆仑山的时候，把玄珠弄丢了。这还了得！他派聪明绝顶的智去寻找，空手而归；又派能明察秋毫的离朱去找，离朱找了七天七夜，一无所获。黄帝很恼火，又派了善于闻声辨言的喫诟去，找了九天九夜，仍然没有找到。

最后，象罔去找，竟然找回了玄珠。

黄帝大怒，驱逐了智和喫诟，最后，指点着离朱说："变变变，变飞禽，飞去岳山守护我家子孙，去吧，去吧!"被变成飞禽的离朱不明白什么意思，看黄帝正在气头上，又不敢问，只好灰溜溜地飞去了岳山。他等呀等，时刻牢记着黄帝的命令。

也不知道过去了多少年，有一天，正在天空飞翔的离朱，看到了一个人影。他缓缓下落，看清楚那是一位老人。"您是黄帝的子孙吗?"离朱问。那老人捋捋雪白的长胡子点点头："你是离朱吗? 我是帝喾，梦到曾祖托梦说，找到离朱，就找到了安息之地。"

于是，离朱带着帝喾去看他种下的那片朱木林，还有自己驯服了的视肉神兽和老虎、豹子、熊、蛇等动物。

帝喾非常满意，他去世后，就埋葬在了岳山北坡，他的儿子帝尧葬在了南坡。帝尧把帝位禅让给了帝舜，帝舜非常尊敬他，临终前交代臣子，把自己埋葬在帝尧陵墓的一旁。

从此以后，神禽离朱带领动物们，一直忠诚地守护着三代贤明君主的陵墓。

【大荒南经】

帝尧、帝喾、帝舜葬于岳山①。

【注释】

① 岳山：即狄山。具体所指待考。

榣山

——太子长琴的灵感之源

　　传说中，火神祝融生了一个儿子，起名为长琴。祝融的父亲是老童，而老童是上古帝王颛顼的儿子。长琴作为颛顼的后代，被人们称作太子长琴。长琴天性善良，喜欢美好的东西，尤其喜欢音乐。可是，现实却不那么美好。

　　黄帝统治中原的时候，南方的蚩尤部落兴起，双方发生了战争。父亲祝融带着长琴随军出征，长琴目睹战争的残酷，士兵们伤亡惨重，战场上血流成河，心里非常难受。可是，他阻止不了战争，腥风血雨还在继续，他实在待不下去了，一个人偷偷地离开了战场。

　　他走呀走，来到榣山。榣山绿树葱茏，山花烂漫，泉水叮咚。他走进森林，发现一片梧桐树。长琴心中高兴：这是做琴的上好材料呀。于是，他砍下一棵梧桐树，开始做琴。琴做好了，长琴坐在小溪边的山石上，开始弹奏。乐声清越悠扬，渐渐地，长琴的心静了下来，整个人仿佛和天地融为了一体。不知什么时候，皇鸟、鸾鸟、凤鸟三只五彩鸟飞来，它们围着长琴翩翩起舞，婉转啼叫。琴声、水声、风声、鸟叫声合在一起，形成天地间唯美的乐章。

　　一曲结束，长琴非常激动，赶紧把曲子记录了下来。

　　从此，他就住在了榣山。大自然的一切声音，都成为他的灵感之源。他在这里创作了很多优美的乐曲，后世称他为"乐神"。

有芒山。有桂山。有榣山，其上有人，号曰太子长琴。颛顼生老童，老童生祝融，祝融生太子长琴，是处榣山，始作乐风①。

【注释】

①是处榣山，始作乐风：太子长琴住在榣山上，开始创作出了乐曲。

灵山

líng shān

——十巫在这里升降天庭

传说中灵山是一座神山，这里长满了奇花异草，是天帝在人间的仙草园，更神奇的是，灵山中有一座"天梯"。

这一年，天帝要在天庭召开巫师大会，邀请十名法力高深的人间巫师

参加。这个消息一发布，大大小小的巫师纷纷赶往灵山，祭祀山神和天神，请求上天庭参会。作为一名巫师，谁不想成为最好的？谁不想登天？谁不想和天帝面对面沟通？

有一位女巫也来到灵山，她没有和其他巫师挤在一起，而是挑选了一个偏僻的山谷，盘腿坐在地上，静心诚意地向上天祈祷："请天神保佑，家乡风调雨顺，百姓们安居乐业。"她到灵山来并不是为了登天，只是想在离天神最近的地方为百姓祈福，还要采一些草药回去。

忽然，女巫眼前一闪，凭空出现了一座天梯。哎呀！她心念一动，接收到了天神的旨意：上天。她站了起来，对着天梯恭恭敬敬地行了三个礼，然后爬了上去。

被选中的十个人都来到了天庭，天帝赐他们以巫为姓，女巫叫作巫姑，其他九位分别叫巫咸、巫即、巫朌、巫彭、巫真、巫礼、巫抵、巫谢、巫罗。天帝告诫他们：只有心怀天下的巫师，才能看到天梯，才有资格升降天庭。

从此，十大巫师每年都会来到灵山，登上天庭，向天帝汇报人间的情况，再把天帝的旨意带回到人间，传达给君王大臣和百姓们。

【大荒西经】

有灵山[1]，巫咸、巫即、巫朌[2]、巫彭、巫姑、巫真、巫礼、巫抵、巫谢、巫罗十巫[3]，从此升降，百药爰[4]在。

【注释】

[1] 灵山：山名，一说即巫山，在西北地区。
[2] 朌（bān）：一作"盼"。
[3] 巫：古代以求神、占卜等为职业的人。
[4] 爰（yuán）：助词。

弇州山

yān zhōu shān

——歌舞之山

鸣鸟

　　西北海的大荒之中有一座弇州山，山中栖息着一种五彩斑斓的鸣鸟，这种鸟的鸣叫声婉转动听。受鸣鸟的感染，百姓们也爱上了唱歌跳舞。劳作的时候，只要听到鸣鸟的歌唱，人们就会和着它们的歌声唱起来，连锄地的动作也有了韵律。

　　乐师伶伦听说了，不远万里赶到弇州山。鸣鸟们用欢快的合唱来迎接他，伶伦陶醉了，不由自主地捡起两块石头，和着鸣鸟的旋律敲击起来。有人合奏，鸣鸟唱得更加起劲儿。

　　伶伦住了下来，每天伴着鸟叫声，时而奏乐，时而起舞，时而吟唱……人和鸟的合奏吸引了百姓们，他们放下手里的农活，也参与进来，

或者跳舞，或者拿着竹管伴奏，还有的拿来自己家里的陶盆，拍打起来。

伶伦好像忽然悟到了什么。他也去砍了一些竹子，听着鸣鸟的歌唱，分辨音律，最终确定了十二律。在百姓们的帮助下，他不断摸索，尝试在竹筒上挖孔，最后制成了可以吹奏出乐曲的笛子。不仅如此，他还尝试用各种材质制作乐器：用石块制成了石磬，用牛皮蒙成大鼓……

伶伦把乐器的制作和演奏方法都教给了百姓们，让他们能更好地和鸣鸟合奏。鸣鸟唱得更加欢快，百姓们心情更加舒畅，天地和谐，风调雨顺，人们的生活越来越好。

【大荒西经】

有弇州之山①，五采之鸟仰天，名曰鸣鸟②。爰③有百乐歌儛④之风。

【注释】

① 弇州之山：一说即崦嵫（yān zī）山。

② 鸣鸟：凤凰之类的鸟。一说即孟鸟。

③ 爰（yuán）：这里，那里。

④ 儛（wǔ）：跳舞。

日月山

rì yuè shān

——日月的寝宫

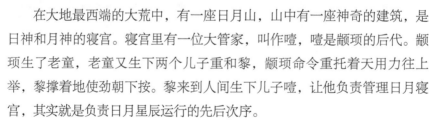

嘘　神
噎

在大地最西端的大荒中，有一座日月山，山中有一座神奇的建筑，是日神和月神的寝宫。寝宫里有一位大管家，叫作噎，噎是颛顼的后代。颛顼生了老童，老童又生下两个儿子重和黎，颛顼命令重托着天用力往上举，黎撑着地使劲朝下按。黎来到人间生下儿子噎，让他负责管理日月寝宫，其实就是负责日月星辰运行的先后次序。

日月山的主峰吴姬天门山是天的枢纽，日月神就是从这里降落的，开启枢纽有一把钥匙，在噎手里。

日月山还有一位山神嘘，长着人的面孔，但没有胳膊，两只脚反转地连接在头顶。有一天，嘘来找噎喝酒，噎喝了酒手抖，竟然把钥匙掉进了万丈深谷。两位天神找了半天，没找到。天帝知道了，要把嘘关进深

178

谷——找不到钥匙，永世不得出来。

嘘吓坏了，他自在惯了，关进深谷，还不得闷死？

于是，他自告奋勇："让我将功折罪，来做开启天之枢纽的钥匙吧！"

天帝纳闷："你怎么做钥匙？"

嘘说："您只管把开启的神力灌输到我的身体里就行了！"天帝半信半疑，但还是伸出手摁住嘘的双脚，把神力传输过去。一会儿工夫，天帝松开双手，只见嘘猛地翻转了身体，两只脚在地面一蹬，整个身体高高弹起，直直地冲向天之枢纽。双脚左边点一下，又弹到右边点了三下。天门打开，日神"嗖"的一下落下来，飞回了寝宫。

从此，嘘戒了酒，担负起了开启天之枢纽的责任。

【大荒西经】

　　大荒之中，有山名曰日月山，天枢也。吴姬天门，日月所入。有神，人面无臂，两足反属于头山，名曰嘘。颛顼生老童，老童生重及黎，帝令重献上天，令黎邛下地。下地是生噎，处于西极，以行日月星辰之行次[①]。

【注释】

① 行次：运行次序。

xuán dān shān
玄丹山
——五色鸟的警示

五色鸟 青鸾
青鸟 黄鸟 黄鹜 鸟

上古有一个叫作巫彭的人，是当时有名的十大巫师之一。他会占卜，也会治病，常年在外云游，寻找奇花异草。

有一天，他来到玄丹山，正在弯腰采药，忽然感到一阵冷风从头顶掠过。抬头一看，一只五彩斑斓的大鸟刚刚飞过，落到不远处的一棵大树上。那棵大树上还站着几只五色鸟，好奇怪呀，它们都长着一张人脸，头上披着长长的头发。人面鸟身五色——难道是传说中的灾星鸟？"五色鸟在哪个国家聚集，哪个国家就要灭亡！"这句久远的预言猛然在耳边响起——

这时候，一只鸟开口说话了："过些天，商王国要灭亡了，我已经闻到了腐烂的气味——"

另几只鸟纷纷点头："是的，我们该出发了！"

五色鸟振翅欲飞——巫彭猛地窜过去，拦住它们："神鸟，等一等！"

五色鸟收敛了翅膀，看着他，巫彭急忙说："我是巫彭，等我占卜，看看商王国的问题出在哪里。"他折了几根树枝和几棵小草卜了一卦，卦象显示，周部落已经出兵攻下一些小方国，最终目标肯定是商朝国都。

巫彭看完卦象，对五色鸟说："感谢神鸟示警！我赶紧回国劝谏君王，出兵平定叛乱。"

一只五色鸟点点头说："好吧，你速速回去，让君王好好爱护百姓，否则，灭亡是迟早的事儿！"

巫彭谢过五色鸟，飞马下山去了。可惜，商纣王听不进去他的劝说，一意孤行，最终还是亡了国。

180

　　有玄丹之山[①]。有五色之鸟，人面
有发。爰有青鸑、黄鹜、青鸟、黄鸟，
其所集者其国亡。

【注释】

① 玄丹之山：具体所指待考。一说因山
　　中出黑丹，故名。

不咸山

bù xián shān

——满族祖先诞生地

蜚蛭 鸟 | 琴虫 兽

在东北海外大荒之中，有一座山，山上长满像盐一样的东西，却不是盐，所以叫不咸山，也叫长白山。长白山东部的支脉叫布库里山，山下有个布库里湖，碧波荡漾，非常美丽。有一天，三位仙女来到这里游玩，玩累了，看四周无人，就下水洗澡。

这时候，一只神鹊飞来了，嘴里衔着一枚朱果，放到三仙女佛库伦的衣服上。三位仙女玩够了，上岸来穿衣服，佛库伦发现了朱果，红彤彤的很诱人，不由自主地拿起来吃了下去。吃下去后，她就怀孕了，生下一个男孩。这男孩非同寻常，生下来就会说话，见风就长，几天就长成了一个小伙子。她给孩子起名叫布库里雍顺，姓爱新觉罗。

佛库伦告诉他：“你是天生之子，生下来就是要统一诸国的，去吧，顺流而下，行使你的使命去吧。”

布库里雍顺用柳条编了一条小船，顺着松花江一路漂流到了长白山东南鄂谟辉鄂多理城这个地方。他刚爬上岸，就遇到一个人来江边打水。看到他相貌非凡，那人大吃一惊，问他来历。他说：“我是天女生的，专门来为你们平定战乱的。”

正好这里确实有三个部落正在为争夺王位，打得不可开交。于是，人们认定他是天生圣人，把他抬回部落，奉为共主。布库里雍顺统一了这三个部落，带领他们发展生产，扩大地盘，被尊为满族爱新觉罗氏的祖先。

【大荒北经】

大荒之中，有山名曰不咸①。有肃慎氏之国。有蜚蛭，四翼。有虫，兽身蛇身，名曰琴虫。

【注释】

① 不咸：山名，一说指位于我国东北的长白山。

bēi jí tiān guì shān 北极天柜山

——九凤神住的地方

九凤
强良
神

在大荒之中，有一座北极天柜山。在当地人的眼里，这是一座神山，因为山里住着九凤神。这是一只美丽的凤鸟，长了九个头，可以看到四面八方发生的事儿。传说，凤鸟是吉祥鸟，是保护神，所以，他们会用丰厚的祭品来祭祀神鸟。奉承话听多了，九凤神有些骄傲了。

有一次，大雨下了好多天，百姓们冒着雨抬着祭品进山祈求："求求九凤神，让天晴了吧，庄稼要淹死了——"九凤神正睡觉呢，被吵醒了，迷迷糊糊心里不高兴，翻了个身捂住耳朵，想先睡够了再去想办法。

等他再次醒来，已经是第二天了。忽然想起来止雨的事儿，坏了！这一觉睡到了自然醒，耽误大事了！咦？他看见东方有一轮朝阳在冉冉升起，放射出金色的光芒，不下雨啦？天晴了？怎么回事？

这时候，山里另一位天神强良飞了过来，他长着老虎的脑袋人的身

子，手里拿着蛇，嘴里也衔着一条蛇。强良慢悠悠地说："别担心，我找过雨师了，百姓们的庄稼有救了！"

正在这时，远处传来说笑声。百姓们又抬着祭品来感谢九凤神了——雨过天晴，他们都以为是九凤神显了神通呢。

九凤神听着百姓们对自己的赞颂，不好意思地低下了头。他暗下决心，以后一定要把百姓们的事儿放在第一位，做当之无愧的保护神。

【大荒北经】

大荒①之中，有山名曰北极天柜②，海水北注焉。有神，九首人面鸟身，名曰九凤③。又有神，衔蛇操蛇，其状虎首人身，四蹄长肘，名曰强良④。

【注释】

① 大荒：最荒远的地方。

② 北极天柜：具体所指待考。一说可能在今俄罗斯境内。

③ 九凤：传说中的一种鸟。

④ 强良：传说中的神名。

系昆山
xì kūn shān

——这里住着黄帝女魃

远古时期，在黄帝的领导下，北方部落日益强大，引起了南方部落首领蚩尤的恐慌。他怕黄帝会吞并自己的部落，于是就先发制人，带领军队攻打黄帝。

黄帝兵强马壮，毫不畏惧，带领部队沉着迎战。蚩尤施展法术，升起漫天浓雾，黄帝的士兵什么也看不清，乱成一团。幸亏黄帝乘坐的是指南车，他根据指南车的指引带领部队突出了重围。蚩尤率军紧紧追赶。黄帝念动咒语，请来天上的应龙，想让它降下大水，阻挡敌军。蚩尤哈哈一笑，一招手，风伯、雨师出现在半空：风伯鼓着腮帮子使劲吹，呼呼的大风刮起来了；雨师不停地打喷嚏，瓢泼大雨从天而降。河水暴涨，向黄帝的军队奔泻而去。

看着战士们在水中挣扎呼号，黄帝口中念念有词，一位青衣女神降落下来。她是旱神女魃，她一来，雨马上就停了，河道里的水很快就蒸发了。蚩尤和将士们正得意呢，忽然雨停了，水干了，蚩尤大叫："风伯、雨师，雨怎么停了？"喊了半天，没人回答。原来，两位天神看到女魃，早已经灰溜溜地逃走了。

黄帝乘机带领军队反扑过来，蚩尤大败。

可是，女魃却再也回不了天上了。黄帝犯了愁：她到哪儿，哪里就是一片干旱，怎么安顿她呢？后来，叔均建议，让她去系昆山吧，那里荒无人烟，不怕干旱。

为了不伤害百姓，女魃心甘情愿地住到了系昆山。

188

【大荒北经】

　　有系昆之山[1]者，有共工之台，射者不敢北乡[2]。有人衣青衣，名曰黄帝女魃[3]。蚩尤作兵伐黄帝，黄帝乃令应龙攻之冀州之野。应龙畜水。蚩尤请风伯、雨师，纵大风雨。黄帝乃下天女曰魃，雨止，遂杀蚩尤。魃不得复上，所居不雨。叔均言之帝，后置之赤水之北。叔均乃为田祖。魃时亡之，所欲逐之者，令曰："神北行！"先除水道，决通沟渎[4]。

【注释】

① 系昆之山：一说可能指阴山山脉。

② 乡：同"向"，指朝向。

③ 魃（bá）：传说中造成旱灾的神怪。

④ 渎：水沟；小渠。

zhāng shān
章山
—— 苗民的故乡

在西北海的外面，有一座章山，章山脚下，黑水河缓缓流过。在黑水的北岸，有一片肥沃的土地，生活着一群长着翅膀的人类，他们的祖先是颛顼。当年，颛顼的一个儿子骊头来到黑水河畔，相中了这个地方，住了下来。他娶妻生子，儿子又生孙子，子子孙孙都以厘为姓。人们记不清他

190

们各自的名字，就把这个部落叫作苗民。

日子一天天过去，尧年老了，他考察了舜的德行，决定把帝位禅让给舜。骓头听说了，很生气："舜有什么本事？凭什么让他做首领？这个首领该我做！"于是，他找来儿子们，商量怎么办。年轻气盛的儿子们你一言我一语，都主张打到尧都去，逼迫尧把位置让给父亲。

于是，苗民全体出动，向尧都进发。不料，尧早已经得到消息，派兵等在半路，劝他们返回家乡，不要犯上作乱。骓头不肯，两军动起手来，最后，骓头被活捉了。

消息传到尧都，大家都主张杀了他们，只有舜不同意："如果杀了他们，我们不就真的成了暴君了吗？还有什么资格治理天下？"

尧笑着点点头："那你说怎样处理他们？"

舜说："把他们放逐到南蛮去，如何？苗民喜欢吃肉，善于打猎，同时他们也已经掌握了基本的农业技术。他们到了南蛮之地，开荒种田，很快就会把那里变成一片良田的。"

就这样，苗民被放逐到南蛮，在那里繁衍生息，再也没有回过章山脚下的故乡。

【大荒北经】

西北海外，黑水①之北，有人有翼，名曰苗民。颛顼生骓头，骓头生苗民，苗民厘姓，食肉。有山名曰章山②。

【注释】

① 黑水：一说可能是今甘肃的疏勒河。

② 章山：一说疑在今甘肃境内。

章尾山
zhāng wěi shān

——烛龙生活的地方

烛龙 神

从前，有一位天神叫作烛龙。他人面蛇身，浑身赤红，眼睛是竖直的，闭上的时候，看上去就像一道裂缝。每次天帝出行，烛龙就会手拿火炬在前面引路。天神的火炬自然也不寻常，不用的时候，烛龙就把它含在嘴里，需要的时候拿出来，就会放出温暖而有穿透力的光。

有一次，他陪天帝出行，路过西北海的章尾山。这里山峦重叠，成年累月笼罩着浓雾，几乎分不出白天和黑夜。因为阳光穿不透重重浓雾，所以山里阴暗潮湿，只生长着一些苔藓。

烛龙手拿火炬带着一行人走过，光芒驱散了浓雾。不知道从哪里冒出来的许多小飞蛾越聚越多，追逐着光亮，快活地飞舞。莫名地，烛龙的心里充满了欣喜。

　　他们很快走过了章尾山，浓雾在他们身后慢慢聚拢来，那些小飞蛾被阴暗吞没了。烛龙心里一阵悲凉，他停下了脚步，鼓足勇气说："这里需要光，我想留下来！"天帝愣了一下说："你留下可以，但要把火炬交出来！"

　　没有了火炬，怎么给章尾山带来光明？烛龙猛地把火炬填到嘴巴里，咕噜一声，咽了下去。天帝没办法，只能罚他留在这里，永世不能离开。

　　吞下火炬的烛龙，给章尾山带来了光明。他睁开眼睛，散发出温暖又有穿透力的光芒，章尾山就是白昼；他合上眼睛，夜幕就笼罩了章尾山。有了光明，草木长起来了，各种动物也来了，章尾山充满了生机。

【大荒北经】

　　西北海之外，赤水之北，有章尾山。有神，人面蛇身而赤，直目①正乘，其瞑②乃晦③，其视乃明，不食不寝不息④，风雨是谒⑤。是烛九阴，是谓烛龙。

【注释】

① 直目：眼睛竖着长。一说前面当有"身长千里"四字。

② 瞑：闭眼。

③ 晦：夜晚。

④ 息：呼吸。

⑤ 风雨是谒：能请来风雨（谒，请）。一说指以风雨为食（谒，即"噎"，指吞噎）。

衡山

—— 祝融管理的山

祝融，号赤帝，是黄帝时期掌管火的官。黄帝率大军南下和蚩尤作战，祝融也一起去了。蚩尤的军队勇武善战，战争非常惨烈，打得难解难分。祝融擅长火攻，在战争中立了大功。

打败蚩尤后，大军班师回家，路过一座高山，黄帝问手下："这是什么山?"大家都摇摇头，只有祝融站出来回答："这是衡山。想当年，盘古开天辟地之后，身体化作了大地山川——他的头部朝东，变成泰山；脚趾在西，变成华山；中间腹部凸起，变成嵩山；右手朝北，变成恒山；左手朝南，就是眼前您看到的衡山了。"

"那它为什么叫衡山呢?"

祝融继续解释："衡就是衡器，比如称重的秤就是衡器。这座山就像一杆秤一样，可以称出天地的轻重，衡量帝王道德的高下，所以名叫衡山。"

黄帝明白了，衡山既然这样重要，那就让祝融留下来镇守此山，管理南方区域吧。

就这样，祝融留在了衡山。他走遍衡山周围的村寨，发现当地人还不会用火，还在吃生冷的食物。于是，他教他们采集并保存火种，还教他们烧水煮饭，用火取暖照明，驱赶野兽蚊虫。他还带领百姓们开荒造田，传授给他们北方先进的农耕技术，大力发展农业生产。

在祝融的管理下，这里的农田越来越多，百姓们吃穿不愁，安居乐业。祝融死后，百姓们把他葬在衡山，为了纪念他，把衡山最高峰称为祝融峰。

【海内经】

南海之内，有衡山①，有菌山，有桂山。有山名三天子之都。

【注释】

①衡山：即南岳，在今湖南衡山县等境内。山势雄伟，绵延百余里。

不距山

bú jù shān

——巧倕葬身之处

尧、舜统治时期，有一个人叫倕，因为他手特别巧，所以当时人们都叫他巧倕。在尧帝统治的时候，巧倕就很受重用。他会制作钟、鼓、磬等等各种各样的乐器，还发明了耒耜，用于农业耕种，让老百姓们种地变得轻松。

舜即位后，给一些重要的大臣分封了具体的官职：伯夷主持礼仪；巧倕做共工，主持工程，管理各行各业的工匠们；弃主持农业，负责百谷的耕种和收获；契做司徒，管理百姓，让他们和睦相处；龙主持外交，接待四方宾客；大禹治水，划定九州，功劳最大，所以让他负责九招之乐，舜还打算把部落首领的位置让给他。

这样分封，大家各司其职，但是巧倕却不满意：大禹功劳大，难道我的功劳不大吗？没有我这双巧手，哪有那些能演奏美妙乐曲的乐器？没有这双巧手，哪能有那么多工具？农业的飞速发展，大家能吃饱饭，不是我的功劳？

他越想越委屈，于是把工匠们召集起来商量："舜看不起咱们这些能工巧匠，咱们不干了，看他能怎么样！"这个消息很快就传到了舜那里，舜很生气，下了一道命令，把巧倕流放到幽陵。

巧倕被士兵们押送到了幽陵，关押在北海之内的不距山，最后死在了那里。舜帝又挑选了一位能工巧匠封为共工，带领工匠们为百姓们制作更多更好的工具。

【海内经】

北海之内，有蛇山^①者，蛇水出焉，东入于海。有五采之鸟，飞蔽一乡，名曰翳鸟^②。又有不距之山^③，巧倕^④葬其西。

【注释】

① 蛇山：一说在今蒙古境内。

② 翳鸟：凤凰一类的鸟。

③ 不距之山：具体所指待考。

④ 巧倕：相传为古代的巧匠名。

幽都山
yōu dū shān
——尚黑之山

玄鸟 鸟

玄狐 玄蛇 兽
玄豹
玄虎

　　传说中，有一个异兽叫土伯，它长着老虎的脑袋，牛的身体，更奇特的是浑身漆黑，只有牙齿和眼仁是白色的。土伯长得魁梧，比普通农家的耕牛要大一倍，再加上浑身黑色，看上去很凶猛，动物们都怕它，人类看

到它也会逃跑。

其实，土伯心地善良，性情温顺，它很想交一些朋友。可是，大家都怕它，人类甚至会召集很多人，拿了刀叉来捉捕它。土伯只好到处流浪，希望可以交到朋友，找到安身之所。

一天，它来到北海中的幽都山。哇！这山上的树木好奇怪，花朵竟然是黑色的。它伸出爪子刚想要摘一朵，忽然，一声吼叫从身后传来。它赶紧转身，看到两只黑色野兽跑到眼前，一只老虎、一只豹子正好奇地看着自己。土伯心里高兴：它们也是黑色的，该不会怕我吧？它摇摇尾巴，和它们打招呼。

正在这时，一阵风刮过，一位穿着黑衣服的山神从天而降："我是幽都山神，我代表山中高贵的黑兽欢迎你！"话音刚落，一只黑色的鸟飞过来，在土伯的头顶盘旋；一只有着毛茸茸大尾巴的黑色狐狸跑过来，跳到土伯背上，搂住了它的脖子……

原来，这里是一座尚黑之山，所有的飞禽走兽都是黑色的，连附近大玄丘的村民们，皮肤也是黑色的！

土伯背着黑狐狸快活地跑了起来，和黑虎、黑豹玩起了捉迷藏……它终于找到朋友了。

【海内经】

北海之内，有山名曰幽都之山①，黑水②出焉。其上有玄③鸟、玄蛇、玄豹、玄虎、玄狐蓬④尾。有大玄之山⑤。有玄丘之民⑥。有大幽之国⑦。有赤胫⑧之民。

【注释】

① 幽都之山：一说在今山西、河北北部，包括燕山及其以北诸山。

② 黑水：水名，具体所指待考。

③ 玄：黑色。

④ 蓬：蓬松，散乱。

⑤ 大玄之山：具体所指待考。

⑥ 玄丘之民：一说指丘上的人物都为黑色。

⑦ 大幽之国：具体所指待考。

⑧ 赤胫：小腿呈红色。

孩子
读得懂的
山海经 ②

异兽

贺雏芳 - 著  谷孝臣 刘颖 - 绘

北京理工大学出版社
BEIJING INSTITUTE OF TECHNOLOGY PRESS

版权专有　侵权必究

图书在版编目（CIP）数据

孩子读得懂的山海经 . 2. 异兽 / 贺维芳著 ; 谷孝
臣 , 刘颖绘 . -- 北京 : 北京理工大学出版社 , 2023.4（2024.7 重印）
　ISBN 978-7-5763-2202-6

　Ⅰ . ①孩… Ⅱ . ①贺… ②谷… ③刘… Ⅲ . ①儿童故
事—作品集—中国—当代 Ⅳ . ① I287.5

中国国家版本馆 CIP 数据核字（2023）第 048660 号

责任编辑：李慧智　　　文案编辑：李慧智
责任校对：王雅静　　　责任印制：施胜娟

出版发行 / 北京理工大学出版社有限责任公司
社　　址 / 北京市丰台区四合庄路 6 号
邮　　编 / 100070
电　　话 /（010）68944451（大众售后服务热线）
　　　　　（010）68912824（大众售后服务热线）
网　　址 / http://www.bitpress.com.cn

版 印 次 / 2024 年 7 月第 1 版第 9 次印刷
印　　刷 / 三河市金元印装有限公司
开　　本 / 880 mm × 1230 mm　1/16
印　　张 / 13
字　　数 / 100 千字
定　　价 / 219.00 元（全 3 册）

图书出现印装质量问题，请拨打售后服务热线，负责调换

前言

PREFACE

我最初知道《山海经》这本书，是通过鲁迅先生写的《阿长与〈山海经〉》。当时年龄小，对于“人面的兽，九头的蛇，三脚的鸟，生着翅膀的人，没有头而以两乳当作眼睛的怪物”感到害怕，但好奇心又无限地膨胀起来，很想知道《山海经》中到底还有哪些神秘又奇特的故事。不过之后一直都没有接触到《山海经》，中国神话故事倒是看了很多——一直以为神话故事和《山海经》是两码事。

事实上，像夸父逐日、羿射九日、精卫填海等故事都来自这本奇特的书。

而捧起《山海经》来读，却又如置身于幻境中，那些半人半神半兽的古怪形象、奇特瑰丽的玉石矿物、罕见神奇的参天大树、珍稀而又绚烂的神鸟、延绵神秘的高山、灵动魅惑的碧水……无不把你带入仙境或者幽冥之地，令人惊叹不已。

《异兽》卷里的动物不但长相奇特，而且大多有着神奇的“特异功能”：样子像鸡，长着三个脑袋、六只眼睛、六只脚、三只翅膀的鵸鵌，能使人睡不着；样子像羊，没有嘴巴的䍺，却饿不死；样子像猫头鹰，长着人脸，只有一只脚的橐𩇯，把它的羽毛插在身上就不怕打雷。此外，还有形状像喜鹊，却有两个脑袋、四只脚的鸓；样子像蛇，却长有四只脚的鲋鱼；身体像狗，长着豹纹和牛角的狡……这些稀奇古怪的动物，一个个都像是外星球的生物，充满了奇幻神秘的色彩。

　　《神木》卷就是根据《山海经》中所描述的草木来展开的故事。能治愈心痛病的萆荔、能解百毒的焉酸、使人不迷路的迷毂、忘忧树白䓘、让马日行千里的杜衡……也都一一在故事中变得立体、形象。它们寄托着古人美好的愿望，令人神往……

　　《仙山》卷里藏着一个个动人的神话传说，它们是我们中华民族宝贵的精神财富。万山之祖昆仑山、日月的寝宫日月山、凤凰的栖息地南禺山、巨灵神劈成的太华山、河姆渡文明的诞生地句余山……这些瑰丽的上古神话，宛如璀璨夺目的星辰，闪耀在幻想王国的星空里，开启了一代又一代孩童的智慧，照耀了一代又一代孩童的心灵，激发了一代又一代孩童的想象。孩子们通过阅读《仙山》卷里的这些故事，不但能了解我国源远流长的历史，还能增长知识见闻，丰富内心体验，获得趣味和愉悦。

　　是不是有点迫不及待地想要去了解这些奇特而又神秘的异兽、神木和仙山了呢？请你缓缓地打开书本，尽情享受这场穿越之旅吧。

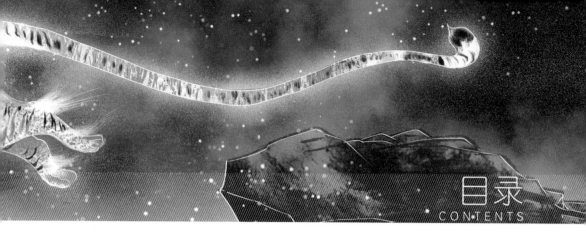

目录
CONTENTS

目录
CONTENTS

目录
CONTENTS

3

目录
CONTENTS

4

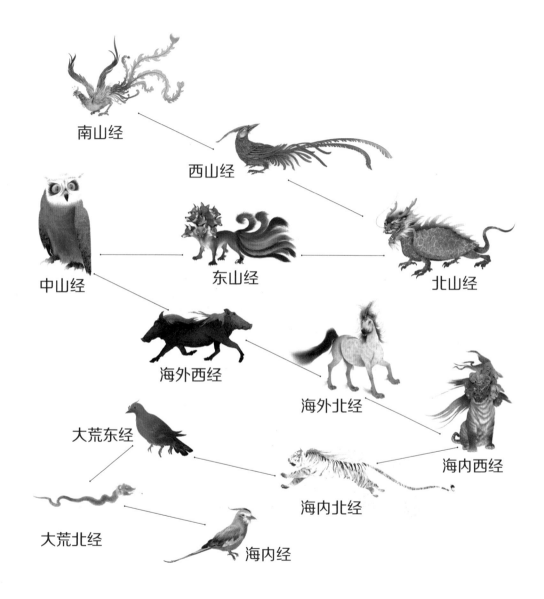

南山经

西山经

中山经

东山经

北山经

海外西经

海外北经

海内西经

大荒东经

海内北经

大荒北经

海内经

fù chóng
蝮虫
—— 鼻子上有刺钩的蟒蛇

等级
异兽

形态
形似蝮蛇，大的重达一百多斤，颜色像绶纹，鼻上有针

异能
出现之处山势陡峻不可攀登

古时候，在离即翼山（也叫猨翼山）不远的地方有一个村庄，村中老人都说即翼山的山顶上有很多白玉。尽管白玉很让人心动，可是，传说山中有很多怪兽和鼻子上长了针的蝮虫，再加上即翼山山势陡峻，怪树茂密、巨藤缠绕，谁也不敢爬上去看看。

村里有一个名叫慎元的少年，从小与生病的母亲相依为命，他靠砍柴、卖柴为生。

这天早晨，慎元像往常一样来到即翼山的山脚下砍柴，忽然，他看到一只凶猛的大鸟叼着一条小蛇从自己旁边飞过去。看到小蛇不停挣扎的样子，慎元动了恻隐之心，他随手向大鸟扔出手中的一根木柴，吓得大鸟丢下小蛇飞走了。

得救的小蛇身体有红白两色的纹理，鼻子上长着一根刺钩。

"它的样子很像传说中的蝮虫啊！"慎元把小蛇当宠物养起来，亲昵地喊它反鼻虫。他每次出去砍柴都忘不了给蝮虫捉回来一些虫子。蝮虫有时候自己回到山林，过几天再悄悄回来。

蝮虫渐渐长大了，它每次从山中回慎元家的时候都会含一块玉石。慎元卖掉玉石，给母亲治好了病，盖了新房子，家里的日子渐渐好起来。

不知不觉几年过去，蝮虫长成了一条重达百斤的大蟒蛇，再加上它鼻子上长着长长的刺钩，模样变得更加怪异可怕。有一次蝮虫从山中出来的时候被一个村民看到，村民受了惊吓，差点送了命。

慎元对村民很愧疚，又担心蝮虫被村民捕杀。他摸着蝮虫的头，告诫它："再也不要下山惊扰村民了。"蝮虫点了点头，然后依依不舍地返回了山林深处。

从那以后，村里的人们再也没有见过蝮虫。

【南山经·南山一经】

又东三百八十里，曰猨翼之山①，其中多怪兽，水多怪鱼，多白玉，多蝮虫②，多怪蛇，多怪木，不可以上。

【注释】

① 猨翼之山：猨同"猿"，即猿翼山，山名，具体所指待考。一说可能是位于今广东的云开大山；一说应在今湖南境内。
② 蝮虫：即蝮蛇，一种毒蛇。

3

鲭
lù

——长翅膀的鱼

等级 异兽

形态 鱼，形貌像牛，有蛇一样的尾巴，有翅膀，长于胁下

异能 冬眠夏醒，吃了它的肉，人就不会再长毒疮

很久以前，有一个名叫高茔子的小村庄，因为土地贫瘠，村民们的日子都过得艰难。

这一年的早春，正是青黄不接的时候，人们经常吃树皮草根度日，不少人误食了毒草，得了毒疮。少年岸桑的父亲不幸也得了毒疮。

这天一大早岸桑就出了门，他要为父亲求医问药。此时刚刚入春，天气还很冷，岸桑裹紧身上的棉衣，顶着寒风往前走。

刚刚走到村外，岸桑就看到一个衣衫破烂的老人倒在地上，他蜷缩着身体瑟瑟发抖。岸桑赶紧跑上前扶起老人，又把自己的棉衣脱下来给老人穿上。

老人暖和过来，他听完岸桑讲了事情的来龙去脉，说："东边有座石头山，名叫柢（dǐ）山。传说山中有一种喜欢冬眠的鱼，它的名字叫鲭。鲭的形状像牛，有蛇一样的尾巴，胁下长着翅膀，叫声和牛一般。如果吃了它的肉，人就不会长毒疮。"

岸桑高兴地跳起来："这么说，只要抓到鲭，我父亲的病就能治好了？"

老人点头，又道："现在的鲭还在冬眠，应该很容易抓到。"说完，老人一个转身就不见了。

岸桑恍然大悟：这是神仙来指点我呀！

岸桑立刻动身，日夜兼程，很快就来到了柢山。山上有很多河却没有草木，他历尽艰辛爬到山顶，在一条河源头的石块底下找到了很多正在沉睡的怪鱼，怪鱼的形貌和老人说的鲭一模一样。

  岸桑抓了很多鲑回到村里。他用一条鲑给父亲熬了鱼汤，让父亲喝掉，父亲的毒疮立刻好了。

  岸桑把剩下的鲑都熬成汤，给那些得毒疮的村民挨家挨户送去。人们喝过鲑汤以后，毒疮都消失了。大家都很感激岸桑。

【南山经·南山一经】

  又东三百里，曰柢山[1]，多水，无草木。有鱼焉，其状如牛，陵居，蛇尾，有翼，其羽[2]在鮯[3]下，其音如留牛[4]，其名曰鲑[5]，冬死[6]而夏生，食之无肿[7]疾。

【注释】

① 柢山：一说可能指今广东境内的大罗山。

② 羽：鸟虫的翅膀。

③ 鮯：鱼胁。

④ 留牛：所指待考。一说指瘤牛，颈项上有突起，鸣声较大；一说即犁牛。

⑤ 鲑：鱼名，具体所指待考。一说即穿山甲。

⑥ 冬死：指冬眠。

⑦ 肿：毒疮。

5

lèi
类

——雌雄同体的长发山猫

等级

异兽

形态

形貌长得像山猫，头上有人的长发

异能

人吃了它的肉，就不会嫉妒

古时候，亶爰（chán yuán）山下有一个小镇，小镇里有个迟员外，迟员外的大儿子迟鲲娶妻王氏。

王氏是个有名的妒妇，如果哪一点比不过人家，她就撒泼打滚地大吵大闹。她不但把迟员外家搞得鸡飞狗跳，还把整个镇子搅得不得安宁。

"家门不幸啊！要是有人能治嫉妒病就好了。"迟员外苦恼地对儿子迟鲲说。迟鲲找遍了远近闻名的所有郎中，但郎中们都说嫉妒病无药可医。

迟鲲最后来到附近一家最不起眼的药铺。药铺里面有一个须发皆白的老郎中。老郎中听迟鲲说了王氏的情况，沉吟了一会儿，说："我小时候听过一个传说。亶爰山中生活着一种大山猫，它的名字叫类，它自身同时具有雄雌的特点，长着一头像人类女子那样的长头发。如果用类的肉煮汤，吃肉喝汤就能治愈嫉妒病。"

迟鲲立刻带着几个强壮的小伙子去抓类。可是，亶爰山高峻巍峨，寸草不生，山中有很多河流纵横交错，人在山中无法攀爬，而名叫类的怪兽行动敏捷，它甩动着长发在山石间窜来窜去，来去如风，几次围猎行动都失败了。

迟鲲设计了一种类似陷阱的竹笼，把竹笼放在类常常经过的山道上，里面放上熟肉，熟肉的香味果然把类诱入了竹笼陷阱。可是就在迟鲲从竹笼里捉出类的时候，它拼命挣脱了，迟鲲的手里只留了类的尾巴。

迟鲲只好拿着类的尾巴回家熬了一碗汤，骗着王氏喝下去。

一碗汤刚刚喝下去，王氏就像从梦中醒来一样，一下子变得贤淑礼貌、通情达理了。

这件奇事迅速传开，很多有妒妇的人家都想捕获一只类，可是，所有人再也没见过类的踪影。

【南山经·南山一经】

又东四百里，曰亶爰之山①，多水，无草木，不可以上。有兽焉，其状如狸②而有髦③，其名曰类④，自为牝牡⑤，食者不妒。

【注释】

① 亶爰之山：一说在今广东南雄市境内；一说可能是今广东新丰县的九连山。
② 狸：哺乳动物，又叫山猫，毛棕黄色，有黑色斑纹。
③ 髦：头发。
④ 类：动物名，具体所指待考。一说即大灵猫，身上有香囊。
⑤ 牝牡：雌性和雄性。

chǎng fū
鹒 侼
——折磨人的鸟

等级
异鸟

形态
形貌像鸡，长着三个脑袋、六只眼睛、六只脚、三只翅膀

异能
吃了它的肉就会使人睡不着

宣爰山向东三百里有座山，叫作基山。基山上面怪树丛生、杂草茂密、野兽出没，附近的村民轻易不敢进山。

后来，村民们听说山顶附近有很多珍贵的玉石，忍不住成群结队进山了。

人们历尽艰险好不容易才到达山顶，立即开始疯狂寻找传说中的玉矿。他们乱挖乱刨，从清晨到太阳落山，毫无收获。

大家都不肯下山回家，就怕被别人抢先挖到玉矿。

夜晚，人们在篝火旁边休息，忽然夜空中飞来一只怪鸟，它身体的形状像鸡，却有三个脑袋、六只眼睛、六条腿、三只翅膀。

"妖怪啊！"人们惊慌地大叫。

一个见多识广的老人却说："大家不要慌。我小时候听过一个传说，在基山上有一种三头六眼六腿三翅的怪鸟，名叫鹒侼，人吃了它的肉，就不用睡觉了。这一定就是鹒侼。"

"太好了，吃了鹒侼的肉我们晚上再也不需要睡觉，我们就可以日夜干活，就能早日挖到玉矿了。"

人们兴奋地嚷嚷，手持棍棒把鹒侼包围起来，齐声呐喊："抓住它！抓住它！"

鹒侼受到惊吓，慌不择路地一头扎进了篝火中。

不一会儿，山上的每个人都分到了一小块香喷喷的烤鹒侼肉。

果然，人们都睡不着觉了，大家夜以继日地挖山找矿。

8

好景不长，几天之后，村民一个接一个病倒了，他们浑身酸疼、极度疲劳，都想好好睡一觉。可是，他们一点儿也睡不着，越睡不着，症状越重，一个个痛苦不堪。

村民们纷纷从山上逃回家，到处求医问药也无济于事。后来，难以入眠成了这个村子里所有人的遗传病，一代又一代的子孙忍受着这种病症的折磨。

【南山经·南山一经】

有鸟焉，其状如鸡而三首、六目、六足、三翼，其名曰鹠鸺，食之无卧①。

【注释】

① 无卧：不思睡眠。

guàn guàn
灌灌

——青丘山的骂人鸟

等级

吉鸟

形态

形状像鸠的鸟

异能

把它的羽毛佩戴在身上，人就不会迷惑

青丘山下的村子里，有一个男孩子因为小时候听到过九尾狐的叫声，被迷了心智，变得憨头憨脑，村里的人都叫他憨子。父母想送憨子上学，可是教书先生说什么也不愿意接收这个学生，憨子只能从早到晚到处游荡。

有一天，憨子不知不觉爬上了青丘山，他在茂密的树林里转来转去迷了路，正在着急，忽然，他听到树丛中有人在吵架对骂。

憨子虽脑瓜迷糊但心地善良，他担心地想："有人在打架，打架就会受伤。我要去给他们拉架。"

他赶紧循声去找，在树丛里看见两只鸟。它们长相普通，很像斑鸠，但叫声奇特，就像在吵架骂人。

鸟儿受到了惊扰，慌慌张张地飞走了，一根羽毛被树枝扯下来落在地上。

憨子把羽毛收起来，放到自己的衣袋里，兴冲冲地回了家。他把当天的经历告诉了父母。父亲听了大吃一惊："难道真的有这种鸟？"

接着父亲讲了一个古老的传说："相传青丘山中有一种名叫灌灌的鸟，有福气的人机缘巧合才能遇见它。谁把它的羽毛佩戴在身上，谁就不会受迷惑而变得聪明。"

"可惜，咱儿子没有得到灌灌的羽毛，要不然……"母亲惋惜地直摇头。

憨子把衣袋里的羽毛拿出来，笑着说："这就是灌灌的羽毛！好奇怪啊，我原先心里就像有一团雾散不开，现在雾散了，心里忽然亮堂了。我原先不明白的道理，现在也都懂了。"

父亲看到儿子明亮的眼神，知道儿子变得聪明了，高兴地把他送去了学堂。

不久，方圆几十里的人们茶余饭后都在谈论一个离奇的故事：青丘山下村子里的憨子变成了一个聪明绝顶的学子……

【南山经·南山一经】

有鸟焉，其状如鸠①，其音若呵②，名曰灌灌③，佩之④不惑。

【注释】

① 鸠：鸟名，外形与鸽子相似，常见的有斑鸠。
② 呵：大声斥责。
③ 灌灌：鸟名，具体所指待考。一说指鹈。
④ 佩之：指佩戴灌灌的羽毛。

赤鱬

chì rú

——人脸娃娃鱼

等级

异兽

形态

鱼形人脸，发出的声音就像鸳鸯的鸣叫

异能

人吃了它的肉，就不会生疥疮

古时候，在青丘山下的村庄里，有一个名叫玖霖的人，外出学徒三年，学艺期满，在回家途中住店时不幸感染了疥疮。他浑身奇痒难耐，害怕把这个病传给家人，就不敢回家。

玖霖想：青丘山上生长着各种草药，我在山中遍尝百草，也许能治好我的疥疮呢！

玖霖打定了主意，沿着一条名叫英水的小河进了青丘山。他爬到山腰，在英水边用树枝扎了一个简陋的小棚子。

玖霖忙碌了一天，正感到饥肠辘辘，忽然听到一阵鸳鸯的叫声。他循声一看，发现英水河里出现了一群长着人脸的怪鱼，它们不停地把头探出水面鸣叫着，原来刚刚听到的鸳鸯的叫声是这群人脸怪鱼发出来的。

玖霖太饿了，他顾不得想太多，连忙跳到河里抓住了一条怪鱼，回到岸上又用随身带的燧石生火，把怪鱼烤了美美地吃了一顿，然后在小草棚里睡了一夜。

这天夜里，玖霖身上那种麻痒的感觉消失了，等早上醒来，他发现自己的疥疮彻底好了。

玖霖兴冲冲地跑回家去与家人团聚，他还把自己的奇遇告诉了家里人。

玖霖的父亲对玖霖说："我小时候听过一个传说——英水中有一种人脸怪鱼，名叫赤鱬。据说吃了赤鱬的肉可以预防和治疗疥疮。我想，你吃的鱼就是传说中的赤鱬。"

玖霖很善良，他想："如果所有患疥疮的人都吃到赤鱬，他们就不会再

被疥疮折磨了。"

玖霖立刻把这个消息告诉了附近的人，那些得了疥疮的病人纷纷跟他去捉赤鱬。人们抓到了赤鱬回来煮汤喝，果真治好了疥疮。

从那以后，当地再也没人受疥疮的困扰了。

【南山经·南山一经】

英水①出焉，南流注于即翼之泽②。其中多赤鱬③，其状如鱼而人面，其音如鸳鸯，食之不疥④。

【注释】

① 英水：水名，具体所指待考。

② 即翼之泽：指即翼泽，也就是即翼山中的湖泽。

③ 鱬：传说中的一种鱼。一说即儒艮，生活在海中或河口，体长1.5～2.8米，前肢呈鳍状，后肢退化。人们又称它为人鱼。

④ 疥：疥疮。

13

鵂
zhū

——长着人手的猫头鹰

等级　异鸟

形态　状如猫头鹰，长着人手

异能　出现的地方多放士

故事发生在很久以前。那是一个初秋的下午，柜山下的官道上，远远走来一匹瘦马，一个儒雅清瘦的中年男人骑在马上。

中年男人时而低缓时而高亢地吟诵诗句，憔悴的脸上流露出淡淡的忧伤。

忽然，他停止吟诗，深深地叹了一口气，自言自语道："想不到我为国为民一片忠心，大王却听信谗言把我流放到这样荒凉的地方。可悲！可叹！"

话音未落，一只模样怪异的大鸟飞过来。它的形状像鹞鹰，却长着一对人手。怪鸟"zhū……zhū……"地鸣叫着，在他头顶盘旋了三圈，然后离开他往英水方向飞去。

中年男人望向怪鸟飞去的地方，只见远处的英水河畔，空中弥漫着淡淡的雾气，雾中隐隐约约可见一个巨大的芦棚，芦棚里人影晃动，不时传出哀怨的琴声和吟诵诗文的声音。

"客官，停下喝杯茶吧！"这时，路边一位卖茶的老者招呼中年男人。

中年男人借着喝茶的工夫打探消息："老人家，那边芦棚里聚集着的都是些什么人？"

老人长叹一声打开了话匣子："那些都是被奸臣陷害又被当今大王流放的人，他们怀才不遇，仍然忧国忧民，平时就聚集在这里抚琴作诗，排解烦闷。"

"看来世间像我这样的人还不少呢！"中年男人忧郁的心得到了安慰。

他又把刚才看见怪鸟的事情讲给老者听，问："这是什么鸟？"

老人拍掌长叹，说："它的名字叫鸺，它的叫声就是它的名字。它最喜欢听被流放的人在一起谈天说地。我想这会儿，它一定在芦棚上蹲着呢！"

　　中年男人赶紧骑上马，向芦棚的方向奔去。

【南山经·南次二经】

　　有鸟焉，其状如鸱[1]而人手，其音如痹[2]，其名曰鸺，其鸣自号也，见则其县多放士[3]。

【注释】

① 鸱（chī）：指鸱鹰。

② 痹（bēi）：鸟名，具体所指待考。

③ 放士：一说指放达之人；一说指被放逐之人。

15

zhì
彘

——牛尾虎身会狗叫的吃人猪

异能 会吃人

形态 形如虎，尾如牛

等级 凶兽

浮玉山上有一条名叫苕水的溪流。苕水从浮玉山的北坡发源，向北流入太湖，河中有很多鲨（jì）鱼。

有一个名叫丙四的村民住在浮玉山下的村子里，以采药为生。有一天，丙四又背着竹篓进山采药。忽然，他听到树丛中传来狗的叫声。他想："难道有小狗被困在树丛里了吗？"

丙四向发出狗叫声的地方走过去，远远地，他看到一丛浓密的灌木后面露出了一条牛的尾巴。"牛怎么会发出狗的叫声？"他疑惑地想着，蹲下身子，悄悄观察。这一看不得了，他被眼前的景象吓得浑身发抖。灌木丛后面不是牛也不是狗，而是一只怪兽：它长着老虎的身体、牛的尾巴，还会发出狗的叫声。

丙四大气也不敢喘，悄悄退后好远，然后没命地逃回了村子里。

丙四的邻居家有一个老人，老人见多识广，是方圆几十里有名的百事通。丙四急忙跑到邻居家，把事情告诉了老人。老人很惊讶："竟然真有这种怪物？"

接着老人讲了一个古老的传说：相传浮玉山上有一种名字叫彘的野兽。他的形状像老虎，却长着牛的尾巴，还能发出狗的叫声。据说彘是会吃人的。

最后，老人感叹："我从小就听过这个传说，可是从来没听说有人见过它，大家都以为那只是传说而已，想不到竟然是真的！"

丙四想起自己与吃人的怪兽那么接近，后怕地说："幸亏我没有被它发现，要不然，我的小命就不保了。"

传说中的吃人怪兽彘出现了，这可是一件大事儿，丙四赶紧把这个消息告知周围的山民。从那以后，大家上山都手持武器结伴而行，免得被彘所害。

【南山经·南次二经】

有兽焉，其状如虎而牛尾，其音如吠犬，其名曰彘①，是食人。

【注释】

① 彘：兽名，一说指野猪；一说疑为华南虎之类。

huàn

㺄

——没有嘴巴、饿不死的羊

等级 异兽

形态 身形像羊，没有嘴巴

异能 不吃东西也不会饿死

　　相传很久以前，有一个小神云游的时候经过洵山，他发现洵山上树木茂盛，景色秀美。洵水在这里发源，向南流入阕泽中，山的南面有金矿，北面有玉矿。小神很高兴，决定把这里作为自己的定居之所。但是小神有点担忧：山上有这么多宝贝，如果被附近的山民知道了，他们一定会来采矿挖宝，到时候，我在山上的日子就不好过了。

　　"我可千万不能让山下的村民知道洵山上的秘密……"小神正自言自语，忽然一只山羊从他旁边跑过去。

　　小神用野兽能听得懂的话问山羊："你听到我刚刚说的话了吗？"

　　山羊使劲点点头。

　　小神对着山羊用力一指，大喊一声："永守秘密！"山羊的嘴巴立刻消

失了，它不但不会泄密，还只能等死了。

　　这一切被玉帝身边的千里眼看得一清二楚。千里眼赶紧向玉帝汇报。玉帝勃然大怒，立刻让天兵天将把小神抓来。玉帝呵斥道："你竟然伤害无辜，我一定要惩罚你！"

　　小神吓得瑟瑟发抖，哀求道："我经过三千年才修炼成神仙，我一时糊涂犯下大错，恳求玉帝给我一个改过自新的机会。"

　　玉帝见小神真心悔过，才决定饶恕他："只要你能弥补过失，我就饶了你。"

　　小神返回洵山，他耗费了几百年的功力，用尽所有法术，终于使这只失去嘴巴的山羊有了特殊的本领：它不吃东西可以永远不死。山中花草的香味、风声、雨声、流水声……所有能闻到的气味、能听到的声音，都能变成让无嘴山羊活下去的能量。小神还为无嘴山羊取了一个奇异的名字"𤟥"。从此，洵山中就有了一种没有嘴巴却能永生不死的羊。

【南山经·南次二经】

有兽焉，其状如羊而无口，不可杀也，其名曰𤟥。

虵蠃
zǐ luó

——知恩图报的紫螺

等级 | 吉兽

形态 | 紫色螺壳里出来的姑娘

异能 | 带来幸福生活

很久以前，洵山下的村庄里有一个名叫商泽的青年，从小父母双亡，他一个人孤苦伶仃地住在山脚下的茅草房里，仅靠种一小块稻田艰难度日。

一天，商泽从洵水中担水浇地，忽然，他看到一只大鸟叨着一只虵蠃从洵水中飞起来，又不小心把虵蠃丢在岸上。商泽发现这只虵蠃的紫色螺壳特别漂亮，就把它捡起来带回家，养在门前的水缸里。

第二天，商泽又去稻田里干活。黄昏回家，他刚走进院子就闻到一阵香味。商泽推开屋门，只见里面的饭桌上摆着两个碗，一碗盛着热气腾腾的米饭，另一碗盛着香喷喷的炖肉。

商泽心想："也许是哪位好心的村民看我可怜，给我送来吃的。"他从小没吃过这么好吃的饭菜，大口大口地把米饭和肉都吃光了。

第三天黄昏，商泽又从地里干活回家，家里的饭桌上仍然摆着两个碗，一碗米饭，一碗炖肉。商泽决心要看看这个好心人到底是谁。

隔天，商泽假装出门干活，但他并没有走远，而是躲在家门外的一丛灌木后面，偷偷观察家里的情况。下午的时候，商泽家门口水缸里的虵蠃变成了一个身穿紫衣的美丽姑娘，她走进屋里，在锅灶前一阵忙碌，不一会儿，房间正中的桌子上就摆出两个碗，一碗米饭、一碗肉。

商泽冲出来，抱起水缸旁边的紫色螺壳。紫衣姑娘再也无法变回螺壳中，就说出了自己的来历。原来，紫衣姑娘是一只修炼千年的田螺精，她是为了报答商泽的救命之恩才显身的。

从此，善良的商泽和知恩图报的紫螺姑娘过上了幸福的生活。

20

【南山经·南次二经】

　　洵水出焉，而南流注于阏之泽，其中多茈蠃①。

【注释】

① 茈蠃：紫色螺。

bái yuán
白猿
——擅长模仿的白色猿猴

等级
异兽

形态
身形如猿猴，毛发白色，手臂粗大有力，腿很长

异能
擅长在树木、山石之间攀缘

很久以前，有一座发爽山，山下有一个村庄，村里有一个苦孩子。

苦孩子十五岁父母双亡，和哥哥嫂子一起生活。嫂子很刻薄，在苦孩子十六岁的时候，她就逼着哥哥跟苦孩子分了家。

嫂子指着山脚说："我们把最大的一块地给你，别的财产就没你的份儿了。"然后，哥嫂把苦孩子赶了出去。

嫂子指的是一片没人要的布满碎石的荒地，连草都很难生长。苦孩子在荒地旁边搭草棚住下来。他每天早上到山林找野果充饥，然后到荒地里捡石块，再把石块运到远处的山坳里。

苦孩子去山林摘野果的时候，经常看到一只擅长攀爬的白猿在大树之间跳来跳去。白猿很聪明，竟然学着苦孩子的样子用大芭蕉叶把吃不了的果子包起来带走。

一天，苦孩子发现白猿蹲在一棵树下痛苦地呻吟，他走过去发现白猿的脚掌扎了一根木刺，伤口处化了脓。苦孩子赶紧把白猿抱回自己的草棚，他给白猿挑出刺，给白猿的伤口敷上草药，然后让白猿待在草棚里养伤，自己继续去荒地里捡石头。

等苦孩子忙到天晚回到草棚，发现白猿早已经离开了。

第二天早上，苦孩子发现荒地里的石头竟然少了很多，他感到很奇怪。

当天晚上，苦孩子悄悄躲在草棚里往外看。在皎洁的月光下，有很多白色的身影在荒地里忙忙碌碌。他仔细一看，那竟然是一群白猿。它们正学着苦孩子的样子把石头捡起来，丢到远处的山坳里。指挥它们干活的，

居然就是那只被他救过的白猿。

几天过后，荒地里的石头都被白猿捡得干干净净，荒地变成了良田。

苦孩子把地种上，几个月以后，庄稼获得了好收成。苦孩子过上了富裕的生活。

【南山经·南次三经】

又东五百里，曰发爽之山①，无草木，多水，多白猿。汜水②出焉，而南流注于渤海。

【注释】

① 发爽之山：一说在今广西境内的大瑶山中段。

② 汜水：水名，具体所指待考。

鹓雏

yuān chú

——高傲的吉祥鸟

等级
吉鸟

形态
形似凤凰、与鸾鸟同类，羽毛以黄色为主

异能
不是梧桐树不歇止，不是甘泉不饮

传说南禺山是一座宝山，山上有很多金子和玉石，山脚环绕着大片水泊。一条名叫佐水的河流从山上发源，向东南流入大海。逆着佐水向山上走，在山腰处有一个奇妙的石洞，每到夏天，洞里就会流出清澈甘甜的泉水。石洞的附近长着一棵高大的梧桐树。

一个山民经常到山中寻找传说中的宝贝，可惜一无所获。

夏季的一天，山民又来到山上，他听到了一阵美妙高亢的鸟鸣声，远远地，他就看见一只美丽的大鸟正在围着梧桐树翩翩飞舞。大鸟的身形像野鸡，展开的翅膀是金黄色的，在阳光下美得耀眼。

山民心花怒放："听说过几天，县太爷要给他的老母亲过大寿，我要是把这只鸟送给县太爷当作贺礼，县太爷一定会奖赏我的。"

当天晚上，山民偷偷爬到梧桐树上抓住了正在睡觉的大鸟。他把大鸟送给县太爷，果然得到了很多奖赏。

县太爷把大鸟养在笼子里，准备在母亲寿宴上拿出来讨母亲欢喜。可是，一连两天大鸟不吃不喝，只发出阵阵悲鸣。

"等不到母亲的寿宴，大鸟就会饿死、渴死了。"县太爷一筹莫展。他派人找来本县最有学问的老先生讨教养活大鸟的办法。

老先生望着大鸟，说："这是传说中的吉祥鸟鹓雏，它是凤凰和鸾鸟的同类。它很高傲，非高大的梧桐树不栖，非新鲜的清泉水不喝。"

县太爷想："我这里没有梧桐树，更没有新鲜的清泉水，难道我要眼睁睁看着鹓雏死去吗？"

25

县太爷很佩服鹓雏这种"宁死也不做宠物"的高贵品德，就把鹓雏放飞了。

从那以后，当地又多了鹓雏的传说。

【南山经·南次三经】

又东五百八十里，曰南禺之山①，其上多金、玉，其下多水。有穴焉，水出②辄③入，夏乃出，冬则闭。佐水④出焉，而东南流注于海，有凤皇⑤、鹓雏⑥。

【注释】

① 南禺之山：一说即今广东的番禺山。

② 出：一作"春"，似应作"春"。

③ 辄：就。

④ 佐水：水名，具体所指待考。

⑤ 凤皇：即凤凰。

⑥ 鹓雏：传说中鸾凤一类的鸟。

chì bì
赤鷩
——能防火的红腹锦鸡

等级
吉鸟

形态
形似红腹锦鸡，羽毛颜色
鲜艳，非常漂亮

异能
把它养在身边可以防火

　　古时候，在风景秀美的小华山下，坐落着一个很大的村庄，因为山中经常发生山火，给村民造成很大的威胁。为这事，村民们很苦恼，当地县官也没少挨上级官员的训斥。县官张贴榜文，悬赏征集防止山火频发的办法。

　　一个老人拄着拐杖颤巍巍地来到县衙，他对县官说："传说小华山中有一种名叫赤鷩的鸟，它有防火的本领。如果把它养在身边，人们就可以躲避火灾了。"县官赶紧让村长带人捉拿赤鷩，村长为难地说："谁也没见过这种鸟，我们到哪儿去找呢？"

　　老者说："赤鷩的模样很像漂亮的红腹锦鸡。据说，它们特别爱美，经

28

常到小溪旁边，把溪水当镜子照，仔细梳理它们的羽毛。它们很自恋，如果人们夸它们漂亮，它们就喜欢接近人。"

村长马上带人进山，他们按照老人说的办法，沿着山中的溪水寻找，果然在溪水边看到了一只模样像山鸡的大鸟正在对着溪水梳理羽毛。它全身火红火红的，非常美丽。"这一定就是赤鷩啊！"大家欣喜若狂。

村长大声对赤鷩喊："赤鷩啊赤鷩，你是我见过的最美丽的鸟！"

赤鷩真的听懂了村长的话，高高兴兴地飞到村长的肩膀上，跟着村长回了家。

几天后的一个晚上，村长家的赤鷩忽然大喊大叫起来，发出"火，火"的声音，惊醒了村长。村长召集全村人跟在赤鷩后面往前跑，果然发现了起火点。幸亏发现得早，山火被及时扑灭了。

自从有了赤鷩预报火警，当地再也没有发生大的山火。

【西山经·西山一经】

鸟多赤鷩^①，可以御火。

【注释】

①鷩：雉的一种，即锦鸡。

bàng yú
鲜鱼

——叫声像羊的鱼

等级
异兽

形态
形貌像鳖，四足

异能
发出的声音像羊的叫声

古时候，英山上长着很多枞树和檀树，人们传说山上出产黄金，于是，山下附近的村民成群结队地进山淘金，可惜一直没有收获。再加上不知从什么时候开始，大家还听到一些山上闹鬼之类的传说，因此，很多人宁可在山脚下种几亩薄田也不再到山上找什么金子了。

总有那么一些年轻人不信邪，他们初生牛犊不怕虎，竟然要去上山淘金。

　　这一天，他们天还没亮就出发了，走着走着，忽然走在前面名叫镜猜的小伙子说："你们别说话，快听!"大家赶紧收住脚步，静静地听，果然听到一阵怪异的声音从什么地方传来。

　　"羊的叫声。""有野羊!"这个消息让大家兴奋得跳起来。

　　大家借着晨光循着声音到处找。可是，连个羊的影子也没找到。大家一停下寻找，羊的叫声马上又响起来，大家赶紧又找。

　　反复几次，有的人沉不住气了，悄声议论："是不是闹鬼? 以前人们宁愿吃苦受穷也不到山上淘金，也许就是因为这个原因吧!"

　　大家越说越害怕，不约而同地往山下逃去。

　　镜猜却没有跑，他独自静静地等待着。当他再次听到羊的叫声时，循声仔细看去，发现羊叫声来自旁边的一条小溪。他仔细一看，竟然看到一条形状像鳖的鱼正在水中欢快地游动。

　　"哈哈，原来把人们吓得不敢进山的是一种鱼啊!"镜猜捉了几条鱼，想了想，说，"这种鱼以前从来没人见过，我就给它们取名叫鲜鱼吧! 我让乡亲们认识认识鲜鱼。"

　　村民们听了镜猜讲述鲜鱼的故事以后，再也不怕山上有什么妖魔鬼怪了，他们开始陆陆续续进山寻找金子，日子渐渐过得富裕起来。

【西山经·西山一经】

　　羭水出焉，北流注于招水，其中多鲜鱼①，其状如鳖，其音如羊。

【注释】

① 鲜鱼：具体所指待考。

肥遗
féi yí

——黄身红嘴的神药鸟

等级

异鸟

形态

样子像鹌鹑，黄身子、红嘴巴

异能

吃了它的肉可以治疗恶疮和杀灭寄生虫

在古代，住在英山附近的人们有一个习俗：如果有人得了麻风病，他就会被乡亲们赶到山中枏树和橿树密林里的麻风村中，让他自生自灭。

深山中条件艰苦，麻风病人喝了不干净的水，都会得寄生虫病。所以，病人来到麻风村，就开始等死。

少年旬昱的母亲不幸得了麻风病，也被赶到了麻风村。

旬昱听说英山深处有一种肥遗鸟，它的模样像鹌鹑，黄身子红嘴巴。它的肉不但可以治愈麻风病，还能杀死人体内的寄生虫。旬昱很想找到肥遗鸟，把母亲的病治好。

这天，旬昱在密林中发现了一个鸟巢，鸟巢里面有四只羽毛还不丰满的小鸟，从它们的模样可以看出，它们就是肥遗鸟的幼鸟。旬昱不忍心伤害这些小生命，刚想离开，一转眼，他又看见两只成年肥遗鸟飞过来，落到鸟巢旁边。旬昱拿出弹弓准备把成年肥遗鸟打下来，但他看清两只肥遗鸟的嘴里叼着虫子正准备喂鸟巢里的小鸟，他又心软了："如果我把它们打死了，鸟巢里那些小鸟一定会饿死的。"他叹了一口气收起弹弓。

当天晚上，旬昱做了一个梦，梦中有只肥遗鸟嘴里叼着一粒红色的种子飞过来，它把种子送到旬昱手上，说："谢谢你的不杀之恩，这是我用身上的灵力化成的种子，用它熬水喝，能治好你母亲的麻风病，还能除去她体内的寄生虫。"

旬昱一觉醒来，发现自己手中果真有一粒红色的种子。

旬昱没有马上把种子送给母亲熬水喝，而是把种子种在家门外的空地上。种子飞快地发芽、长大、开花、结果。旬昃这才用结出的种子熬水给母亲和麻风村所有的病人喝下，大家的麻风病都治好了，他们身体里的寄生虫也全都排出来了。

从此，麻风村的人们和正常人一样过上了幸福的生活。

【西山经·西山一经】

有鸟焉，其状如鹑①，黄身而赤喙②，其名曰肥遗③，食之已④疠⑤，可以杀虫。

【注释】

① 鹑：即鹌鹑，头小，尾巴短，羽毛赤褐色，不善飞。

② 喙：鸟兽的嘴。

③ 肥遗：鸟名。一说即竹鸡，鸣声响亮，雄性好斗。

④ 已：治愈。

⑤ 疠：瘟疫，也指恶疮、麻风病。

橐肥

tuó féi

——人面独脚猫头鹰

等级

异鸟

形态

身体像猫头鹰，长着人一样的面孔，只有一只脚

异能

夏眠，把它的羽毛插在身上就不怕打雷

古代有一座瀚次山（大约在今天的陕西境内）。漆水从这里发源，向北流入渭水。山上生长着很多乔木，山下长着许多小竹子。

山脚有一个十几户人家的小山村。村民进山经常能在山上捡到赤铜和玉石。可是，村民们还是感觉很烦恼，因为有一个怪现象经常困扰着他们：这里经常打雷，打起雷来接连不断，震耳欲聋，无论春夏秋冬都是如此。

雷电频发让村里的老人、孩子整天心惊胆战。大家出门不得不用麻团塞住耳朵。有人受够了这样的日子，盘算着搬到别的地方去住。

一天，一个白须白发的游方郎中路过这里。听到山民们诉说自己的烦恼，他笑吟吟地说："我听老辈人讲过，瀚次山中有一种人面鸟，它身体形状像猫头鹰，只有一只脚，它的名字叫橐肥。这种鸟冬天活跃而夏天蛰伏，如果把它的羽毛插在身上，就不再害怕打雷了。"

山民们高兴起来，跃跃欲试："这个季节正是橐肥蛰伏的时候，我们到山上也许能找到橐肥呢。"于是全村人集合，一起到山中寻找传说中的橐肥。几天以后，就在一个雷声隆隆的日子，大家果真在一个洞穴里找到了一只正在酣睡的人面独脚猫头鹰。

"这一定就是传说中的橐肥，找到它真不容易，我们可不能伤害它的性命。"人群中最有威望的老者说。他按照村里人数的多少，小心翼翼地从橐肥的身上拔下羽毛分给大家。

老者带头把羽毛插到头发上，奇迹发生了：原本震得人心慌意乱的雷声，在他们听起来，变成了悦耳的音乐。从此，村民们过上了幸福的生活。

【西山经·西山一经】

　　有鸟焉，其状如枭①，人面而一足，曰橐𩇯②，冬见夏蛰，服③之不畏雷。

【注释】

① 枭（xiāo）：即"鸮（xiāo）"，指猫头鹰一类的鸟。

② 橐𩇯：传说中的一种鸟。一说指短耳鸮，即短耳猫头鹰。

③ 服：一说指佩带；一说指吃。

谿边

xī biān

——能驱邪的树狗

古时候有一座山，名叫天帝山，山上长着很多棕树和楠木，山下长有很多菅茅和蕙兰。这里风光秀美，住在山下的人却忧心忡忡，因为每到夏天，经常会有村民得一种古怪的病，他们时而呕吐发冷，时而癫狂乱舞、胡言乱语。

这一年，村里来了一个游方郎中。老郎中给几个生病的村民诊脉之后，意味深长地说："他们既是感染了毒热恶气，也是中了妖邪之气。这个病只有一个办法可以治。传说天帝山的密林中有一种叫谿边的动物，它的模样像狗，把谿边的皮铺在身下，可以免受毒热恶气的侵袭，也可以避邪。"

最后，老郎中提醒道："谿边很机

警，善于变化，很难捉到。"

所有病人的亲属立刻结伴到山上捉拿谿边。他们在深山密林中苦苦寻找了半个多月，终于找到了一只小狗模样的动物。果真如老郎中所说，每次即将捉住它的时候，它都化作一缕烟逃走了。

后来，人们在谿边经常出没的地方设下了很多陷阱，陷阱里还布置了兽夹。谿边果然掉进陷阱里，还被兽夹夹伤了腿。

人们把谿边从陷阱里捉出来，刚把兽夹从它的腿上拿下来，谿边就奋力挣脱，又消失了，不过给旁边人的衣服上洒下了不少鲜血。

大家很失望，但是有一个聪明人忽然想出一个主意：把沾了谿边鲜血的衣服给病人穿上。

人们照这个办法做了，奇迹出现了：病人只要披上染了谿边血的衣服，病情立刻消失了。

从那以后，再遇到有人被毒热恶气侵袭，或者中了妖邪之气，人们就把和谿边长得一样的狗的血涂在他们身上，病人也都恢复了健康。

【西山经·西山一经】

有兽焉，其状如狗，名曰谿边①，席其皮者不蛊②。

【注释】

① 谿边：一说即巨松鼠，又名树狗，体形较一般的松鼠大，生活在树上，以植物为食。

② 席其皮者不蛊：坐卧时把它的皮垫在身下，可以不受毒热恶气的侵袭。

栎

——黑纹红颈的鹌鹑

等级 | 异鸟

形态 | 形貌像鹌鹑，身上有黑色的花纹和红色的颈毛

异能 | 人吃了它的肉，可以治疗痔疮

传说很久以前，天帝山下的一个贫穷的山村里，人们无法独自生存，大家一起打猎，一起寻找食物，然后平均分配食物。除了婴幼儿，村子里的每个人都要参与劳动，否则大家就要饿肚子。

于是村子里就延续了这样一个习俗：失去劳动能力的人，就要被送到深山密林中让他自生自灭。

有一个孝子，他的母亲得了严重的痔疮病，失去了劳动能力。人们逼孝子把母亲送进山里去。

孝子偷偷背着母亲逃离村庄，躲到一个隐蔽的小山洞。

村民们得知孝子和母亲一起逃走，立刻集合起来到山中搜寻。

孝子和母亲不敢下山，只能靠吃树叶野草、喝露水活命。母亲知道自己拖累了儿子，眼看着儿子要跟自己一起饿死了，她很愧疚。

这天晚上，母亲趁儿子睡下，忍着病痛，悄悄走了出去。

孝子做了一个奇怪的梦，一个老神仙告诉他，天帝山的森林里有一种名字叫栎的鸟，它的形貌像鹌鹑，身上有黑色的花纹和红色的颈毛，吃了它的肉，可以治疗痔疮。

孝子高兴地笑醒了，却发现母亲不见了，他赶紧跑出去寻找母亲。在悬崖边，他发现了正准备跳崖的母亲。

危急关头，孝子冲过去把母亲紧紧抱住。他把自己的梦告诉了母亲，然后背着母亲进了森林深处，开始寻找那种名叫栎的鸟。

如有神助，孝子真的抓到了一只栎鸟。孝子把栎烧熟给母亲吃掉，母亲的病神奇地好了。

孝子和母亲一起回到村子，人们看到孝子母亲健步行走的样子很惊讶。孝子又向村民们讲述了神仙托梦给自己、帮助自己把母亲的病治好的经过，村民们又害怕又惭愧。从那以后，谁也不再提那个害人的风俗了。

【西山经·西山一经】

有鸟焉，其状如鹑，黑文而赤翁①，名曰栎②，食之已痔③。

【注释】

① 翁：鸟颈上的毛。

② 栎：鸟名，一说即红腹鹰，是一种猛禽兽。

③ 痔：痔疮。

㹮
mǐn

——黑色大眼牛

等级 异兽

形态 形貌像普通的牛，长着苍黑色的皮毛，大大的眼睛

异能 威武异常

古时候，有一座黄山（它不是现在安徽的黄山），山上长着密密的竹箭，一条名叫盼水的河从这里发源，向西流入赤水。

因为盼水中有玉，很多人慕名来挖玉，再加上这里风景秀美，渐渐地在山下形成了一个富庶的部落。年轻英俊的殷就是部落的首领。

在离殷的部落大约一百里的地方有一个大部落，这个部落里的人从不劳动，部落首领墨带领族人靠抢劫过日子。

一天，墨集合了部落里所有的青壮年，准备攻打殷的部落，他要霸占黄山这座产玉石的宝山。

消息很快就传到殷的耳中，殷想起当年他学艺期满离开师父的时候，师父对他说过的话："危难的时候，你就来见我。"

殷让自己部落的人严阵以待，然后独自去寻找隐居在深山中的师父。

不久，墨带着人气势汹汹地赶来了，他们在殷的部落前停下，高声叫骂。就在墨准备下令发起攻击时，山上忽然传来一声震耳欲聋的牛叫。

只见一头灰黑色的巨兽从山中冲下来，它体型像身躯庞大的牛，眼睛大得出奇，样子可怕，而殷稳稳地骑在巨兽的背上，更显得威风凛凛。

墨很吃惊，他听到身后的族人在小声议论："天啊，殷能驾驭怪兽，一定是得到了上天的保佑。跟他打仗，我们一定会死得很惨！"

正在这时，怪兽仰头发出一声怒吼："哞——"那声音震彻长空、撼动山岳。

墨部落的人吓得肝胆欲裂，转身就跑。墨一看大势已去，无奈地跟着逃走了。

望着敌人狼狈远去的背影，殷开怀大笑。他对着大山的方向，大声说："师父，谢谢您送给我这头犘！它帮我们赶走了敌人，保住了家园。"

【西山经·西山一经】

有兽焉，其状如牛，而苍黑，大目，其名曰犘^①。

【注释】

①犘：传说中一种似牛的野兽。一说即每牛，是一种身躯矮小的野生牛。

yīng mǔ
鹦鹉

——学人说话的红嘴鸟

等级

异鸟

形态

形貌像一般的猫头鹰，青色的羽毛，红色的嘴

异能

有像人一样的舌头，能学人说话

黄山脚下，还有件趣事。

有一天，附近搬来了一位侯爷，对山民们宣布："我得到神谕，这座山归我所有。如果谁敢进山，一定会受到严厉的惩罚。"

山民们听说这位侯爷没有别的本事，只是因为擅长驯鸟深得皇上的喜爱，所以对他的无理要求一百个不服。

这天晚上，黄山附近村庄的上空都响起了一个奇怪的声音："黄山是侯爷的，这是神的旨意。"这个声音从半夜响到天亮，把村民们吓得躲在家里瑟瑟发抖。

"这是神灵在警示我们，我们真的再也不能进山了！"山民们难过地说。

山民中有一个名叫泰的年轻人，觉得这件事很蹊跷，下决心要把事情搞清楚。

第二天夜里，当村子上空又响起那个可怕的声音时，泰悄悄循声寻找，发现声音来自一只空中飞鸟。它像个幽灵一样，一边飞，一边发出人类一样的叫喊声。

"原来是一只鸟在作怪！"泰追踪大鸟，天快亮的时候，他才看清了鸟的模样：它像猫头鹰，长着青色的羽毛、红色的嘴，它喊叫的时候露出的舌头看起来竟然跟人的舌头一样。

泰忽然想起来自己听过的一个传说：黄山中有一种神奇的鸟，叫鹦鹉。它长着像人一样的舌头，能学人说话。

"这一定就是传说中的鹦鹉！"

泰发现鹦鹉飞进了侯爷家再没出来，恍然大悟：侯爷驯养了一只会说人话的鹦鹉。他故意教鹦鹉说出"神谕"，吓唬附近的山民，达到霸占黄山的目的。

泰把这个秘密告诉了大家，所有山民都愤怒了，大家一起涌到侯爷家门前找他算账。侯爷看到奸计被拆穿，害怕事情传到皇上耳朵里，只好宣布把山林归还给大家。

【西山经·西山一经】

有鸟焉，其状如鸮①，青羽赤喙，人舌能言，名曰鹦鹉②。

【注释】

① 鸮：猫头鹰一类的鸟。
② 鹦鹉：即鹦鹉。

鸓

lěi

—— 两首四足喜鹊

等级
吉鸟

形态
形貌像一般的喜鹊，红黑色羽毛，两个脑袋，四只脚

异能
人养着它可以避火

传说古时候有一座翠山，山上出产黄金和玉石，还生活着很多牦牛、羚羊和麝。满山翠绿，到处生长着棕树、楠木和竹子。

一个名叫漆的年轻人和他腿脚不方便的老父亲一起生活。为了方便采药为父亲治病，他没在远离山脚的村子里居住，而是在山脚下盖了一间茅草屋住下来。

在深山中采药的时候，漆遇到了很多形状像喜鹊的怪鸟，它们长着红黑色的羽毛和两个脑袋、四只脚。

一天，漆在树林中看到了一张巨大的蜘蛛网，一只两首四足的怪鸟被困在蛛网上。

漆觉得怪鸟很可怜，就把它从蜘蛛网上救下来。

漆把怪鸟身上的蛛丝清洗干净，怪鸟再也不肯飞走，漆就把怪鸟带回家养起来。

这天，漆进山不久，发生了山火，山火发生点就在漆的家附近。远处的村民们闻讯都赶来救火。漆正在山上采药，他听到山下人们大喊"救火"的声音，猛然发现自己家的方向浓烟滚滚。他急急忙忙从山上往回跑。他看到山火包围了自家的小茅屋，心想："完了，我的老父亲命丧于此了！"

可是，等漆跑到近前，他被眼前的情景惊呆了。山火仿佛有生命一样，故意避开他家的茅屋，只在周围燃烧。

接着，他看到那只怪鸟从火中飞出来，在火焰上空飞舞。火势渐渐弱下来，再加上村民们齐心协力上前救火，山火很快就熄灭了。

村民中有一个老人看清了眼前的小鸟模样，惊讶地说："这是传说中的鸓鸟啊！据说养着它可以避火呢！"

漆庆幸地想："幸亏我救了鸓，才有现在鸓救我的父亲啊！"

【西山经·西山一经】

其鸟多鸓①，其状如鹊，赤黑而两首四足，可以御火。

【注释】

①鸓：传说中的一种鸟。

luó luó

罗罗

——凶猛的吃人鸟

形态

皮坚肉厚、长喙似剑、坚硬锋利，凶猛无比

等级

妖鸟

　　传说很久以前，莱山（据说是现在青海省北部的托来山）上生长着茂密的檀树和构树。山中有一种似鹰非鹰、凶猛无比的妖鸟，名叫罗罗鸟。罗罗鸟皮坚肉厚、身体强悍，长喙像剑一样坚硬锋利。无论是鸟兽还是人畜，都是罗罗鸟捕食的对象。

莱山附近的大多数山民靠上山采药、捕猎、砍柴为生，大家明知进山可能会遇到嗜血凶残的罗罗鸟，但是，为了生活大家不得不上山。

山民中有一个名叫卓的少年，在他很小的时候，他的父亲就被罗罗鸟吃掉了，他从小就对罗罗鸟恨之入骨，一心想为父亲报仇。长大之后，卓更坚定了除掉罗罗鸟的决心。

一天，卓拿着一把磨得锋利的砍柴刀去山中寻找罗罗鸟。不久，他真的与罗罗鸟相遇了。卓和罗罗鸟之间展开了一场生死大战。最后，卓划伤了罗罗鸟的一只爪子，他自己也被罗罗鸟抓伤了，还摔下山崖，差一点儿送了性命。

在悬崖下，卓被一个采药的老人救了。

老人听卓说了事情的经过，很佩服卓的勇敢，他为卓想了一个对付罗罗鸟的主意。

卓养好伤回家后，把老人想出来的办法告诉了乡邻们。大家一起用很多热黏米糕做成小猪的形状，放在罗罗鸟出没的地方，然后悄悄潜伏起来。

果然，罗罗鸟飞来了，它把黏米糕做成的小猪当成了真的小猪，它一口把小猪叼起来，一下就吞进了肚子里。

滚烫的热黏米糕不但粘住了罗罗鸟的嘴，还烫坏了它的内脏，它在地上不停地翻滚，直到送了命。

有了这一次的胜利，卓和乡邻们用这种办法把所有的妖鸟罗罗鸟都消灭了。从此以后，罗罗鸟的故事成为一个传说。

【西山经·西次二经】

又西三百五十里，曰莱山，其木多檀楮，其鸟多罗罗①，是食人。

【注释】

① 罗罗：鸟名，当属兀鹫、秃鹫之类。

大鹗

dà è

——喜欢战争的白头鹰

异能

一出现就有大的战争

形态

形貌像普通的雕鹰，黑色的斑纹，红色的嘴巴和老虎一样的爪子

等级

异鸟

传说，钟山山神有个儿子名叫鼓。鼓长着人面龙身，力大无穷。他仗着自己父亲的地位，在钟山一带横行霸道，给当地的百姓造成很大的危害。

黄帝听闻鼓的恶行，非常生气，派天神葆江去捉拿他。鼓得知这个消息，赶紧找到他的好朋友钦䲹，欺骗他说："天神葆江经常做坏事，现在又来害我，请你帮我揍他一顿。"

钦䲹相信了鼓的话，和鼓一起，在昆仑山的南坡设下埋伏，等天神葆江一离开昆仑虚，就联手围攻他，鼓趁机杀死了葆江。

天神葆江临死前揭露了鼓的罪行，钦䲹才明白自己上了鼓的当。他恼恨鼓的欺骗，但不得不与鼓一起逃亡。当他们逃到钟山东面的崒崖的时候，被愤怒的黄帝追上杀死。钦䲹死后化为一只大鹗，形貌像雕，羽毛布满黑色的斑纹，白色的脑袋、红色的嘴，长着老虎一样的爪子，发出的声音和天鹅的叫声一样。

大鹗没有忘记自己的遭遇，恨透了鼓，一直想找他报仇。

有一次，大鹗飞过一片战场，他看到交战双方都有人在拼命打击一个两面蒙着皮革的圆筒形乐器，发出震耳欲聋的声音。后来，大鹗得知这种乐器名叫鼓，战场上敌对双方发起进攻的时候就会击打它鼓舞士气。

大鹗看到鼓被人拼命击打的情形，仿佛就是在击打那个害了自己的鼓，觉得很解气。于是，大鹗喜欢上了战场上击鼓的声音。只要战斗的地方有激烈的鼓声，大鹗就会赶去。从那以后，世间就有了这样一个传说：只要大鹗出现的地方，那里就一定会有战争。

【西山经·西次三经】

钦䲹化为大鹗，其状如雕而黑文白首，赤喙而虎爪，其音如晨鹄^①，见则有大兵。

【注释】

① 鹄：鸟名，也叫天鹅，形状像鹅而较大，羽毛白色。

鳤鱼
huá yú

——吃鱼的四脚蛇

等级
异兽

形态
形貌像普通的蛇，长着四只脚

异能
以鱼为食

昆仑山往西三百七十里，有一座风景秀丽的乐游山（大约在今天的青海省境内）。桃水从这里发源，向西流进稷泽。

传说，古时候的乐游山下有一个小村庄，村民堪九以在桃水中捕鱼为生。一天，堪九沿着桃水往上游走，在桃水的源头处发现了一个深潭。他往潭水中望了一眼，正巧看见一个怪物从潭水中往岸上爬。怪物很像长着四只脚的蛇。堪九吓得转身就跑，一口气逃回村子里。

乡邻们看到堪九惊慌狼狈的样子，惊讶地问他发生了什么事。

堪九平时喜欢在乡邻面前吹嘘自己胆子大，现在怕说了实话惹人笑话，于是他赶紧说："我见到了一个可怕的怪物，它追着要吃我。幸亏我本领高强，把怪物暂时打退了，这才有机会逃出来，换一个人早就被它吃掉了。"

很快，山中有吃人怪物的消息传遍了整个村子。人们都害怕怪物从山中跑到村子里来，很多人还想逃离这个可怕的地方。

村里一个名叫黎生的青年和大家的想法不一样，他想："这是我们祖辈生活的地方，我们不能被一个没见过的怪物吓跑了吧？"

黎生召集村里的几个年轻力壮的小伙子，说："我们去看看怪物到底是什么东西。如果它真的那么可怕，我们就想办法消灭它。"

大家纷纷响应，他们也沿着桃水往上游走，也找到了那个深潭，看到了那些四脚蛇一样的怪物。黎生仔细一看，发现这些怪物是吃鱼的，他大胆地走过去，怪物好像害怕他，都躲到了水中的岩石后面。

大家这才明白，爱吹牛的堪九只是为了掩饰他的胆小才编了这个怪兽吃人的故事。从那以后，被大家揭了老底的堪九再也不好意思在乡邻们面前自吹自擂了。

【西山经·西次三经】

其中多鮯鱼，其状如蛇而四足，是食鱼。

jiǎo 狡

——豹纹牛角吉祥狗

异能
在哪个国家出现，那个国家就会五谷丰登

形态
狗的身体，豹子的斑纹，头上的角与牛角相似

等级
吉兽

传说，古时候的玉山（今新疆和田市）是西王母居住过的地方。玉山脚下有两个小国，分别位于山的东面和山的西面。

山东面的小国，人们称作"山东国"；山西面的小国，人们称作"山西国"。

虽说两个小国相隔很近，但两国的民风截然不同。山西国的人们脾气暴躁，喜欢动拳脚、舞棍棒；而山东国的百姓人人谦和有礼、和睦相处。

有一年春季的一天，山西国的人们正在耕田种地，忽然，有人发现从玉山上下来了一只小怪兽，它的形状像狗却长着豹子的斑纹，头上的角与牛角相似。他大声喊叫起来："怪物来啦！"他一边喊一边捡起一块石头向小怪兽砸去。

附近种田的人们都听到了喊声，也急急忙忙拿着棍棒、石块跑过来，追赶小怪兽。小怪兽被石头砸了无数次，疼得发出狗叫一样的声音。

一个老人着急地喊道："不要打！它很像传说中的吉兽狡，它在哪个国家出现，哪个国家就粮食丰收。"

可是没有一个人理会老人说什么，大家继续追打小怪兽狡。

狡慌不择路地向前跑，一直跑出了山西国，跑到了山东国的土地上。它筋疲力尽地倒在一棵大树下，舔着自己身上的伤。

这时，山东国正在耕种的人发现了受伤的狡，大家急忙跑过来，有人采来草药给狡敷在伤口上，有人用布给它包扎，有人还拿好吃的食物来喂它。

从那以后，狍成了山东国的常客，这里的每一个人都对它非常友好。

这一年山东国的土地上风调雨顺，庄稼大丰收。可是，山西国经历了几个月的旱灾以后又遭遇了几个月的洪涝灾害，庄稼颗粒无收。

山西国的人们这才想起当初老人说的话，懊悔万分。

【西山经·西次三经】

有兽焉，其状如犬而豹文，其角如牛，其名曰狍[1]，其音如吠犬，见则其国大穰[2]。

【注释】

①狍：传说中的一种兽。
②穰：丰收。

shèng yù
胜遇

——预报水灾的红色野鸡

异能
在哪个国家出现，那个国家就会发生水灾

形态
形貌像野鸡，通身是红色

等级
灵鸟

在玉山一带有很多神秘的传说。相传，玉山上有一种名叫胜遇的鸟，它们的模样像野鸡，叫声像鹿鸣。据说胜遇有一种神奇的预报灾难的本领——如果它在哪个国家出现，那个国家就会发生水灾。

玉山山下有一条河，河边住着一个渔夫。

一天，渔夫正在河里捕鱼，从玉山上飞来一只漂亮的大鸟，它像红色的野鸡，发出的叫声就像鹿鸣。渔夫从小就听关于玉山的传说，他看到大鸟，一下子就想到了那些传说故事：这不就是传说中的胜遇鸟吗？

看到胜遇模样可爱，渔夫很喜欢它，就把鱼丢到小船的船尾让胜遇鸟来吃。胜遇鸟吃了之后，高兴地鸣叫着，跟在渔夫的小船后面快乐地飞舞。

后来，每次渔夫到水上捕鱼，胜遇鸟都要来，渔夫也每天都给胜遇喂

　　鱼吃。渐渐地，渔夫和胜遇鸟之间有了默契，他们就好像一对老朋友，彼此能领会对方的心意。

　　夏季的一天，渔夫卖完鱼回来，到村子里的一棵大树下和邻居们乘凉闲聊。这时，胜遇鸟飞来了，它焦急地围着渔夫飞来飞去，声音急促。

　　渔夫一下就明白了：胜遇是来发出灾难预警的。他赶紧提醒乡亲们："这里要发大水了，大家赶快逃命啊！"

　　村民们半信半疑地收拾东西，连夜转移。当他们逃到附近的一个高岗上的时候，洪水真的来了，浑浊的洪水很快就淹没了村庄。

　　村民们都很感激渔夫，更感激胜遇鸟。大家都相信了那些传说：只要胜遇在陆地上出现的时候，那个地方就一定会有大水灾。

【西山经·西次三经】

　　有鸟焉，其状如翟[1]而赤，名曰胜遇[2]，是食鱼，其音如录[3]，见则其国大水。

【注释】

①翟：长尾的野鸡。

②胜遇：鸟名，一说即翡翠鸟。

③录：所指不明。一说疑为"鹿"。

qīng niǎo
青鸟

——西王母的使者

等级

神鸟

形态

身体似雉鸡，色泽亮丽，体态轻盈

异能

女神西王母的使者，每当出现必三只同行

相传在古代，三危山（在今甘肃敦煌市）是三青鸟居住的地方。

西周时期，周穆王喜欢乘着八匹骏马拉着的神车到处游历。

有一年，周穆王乘着神车，带领着随从，浩浩荡荡来到西域。当他们来到三危山下，忽然发现山中飞来三只漂亮的鸟儿。它们全身是色泽亮丽的青色，体态轻盈。三只鸟来到周穆王的车队前面，一边鸣叫一边盘旋飞舞。

周穆王正在疑惑，身边一老臣赶紧上前禀报："大王，这几只鸟的样子很像传说中西王母的使者三青鸟。它们平时居住在三危山，如果西王母需要取食或者传递信息，就会召唤它们。"

"难道是西王母派三青鸟来向我传递信息的吗？"周穆王大喜，心想，"跟着三青鸟一定能见到西王母。"

周穆王指挥车队跟着三青鸟往前走，不久就来到玉山。玉山上有一座金碧辉煌的宫殿。周穆王满怀欣喜地走进宫殿，却看到一个怪物：它长着豹子一样的尾巴，头上戴着皇冠，蓬松着头发，有老虎一样的牙齿。看到周穆王，怪物大声长啸。

这个怪物就是西王母？周穆王没有害怕，大胆上前问好。

西王母一个转身又变成了一个相貌俊美的女子。

西王母和周穆王相谈甚欢，她带着周穆王畅游西域。几个月以后，周穆王要回去治理国家。临走，西王母和周穆王互相约定：三年后周穆王再到西域与西王母相聚。到那时，西王母要教给周穆王长生不老的秘术，然

后和周穆王长相厮守。

可惜，三年后，周穆王失约了。

有人曾经看到三只青鸟在当初周穆王往西域来的路上飞来飞去，人们说，那是西王母派三青鸟去查探周穆王何时重返西域啊！

【西山经·西次三经】

又西二百二十里，曰三危之山，三青鸟①居之。

【注释】

① 三青鸟：传说中为西王母取食或传递信息的鸟。

59

当扈

dāng hù

——靠胡须飞行的野鸡

等级
异鸟

形态
形貌像野鸡，凭借胡须飞行

异能
吃了它的肉就能使人不眨眼睛

上申山上草木不生，只有很多大石头，山下却生长着茂密的榛树和楛树。名叫汤水的河流从山上发源，向东流入黄河。

有一位神箭手住在上申山上，很多人慕名前来向他拜师学射箭。

有一个名叫奥的年轻人也来拜师。神箭手对奥说："要学好箭术，必须先训练眼睛。只有能做到长时间不眨眼，才能达到射箭的最高境界。"

奥问："师父，有没有一种办法能用最短的时间练得长时间不眨眼呢？"

神箭手说："这座山的密林中有很多当扈鸟，吃了当扈的肉就能长时间不眨眼睛。"

神箭手还把当扈的样貌告诉了奥："当扈形体跟野鸡相似，它能凭借自己的胡须飞行。"

奥按照师父的指点，果然在茂密的丛林里发现了很多当扈鸟。奥没想

到当扈竟然飞得很快，它们来去如风，根本没有办法捉住它们。

"看来我只能用箭把它射下来了。"于是，奥每天都爬到上申山上，寻找机会射猎当扈。他一次次失败，但没有气馁，仍然每天坚持着。

眨眼六个月过去了。一天，奥看准一只在空中飞行的当扈，立即搭箭拉弓，向当扈鸟射去。可是，当扈只被射下来两根羽毛，又飞走了。

奥失望地捡起羽毛，回到神箭手师父那里。他把两片羽毛拿给师父看，沮丧地说："师父，我已经尽力了，可是我射不到当扈。"

神箭手师父却说："你已经是一个百步穿杨的神箭手了！"

"可是我并没有吃到当扈的肉啊！"

"我用当扈鸟的传说来引导你，就是为了让你在不知不觉中练成高超的射箭本领啊！"

奥恍然大悟，他对师父佩服得五体投地。

【 西山经·西次四经 】

其鸟多当扈，其状如雉，以其髯①飞，食之不眴目②。

【 注释 】

① 髯：胡子。

② 眴目：即瞬目，眨眼。

mán mán
蛮蛮

—— 会狗叫的老鼠

异能

能发出狗的叫声

形态

身体像老鼠，脑袋像甲鱼

等级

异兽

古时候，刚山下洛水边一个名叫荆家洼的小村庄，村里有百十户荆姓人家，村中时常听到鸡鸣狗吠的声音，一派安宁和谐的景象。

可是，有一年，当地暴发狂犬病，官府让当地人把狗全部杀了。荆家洼因为没有了狗，山中的狐狸和黄鼬之类的野兽就频繁地来村里捣乱，搞得村民不得安宁。

有一个名叫荆天的年轻人看不下去了，他找到村里最年长的荆公，问："老人家，山上的野兽有没有害怕的东西？"

荆公捻着白胡子想了想，说："我很小的时候听过一个传说。在洛水上游，有一种名叫蛮蛮的怪兽，它们的身体像老鼠、脑袋像甲鱼，很多野兽都害怕。"

"如果真有这种蛮蛮兽，我们就去抓一些养起来，这样就能把野兽赶跑了。"荆天暗下决心。他马上召集了村里十几个年轻人到刚山中捉蛮蛮兽。

荆天和伙伴们涉水登山，历尽千辛万苦，终于来到了洛水上游。在一个深潭中，他们发现了一些鼠身甲鱼头的怪物。

这就是传说中的蛮蛮兽吗？它们一点儿也不可怕，怎么能看家护院呢？

众人半信半疑，但荆天还是指挥大家捉了一些蛮蛮兽回去。

荆天给每家每户分了一只蛮蛮兽，人们都把蛮蛮兽放到院子中的水缸里养着。半夜，狐狸、黄鼬又偷偷摸摸地进村了。忽然，每家每户的院子里都传出狗的咆哮声。众野兽都被吓得瑟瑟发抖，慌不择路地逃回了山里。

哪儿来的这么多狗呢？荆天和村民们查看之后才发现，狗叫声是从水缸里传来的，而发出这些狗叫声的正是那些蛮蛮兽。

从那以后好多年，荆家洼的村民都把蛮蛮兽当成看家护院的小狗来养。

【西山经·西次四经】	【注释】
其中多蛮蛮[1]，其状鼠身而鳖首，其音如吠犬。	[1] 蛮蛮：兽名，一说指水獭。

sāo yú
鳋鱼

——能引发战争的鱼

等级
灾兽

形态
形貌像鳝鱼，鼻上有须，头部有甲，嘴长在颔下，身体黑青色，无鳞

异能
出现的地方有大战发生

古时候，有一座盛产白玉的鸟鼠同穴山，渭水从此山发源，向东流入黄河。

山下村庄里的村民阿援平时很喜欢到山上去，经常有一些意外收获。

这天，阿援来到渭水的上游，他在溪水里的一堆石头中间发现了一些形状像鳣（zhān）鱼的鱼。

阿援捉了一条在溪水边烤了吃，发现鱼的味道非常鲜美。

阿援捉了满满一篓，兴冲冲地下了山。

阿援的老父亲见了阿援带回家的鱼，脸色大变，连连摆手说："这是传说中的鳛鱼，据说这种鱼在哪个地方出现，那里就会发生战争。阿援啊，你赶快把鱼送回去，千万不要惹祸！"

阿援口头上答应父亲，出门却把鱼卖给了当地一个官员。

官员吃到鳛鱼，惊讶万分："世间竟然有这么好吃的鱼！"他赏给阿援不少钱，又让阿援去抓了一些新鲜的鳛鱼，然后他亲自赶到京城把鳛鱼献给了皇上。

皇帝吃了鳛鱼，大喜。他重赏了官员，然后下令：从今以后，谁也不能再进鸟鼠同穴山，鳛鱼只能专供皇室食用。

鳛鱼的名声很快传播开来，邻国国君也知道了这件事，他也想吃到美味的鳛鱼，就派人去鸟鼠同穴山下买鳛鱼，结果买鱼的人空手而归。

邻国国君大怒："只要我的军队把鸟鼠同穴山占领，以后鳛鱼就全部归我吃了。"他立即召集了全国大部分军队，亲自带兵向鸟鼠同穴山进发。

消息传到鸟鼠同穴山下的皇宫里，皇上大怒，亲自带兵迎战。

一场大战爆发了。交战双方，各有伤亡，附近的百姓纷纷逃亡。

阿援和父亲也跟着乡亲们一起逃亡，他后悔没有听从父亲的劝阻。可是，已经晚了。

【西山经·西次四经】

其中多鳛鱼，其状如鳣[1]鱼，动则其邑有大兵。

【注释】

[1] 鳣：一种大鱼，长可达5米，重达1000千克。

鳛鮍

rú pí

——能吐出珍珠的鸟头鱼

等级

异兽

形态

形貌像扣着的水铫子，长着鸟的脑袋而有鱼一样的鳍和尾巴

异能

体内能够孕育珍珠

鸟鼠同穴山中有一条河叫滥水，传说滥水中生活着许多鳛鮍鱼。鳛鮍鱼的头像鸟却长着鱼翼和鱼尾，它发出的声音就像敲打磐石一样清脆响亮，最神奇的是它的体内能够孕育出美丽的珍珠。

鸟鼠同穴山下有个诸侯国，国君昏庸无道、贪图享受，非常喜欢金银珠宝，一直希望自己有一串世间独一无二的珍珠项链。

有一个大臣为了取悦国君，到处寻找最好的珍珠。他听到了滥水中鳛鮍鱼的传说，赶紧报告了国君。

国君大喜，马上派了大臣带很多人到滥水中去寻找鳛鮍鱼，他们费了九牛二虎之力才找到了一条鳛鮍鱼。

国君把鳛鮍养在一个金盆里，派最可靠的侍卫看守。当天晚上，鳛鮍鱼果真吐出一颗非常漂亮的珍珠。此后，国君每天都能得到一颗同样的珍珠。

一个月后，国君又烦恼起来。"一天一颗珍珠，什么时候才能串成项链呀？"

大臣又给国君出主意："这条鳛鮍鱼的肚子这么大，里面一定有很多珍珠。如果把它的肚子剖开，把里面的珍珠都拿出来，您马上就可以得到一条最美的珍珠项链了！"

国君马上命令侍卫把鳛鮍的肚子剖开，结果令他大失所望：鳛鮍肚子里一颗珍珠也没有。

国君懊悔不已，他对着旁边目瞪口呆的大臣怒吼："都是你的错，你一

定要再捉回一条鳘鱼来赔我。要不然，我要你好看！"

大臣和他的手下在滥水中搜寻了好几天，连鳘鱼鱼的一片鳞也没找到，他怕国君惩罚自己，在一个月黑风高的夜晚带着家人逃走了。

【西山经·西次四经】

多鳘鱼之鱼，其状如覆铫①，鸟首而鱼翼鱼尾，音如磬石②之声，是生珠玉。

【注释】

① 铫：一种带柄有嘴的小锅。
② 磬石：适宜制磬的美石。

滑鱼 huá yú

——肉能治病的红色鳝鱼

　　求如山是滑水的发源地，这座山的山顶却光秃秃的，没有一草一树。

　　很久以前，求如山下的村庄里，有一个名叫熙的小伙子，他心地善良、勤劳能干，可是到了婚娶的年龄却没有媒人上门来说亲。因为熙的脸上、脖子上长了许多瘊子，这使他看起来又丑又脏，谁愿意嫁给这样的人呢？

　　熙看到爹娘帮他到处求医问药，心里很难过。一天，他偷偷跑进求如山里，坐在滑水源头的溪流边上发呆。

　　忽然，熙听到溪水中的几块大石后面传来支支吾吾的声音，心想："难道有人躲在石头后面嘲笑我丑吗？"

　　熙忍不住跑过去，他要看看是谁躲在大石头后面议论自己。

  大石头后面并没有人，石头下面的水中却有几条怪鱼。那些鱼的样子像鳝鱼，脊背却是鲜艳的红色。此刻，它们正把头探出水面，发出像人一样支支吾吾说话的声音。

  熙正好肚子饿了，他捉了几条怪鱼，生了一堆火，把鱼烤着吃了。

  吃饱后的熙背靠着旁边一块巨石，不知不觉睡着了。

  睡梦中，熙感觉脸上、脖子上很痒，醒来发现那些让他烦恼的瘊子竟然全都不见了，他在水面的倒影中只看到一个相貌英俊的小伙子。

  熙高高兴兴回到家，他把自己的经历告诉了父亲，父亲忽然拍额说："我想起来了！我小时候听爷爷讲过一个传说——滑水中有很多滑鱼，人如果吃了它的肉就能治疗瘊子。人们一直以为那只是个传说，谁知这传说是真的啊！你吃的鱼一定就是传说中的滑鱼。"

  熙变成俊小伙的消息很快传开，乡邻们开始争相给他说媒来了。

【北山经·北山一经】　　　　　　　　　　　　　【注释】

  其中多滑鱼，其状如鳝，赤背，其音如梧，食之已疣①。　　　① 疣：一种皮肤病。

水马

shuǐ mǎ

——长着牛尾巴的马

等级 异兽

形态 形貌与一般的马相似，前腿上长有花纹，并拖着一条牛尾巴

异能 发出的声音像人呼喊

　　古时候，西域一带经常发生战争。有一次，外族入侵，重兵围城，边关形势危急，需要朝廷派兵救援。

　　一名小将自告奋勇担起了突围出城传递信息的重任。他不负众望，单枪匹马杀出重围。摆脱敌人以后没跑多远，战马就因伤重而亡。

小将步行走到求如山下，向一个正在放羊的农夫问路。

农夫告诉他："滑水是从求如山发源的，如果沿着滑水河岸走进山里，再爬到山顶翻过大山，比绕山而行要少走很多路。可是，你必须要和很多人结伴一起走才行，单独行动很危险。"

"为什么？"小将不解地问。

农夫神秘地说："我们常常听到山中传出来诡异的呼喊声，大家猜测山中一定有可怕的怪物。"

小将等不及与别人结伴，立即独自沿着滑水河岸往山里走去。他走进山中不久，果然听到了一阵奇怪的呼喊声。接着，河中走出来一只奇怪的动物，它形貌像马，前腿上长满了花纹，身后还拖着一条牛尾巴。

"那些奇怪的呼喊声就是从它口中发出来的呀！"小将恍然大悟，他转念又想："如果我能收服它当我的坐骑就好了！"

小将躲到一块巨石后面，等怪兽走近，他出其不意地冲出来，跳到怪兽的背上。

怪物吃了一惊，嘶吼着乱蹦乱跳，想要把小将甩下来。可是，小将紧紧抓住怪兽的鬃毛，贴在怪兽背上，怪兽折腾了半天，最后耗尽了力气，乖乖地听小将的指挥。

小将发现，怪兽比任何战马都强健，它除了需要经常喝水，其他时间几乎不休不眠，能日行千里。

小将给怪兽取了一个名字：水马。

小将骑着水马日夜兼程，三天以后，终于赶到了京城。

从此，江湖上就留下了关于水马的传说。

【北山经·北山一经】

其中多水马，其状如马，文臂牛尾，其音如呼①。

【注释】

① 呼：指人呼叫。

何罗鱼
hé luó yú

——一首十身的怪鱼

等级
异兽

形态
身体似章鱼，长着一个脑袋却有十个身子

异能
发出的声音像狗叫，人吃了它的肉就可以治愈痈肿

古时候，有一座谯明山，谯水从此山发源，向西流入黄河。这座山不长草木，却有石青、雄黄等许多矿产，很多山民在山上为官府挖矿，年轻的象伍就是这些山民中的一个。

一天，象伍在矿上干活的时候觉得后背很痛，别人告诉他，他的背上起了一个大脓包，监工怕他的病传染给别人，就把他赶走了。

象伍很绝望，他又饿又渴，就来到了谯水边，想喝几口水。忽然，他发现水中有一些一头十身的怪鱼，它们正在水中嬉戏着，发出狗叫一样的声音。

"这些鱼好奇怪啊！"象伍忽然想到了在民间流传的一个古老的传说：谯水中有一种何罗鱼，它长着一个脑袋却有十个身子，发出的声音像狗叫，人吃了它的肉就可以治愈痈肿病。

"眼前的怪鱼一定就是传说中的何罗鱼啊！"象伍高兴起来，他赶紧捉了一条何罗鱼烤了吃。当天晚上，象伍感觉后背发痒，等早上醒来，他发现后背的大脓包消失了。

象伍踏上回家的路。半路上，他看到很多人围在道路旁边的一棵大树下，就好奇地挤过去看。

原来大树上贴了一张告示。告示上说：公主身上长了难以治愈的脓疮，如果谁有办法治愈公主的疾病，皇帝就招他做驸马。

象伍又返回山中捉了两条何罗鱼，回家熬成汤，他捧着盛鱼汤的罐子来到皇宫。

公主喝了何罗鱼的汤，身上的脓疮果然全部消失了。

象伍怕皇上不守信用，就说："这种病隔几年还会复发，每次发作都需要再喝这种药压制，直到公主的病彻底治愈。"

皇帝真的把象伍封为驸马，从此，象伍和公主一起过上了幸福的生活。

【北山经·北山一经】

其中多何罗之鱼，一首而十身，其音如吠犬，食之已痈①。

【注释】

① 痈：一种毒疮，多生在脖子上或背部，常表现为大片块状化脓性炎症，疼痛异常。

mèng huái
孟槐
——驱凶避邪的红毛貛

谯明山一带有一个可怕的传闻：谯明山上有凶邪之气。

以前，村庄里的女人们都喜欢到山中的谯水里洗衣服、洗澡，日子过得逍遥自在。不知道从什么时候起，女人们从山里回家之后都变得疯疯癫癫的，有的哭，有的笑，有的闹。村里人纷纷议论，都认为她们是被邪气

缠身了。大家到处寻医问药，可是那些病人仍然不见好转。所以，大家都被吓住了，再不敢轻易上山。

村里一个小伙子奚木不相信什么鬼怪邪祟，可是，他的姐姐也因为有一次进山回来就变成一副痴傻模样，他不得不相信姐姐也被凶邪之气缠身了。

奚木想起了一个高人：他上知天文下晓地理，几乎无所不知，村里的人却认为他古怪，不愿意跟他交往，所以他独自居住在谯明山下的一座小茅屋里，只有奚木常常来听他谈古论今。

奚木赶紧找到高人把自己姐姐和村里其他女人遇到的邪乎事讲给高人听。高人捻着花白的胡须说："我听过一个传说。谯明山中有一种野兽名字叫孟槐，它长着柔软的红毛，形貌像豪猪，叫声像辘轳的抽水声。孟槐自身带有御凶的本领，人们可用它来抵御凶邪之气……不过，谁也没有真正见过孟槐。"

奚木为了姐姐和众乡邻，决心一定要找到孟槐。他跋山涉水，跑遍了谯明山，历尽千难万险，终于捉到了一只孟槐。

奚木把孟槐带回家，姐姐见了孟槐，听到它辘轳抽水一样的叫声，心里的一团混沌猛然消散，病情一下子消失了。

奚木又带着孟槐给村中的其他病人治好了病。从此，谯明山一带再也没有邪祟的事情发生了。

【北山经·北山一经】

有兽焉，其状如狟①而赤豪，其音如榴榴，名曰孟槐，可以御凶。

【注释】

① 狟：豪猪。

鳛鳛鱼
xí xí yú

——能避火的十翅怪鱼

异能

人饲养它可以避火，吃了它的肉就能治好人的黄疸病

形态

形貌像喜鹊，长有十只翅膀，鳞甲全长在羽翅的尖端

等级

吉兽

涿光山是一座风光秀丽的山，山上长着很多松柏，山下有许多棕榈和橿树。嚣水发源于这座山，向西流入黄河。

涿光山下的村民中一直流传着一个传说：嚣水中有一种鳛鳛鱼，它们的模样和叫声都很像喜鹊，它们长着十只翅膀，翅膀的尖端还长着鳞甲，据说吃了它们的肉就能治好人的黄疸病。

村民陈留的孙子得了黄疸病，陈留就到山上捉鳛鳛鱼。他费了很大的劲儿才捉到了一条鳛鳛鱼，等他带着鱼回家已经是半夜。他把鳛鳛鱼放在自己家的水缸里，准备第二天宰杀了给孙子熬汤喝。

当天晚上，村中失火了。村民们奋力救火，但很多人家的茅草房还是被烧毁了，只有陈留家的房子完好无损，就像火是故意绕过陈留家一样。

　　大家议论纷纷，有人怀疑是陈留放的火，因为他们看到陈留三更半夜才回家。村民把这件事报告了地方官。地方官询问了陈留半夜回家的原因，也很快就查明了火灾是某个村民大意引起的。

　　看到村民疑惑全村只有陈留家没有着火的时候，地方官指着陈留家水缸里的鳛鳛鱼，说："这都是鳛鳛鱼的功劳。"

　　接着，地方官对鳛鳛鱼的传说做了补充："鳛鳛鱼有避火的本领，可以用它来防火。"村民们这才对陈留解除了误会。

　　陈留对鳛鳛鱼满怀感激，再也舍不得宰杀它了。可是，孙子的黄疸怎么办呢？就在陈留一筹莫展的时候，水缸里漂起了一根羽毛。陈留受到启发，他用羽毛煮水，给孙子喝下去，孙子的黄疸竟然被治好了。

　　从那以后，人们捉到鳛鳛鱼不再杀掉，而是好好喂养起来。需要治黄疸的时候就用鳛鳛鱼的羽毛熬水喝，而且村子里再也没有发生过火灾。

【北山经·北山一经】

　　其中多鳛鳛之鱼，其状如鹊而十翼，鳞皆在羽端，其音如鹊，可以御火，食之不瘅①。

【注释】

① 瘅：黄疸病。

yù

寓

——能躲避兵祸的鼠面长翅鸟

在很久以前，诸侯混战，有一个盘姓家族为了躲避兵匪的骚扰逃到了
豲山。

豲山是个好地方：山上长着很多漆树，山下有许多桐树和椐树；山中
有玉有铁，矿产丰富；伊水从这里发源，向西流入黄河；山中遍地飞禽走

兽，骆驼和寓鸟的数量最多。

盘姓家族决定在虢山的山脚下建一个新村定居下来。

谁知他们把新村刚刚建好，这里就发生了一件奇怪的事：每到夜里，新村的上空就传来一阵阵羊的叫声。

不少人害怕了。家族中有一个名叫盘哥的年轻人，他自告奋勇要把这件诡异的事情查明白。

盘哥召集几个年轻力壮的同伴和自己一起守夜。半夜，一阵羊的叫声由远而近地在空中响起来，从山中飞来了许多鸟一样的东西。月光下，盘哥和伙伴们隐隐约约看出它们的样子：它们长得就像带鸟翅的老鼠，羊叫的声音就是它们发出来的。

第二天，盘哥把夜里看到的情况告诉了族长，族长吃惊地说："原来是它们在作怪啊！我小时候听过一个传说，有一种鼠身鸟翅的寓鸟，它们会像羊一样叫唤。想不到它们竟然生活在这里！"

族长想了想又说："据说饲养这种鸟可以躲避兵祸。那我们就捉一些寓鸟养起来吧。"

大家马上行动，结了网做成陷阱，抓获了很多寓鸟。

不久，有乱兵土匪听闻富有的盘氏家族躲进了虢山，就趁着夜黑前来偷袭。幸好族人们早有准备，当乱兵进入虢山的时候，他们就把自己养的寓鸟全部放出来。寓鸟飞着叫着，气势汹汹扑向乱兵土匪。

乱兵土匪吓傻了，他们以为这些怪鸟是神灵派来保护盘氏家族的，一个个屁滚尿流地逃走了。

从那以后，盘氏家族安安稳稳地住在虢山下，再也没有谁来骚扰了。

【北山经·北山一经】

其兽多橐驼①，其鸟多寓②，状如鼠而鸟翼，其音如羊，可以御兵。

【注释】

① 橐驼：骆驼。

② 寓：这里似指蝙蝠。

mèng jí
孟极

——善于埋伏的花额白豹

等级
异兽

形态
形貌像豹子，长着花额头和白身子

异能
喜欢呼叫自己的名字

　　自古以来，石者山就是一座有故事的山。这里寸草不生，却盛产青绿色的玉石。泚水从这里发源，向西流入黄河。山中还有一种异兽，它像白色的豹子，额头上长着花纹，经常发出"孟极孟极"的叫声，人们觉得这是它在呼喊自己的名字。据说，如果谁能穿上一件孟极的皮做的衣服，谁就能大富大贵、长命百岁。

　　曾经有一个郡守在听了石者山的各种传说之后，动了歪心思："如果我能得到一张孟极的皮，我就把它献给皇上，皇上一定会给我加官晋爵的。"于是，他贴出一纸告示："凡是能抓到一只孟极上缴的，赏白银五十两。"

　　附近的猎人们听到这个消息，非常高兴，他们成群结队进山捕猎孟极。几天之后，他们果然找到了孟极的踪迹，并把它包围在一片乱石林中。

　　大家都想："石林里没有食物和水，孟极迟早会出来寻找食物的。"

　　可是，众人等了一天、两天、三天……一连等了五天，孟极还没有

出来。

众人疲惫不堪，熬不下去了，议论纷纷：

"难道孟极饿死了？"

"是不是它已经从别的地方逃走了？"

"我不相信有哪种动物能老老实实在一个没水没食物的地方待这么久！"

大家议论之后，决定进去看看。他们三三两两走进石林。忽然，一块岩石的后面窜出来一只长着花额头、白身子的豹子，它大叫着"孟极"，然后从众人眼前飞身而过，一眨眼就不见了。

众猎人感叹："孟极伏身隐藏的本领世间无人能比，我们要抓到它太难了！"

从此，再也没有人想去捉拿孟极领赏了。

【北山经·北山一经】

有兽焉，其状如豹而文题①白身，名曰孟极，是善伏，其鸣自呼。

【注释】

①题：额头。

81

幽頞
yōu è

——爱笑的花纹猿猴

等级
异兽

形态
形貌像猿猴，身上满是花纹

异能
一看见人就装死，喜欢呼叫自己的名字

很久以前，边春山下的村庄里有一个名叫郎柒的年轻山民，他平时最喜欢和同村中几个年轻伙伴一起到边春山中采药、捡蘑菇。

有一天，山民们听到了一个可怕的传说：边春山上出了一种名叫幽頞的怪兽，它来去如风，还能死而复活。

自从知道了这个传说，郎柒的伙伴们都不敢进山了。郎柒偏偏不信邪，他倒要看看幽頞到底是什么怪物。

这天，郎柒到深山里寻找怪兽幽頞。此时正值春季，满山的桃花绽放，李树含苞，葱葵、韭菜也正长出新芽，而一条名叫杠水的河流哗啦啦唱着歌向西流入泑泽。

郎柒无心欣赏美景，他一心要找到幽頞。

走着走着，忽然，郎柒听到前面的桃林中传出阵阵嬉笑声，其间还夹杂着呼喊"幽頞"的声音。

郎柒循声悄悄走过去，发现发出声音的竟然是一只像猿猴的野兽，它身躯巨大，身上满是花纹。此刻，它独自在一棵桃树下翻滚嬉闹，它一会儿大喊"幽頞"，一会儿放声大笑。

郎柒恍然大悟：原来这就是怪兽幽頞，它在呼喊自己的名字。

郎柒觉得幽頞没什么可怕的，就大胆地向幽頞跑去。幽頞也发现了郎柒，它大叫一声倒在地上，一动不动，像死了一样。

郎柒吃了一惊："这个大家伙竟然这么胆小？难道它被我吓死了？"他小心翼翼地走到幽頞身边想看个究竟。幽頞却猛地跳起来，把郎柒吓了

一跳，还没等他反应过来，幽䴔就像旋风一样，几个纵身跳跃，眨眼间就消失在密林中。

"哈哈，原来幽䴔是用装死来麻痹对手，然后趁机逃脱。这就是人们说的死而复活啊！"

郎柒回到村里，把自己发现的幽䴔的秘密告诉了村里人，山民们再也不怕进山会遇到怪兽幽䴔了。

【北山经·北山一经】

有兽焉，其状如禺①而文身，善笑，见人则卧，名曰幽䴔，其鸣自呼。

【注释】

① 禺：似猴而较大。

cháng shé
长蛇

——叫声像敲梆子的蛇

等级
凶兽

形态
蛇，身上的毛与猪脖
子上的硬毛相似

异能
发出的声音像是人在
敲击木梆子

　　大咸山是一座四方形的山，它山势陡峻，难以攀登，山上又不长草木，很久以来，人们都不愿意住在这座山附近，离这里最近的村庄也有十几里。

　　后来，当地有了一些传闻：大咸山下有很多玉石。于是，附近有一些

村民陆续结伴去大咸山寻找玉石，不过，他们都是有去无回。

失踪村民的家人把这件事报告了县官。

县官从地方县志中竟然查到一个关于大咸山的传说：山中有一条巨大无比的长蛇，能发出敲梆子的声音，它还能老远就把人畜吸进嘴里吞掉。

县令赶紧贴出告示：山中有长蛇，会吞吃人畜，请绕行。

附近村民人心惶惶。

有一个名叫安昊的青年，跟着师父学杂技三年多了，这次回家探望父母的时候听说了长蛇吃人的事，他决心上山为民除害。

安昊历尽千难万险爬到大咸山的山腰，忽然，他听到高耸的巨石中传来敲梆子的声音。他循声一看，不由得吓了一跳。只见一条长蛇正在把一只野牛囫囵吞下去。长蛇身上的毛与猪脖子上的硬毛一样，它的身体弯弯曲曲地在盘绕了一周。

安昊决定智取长蛇。他拿起一块石头投向长蛇的脑袋，长蛇发现了他，巨大的脑袋闪电般向他发起了进攻。

安昊故意地来回闪转腾挪，灵活地躲开长蛇巨口的每一次进攻。长蛇又粗又长的身躯跟不上脑袋移动的速度，渐渐地，它的身体就像麻绳一样缠绕在一起，而且越缠越紧，最后变成了一团乱麻，再也动弹不得。

最后，长蛇窒息而死。从此以后，大咸山附近再也没有人失踪了。

【北山经·北山一经】

有蛇名曰长蛇，其毛如彘豪①，其音如鼓②柝③。

【注释】

① 彘豪：猪毛。

② 鼓：敲击。

③ 柝：打更用的梆子。

shān huī
山㺒
——投掷石块的人面狗

等级
灾兽

形态
狗身人面

异能
它一出现就会刮大风

狱法山是一座美丽的山，山上树木葱郁、溪流潺潺，溪水在山脚下汇集成灊（huái）泽水，向东北流入泰泽。

狱法山下有一个民风淳朴的小村子，少年东相就生活在这里。

东相最喜欢到山中的小溪里捉鱼。一天，他发现溪水里有一条大鱼，正准备捕捉，忽然，从远处飞过来一根树枝，树枝尖锐的一端准确地插在水里的大鱼身上。紧接着，一个身影像风一样刮过来，直扑水中的大鱼。东相这才看清楚，这是一只长着人脸、形状似狗的怪兽。怪兽捡起鱼，对着东相大笑。

这时，远处的水中又出现一条大鱼，怪兽随手捡起一块石子向大鱼扔过去，大鱼立刻翻着肚皮漂到了水面上。

东相怕怪兽用什么东西砸向自己，趁它去捡鱼的工夫，一溜烟跑回了家。

回到家，东相跟爷爷说了事情的经过，祖父捻着白胡须说："我小的时候听说过，狱法山中有一种名叫山㺒的人面狗。它行动迅捷如风，又擅长投掷，一看见人就会笑。你遇到的怪兽一定就是传说中的山㺒。"

东相兴奋地听爷爷讲着故事。

爷爷继续道："传说中，山㺒还有一项特殊的本领。它能提前感觉到大风要来。它平时是躲着不见人的，只要它出现在人的面前，天下就会刮大风。我们该为大风到来做一些准备了！"

东相赶紧通知众乡邻，于是，整个村庄家家户户都加固了房子，收

拾所有怕风刮走的财产。

当天晚上，果然刮起了大风。狂风来势凶猛，像妖魔鬼怪一样齐声吼叫。

第二天早晨，风停了，村民们清点了一下，大风没有给他们带来多大的损失。大家都非常感激给他们发出大风预警的山狷。

【北山经·北山一经】

有兽焉，其状如犬而人面，善投，见人则笑，其名山狷，其行如风，见则天下大风。

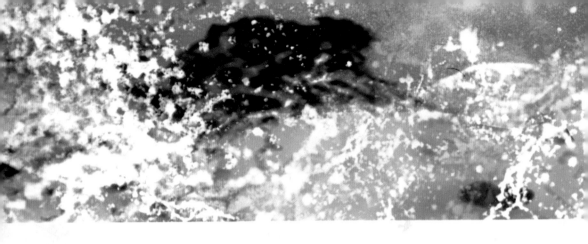

lóng guī
龙龟

——龟身龙首的吉祥神兽

等级
吉兽

形态
龟身龙首，体形巨大，四条腿

异能
出现在火场能避火

堤水发源于堤山，向东流入泰泽。周围的人都纷纷传说，泰泽中有一种龙龟。

其实，龙龟的家原来不在这里，而在东海。

当初，黄帝到东海边巡游的时候，发现海中有一个龙头龟身的怪兽，它体形巨大，一口能吞掉一只渔船。它法力高强，可以腾云驾雾，轻轻一动便能掀起滔天的海浪。东海边的人们都害怕它，纷纷向黄帝求助。

黄帝跃上海面，与巨兽一番大战，巨兽大败。黄帝把巨兽当成坐骑，还给巨兽取名龙龟。

黄帝骑着龙龟巡游山川大地。

黄帝死后，龙龟仍然在陆地和东海之间来往。帝尧时期，人间出了一个著名的大巫师名叫女丑。她是人类与神灵之间传递信息的使者，地位十分尊贵。龙龟很佩服她，心甘情愿做了女丑的坐骑。

天上出现十个太阳的时候，人们祈求女丑帮大家对抗十个太阳，为大

家求雨。龙龟知道这么做很危险，想要阻止女丑。女丑为了百姓甘愿冒险，她命令龙龟回到大海保住性命。不出龙龟所料，女丑大巫师在做法求雨的时候被十个太阳烤死了。

后来，羿射下九日，可是，被射下的太阳落地之前在地上撒落了很多火种，眼看这些火种要引起大火，龙龟闻讯赶来。它学习女丑为人类献身的精神，把太阳撒下的火种吞掉，然后留在了堤山附近的泰泽。

又过了很多年，大禹为百姓治水，龙龟被他一心为民的精神感动，主动做了大禹的坐骑。它帮助大禹制伏了在洪水中兴风作浪的鱼鳖虾蟹。由于有了龙龟的大力协助，大禹治水成功。天帝被龙龟的所作所为感动，把它封为神龟。

据说，龙龟到现在还在奉献：每当堤山发生山火，龙龟就及时出现。它施展神通，吐水吞火，很快就能把山火扑灭。因此龙龟被人们世世代代赞颂。

【北山经·北山一经】

　堤水出焉，而东流注于泰泽①，其中多龙龟。

【注释】

① 泰泽：一说可能指贝加尔湖。

鲚鱼
jì yú
——学人吵架的红鳞鱼

等级
异兽

形态
外形像小鯈鱼，红色
的鳞甲，腹背像刀刃

异能
发出的声音像人吵架，
吃了它可以治疗狐臭

晋水发源于县雍山，向东南流入汾水。县雍山下有个村庄，村里有一个姑娘，模样长得很漂亮，人也能干，可就是有一个不小的缺陷——有狐臭。她因此迟迟嫁不出去。

姑娘和家人都很苦恼，这天，有一个游方郎中来到这个村庄，姑娘的家人赶紧向郎中求助。

郎中说："我自己没有办法治疗这种病，但我知道一个传说，也许能对你们有帮助！"郎中接着讲述了这个传说："汾水中有一种鲚鱼，它们喜欢模仿人类吵架的声音。据说鲚鱼的肉可以治疗狐臭病。"

姑娘的家人非常高兴。他们想："如果真有传说中的那种鲚鱼，我们守在汾水边，只要听到吵架的声音，就能找到它。"

姑娘的家人来到晋水汇入汾水的拐弯处寻找着、等待着，等了一天一

夜，他们竟然真的听到水面上传来斥骂的声音，接着，他们看到两条鱼正在一边互相吐泡泡，一边学人的样子在争吵。这无疑就是鳐鱼了，他们赶紧撒网把两条鳐鱼捞上来。

后来，姑娘吃了鳐鱼，她的狐臭果然治好了。姑娘找了个好婆家，顺顺利利地出嫁了。这个消息传开，很多人都来捉鳐鱼，他们把鳐鱼当作治病的药卖到外地去。

天庭中的千里眼看到了，赶紧报告了天帝。天帝生怕鳐鱼这个物种灭绝，急忙派太白金星去警告鳐鱼。太白金星现身汾水边，他训斥鳐鱼："本来你们不容易被人捉到，可是你们偏偏学会了骂人，这坏习惯给你们带来了杀身之祸。如果再不改掉这个坏习惯，你们整个鳐鱼种群就要灭绝了。"

鳐鱼听懂了太白金星的话，再也不敢模仿人类吵架。人们也找不到鳐鱼的踪迹了。

【北山经·北次二经】

其中多鳐鱼，其状如鯈①而赤鳞，其音如叱②，食之不骄③。

【注释】

①鯈：体延长，侧扁，银白色。

②叱：大声呵斥。

③骄：一作"骚"，指狐臭。

bó
骍

——白色独角兽

敦头山上有许多金和玉，山中不长草木，旄水从这里发源向东流入邛泽。很久以前，敦头山下，旄水的上下游各有一个小国家。有一年，旄水下游的小国为了掠夺上游小国的金玉财宝，经常派兵袭扰上游小国。

上游国的国王决定御驾亲征。

下游国的将军得知消息，带兵把上游国国王的军队包围了。上游国的国王自恃有一些本领，亲自上阵与敌将对战。

这一通厮杀，只杀得天昏地暗，却一直难分胜负。下游国将军和上游国国王渐渐远离了战场，跑进了附近的敦头山。这时，双方各自用暗器打伤了对方的坐骑，两个人同时摔下马来。上游国国王从山崖上摔了下去。

昏迷中，国王朦朦胧胧觉得自己眼前有白光闪过，接着他听到轻轻的呼喊声。国王睁开眼，发现眼前站着一只奇怪的野兽。它像马却长着牛的尾巴，全身白色，头顶长着一只美丽的大角。此刻，它对国王发出像人一样的呼叫。

国王猛然想到了传说中神奇的白色独角兽——骍马。他高兴地叫起来："真是我命不该绝。传说中的独角兽骍马，让我遇到了！"

国王对骍马轻轻招手，骍马走过来蹲下身子，让国王骑到它的背上。

国王骑着骍马，挥舞着长剑，像一道白色的闪电一样出现在敌军面前。敌军可吓坏了，围着国王厮杀起来，而上游国的将士们也催马上前加入战局。下游国的兵将很快就败下阵去，四散逃走。

从此，骍马的名声传开，下游国好多年不敢再动侵扰上游国的念头了。

【北山经·北次二经】

其中多驿马，牛尾而白身，一角，其音如呼。

dú yù 独狢

——狗头马尾白老虎

等级
异兽

形态
身体像老虎，狗脑袋、马尾巴和猪脖子上的硬毛

异能
迷惑猎物

北嚣山是一座盛产玉石的山，除了玉石，山上没有别的石头。涔水从这里发源，向东流入邛泽。面对这么一座宝山，却没人敢到山上去，因为

传说这座山中有一种凶猛又狡猾的怪兽独狢。它模样像老虎，身体是白色的，长着狗的脑袋、马的尾巴，它身上的毛像猪鬃。

据说，独狢很狡猾，它善于用自己的相貌来迷惑猎物。

遇到猎狗，它就用自己的脑袋和猎狗比较，让猎狗误以为它是同类。待猎狗毫无防备地靠近，它就把猎狗当作自己的食物了。

如果遇到野马，它就对野马甩动自己的尾巴，让野马以为它是同类，从而放松警惕，很快也会变成它的猎物。

当它遇到野猪的时候，它就乍起脊背上的鬃毛，野猪也会以为它是同类，而对它毫不戒备，于是野猪也成了它的美餐。

对独狢这种凶猛又狡猾的动物，谁不怕呢？

后来，北嚣山下的村庄里出了一个名叫比奇的年轻人，他很善良又很勇敢。他不愿意看到乡亲们面对一座宝山却过着贫穷的日子，决心除掉怪兽。于是他苦练射箭，练成了百步穿杨的本领。

然后，比奇常常孤身一人到山中寻找独狢。不久，比奇真的找到了独狢。独狢又拿出对付其他动物的办法来迷惑比奇。它对着比奇摇摇狗头，晃晃马尾，抖抖背上的猪鬃毛。比奇不理它，他沉着地把箭搭在弓上，用尽全身的力气拉弓射箭，"嗖"的一声，利箭飞过去射在了独狢的前腿上。独狢大叫一声，落荒而逃。

从此，北嚣山再也没有了怪兽的踪迹，它成了附近村民的宝山。

【北山经·北次二经】

有兽焉，其状如虎，而白身犬首，马尾彘鬣①，名曰独狢。

【注释】

① 鬣：兽类颈上的长毛。

鹙鹏

pán mào

——使人不中暑的人面乌鸦

等级
异鸟

形态
形状像一般的乌鸦，却长着人的面孔

异能
吃了它的肉就能使人不中暑

很久以前，有一种名叫鹙鹏的鸟，它们外形像乌鸦，却长着一张人脸。最初，它们住在西王母宫殿旁边一棵巨大的榆树上。

后来，周穆王西游，与西王母相识，两人成为好友。他们在一起谈论了许多话题，其中包括长生的秘密。谁知这些秘密被鹙鹏听到了，它们把这些秘密泄露出去了。西王母大怒："你们这些多嘴多舌的家伙，一点儿秘密也守不住。从今天起，你们再也不要出现在我的面前！"

西王母不但把鹙鹏赶走，还给它们下了一个诅咒："谁吃了你们的肉，谁就不会中暑。你们要保守不住这个秘密，迟早会有杀身之祸！"

被西王母赶走的鹙鹏，呼啦啦一起飞到了北嚣山。北嚣山盛产各种玉石，山中还有一条名叫涔水的河流。

"这真是一个适宜居住的好地方。"鹙鹏们很高兴，它们决定在这里定居。可是，不久，它们不守秘密的老毛病又犯了。

"你们还记得吗？西王母说谁吃了我们的肉就不会中暑。"

"我们的肉有防止中暑的功效。"

"这个秘密永远不会有人知道！"

鹙鹏的话被一个路过的樵夫听到了。

樵夫回到村子里，把这个秘密告诉给村民们。

村民们平时经常冒着酷暑劳动，时常有人中暑，现在知道了吃鹙鹏的肉就可以避免中暑，大家纷纷上山捉鹙鹏。鹙鹏鸟很快就面临着灭顶之灾。

为了躲避杀身之祸，鹙鹏改变了作息时间，它们由白天活动晚上休息

100

改成了夜里飞行白天隐伏。

　　鹙鹛似乎忘记了，只要不改变喜欢泄露秘密的习惯，它们的麻烦还多着呢。

【北山经·北次二经】

　　有鸟焉，其状如乌，人面，名曰鹙鹛，宵飞而昼伏，食之已暍①。

【注释】

①暍：中暑。

居暨

jū jì

——爱学猪叫的红毛刺猬

等级
异兽

形态
形貌像刺猬，红色的毛

异能
发出的声音如同小猪叫

　　古时候，一对通灵性的雌雄居暨兽住在天帝凡间的行宫昆仑虚外，它们觉得自己与众不同，就祈求天帝赐给它们不平凡的本领。

　　天帝说："只要你们能坚持练习跑步半年，你们就像能豹子一样飞奔了。"

　　雄居暨赶紧说："不行，跑步太累了。"

　　天帝又说："那你们练习三个月跳跃吧，以后你们就能像猴子一样在树林间自由自在地翻转腾跃。"

　　雌居暨赶紧说："不行，练习跳跃太苦了。"

　　天帝想了想说："那就练习两个月攀岩吧，以后你们就能像岩羊一样在悬崖峭壁之间纵跳自如。"

　　雄居暨摆手说："不行，攀岩太危险了。"

　　天帝皱起了眉头，沉吟了一会儿，说："那你们学百灵鸟唱歌，一个月后就能够像百灵一样唱出动人的曲子来了。"

　　雌雄居暨同时说："不行不行，学唱歌太麻烦了。"

　　天帝有些生气，不耐烦地问："你们到底想要学什么样的本领？"

　　"我们要学一种一下子就学会的本领。"雌雄居暨一起说。

　　天帝哭笑不得，他挥手招过来一只野猪，野猪"哼哼"叫了几声。

　　天帝问居暨："猪的叫声，你们多久能学会呢？"

　　雌雄居暨马上学猪叫，学得像极了。

　　天帝宣布："这就是你们的本领了。"

雌雄居暨慌了，它们还想说什么，天帝长袖一挥，一阵风就把它们吹走了。

　　风停了以后，雌雄居暨就落在了梁渠山上。

　　两只居暨怕再到别的地方去会被嘲笑，只好就在梁渠山定居下来。这里虽然草木不生，但出产黄金和玉石，守着这些财宝，它们心里也很快乐。

【北山经·北次二经】

其兽多居暨，其状如猬而赤毛，其音如豚^①。

【注释】

①豚：小猪；也泛指猪。

驿
hún

——喜欢跳舞的四角羚羊

等级
异兽

形态
形貌像羚羊，四只角，马一样的尾巴和鸡一样的爪子

异能
喊叫着自己的名字旋转起舞

归山上有金和玉，山下有青绿色的玉石。传说山中有一种野兽，形状像羚羊，头上有四只角，长着马一样的尾巴、鸡一样的爪子，它的名字叫驿。驿善于旋转起舞，发出的声音像是在喊叫自己的名字。

有一年，天帝到下界巡视，到归山的时候，他发现了一个奇怪的现象：山上的羚羊在练习飞奔，岩羊在练习攀岩，只有一种模样奇怪的羊在旋转跳舞，而且嘴里不停地喊着"驿"。

天帝认识这种动物，知道它的名字就是"驿"。

天帝问驿的头领："羚羊练习奔跑，遇到敌人的时候能拼命逃脱；岩羊练习攀岩，遇到危险的时候能攀岩而上摆脱敌人。你们跳舞有什么用？"

驿的首领说："我们在练习本领啊。我们的本领就是旋转着跳舞呢！"

天帝问："这个本领能有什么用？"

驿的首领自豪地说："看到我们跳舞的人都赞美我们呢！"

天帝摇头说："你们在下界，最重要的是摆脱敌人，好好地活下去。得到几句赞美有什么意义？"

驿不服气地说："我们喜欢被人赞美啊！"天帝无奈地摇头离开了。

多年以后，天庭上天帝正和众神仙议事，他忽然想起了驿，立刻派神仙去归山巡查。被派去的神仙到了归山，发现山上的岩羊和羚羊跟以前一样多，只有驿不见了踪影。

原来，驿喜欢跳舞的特点被人类知道了，人类利用它们的特点，把它们一个个都捉走了。就这样，驿成了仅仅留在传说中的奇兽。

【北山经·北次三经】

有兽焉,其状如羚羊而四角,马尾而有距^①,有名曰骍,善还^②,其鸣自讪^③。

【注释】

① 距:雄鸡爪后面突出像脚趾的部分。

② 还:旋转。

③ 讪:同"叫",大声叫唤。

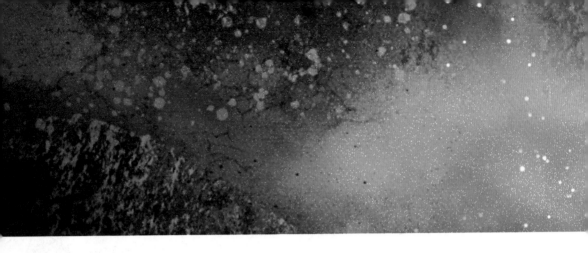

鹴 bēn

——红尾六脚白喜鹊

等级
异鸟

形态
形貌像喜鹊，白身子、
红尾巴、六只爪子

异能
十分警觉，喜欢喊叫
自己的名字

太行山中的第一座山名叫归山。传说，很早以前，归山上的鸟儿都是有灵性的。它们经常进行一些比赛活动。

其中有一种怪异的鸟，它的形状像喜鹊，身上的羽毛是白色的，长长的尾巴是红色的，有六只爪子。它整天飞来飞去地喊着"鹴"，人们说，它的叫声就是它的名字。

一天，归山上的喜鹊对鹴说："归山百鸟要举办一场跳舞比赛，你参加吧。"

鹴连连摇头："我的模样太怪异了，怕被人笑话。"

喜鹊鼓励他："你很美呀！你的美很特殊呀。"

鹴还是拒绝了。

几天后，喜鹊又一次告诉鹴："归山百鸟要举办一场唱歌比赛，你去参加吧！"

鹴又摇头拒绝："我只会唱自己的名字，一定没人喜欢听我唱歌。"

喜鹊说："虽然你只会唱自己的名字，但是你的声音很好听啊！"

鹠还是拒绝了。

喜鹊叹息道："不尝试一下，你怎么知道自己行不行？我再也不要你这样消极的朋友了。"

鹠有些伤心，它到一个没人看见的地方对着水照镜子，竟然发现自己的样子真的很漂亮；它又对着山唱了几声，山中回音，歌声真的很好听。

鹠终于鼓起勇气去参加了舞会和演唱会，它没想到自己深受大家的欢迎。就在大家为鹠鼓掌呐喊的时候，鹠胆小不自信的毛病又犯了，它飞快地逃走了。

喜鹊望着鹠的背影苦笑着摇头。

从那以后，人们没再见到鹠。

【北山经·北次三经】

有鸟焉，其状如鹊，白身、赤尾、六足，其名曰鹠，是善惊，其鸣自詨[1]。

【注释】

[1] 詨：呼叫。

鲐父鱼
xiàn fù yú

——能治呕吐病的鱼

等级

异兽

形态

形貌像鲫鱼又像猪，鱼头猪身

异能

吃了它可以治疗呕吐病

　　从前，阳山上有很多玉，山下有很多金和铜。当时官府就在阳山开矿，当地年轻力壮的村民都到矿上干活。

　　大家每天干活都很辛苦，只有中午吃饭后短短两刻钟的休息时间才是矿工们最开心的时候。他们可以躺在留水河旁边的山坡上一边晒太阳，一边听老矿工老仲给大家讲故事。

　　一天中午，又到了老仲给大家讲故事的时间。老仲说："传说啊，很久以前，这座阳山上有很多怪兽，有模样像牛、长着红色尾巴、脖子上长着大肉瘤的野兽领胡；有雌雄同体、像大野鸡的象蛇；留水中还有……"

　　话未说完，忽然有一个年轻矿工兴冲冲地跑来，说："你们看，我找到了一些野果。"他把衣襟里兜着的一堆野果子全部分给大家。

　　老仲赶紧说："野果子不能乱吃……"可是，年轻矿工早就自己拿起一个野果子，大口吃起来，其他人也忍不住都吃了。

　　休息过后，矿工们在监工的督促下刚要干活，可是，吃了野果子的人都捂着肚子"哎哟哎哟"地喊叫起来，接着，他们又接二连三地开始呕吐。

　　这是中毒了！大家都慌了，就连矿上的监工也吓坏了。

　　老仲却说："大家都别急，你们听我说完刚才的传说就知道该怎么做了。留水发源于此山，向南流入黄河。留水中有鲐父鱼，它的形状像鲫鱼，长着鱼一样的头和猪一样的身子，吃了它的肉可以治疗呕吐。"

　　大家都明白了。监工立刻召集众人去留水中寻找鲐父鱼。果然，不久就有人抓了一些鲐父鱼回来。大家赶紧熬鱼汤给呕吐的人吃，不一会儿，中毒的人全部止住了呕吐。

其中有鲐父之鱼，其状如鲋鱼①，鱼首而彘身，食之已呕。

【注释】

① 鲋鱼：鲫鱼。

鸹鸛
gū xí

——使人的眼睛明亮的鸟

等级
异鸟

形态
形貌像乌鸦，身上有白色斑纹

异能
吃了它的肉就能眼睛明亮而不昏花

　　小侯山是明漳水的发源地。传说小侯山中有一种鸟，它的形状像乌鸦，身上有白色花纹，它的名字叫鸹鸛，吃了它的肉，人的眼睛就不会昏花。

　　年轻的山民卜桐就是因为鸹鸛的传说才带着母亲从别处搬到小侯山下

居住的。

卜桐每天上山除了采药维持生计，还不停地寻找鸪鹢。他对母亲说："娘，我一定能找到传说中的鸪鹢，一定要把您的眼睛治好。"

这天，卜桐又到山上去了，母亲很自责："唉，都是我拖累了孩子。"

卜桐傍晚回来的时候，他的背篓里背着一只奄奄一息的狐狸。

"娘，今天我到山上去，看到猎人的捕兽夹中夹到了一只狐狸。我看它的样子很可怜，就给救回来了。"

母亲赶紧上前，摸索着帮助儿子给狐狸腿上的伤做了包扎，又给它喂了一些食物。狐狸的呼吸渐渐平稳了，看样子它的性命保住了。

三天之后，狐狸恢复了健康，悄悄走了。

这天早晨，卜桐刚要出门，他发现门口摆着两只还带着体温的小鸟。小鸟的样子像乌鸦，身上有白色花纹。卜桐一直在寻找的鸪鹢就是这个样子啊！卜桐惊喜地叫了起来："就是它，就是它！娘啊，您的眼睛有救了。"

卜桐看到鸟的身旁有两行狐狸的脚印儿，恍然大悟："这是狐狸送来的。它送来鸪鹢是为了报答我们啊！"

卜桐赶紧用鸪鹢熬汤。卜桐的母亲吃肉喝汤以后，眼睛再也不昏花了。她帮着儿子操持家务，娘儿俩的日子一天天好起来。

【北山经·北次三经】

有鸟焉，其状如乌而白文，名曰鸪鹢，食之不瀸①。

【注释】

① 瀸（jiào）：眼睛昏蒙。

羆
pí

——排便驱敌的怪鹿

等级
异兽

形态
形貌像麋鹿，肛门长在尾巴上面

异能
用吼声和粪便御敌

据说，伦山上植物繁茂，有很多小动物，如梅花鹿、山羊、野兔，还有一些禽鸟，它们都来这里安家。后来，不知道从什么地方来了一只凶恶的郊狼，打破了小动物们的平静生活。郊狼总想把山中的小动物当作自己的美餐，小动物们恨透了郊狼，可就是没有办法赶走它。

一天，一个模样像鹿但肛门长在尾巴上的怪兽来到了伦山，它说自己名叫羆。

梅花鹿看羆和自己模样相似，就接纳了它。

听到梅花鹿讲了郊狼的事情，羆说："我有办法对付郊狼。"

正说着，郊狼又龇牙咧嘴地号叫着冲来了。大家没像以前一样赶紧逃跑，都满怀期待地看着羆怎么对付郊狼。

羆大吼一声冲出来，挡在大家的前面。

谁也没想到，羆的吼声震天动地。郊狼吓了一跳，还没等它回过神来，羆就转过身去，尾巴伸直对着郊狼，然后一连串粪便像子弹一样射向郊狼的脸。郊狼的脸上糊满了粪便，臭味熏得它晕头转向，它赶紧蹦跳着甩头，却一下子摔倒在旁边一块巨石上，差点儿晕过去。

机会来了，小动物们跑过去对郊狼一顿狂揍。它们有的用脚踹，有的用爪子抓，还有飞禽用嘴巴啄，郊狼号叫着逃走了。

大家没想到羆怪异的特点竟然成了保护大家的武器，它们都欢迎羆在伦山上定居下来，还把羆当成了首领。

【北山经·北次三经】

有兽焉，其状如麋，其川^①在尾上，其名曰罴。

【注释】

① 川：肛门。

115

【北山经·北次三经】

有兽焉，其状如麋，其川[①]在尾上，其名曰罴。

【注释】

① 川：肛门。

115

dà shé
大蛇
——能引来旱灾的红头白蛇

等级
灾兽

形态
巨蛇，红色的脑袋，白色的身子

异能
出现的地方会有旱灾

幽都山是浴水的发源地，可是，不知从什么时候开始，浴水经常出现断流现象，幽都山附近闹起了旱灾。有人想起一个传说：幽都山上有一条大蛇，它在哪里出现，哪里就会发生大的旱灾。

年轻的村民柬宁想查清浴水断流的原因，他勇敢地向幽都山进发。

柬宁历尽千难万险，来到幽都山的山腰，忽然，前方传来震耳欲聋的牛叫声。柬宁循声望去，只见一条大蛇盘踞在幽都山的山顶。它长着红色的脑袋、白色的身子，长长的身体把幽都山绕了两圈，牛一样的叫声就是它发出来的。此刻，大蛇把头伸进浴水河里，正要喝光河水。

"旱灾真的是大蛇引起的呢！必须铲除大蛇。"

柬宁望着红色的巨大蛇头，心里忽然有了一个主意。

柬宁回去把自己的杀蛇计划讲给村民们听，大家都纷纷表示赞同。于是，一连多日，幽都山下附近的所有村子里到处都响起"叮叮当当"凿石头的声音。

半月以后，浴水河边的山坡上出现了许多石头人，石头人身上都穿着人的衣服，浑身还散发着肉的香气。柬宁和一群年轻力壮的小伙子埋伏在一块巨大的山岩后边，他们手中拿着各种武器。

浴水中又有水流汇集起来往下流淌，大蛇又来喝水了。它闻到了肉香，发现了浴水边的"人"，于是顾不上喝水，张开巨口就去吞吃那些"人"。大蛇一口一个，很快就把山坡上的石头人全部吞下肚去。大蛇的肚子被沉重的石头人压着，行动越来越缓慢，越来越吃力。

这时，柬宁和伙伴们乘机冲出来，大家刀砍、斧劈、棒打，不一会儿就把大蛇打死了。

　　自从消灭了大蛇，浴水再也没有出现断流现象，幽都山一带再也没有发生旱灾。

【北山经·北次三经】

　　是有大蛇，赤首白身，其音如牛，见则其邑大旱。

鳙鳙鱼
yōng yōng yú

——发出猪叫声的鱼

等级
异兽

形态
形貌像牛，皮毛颜色繁杂

异能
发出的声音如同猪叫

很久以前，有一个名叫郦的人，他一辈子只喜欢登山做地理研究。

有一次，郦在向导的带领下爬上了东方第一列山系的第一座山——樕螽（sù zhū）山（在今山东省境内）。向导指着北面临近的一座山说："北面这座山叫乾昧山。"他又指着东北方向一条弯曲的小溪，说："食水就是从这里发源，向东北流入大海。"

郦问："食水中有鱼吗？"

向导笑着说："我给你讲一个传说吧！很久以前，食水中有一种鳙鳙鱼，它们的形貌像牛，能发出猪叫一样的声音。原本鳙鳙鱼安安静静地生活在食水里，后来，一只乌鸦飞过来，笑嘻嘻地说：'你们不觉得自己和别的鱼长得不一样吗？'鳙鳙鱼看看周围的小鱼，心想：'我长得真的不同于一般的鱼呢！''你们就甘心在这样的小河里生活吗？'乌鸦问。

"鳙鳙鱼在乌鸦的怂恿下，野心大了起来，再也看不起食水这条小河，更看不起身边来来往往的小鱼了。它们一心想到外面去，于是，顺着食水一路游去，最后到了大海中。

"到大海里之后，鳙鳙鱼才发现自己是多么微不足道，想想在食水中的生活也不错，它后悔了，想让自己的后代再回到自己的故乡生活。于是，它们从大海洄游到食水产卵。只是鳙鳙鱼做梦也没有想到，后代也和它们一样，同样经历了从食水到大海，再从大海回食水的生活。它们一代代就这样周而复始。"

向导的故事讲完了，郦被鳙鳙鱼的故事吸引住了。

"我要去食水，我要去看看这些有趣的鱼。"郦笑着说。他迈开大步，向食水方向走去。

【东山经·东山一经】

　　其中多鳙鳙之鱼，其状如犁牛[1]，其音如彘鸣。

【注释】

[1] 犁牛：杂色牛。一说即耕牛。

豺山兽

chái shān shòu

——预报洪灾的无名兽

等级

灾兽

形态

形貌像猿猴，长着一身猪毛

异能

发出的声音如同人呼叫，它一出现天下就会发生水灾

据说豺山上有一种无名野兽，它一出现天下就会发生水灾。

当时，很多年轻山民都不以为然，他们不相信一种无名野兽会带来水灾。

一天，一个名叫苗金的年轻山民翻越豹山的时候，偶然听到一个山洞中传出人的呼叫声。他进去一看，发现里面有一只小怪兽，模样像猿猴却长着一身猪毛，发出来的声音就像人在呼叫。

　　苗金把小野兽背回家去，苗金的父亲看见小野兽，吃惊地说："这个就是传说中豹山上的无名兽。"

　　"嘻嘻，这样的野兽怎么会引起大水灾呢？"苗金更加怀疑那个关于豹山无名兽的传说，他准备到集市上把无名兽当宠物卖掉。

　　几天后，苗金在山中发现了一只跟小无名兽一模一样的大无名兽，它正在用石块泥沙垒砌水坝，水坝已经堵截了山上的小河，形成了一个堰塞湖。

　　苗金回到家告诉了父亲，父亲吓了一跳："如果等到堰塞湖里的水位足够高，无名兽再把水坝破坏掉，大水就会淹没咱们的村庄。"

　　苗金赶紧到山上把水坝刨开，把堰塞湖的水放掉。

　　可是，隔了一天，苗金发现那只大无名兽又在建水坝，眼看又要出现一个堰塞湖。他拍额惊呼："这是无名兽在报复人类抓了它的孩子啊！就算这一次我再把水坝破坏掉，无名兽还是会为了报复我们继续制造水患的。"

　　苗金终于明白传说中"无名兽的出现会带来水灾"的含义。他赶紧把小无名兽放回山洞里。果然，山中再也没有出现水坝和堰塞湖了。

　　从那以后，豹山一带的山民们相互告诫：谁也不要招惹山中的无名兽，避免它们为报复人类而制造水灾。

【东山经·东山一经】

　　有兽焉，其状如夸父①而彘毛，其音如呼，见则天下大水。

【注释】

① 夸父：一说即"举父"，一种兽，属猴类。

鯈鳙

tiáo yóng

——会发光的黄蛇

等级

灾兽

形态

与蛇相似，黄色，长着鱼一样的鳍，出入水中时闪闪发光

异能

它的出现预示着地方上会遭遇大旱

古时候，有一座独山，末涂水从这里发源，向东南流入沔水。传说末涂水中有许多水怪鯈鳙，它们形似黄蛇，长着鱼鳍，在水中出入时身上闪闪发光。据说鯈鳙在哪里出现，哪里就会发生大旱灾。

可是，人们谁也没有见过鯈鳙，所以大家谁也没有在意，认为那只是一个传说而已。

因为独山上有很多金和玉，山下有许多美丽的石头，不少人就进山寻找玉石。

有一次，山民任吉进山寻找玉石，晚上留宿在山上。半夜里，他偶然醒来，发现在末涂水上游的溪水里有什么东西在闪闪发光。他又惊又怕，悄悄走近，竟然发现了很多水怪。只见它们与传说中的鯈鳙一模一样，出入水中时全身闪闪发光。

任吉暗暗惊叹："世界上还真有这种怪物啊！这么说，它的出现预示着地方上会遭遇大旱，会不会也是真的？"任吉赶紧回村，把自己亲眼见到的奇异动物告诉了村里人。

有人担心会发生旱灾，有人却怀疑："就算真有水怪儵蟭，可是它怎么能带来旱灾呢？"

有一个老人想了想说："我小时候还听过一个传说，旱魃喜欢闪闪发光的生物。难道旱魃也喜欢水怪儵蟭，她会追随儵蟭而来？"

村民们觉得老人的话有道理，赶紧为可能到来的旱灾做准备：修建水坝，把河里的水储存起来；修建水窖，把雨水储存起来；大家还拿出积蓄到远处收购粮食，然后囤积起来……

果然，这一年当地大旱，但是，由于村民们做了充足的准备，大家安然地度过了这个旱灾之年。

【东山经·东山一经】

其中多儵蟭，其状如黄蛇，鱼翼，出入有光，见则其邑大旱。

轮轮
líng líng
——预示水灾的虎纹野牛

等级 灾兽

形态 形貌像牛，有着老虎一样的斑纹

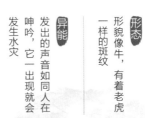

异能 发出的声音如同人在呻吟，它一出现就会发生水灾

　　空桑山水资源丰富，山中树林茂密，附近的村民都靠着山林生活。

　　自从有人在山中伐木，出去贩卖发了财以后，人们开始纷纷进山砍伐木材。村里的老人提醒伐木的人：不能过度砍伐树木，砍树应该和种树同时进行。可是，大家都满不在乎。进山砍树的人越来越多，山上裸露的面积也越来越大。

　　夏季的一个夜晚，空气很闷热，睡不着觉的村民们隐隐约约听到一阵一阵"轮轮"的呻吟声。

　　大家好奇地出去看，发现山上跑下来一只怪兽。怪兽形貌像牛，身上长着老虎一样的斑纹，发出的声音就像人的呻吟声。村民们抓获了怪兽，七嘴八舌地商量怎么处理它："蒸着吃？""煮着吃？""烤着吃？"

老人连连摇头，着急地说："这种兽名叫轳轳，它的叫声就是它自己的名字。轳轳一般不出现，只要它一出现，天下就会发生大水灾。"

年轻人都不相信，一个年轻人直接说："一只野兽会预报水灾？不可能！"

不过一个读过书的年轻人赞同老人的话。他说："轳轳在山中生活，它一定是感觉到了水灾即将发生的危险信号，为了躲避危险才跑下山的。"

大家觉得他的话有道理，携家带口转移到对面的高岗上。

果然，村民们刚在对面的高岗上安顿好，山中就下起了倾盆暴雨。不一会儿，洪水挟裹着泥沙滚滚而下，眨眼间就淹没了村庄。

村民们庆幸逃过了一劫，他们想到由于破坏山上的植被导致泥石流暴发，也非常懊悔。洪水过后，他们赶紧把怪兽轳轳送回山里。大家抓紧时间植树种草，再也不敢滥砍滥伐树木了。

【东山经·东次二经】

有兽焉，其状如牛而虎文，其音如钦[1]，其名曰轳轳，其鸣自叫，见则天下大水。

【注释】

[1] 钦：通"吟"，指叹息、呻吟。

珠鳖鱼
zhū biē yú

——身怀奇宝的四眼六足鱼

等级
异兽

形态
形貌像动物的肺，四只眼睛，六只脚

异能
人吃了它的肉就不会染上瘟疫

古时候，葛山是一座没有花草树木的光秃秃的山。

葛山下有一个村庄，村民们都不愿意到山上去。只有一个被人称为憨五的愣头小伙子经常到山上去。因为憨五发现，发源于葛山的澧（lǐ）水中有一些漂亮的鹅卵石，他寻找好看的鹅卵石，到远处的集镇上卖钱。

126

有一天，憨五在澧水中抓到了一只四眼六足的怪鱼，把它带回家。

爷爷说："这是传说中的珠蟞鱼，据说，珠蟞鱼经常往外吐珠子。"

憨五高兴地把珠蟞鱼放进水缸里养起来。果然，珠蟞鱼每隔两三天就吐一颗珠子。那些珠子闪着紫色的光，特别漂亮。

这件事轰动了整个山村，大家纷纷到憨五家来观赏珠蟞鱼和它吐出来的珠子。

这个消息被葛山黑风洞中的黑风老妖知道了。黑风老妖觉得葛山上的宝物都应该是自己的，她要把珠蟞鱼当成自己的宠物。于是，她离开山洞，气势汹汹地来到葛山下的村庄里。她要憨五把珠蟞鱼交出来。

憨五不肯把珠蟞鱼交给黑风老妖，用鞭炮对抗黑风老妖。黑风老妖被鞭炮吓住，在逃进深山之前，气急败坏地把瘟疫病毒散播在村庄里。

眼看着村民们一个个病倒了，憨五很着急，他把所有的珠子卖掉给乡亲们买药，可是仍然治不好大家的病。

爷爷说："这是瘟疫，普通的药没法医治。不过，据说人吃了珠蟞鱼的肉就不会感染瘟疫，感染瘟疫的人也能治好。"

憨五毫不犹豫地把珠蟞鱼杀掉，熬了一锅味道酸甜的肉汤，让乡亲们分着吃了。果然，第二天，村民们的病都好了。

虽然没有了能吐珠子的珠蟞鱼，可是看到乡亲们又过上了平静安宁的日子，憨五感到非常高兴。

【东山经·东次二经】

其中多珠蟞鱼，其状如肺而有目，六足，有珠，其味酸甘，食之无疠。

犰狳

qiú yú

——预示蝗灾的兔子

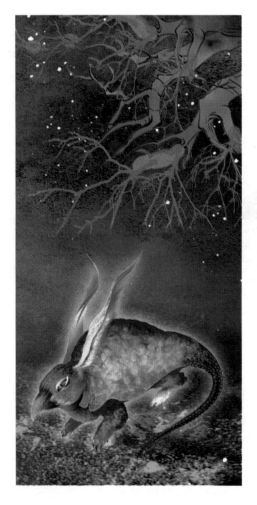

余峨山上长着许多梓树和楠木，山下长着许多荆树和枸杞。山下的村民都喜欢到山上采摘枸杞当药材售卖。

沃伯和沃仲兄弟二人也经常来山中采摘枸杞。一天，兄弟二人刚刚来到山上，忽然，看到一只奇怪的野兽从山洞中钻出来。只见它形貌像兔子，长着鸟一样的嘴、鹃鹰一样的眼睛、蛇一样的尾巴，嘴里还不时发出"犰狳犰狳"的叫声。

"这样的野兽我们还从来没见过呢，捉住它拿到集市上一定能卖个好价钱。"弟弟沃仲说。

本来兄弟俩还担心怪兽会躲进旁边迷宫一样的洞穴里难以捉拿，谁知怪兽一看到兄弟二人，竟然一下子缩在地上，一动不动了。

"怪兽被我们吓死了?"沃仲惊讶地说。

沃伯却说:"它在装死!"

兄弟俩绑了怪兽,扛着它下了山。他们来到了热闹的集市,人们立刻围上来,七嘴八舌地问东问西。兄弟俩兴致勃勃地讲述着怪兽的来历。忽然,人群外挤进一个书生模样的人来。他对兄弟俩说:"这是余峨山的犰狳,它的叫声就是在喊自己的名字。"

兄弟俩正惊讶地望着书生,旁边有人喊:"这是县太爷出来微服私访啦!"

大家赶紧向县令行礼问好。

县令说:"我在地方志里看到过关于犰狳的传说。据说,只要犰狳一出现,当地就要闹蝗灾。"

人们立刻慌了,因为一旦发生蝗灾,庄稼会颗粒无收,很多人就会因饥饿而死。

县令安慰大家说:"你们别慌,我自有办法。"

县令让沃氏兄弟立刻把犰狳放回山里去,他又召集各村的村长,通知村里家家户户都要喂养鸭子。

没多久,蝗灾果然暴发,这时,村民家中的鸭子都长大了。县令下令让所有农户一起把鸭子都赶到田野里。很快,田野里出现了鸭子大军对战蝗虫的奇景。鸭子大军很快就把蝗虫消灭得一干二净。

蝗灾解除,大家感激县令,也感激能预警蝗灾的犰狳。

【东山经·东次二经】

有兽焉,其状如菟①而鸟喙,鸱目蛇尾,见人则眠,名曰犰狳,其鸣自訆,见则螽②、蝗为败。

【注释】

① 菟:指兔子。

② 螽(zhōng):一种昆虫,身体绿色或褐色,善跳跃,对农作物有害。

zhū rú
朱獳
——长着鱼鳍的狐狸

耿山上不长草木，但有许多水晶。由于传说山里有大蛇，很少有人敢到山上去。只有山民祁松是个例外。祁松胆大，经常一个人到山上找水晶。

这天，祁松又来到耿山上，就在半山腰，他听到一个痛苦的声音在喊叫："朱獳，朱獳！"

祁松循声找过去，发现一只小野兽被一条大蛇缠绕着。小野兽的形貌像狐狸，身上有鱼一样的鳍，那"朱獳，朱獳"的喊声就是它发出来的。

祁松壮着胆子用手里的铁锹把大蛇打跑了，救出了小怪兽，把它放回山里。

有一天晚上，祁松的村

子里发生了可怕的事。半夜时分，村子周围响起"朱獳，朱獳"的声音，有村民看到月光下有很多狐狸一样的身影，格外恐怖。

第二天，村民们惊恐地聚在一起讨论夜里发生的事情，只有祁松不在乎："那只是一些像狐狸的小怪兽。"接着，他把救朱獳的经过说了一遍。

一个老人忽然说："我知道了，那些怪兽名字就是朱獳，据说，它们喜欢喊自己的名字。"

"祁松救过一只朱獳，那为什么有一群朱獳到村里又喊又叫的?"有人不明白。

老人忽然脸色大变："我想起来了，传说朱獳在哪个国家出现，哪个国家就会有恐怖的事情发生。这么说，朱獳是来报恩的。它来提醒我们，这里将要有恐怖的事情发生。"

村民们对老人的话将信将疑。

祁松说："事情是我引起的，我相信朱獳是来给我预警的。"他立刻带头搬家。

于是，村民们也跟着搬家，他们把家搬到远处的平原上。

不久，祁松和搬走的村民都听到了一个可怕的消息：就在他们搬走的那天夜里，耿山附近发生了强烈的地震，原先的村庄被强大的泥石流淹没了。

祁松和乡亲们都很庆幸。

【东山经·东次二经】

有兽焉，其状如狐而鱼翼，其名曰朱獳，其鸣自讠丩，见则其国有恐。

鵹鶘
lí hú

——长着人脚的鸳鸯

等级
异鸟

形态
像鸳鸯，长着人一样
的脚

异能
喊叫着自己的名字，
出现的地方会有水土
工程的劳役

　　古时候，有一个叫景升的人，他从小就拜了一位本领高强的师父学艺。五年之后，他已经学到了一身好本领。

　　一天，师父把景升叫来，问："你下山以后准备干什么？"

景升说："我要行侠仗义，保护百姓。"

师父赞许地点头："传说东方有一座卢其山，山中有一种名叫鹖䴙的鸟，它在哪里出现，哪里就会有大兴土木的事情，大兴土木的地方就会有百姓受苦。"

"师父，我明白了！"景升告别师父，一直向东方走。几个月后，他来到了卢其山脚下。他眼前的卢其山寸草不生，遍布沙子和石头，有一条沙水发源于此，向南流入涔水。

忽然，景升看到了一只外形很像鸳鸯的鸟飞到沙水边喝水，它长着人一样的脚，发出的叫声竟然是"鹖䴙"。

景升高兴地想："这一定是鹖䴙，它正呼喊着自己的名字呢。只要跟着它，我就能找到受苦受难的百姓了。"

鹖䴙喝足了水就往前飞，景升紧随其后，很快，鹖䴙就带着景升来到卢其山山腰处的一个山坳里。这里的山壁上已经被凿出了一个巨大的石洞，在这里干活的民夫一个个衣衫褴褛、面黄肌瘦。一个瘦骨嶙峋的老人干活动作稍慢一点儿，旁边监工的兵丁就挥鞭抽打他。

景升夺过监工的鞭子，一脚把他踢翻在地。

景升询问这里的情况。原来，这些民夫全是被抓来给一个诸侯王建造陵墓的。景升振臂高喊："乡亲们，你们自由了！"民夫们高兴地往山下跑，兵丁想要阻拦又不敢，只得眼睁睁地看着众民夫跑远了。

解救了卢其山上的民工，景升继续跟着鹖䴙走，他还有更多的事情要做呢！

【东山经·东次二经】

其中多鹖䴙，其状如鸳鸯而人足，其鸣自讥，见则其国多土功①。

【注释】

① 土功：土木工程。

蚩侄
lóng zhí
—— 九尾九头虎爪的狐狸

等级
凶兽

形态
形貌像狐狸，长着九
条尾巴、九个脑袋和
虎一样的爪子

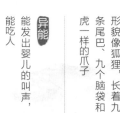

异能
能发出婴儿的叫声，
能吃人

　　古时候，有一座凫丽山，相传山上有丰富的金矿和玉矿，不过有宝物的地方一般都有凶兽守护，而凫丽山上有一种名叫蚩侄的可怕的怪兽，它能吃人。山下村庄里的老人总是告诫年轻人不要到山上去，所以很久以来都没有人上过山。

　　一天，一对夫妻正在山脚下拣可用来制针的石头。忽然，他们听到山中有婴儿啼哭的声音，以为是有人把孩子遗弃在山中了，正巧他们结婚多年没有孩子，就商量决定把孩子找到带回来抚养。谁知道他们这一去就再没回来。

　　后来，被婴儿的哭声吸引进山然后一去不回的人越来越多，这更加证

实了山中有凶兽的说法，人们更不敢到山上去了。

后来，当地出了一个自称是剑客的人。他也确实有一些本事，就是有点自高自大、骄横傲慢，从没做过一件与剑客的身份相称的事情。

村民中有一个聪明人，他忽然想到一个除掉怪兽的主意。他故意五次三番地到剑客面前讲凫丽山怪兽蠪侄的传说和人口失踪的事情。剑客没想到人家用的是激将法，忍不住说："我去把蠪侄除掉！"

剑客来到山上，听到了婴儿的哭声，循声看去，果然看到一只怪兽。只见它体形与狐狸相似，有九条尾巴、九个脑袋，身体强壮得像老虎一样。"这一定就是怪兽蠪侄啊！"剑客挥舞自己的长剑，与蠪侄展开了搏斗。

远处的村民，看到剑客占了上风，也纷纷前来助阵。大家很快打死了蠪侄。从此，村民们可以自由上山采矿了，剑客也成了大家心目中的英雄。

【东山经·东次二经】

有兽焉，其状如狐而九尾、九首、虎爪，名曰蠪侄，其音如婴儿，是食人。

狨狨
yōu yōu

——会狗叫的羊眼牛尾马

很久以前，在离碒（yīn）山不远处的地方有一个小诸侯国，国中有一个出了名的清官。他平时衣衫简朴、生活清苦、工作勤奋。国君欣赏他、重用他，很多大臣也都把他当作学习的榜样。

有一次，为了倡导节俭之风，国君带文武大臣到清官家参观。

清官家里摆设简单，他拿出粗茶淡饭招待国君和群臣，国君不但不生气，反而对他大加赞赏。

就在国君对清官赞不绝口的时候，清官家的院子里忽然混乱起来。不知从哪儿来了许多猫狗之类的小动物，它们从清官家隐秘的地方拖出了许多金银珠宝、贵重的器物和华美的衣物，都堆放在院子里。这些财物旁边站着一只相貌怪异的野兽，只见它身形像马，却长着羊的眼睛、四只角、牛一样的尾巴。

国君被怪兽震惊，更被"清官"家的财富震惊。

还没等大家回过神来，怪兽发出狗叫一样的声音，然后腾空一跃，跳出院墙，消失了。刚刚还忙活着搬运财宝的小动物也跟着不见了。

国君惊骇地问："这是怎么回事？"

一位老臣悄悄对国君说："传说碒山中有一种异兽，名字叫狨狨，它的样子就跟我们刚刚看到的怪兽一样。据说它在哪个国家出现，哪个国家里就会有很多奸猾的人。"

国君大怒，指着"清官"说："好你个狡猾的家伙，贪污这么多财富，还落得一个好名声！""清官"吓得浑身发抖，双腿一软，"扑通"一声跪在

国君面前。

　　国君明白自己身边像假清官这样的官员太多了，他立刻派兵把那些以简朴出名的官员家里搜查了一遍，果然，这些官员家里都藏着搜刮百姓得来的巨额财富。这些狡猾的政客受到了应有的惩罚。

【东山经·东次二经】

　　有兽焉，其状如马而羊目、四角、牛尾，其音如獋①狗，其名曰峳峳，见则其国多狡客②。

【注释】

① 獋：指野兽吼叫。
② 狡客：狡猾的人。

絜钩

xié gōu

——传播瘟疫的野鸭子

等级

灾鸟

形态

形貌像野鸭子，长着老鼠一样的尾巴

异能

在哪个国家出现，那个国家里就多次发生瘟疫

　　古时候，相传硯山上有一种名叫絜钩的鸟，它的外形与野鸭相似，长着老鼠一样的尾巴，擅长爬树，最奇特的是，它出现在哪个国家，哪个国家就会频繁发生瘟疫。

　　关于絜钩的传说，在硯山下的村庄，一代一代流传下来。人们都对这

138

种鸟充满了畏惧之心。

后来，几十里外出了一个名叫丑牛的美食家。据说，不管是天上飞的地上跑的，只要是丑牛见过的动物，他都能做成美食。每当丑牛创制出一套新的菜谱，他都会卖给官府或者酒楼。因此，他发了大财。

丑牛立志寻遍天下最稀奇的动物，做成别人从没有吃过的美食，他要名扬天下。

一天，丑牛经过碨山下，偶然听到了关于絜钩的传说。

"这种鸟谁也没见过，更没有人吃过。如果我把它做成美食……嘿嘿！"丑牛想想都觉得开心。

丑牛跟村民们说："谁能捉到一只絜钩，我就给他十两银子。"

重赏之下必有勇夫，果然，有几个年轻山民到碨山上捉到了几只絜钩。

村子里有个老人对丑牛说："据说这种鸟吃不得。它能带来瘟疫。"

"哼，它们有什么本事带来瘟疫？"丑牛偏偏不信，坚持把絜钩做成了美味的菜。

丑牛的名声大振，地方官还要求丑牛带着絜钩到府中做一桌"絜钩宴"，他要请当地的乡绅、土豪等名流一起品尝这从来没有吃过的美味。

"絜钩宴"如期举行，丑牛得到了很多奖赏。

可是，两天以后，碨山附近的所有村镇里暴发了瘟疫，很多人都病倒了，他们都发热发胀、上吐下泻、浑身酸痛。

人们想起了关于絜钩的传说，一个个后悔不已。可是，后悔也晚了。

【东山经·东次二经】

有鸟焉，其状如凫①而鼠尾，善登木，其名曰絜钩，见则其国多疫。

【注释】

① 凫：野鸭。

gé jū
猲狙

——吃人的鼠眼红头狼

等级 凶兽

形态 形体像狼，长着红色的头和老鼠一样的眼睛

异能 发出的声音如同小猪叫，会吃人

北号山的山脚下有一个村庄，村里的人耕田种地，喂养鸡鸭猪牛，日子过得很安稳。

可是，不知道从什么时候起，村民家里的禽畜开始莫名其妙地丢失。

大家议论纷纷。村里一个老人就给大家讲了一个传说：北号山中有一种名叫猲狙的怪兽，它形状像狼，长着红色的脑袋、老鼠一样的眼睛，发出的声音与猪的叫声相似，这种怪兽不但能吃禽畜，还能吃人。

这个传说让村民们陷入惶恐不安之中。

村头一户人家，家里只有十六岁的哥哥和十四岁的弟弟相依为命。他们刚买了两头小猪，就碰上村民家的禽畜被怪兽吃掉的事情。小哥儿俩很害怕自己家的小猪崽也被怪兽吃掉。

哥哥说："只有先除掉猲狙，以后才能有好日子过。"他看到自己家门前的两棵大树，心里有了主意。

晚上，兄弟俩听到远处有猪叫声，声音由远而近，他们知道是猲狙来了。于是，他俩一人抱着一头小猪崽，各自爬到门前的一棵树上。

东面树上的哥哥拍拍小猪崽，小猪崽大叫起来，把猲狙吸引过去。猲狙发现了躲在树上的哥哥和他抱着的小猪崽，它在树下啃咬树干，同时用爪子刨地，它想把树咬断。

过了一会儿，弟弟也拍得小猪崽叫唤起来，猲狙赶紧从东边的树下跑到西边弟弟所在的树下，仍然是一边刨土一边啃咬树干。

就这样，哥哥和弟弟轮番用小猪的叫声，吸引猲狙在两棵树之间来回

折腾，从半夜到黎明。等天亮的时候，兄弟俩看到猲狚的牙齿磨断了，爪子磨烂了，累得一摊泥一样瘫在树下直哼哼。

哥儿俩没费多大力气就把猲狚打死了。

从那以后，北号山下的村子里再也没有发生丢失禽畜的事情。

【东山经·东次四经】

有兽焉，其状如狼，赤首鼠目，其音如豚，
名曰猲狚，是食人。

鳛鱼
qiū yú

——能治病的大头鱼

等级
异兽

形态
形似大头鲤鱼

异能
人吃了它的肉，就能
不长瘊子

　　旎山是一座不长草木的秃头山，苍体水从这里发源，向西流入展水。苍体水旁边有一个村庄，村里有个出了名的善良女孩，她姓琴，大家都称她琴家女。

　　琴家女平时尊老爱幼、积德行善，村民们都喜欢她。可是，只有她自己知道自己有一个难以言喻的烦恼：她的背上长了很多瘊子。

　　一天，村里来了一个乞讨的老婆婆，她弯腰驼背，衣衫褴褛，又脏又臭。村里人都嫌弃乞丐老婆婆脏，把她赶得远远的。只有琴家女例外，她不但给乞丐老婆婆吃了热乎乎的饭菜，还拿自己的衣服给乞丐老婆婆穿。眼看夜幕降临，琴家女还让老婆婆在家住了一夜。

老婆婆感动得直流眼泪。她指着窗外一颗划过的流星对琴家女说："对着流星许愿很灵的，你许下一个愿望吧！"

琴家女虔诚地说："我希望我后背上的瘊子都消失。"

当天晚上，琴家女做了一个梦，她梦见一个神仙告诉她："苍体水发源的地方有一个水潭，水潭里有很多鳡鱼，鳡鱼的形状与鲤鱼相似，它的头很大，人吃了这种鱼，就再也不会长瘊子了。"

从梦中醒来的时候，琴家女发现乞丐老婆婆不见了，但是梦中的情景历历在目。琴家女赶紧爬到旄山上，按照神仙的提示找到了那个小水潭，她真的抓到了那种大头鳡鱼。回到家，琴家女把鳡鱼熬汤吃掉。隔了一夜，她后背的瘊子竟然全都消失了。

琴家女知道好运气是自己的善行带来的，她暗暗发誓：以后我要做更多的善事，帮助更多的人。

【东山经·东次四经】

其中多鳡鱼，其状如鲤而大首，食者不疣。

茈鱼

zǐ yú

——一头十身的怪鱼

等级
异兽

形态
像鲫鱼又像章鱼，一个脑袋和十个像触手一样的身体

异能
吃了它，人就不放屁

　　古时候，有一个书生要到京城赶考。当他经过东始山的时候患了重病，于是就在山脚下的一座小庙里住下来。幸亏庙祝懂得一点儿简单的药理，总算是保住了书生的性命，但书生留下了后遗症——肚子胀气，经常放屁。

　　眼看科考日期临近，书生犯了难：如果不治好这个整天放屁的毛病，

我就没法进考场啊！

庙祝安慰他："我听过一个传说。东始山下的河流中有一种水怪，长得像鲫鱼又像草鱼，有一个头和十个像触手一样的身体。据说吃了水怪的肉，就可以治好放屁的毛病！"

第二天一大早，书生来到了河边。他看到岸边停着一条很旧的木船，却没有摆渡人。好容易看到一个老人在岸边晒太阳，书生就向老人打听摆渡人在哪里。

老人说："摆渡人就是我。可是，自从河里出现了水怪，好几次差点把渡船顶翻，人们都不敢乘船过河了，我的船就闲在那里了。"

书生央求道："老人家，我必须找到水怪，帮帮我吧！"

接着，书生说了自己的困境。老人说："看到你这么有胆量，我就帮你一次。"

摆渡老人带着书生来到小船上，他划着船驶向河中央。

忽然，船身猛烈地晃动起来，水中似乎有什么东西要把船顶翻。摆渡老人大喊："水怪来了！"书生仔细往水中看去，只见水怪长着一个脑袋十个身子，样子真的怪异可怕。他鼓起勇气，抽出随身携带的砍刀，向水怪砍了下去。

水面上泛起血色，接着巨浪翻滚，水怪向远处逃走了。书生这才看到一条鱼的后半身从水中漂起来。

书生把砍下来的半截鱼身捞起来，在河边烤了吃。刚刚吃下肚，奇迹就出现了：书生的肚子再也不咕咕乱叫，他那整天放屁的毛病治好了。

【东山经·东次四经】

其中多美贝，多茈鱼，其状如鲋，一首而十身，其臭[1]如蘪芜[2]，食之不糟[3]。

【注释】

①臭：气味。

②蘪芜：草名，叶有香气。

③糟：同"屁"，指放屁。

薄鱼

bó yú

——预示旱灾的独眼鱼

等级 灾兽

形态 形貌与鳝鱼相似，一只眼

异能 一出现，天下就会发生旱灾

很久以前，女烝山下有一条名叫石膏水的河流，它由女烝山发源，向西流入离水。

石膏水上没有桥，人们来往两岸之间就靠一条小渡船，摆渡的是一个爱讲故事的老人。

这天，渡船上只有一个背着书箱从外地来的年轻人。摆渡老人一边划船一边给年轻人讲起了故事："传说我们这条河中有一种薄鱼，它的形状与鳝鱼相似，不过它只长着一只眼睛，它发出的声音像人的呕吐声。"

年轻人问："老伯，您亲眼见过薄鱼吗？"

摆渡人连连摇头："没有，我才不想见到它呢。因为传说只要它一出现，天下就会发生旱灾。"

正说着，河面上忽然有一条长长的鱼跃出水面，接着，附近水里像开了锅一样水花翻动，又有很多同样的鱼纷纷从水里跳出来。这些鱼一边跳一边发出"呕呕"的叫声。年轻人注意到这种鱼的形状与鳝鱼相似，而且长着一只眼睛。

"啊，这一定就是传说中的薄鱼啊！"年轻人大叫起来。

摆渡老人又兴奋又担心："我见到了传说中的薄鱼，可是，它们真的能带来旱灾吗？"

年轻人说："我是朝廷派来专门研究水文地理的官员，我在这儿观察了很久，发现这里的水位在逐渐下降。我猜这种薄鱼对水位高低、空气的湿度和环境变化特别敏感，它们感觉到了旱灾即将到来，很不安，想逃走，

所以才有了今天这种反常的表现。"

"这么说，不久以后，这里真的要闹旱灾了。"摆渡老人忧虑地说，"我要赶紧把这个消息告诉乡亲们，让大家想办法面对即将到来的旱灾啊。"

【东山经·东次四经】

其中多薄鱼，其状如鳣鱼而一目，其音如欧①，见则天下大旱。

【注释】

①欧：同"呕"，指呕吐。

鳕鱼

huá yú

——长着鸟翅的发光鱼

等级

灾兽

形态

鱼身上长着鸟的翅膀，身体发光

异能

它发出的声音像鸳鸯叫，出现的地方会发生大旱

古时候，离子桐山百十里的地方有个集镇，镇上的骆姓父子是当地有名的才子。

这一年，骆家父子俩一起进京赶考，经过子桐山的时候已经是黄昏。他们在山下一条名叫子桐水的小河旁边，搭了一个简易的草棚准备过夜。

夜幕降临的时候，骆父给儿子骆生讲了一些关于这里的传说："子桐山是子桐水的发源地，据说子桐水中有很多鳝鱼，鳝鱼的形状与普通鱼相似，但它们长着鸟的翅膀，在水中出入时身体会闪闪发光，它们发出的声音很像鸳鸯的叫声……"骆父的话音未落，骆生忽然指着远处的河面说："父亲，那些在水面上飞的鱼是不是您说的鳝鱼呢？"

骆父望过去，果然看到水面上有一些闪闪发光的怪鱼，它们像鸳鸯一样啼叫着，时而在空中飞，时而钻进水中，把水面以下也映照得亮如白昼。

"传说中还提到，只要鳝鱼一出现，天下就会有旱灾发生，"骆父心情沉重地说，"今年秋天或者明年要出现旱灾了。"

骆父决定让骆生一人进京参加秋试，他自己要留下来帮助百姓搬迁。

骆生却说："我也要和父亲一起留下来。"

第二天，他们来到当地的郡守那里，说服郡守动员百姓一起搬迁。

这年秋天和第二年，子桐山一带方圆几百里的土地上果然没下一滴雨。幸亏百姓们得到消息提前搬迁，才没有受到旱灾的侵袭。

【 东山经·东次四经 】

其中多鳝鱼，其状如鱼而鸟翼，出入有光，其音如鸳鸯，见则天下大旱。

lóng chí
蛮蚳
——让人不做噩梦的猪

等级　异兽

形态　猪头长角

异能　人吃了它的肉就能不做噩梦

传说很久以前，昆吾山中生活着一种名叫蛮蚳的野兽，它的形状很像猪，头上长着一对角。

一天，蛮蚳正躺在山坡上逍遥自在地唱着"哼哼歌"，一只白乌鸦从别的地方飞来，落到蛮蚳身边的树上。

"长角的猪，你为什么这么高兴?"白乌鸦问。

"我可不是普通的猪，你要叫我蛮蚳。我的角长得这么威风，谁也不敢来招惹我，我怎么能不高兴?"

白乌鸦因为嘲笑别的乌鸦长得丑，惹起了众怒，被大家追着打，才逃到了这里。现在她看看眼前快乐的蛮蚳，不由得心生嫉妒。

白乌鸦假装亲切地说："蛮蚳老兄，你真幸福啊! 不过，我还是为你担心。"

蛮蚳吓了一跳："你为我担心啥呢?"

"你有没有弱点? 你如果有什么弱点一定不要告诉别人。因为如果别人知道了你的弱点，你就危险了。"

蛮蚳赶紧说："我当然有弱点，我的弱点就是我的秘密——别人吃了我的肉就不会做噩梦了。不过你放心，我一定不会把我的秘密告诉别人。"

"对啊对啊，你一定要守住你的秘密!"白乌鸦连连点头，心里乐开了花。

第二天，"吃了蛮蚳的肉就不会做噩梦"的消息迅速传遍了昆吾山下的所有村庄，被梦魇困扰的村民们纷纷到山上捉拿蛮蚳。蛮蚳闻讯吓得到处躲藏，他再也不会唱"哼哼歌"了，只会像人一样号哭。

蛮蚮常常一边哭一边想："人们是怎么知道我的弱点的?"

几千年后，关于蛮蚮，昆吾山一带只留下一个传说，人们再也见不到那些傻乎乎的快乐的蛮蚮了。

【中山经·中次二经】

有兽焉，其状如彘而有角，其音如号①，名曰蛮蚮，食之不眯②。

【注释】

① 号：号哭。
② 眯：梦魇。

yǎo

鹀

——吃了它的肉能多子多孙

相传，很久以前，青要山下有一户姓顾的人家。因为父亲早亡，家境贫寒，顾生只能娶村中最丑的女子柳氏为妻。

柳氏皮肤黝黑粗糙，但她心地善良，勤劳能干。嫁给顾生之后，她孝敬婆婆，与顾生相敬如宾。她白天和顾生一起耕田种地，晚上在灯下纺纱织布。顾家的小日子渐渐红火起来。

几年以后，顾家盖了新房，买了田地。美中不足的是，顾生和柳氏一直没有孩子。

后来，顾生的母亲病了，四处求医问药仍然不见好转。

顾生听说青要山中有一座供奉美女山神武罗的庙宇，他立刻动身到山神庙给母亲求药。

顾生恭敬地跪拜山神武罗，说出自己的心愿。恍惚间，山神武罗出现在面前，她说："你母亲的病是因为你们不生孩子而愁闷导致的。山中有一种名叫鹀的鸟，鹀的形貌像野鸭，青色的身子，红色的眼睛，红色的尾巴，吃了它的肉可以治疗不孕不育症。等你们有了孩子，你母亲的病就不治而愈了。"

山神武罗又拿出一束跟兰草相似的草，草上开着黄色的花，结着红色的果实。她说："这是荀草。你用荀草熬水给柳氏喝，有什么好处你很快就知道了。"

顾生猛然醒来，才发现刚才的情景只是一场梦。可是，他看到自己的身旁有一束荀草，还有一只被捆住翅膀和脚的鸟，它正是梦里山神武罗讲

述的鸱鸟的样子。

回到家，顾生把荀草和鸱鸟一起熬成汤，让媳妇柳氏吃肉喝汤。

第二天早晨，柳氏洗过脸后竟然像换了一个人，她变得皮肤细腻白嫩，非常美丽。

过了一个月，柳氏有了身孕。顾生的母亲心情大好，所有的病都消失了。又过了九个月，柳氏生下了一对龙凤胎，一家人从此过上了幸福美满的生活。

【中山经·中次三经】

其中有鸟焉，名曰鸱，其状如凫，青身而朱目赤尾，食之宜子。

153

犀渠
xī qú
——吃人的小黑牛

等级 凶兽

形态 样子像牛，皮毛青灰色，凶恶

异能 叫声像婴儿一般，以人为食

古时候，厘山下有一个村庄，村民一代代口口相传：山上有吃人的怪兽犀渠。所以，村民一般不敢进山。

有一次，村民汤三因为父亲病了，需要一种化瘀止血的茜草，他不得不冒险进山寻草。

汤三找到了茜草，下山的时候，他在草丛中发现了一个出生不久的小怪物。只见它很像一只小黑牛，叫声像婴儿一般。汤三觉得小怪兽很可爱，就打算把它带回家喂养起来。

村里有一个恶霸，倚仗着家里有六个儿子，平时在村里横行霸道。汤三抱着小怪兽经过恶霸家门前的时候，恶霸一眼就看中了汤三抱着的小怪兽，他不由分说就把小怪兽抢过去。汤三惹不起恶霸，忍气吞声地走了。

这情景被路过的一个老人看见了，老人善意地提醒恶霸："我看它很像传说中吃人的怪兽犀渠。我劝你快点儿把它放了吧，不要给自己惹祸。"

恶霸怒了："你这个老东西，敢来吓唬我？"他指挥几个儿子把老人打了一顿。

老人被打的消息在村子里传开，村民们都偷偷去看望他。老人把犀渠的事告诉了村民们，他告诫大家："如果晚上你们听到有婴儿的哭声，千万不要开门。"

这天晚上，恶霸因为白白得了一头小黑牛，很高兴，他和儿子们一起喝酒，不知不觉都喝醉了。

这时，恶霸家周围响起了一阵阵婴儿的哭声。

恶霸想："难道是小怪兽的父母来寻找它们的孩子了？好啊，我正好可以把它们都抓起来呢。"

恶霸带领儿子们摇摇晃晃地走出去。一开门，只见两只体形巨大的怪兽张着血盆大口站在门前。

第二天，有村民经过恶霸家的门口，只见他家院门大开，门外、院中血迹斑斑，一个人影也没有。

大家明白了：恶霸一家被犀渠吃掉了。

【中山经·中次四经】

有兽焉，其状如牛，苍身，其音如婴儿，是食人，其名曰犀渠。

xié

獬

——全身鳞甲的类狗怪兽

古时候，厘山的山脚下有一片竹海，传说竹海中有一种名叫獬的怪兽。它个头不大，长着鳞，身上的毛像猪颈部的长毛，长相非常凶，经常像发怒的狗一样攻击人。

厘山附近村里的老人们都告诫孩子们："千万不要从厘山下的竹林旁边经过，不要招惹獬。"

这个传闻真的把人们都吓住了。如果偶尔有人要从竹林旁边经过，都手持棍棒、石块结伴而行，随时准备与怪兽獬开战。

村里有一个善良的年轻人羽灵，他见村头的孤寡老爷爷得了吐血的病，急忙到山中找一种能治吐血病的茜草。

当羽灵走到竹林附近的时候，忽然听到一阵像狗一样的怪叫声。他拨开草丛，循声看过去，只见大大小小五只怪物在泥沼中挣扎。

"它们的样子很像传说中的獬呢！这只獬想要救它遇险的幼崽吧？"羽灵虽然也怕被獬攻击，可是他不忍心看着那几只幼崽被泥沼淹没。他壮着胆子走过去，小心翼翼地把獬的幼崽全部救上来，然后继续寻找草药。

傍晚，羽灵找到茜草赶回村子，他把草药给老爷爷送过去才回了家。

第二天一早醒来，羽灵听到门外有动静，他打开门，只见一只獬叼着两只受伤的野兔等在门外。看到羽灵，它放下野兔，摇了摇尾巴，跑了。

羽灵感慨地说："原来怪兽是有灵性的，如果你想伤害它，它就对你凶；如果你善待了它，它不但不会伤害你，还会报恩呢！"

羽灵把自己的奇遇告诉了乡亲们。从那以后，村民们再也不去攻击獬，人们再也没有听说谁被獳伤害了。

【中山经·中次四经】

有兽焉，名曰獳，其状如獳①犬而有鳞，其毛如彘鬣。

【注释】

① 獳（nòu）：狗发怒的样子。

dài

䏌

——治疗湿病的三眼鸟

等级
异鸟

形态
形貌与猫头鹰相似，有
三只眼睛，有耳朵，叫
声像鹿鸣

异能
食用其肉可以治疗湿病

首山上生长着茂密的构树、柞树和槐树，山中常常阴雨连绵，雾气升腾，在这里待得时间久了，有很多人都得了风湿病。

少年沙素的父亲也得了严重的风湿病，他关节肌肉酸疼、肿胀，疲乏无力，每日都在忍受着疾病的折磨。

"首山上有一种鸟可用以治疗这种病。"村里一个老人说。接着，老人讲了一个传说：首山的北面有一条山谷，名叫机谷，机谷中有许多䴅鸟。这种鸟的形状很像猫头鹰，它们有三只眼睛，有耳朵，叫声像鹿鸣，吃它们的肉可以治疗风湿病。

　　沙素听了这个传说，立刻动身去机谷寻找䴅鸟。

　　沙素在机谷的密林中艰难前行。忽然，一阵风吹过来，一只鸟巢从树上落下来，沙素眼疾手快接住了鸟巢。鸟巢里面传来"呦呦"的鹿鸣之音。他低头一看，里面缩着几只羽毛尚未丰满的小鸟。只见它们的形状和猫头鹰相似，有三只眼睛，有耳朵。

　　"这不就是我要寻找的䴅鸟吗？"沙素想。但他看到小鸟幼嫩的样子，动了恻隐之心，他决定放弃捉拿䴅鸟。

　　第二天，沙素一早醒来，听到院中有鹿鸣的声音，他吃惊地开门看，只见两只䴅鸟在他面前飞舞，身上落下来两根羽毛，然后就翩然飞走了。

　　沙素捡起两根羽毛，心想："难道这是䴅鸟给我的启示吗？难道用䴅鸟的羽毛煮水喝，也能治疗风湿病？"他赶紧用羽毛煮水，给父亲喝下去。

　　几天以后，父亲的风湿病果然治好了。

【中山经·中次五经】

　　其阴有谷，曰机谷，多䴅鸟，其状如枭而三目，有耳，其音如录，食之已垫①。

【注释】

① 垫：湿病，又称湿邪。

窃脂

qiè zhī

——能灭火的猫头鹰

等级
吉鸟

形态
外形像猫头鹰，红色
的身子，白色的脑袋

异能
饲养了它就能够抵御
火的侵袭

崛山植被茂密，野生动物也很多。山下有一个百十户人家的小村，由于这里经常发生火灾，村民们非常烦恼。

有一次，村民们在一起聊天的时候说到山火频发的现象。有人叹息："要是山火刚刚发生的时候，我们能及时发现就好了。"

"有一个办法能预防火灾。"这时，有人接过话头说。

大家转脸一看，说话的是村里一个老人，大家纷纷追问是什么办法。

老人说："传说崛山上有一种禽鸟，它外形看起来像普通的猫头鹰，却是红色的身子、白色的脑袋，名字叫窃脂，饲养了它就能够避火。我原先以为那只是一个传说，可是，今天我在山上采药的时候，看到了这种鸟。"

"真有能避火的鸟那就太好了。"村民们都兴奋起来。

有人又提出疑问："怎么才能捉到这种鸟呢？"

有一个年轻人脑瓜灵活，他沉思着说："这种鸟的名字好奇怪。窃脂……难道它们会偷油脂吗？"

老人点头："不错，因为它们天生爱偷油脂，人们就给它们取名叫窃脂。传说它们只在夜间活动，很难捉到。"

大家七嘴八舌地商量出一个捉拿窃脂的办法。

当天晚上，村民们在老人家的院子里，把大家最近捕获的野兽的肥油熬炼成热乎乎的油脂，油脂的香气散发到很远的地方。

半夜，传说中的窃脂果然来偷油脂了。它们刚刚落下，就被几张捕鸟网扣在里面。大家把窃脂分给家家户户饲养起来。

从那以后，只要方圆几十里的地方出现了点点野火，窃脂就会发出一种特殊的声音，引来远处的同类。然后窃脂鸟们飞到附近的小溪中，用胸前浓密的羽毛吸足了水分，向有火灾隐患的地方飞去，再一起抖动羽毛，就像下雨一样。这样，刚刚燃起的火苗很快就会被扑灭。

如果火势大一些，村民们会提前得到窃脂叫声的警示，也能齐心协力及时把火扑灭。

从此，崌山下的村民再也不受火灾之害了。

【中山经·中次九经】

有鸟焉，状如鸮而赤身白首，其名曰窃脂，可以御火。

青耕
qīng gēng

——能抵御瘟疫的鸟

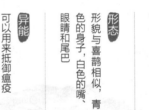

等级
吉鸟

形态
形貌与喜鹊相似，青色的身子，白色的嘴、眼睛和尾巴

异能
可以用来抵御瘟疫

　　董理山是一个山清水秀的地方，山上长满了松、柏、梓树。山下的村民依靠着这座山，生活得很幸福。有一年，董理山附近的所有村寨暴发了严重的瘟疫，越来越多的人染病。要不是官府为了制止疫情蔓延派兵在村子四周把守，只进不出，村里很多人都准备逃走了。

　　这天，村子里忽然来了一个衣衫褴褛的老乞丐。他提着一只鸟笼，鸟笼里面有一只鸟。这只鸟形貌很像喜鹊，身子却是青色的，它长着白色的嘴、白色的眼睛和白色的尾巴，嘴里不时发出"青耕、青耕"的叫声。

　　老乞丐向人们乞讨，村民们都把他赶出来。大家都说："我们几乎每家每户都有人染上了瘟疫，哪有余粮给你吃啊？"

　　老人被拒绝了也不气恼，他一户一户地乞讨，直到走到村头一个小院子。

　　小院子的主人是一个名叫水哥的年轻人，他父母早亡，又无兄弟姐妹，一个人过日子。看到老乞丐来求助，善良的水哥毫不犹豫地把家里仅有的一个菜饼子拿出来给了老人。老人吃掉菜饼子，开心地说："你帮助我，我要报答你。"

　　说完，老乞丐把鸟从笼子里放出来。鸟在人们的头顶上飞了一圈儿，把几根羽毛和一些粪便抖落到村中唯一的井里。村民们都气坏了，他们一边骂老人恩将仇报，一边抱怨水哥不该帮助这个坏心肠的老乞丐。

　　水哥也责怪老人："你为什么要破坏我们唯一的水源呢？"

　　老乞丐说："你们把水带回去给病人喝，病人的病马上就会好。这是青耕鸟，它身上的任何东西，都可以用来抵御瘟疫。"

　　人们半信半疑地从井里打水给病人喝下去，奇迹发生了：人们的病迅速好起来，瘟疫解除了。村民们想去感谢老乞丐，却发现老乞丐和那只青耕鸟早就无影无踪了。原来老乞丐是神仙，他是来帮助人们战胜瘟疫的。

【中山经·中次十一经】

　　有鸟焉，其状如鹊，青身白喙，白目白尾，名曰青耕，可以御疫，其鸣自叫。

三足鳖

sān zú biē

——能治瘟疫的水怪

等级

异兽

形态

身体像鳖，三只脚、尾巴分叉

异能

吃了它的肉就不会受毒恶热气的侵害，不会得瘟疫

从前，有一座山，名叫从山。山上有许多松、柏，山下有茂密的竹林，一条名为从水的河流从这座山上发源，汇入一条地下河。

有一年，从山一带天气特别热，很多人受毒恶热气的侵害病倒了。更糟糕的是，有人因为热，只要在路上看到水洼，不管里面的水多脏，都会

忍不住喝上几口，因此，很多人染上了霍乱，上吐下泻、日益严重。眼看越来越多的人病倒，就连村中的巫医都束手无策。

有一天，一个村民在附近的从水中捉了一个怪物：它身形似鳖，却长着三条腿，还有一条分叉的尾巴。

人们看见了都对他嚷嚷："现在瘟疫传播，人心惶惶，你还敢把怪物拿回村子里？"

大家逼着那人把怪鳖放归从水。

只有一个人称阿泰的老人看到那只三足鳖以后陷入了沉思。

阿泰带着儿子和孙子连夜进山。他们忙活了一夜，等回家的时候，天刚蒙蒙亮。

太阳升起的时候，老人的儿子挨家挨户敲门，告诉大家："家里有病人的，到我家门前领汤药喝。"

老人熬了一大锅汤，没等来村民，却等来了县官和衙役。县官问阿泰："你锅里的汤药到底是什么？有人举报你私自熬汤药骗人，实则是想传播瘟疫。"

阿泰把实情告诉了县官："昨天我看到乡邻捉到了一只怪鳖，就想到了我小时候听过的一个传说。传说从水中有一种三足鳖，吃了它的肉就不会受毒恶热气的侵害，也不会得瘟疫。于是，我带领儿孙连夜到从水中捉了几只三足鳖，熬成汤，准备给大家治病。"

县令恍然大悟："我从咱们当地的县志中看到过这个传说。"县官赶紧让衙役们帮忙通知得病的村民都来喝三足鳖的汤。

被瘟疫感染的人喝过三足鳖的汤，病全好了。从此，当地再也没有发生过瘟疫。

【中山经·中次十一经】

其中多三足鳖，枝尾[1]，食之无蛊疫。

【注释】

[1] 枝尾：尾巴有分叉。

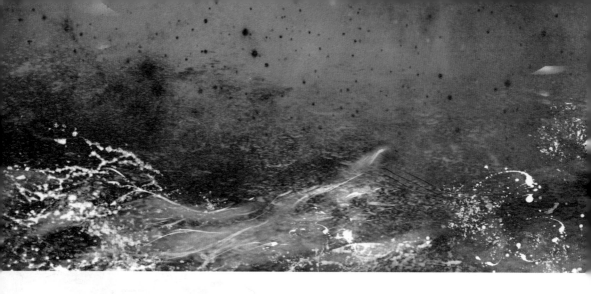

猴

——预警疫情的红色刺猬

等级

灾兽

形态

形貌像刺猬，全身通红如火

异能

它出现在哪个国家，哪个国家就会发生大瘟疫

很久以前，乐马山的山下有一条小河，小河既是两个村镇的分界线，也是两个国家的边界。

虽然两个村镇仅一河之隔，但是，人们的生活状态却大不相同：河东镇的人都不讲卫生，街道上肮脏不堪，路边沟渠的水乌黑发臭。河西镇却完全不同，每个人的面貌、衣着都干净整洁，街道上一尘不染。官府的官员经常进行卫生巡查，奖优罚劣。

一天，一个说书的老人来到河东镇准备给大家说书讲古，忽见一个猎人走过来，他的手里提着一只形貌像刺猬、全身通红如火的野兽。

"这是我今天上山捉到的。这个东西一定能卖个好价钱。"猎人向围观的人说。

说书老人赶紧说："这种野兽名叫猴，传说它出现在哪个国家，哪个国

家就会发生大瘟疫。"

"这么不吉利的话你可不能乱说。"

"河西镇的樵夫老五也捉到了一只狼，瘟疫的事你去河西镇说吧！"

河东镇的人把说书老人赶到了河西镇。说书老人急忙到掌管河西镇的地方官那里去，把狼预警瘟疫的情况说了一遍。

河西镇的地方官很重视说书老人的话，他马上号召百姓采取了很多防止瘟疫的措施：打扫卫生不放过每一个角落；把所有沟渠清理干净；每天用高度白酒和生石灰水喷洒消毒；出门必须人人都戴厚布面罩；官府每天熬几大锅祛除毒气的中草药，让百姓每天免费喝一碗；地方官又派衙役守在两镇的边界，不让两镇之间的百姓互相来往。

同时，地方官派人把情况报告了朝廷。不久以后，果然暴发了瘟疫，疫情先从河东镇开始，很快就蔓延到河东镇所在的整个国家；河西镇和它所在的国家由于防范严密，没有疫情传播，百姓依旧安居乐业。

【中山经·中次十一经】

有兽焉，其状如汇^①，赤如丹火，其名曰狼，见则其国大疫。

【注释】

① 汇：刺猬。

狙如
jū rú

——警示战争的异兽

等级
灾兽

形态
形貌与鼩鼠相似，白色的耳朵、白色的嘴

异能
它出现在哪个国家，哪个国家就会有大的战争发生

传说很久以前，倚帝山的山上有许多玉石，山下有金矿。可是，这些玉石和金矿不容易找到。

倚帝山下有一个部落，部落中有一个人发现了一个秘密，他不小心把这个秘密透露给自己的好朋友："你知道吗？倚帝山的野兽狙如，它是专门吃玉石和金子的。如果找到狙如，跟着狙如，就可以找到玉石和金矿了。"说完，这人还没忘记告诫朋友："这个秘密你可不能告诉别人哟！"

很快，这个秘密迅速在倚帝山附近的村镇传开。

有人见过山中的狙如，它的形状与鼩鼠相似，长着白色的耳朵和白色的嘴巴。找到狙如似乎并不难。于是，倚帝山附近的人们都去寻找狙如，大家都想跟着狙如找到金子和玉石。

不久，消息传到更远的地方，传到相邻的国家，更多的人不怕路途遥远，纷纷进入倚帝山，加入寻找狙如的行列。

有人发现了狙如的踪迹，可是谁也不想让别人抢了先，于是人们在争抢狙如的时候大打出手。

人们从山上打到山下，打斗越来越激烈。有人回去报信搬救兵，参与战斗的人越来越多。一场本来只有十几个人的打斗，很快就演变成了两个国家的对抗。打到最后，两个国家的百姓几乎都忘记了为什么而战斗，大家只知道你死我活地拼杀。

此时，那个惹祸的狙如，却蹲在倚帝山的一处高坡上，它一边抱着一块金灿灿的矿石啃着，一边津津有味地观看山下的战斗。

狙如眨巴着小眼睛，似乎在困惑地想："那些人为什么打架呢？"

从那以后，关于倚帝山，又多了一个传说：倚帝山上有一种名叫狙如的异兽，它出现在哪里，哪里就会爆发很大的战争。

【中山经·中次十一经】

有兽焉，其状如獃鼠，白耳白喙，名曰狙如，见则其国有大兵。

狱即
yí jí

——预警火灾的红嘴白尾狗

等级
灾兽

形态
形貌像膜犬，红色的嘴、红色的眼睛、白色的尾巴

异能
它出现的地方会有火灾发生

　　古时候，鲜山脚下住着一个民风淳朴的村落。每次有了高兴的事情，村民们都会来一场篝火晚会。

　　可是，不知道从什么时候开始，每次篝火晚会之后，附近都会发生火灾。幸亏每次火势蔓延之前，山中的异兽狱即都会跑到村子里，吼叫着向

村民们发出火灾警报。

有一次，一个长期在外求学的少年路铭回家了，伙伴们举办篝火晚会欢迎他。大家给路铭讲了火灾频发的事情。路铭心中产生了疑问："为什么每次篝火晚会以后就会发生火灾呢？"接着，他悄悄向伙伴们说出自己的计划。

这天的篝火晚会结束，人们把篝火熄灭，四散回家。过了一会儿，狘即出现在熄灭了的篝火旁边。它用爪子在灰堆里刨着、翻着，然后，它把找到的一块黑炭叼到不远处的一堆枯草上，对着黑炭猛吹。很快，黑炭迸出红红的火星，枯草上燃起了火苗。狘即把一只不知名的猎物扔到火里，烤熟后大吃大嚼起来。

"原来火灾频发都是狘即搞的鬼！"有人大喊。同时，灌木后面出现了很多人影。

狘即受了惊吓，它拔腿就往山上跑去。灌木后面的人们早有准备，他们急忙从旁边的小河中担水灭火，火很快就被扑灭了。

有人不明白："每次狘即放了火又向村民报警，它为什么要这么做呢？"

路铭说："放火是为了烤熟食物；请求村民灭火是为了不让火势蔓延到山上，烧毁它自己的家啊！"

真相大白，大家得到一个教训：在野外不要轻易生火，一旦生了火，人离开的时候一定要确保火堆完全熄灭，不能留下一点火种。

【中山经·中次十一经】

有兽焉，其状如膜犬①，赤喙、赤目、白尾，见则其邑有火，名曰狘即。

【注释】

① 膜犬：兽名，具体所指待考，有说为西膜犬，即萨摩耶犬。

liáng qú
梁渠

——虎爪白脑袋野猫

等级
灾兽

形态
形貌像野猫，白色的脑袋、老虎一样的爪子

异能
在哪个国家出现，哪个国家就会发生大战

　　历石山盛产黄金，也出产细磨刀石，山上还有好多枸杞树，可是，住在山下的人们并不知道这些。因为大家口口相传山中有一种名叫梁渠的可怕怪兽，所以很久以来，没人敢上山。

　　正如大家所害怕的那样，梁渠是一种很可怕的怪兽。它形貌像野猫，但长着白色的脑袋和老虎一样的爪子。它比一般的野兽更厉害的地方是，它能用自己的意念控制人。

　　有一次，梁渠看到自己在百兽中地位不够高，就想干一件大事来证明自己的了不起。一天深夜，梁渠来到皇宫，它趁着皇帝睡觉，用自己的意念对皇帝传达信息：历石山有黄金、磨刀石、枸杞树，三个诸侯国要为争夺这些资源发动叛乱。

172

　　皇帝本来就对诸侯国不放心，立刻被梁渠灌输的信息吓醒了。他马上召集大臣商量怎么讨伐诸侯国。

　　梁渠又连夜到达了三个诸侯国，分别用意念告诉诸侯国的国君："皇帝要来讨伐你们，他要收回你们的封地。"

　　三个诸侯国的国君接收到信息，暴跳如雷。他们立刻聚在一起，商量合兵攻打皇帝的京城。几天之后，一场大战在历石山下爆发了。这是一场皇帝与诸侯国之间的战争。这一打就停不下来了，战火不但牵连了周围的百姓，山上的百兽也受到了伤害。

　　梁渠对山中百兽炫耀自己引发了一场战争，百兽不但没有敬佩它，反而对它恨之入骨，大家准备联合起来给梁渠一点教训。梁渠闻讯仓皇逃跑，它找了个隐蔽的地方躲了起来。

【中山经·中次十一经】

　　有兽焉，其状如狸而白首虎爪，名曰梁渠，见则其国有大兵。

173

闻獜

wén lín

——带来风灾的猪

等级	形态	异能
灾兽	形貌像猪，黄色的皮毛，白色的头和尾巴	它出现的地方会刮大风

几山是一座风景优美的山，这里树木茂盛，满山的楮树、檀树、杻树，还有各种香草。几山下的小山村里，有一个年轻的猎人，他和年迈的爷爷相依为命。

这一年冬季的一天，年轻猎人到山上捡到了一只腿部受伤的奇怪动物，只见它的样子像猪，身体是黄色的，头部和尾巴都是白色的。

年轻猎人兴冲冲地抓住白尾白头猪，扛着它往回走。村子里的人见了，议论纷纷：

"这么稀罕的野兽，它的肉一定特别鲜美。"

"你把它拿到前面的镇上去卖，一定会卖个好价钱！"

年轻人却摇头："我要把它养起来，让他和爷爷做伴儿。"

174

　　年轻猎人回到家，爷爷看了野兽大吃一惊："这可不是普通的猪，它是传说中的闻獜，据说它出现的地方很快就会有大风刮起来。"

　　年轻猎人不相信，说："一头猪，有什么本事能带来大风呢？"

　　爷爷说："掌管风的风神喜欢闻獜，想养它当宠物，可是闻獜喜欢自由，躲着风神。风神到处找它，只要闻獜到过的地方，风神随后就到。"

　　"闻獜的腿受了伤，就算我放生让它走，它也走不远。我们怎么办？"

　　爷爷和年轻猎人连夜挖了地窖躲进去。

　　半夜里，风神果然来了。

　　风神嗅到了闻獜的气味，但他找不到被年轻猎人藏在地窖里的闻獜。他气坏了，深吸两口气，仰天一呼，顿时狂风骤发，飞沙走石，小山村被夷为平地。年轻猎人赶紧把闻獜送回了山里。从此，人们再也没有见过闻獜。

【中山经·中次十一经】

　　有兽焉，其状如彘，黄身、白头、白尾，名曰闻獜，见则天下大风。

guǐ
蚑

—— 能御火的红头白龟

很久以前，即公山下的村庄里有一个叫从和的年轻人，他十几岁时父母双亡，一个人靠挖草药长大。

一天，从和背着药篓又来到山中挖草药。经过一个深水潭的时候，他发现水潭边有一只四脚怪兽正把一只红头白龟咬在嘴里，准备吞下去。

从和小时候听过异兽蚑能防火的传说，心想："这个红头白龟很像传说中的蚑啊！这样的神兽我还是救它一命吧！"

从和把手中的镰刀向怪兽扔过去，镰刀扎在怪兽的背上。怪兽丢下蚑，返身跳入水中。

从和正打算离开，蚝却咬住他的裤脚，似乎想要拖着他往前走，从和只好跟着蚝慢慢前行。

走到一处山崖下的裂缝旁边，蚝停住了脚步。

从和探头往裂缝里面一看，发现裂缝中裸露的岩石上泛着星星点点的金光。

"这些是金矿石吗?"从和砸了几块石头放进背篓里，又抱起蚝，然后急匆匆下了山。

回到村里，从和找到一个曾做过金矿矿工的老人，让他看看那些石头。老人惊讶地说："这是含金量很高的金矿石啊!"

村里的恶霸在半路上拦住从和："只要你带我找到金矿的位置，我组织人开矿，以后所有的收获给你一成。"

从和拒绝了，他说："金矿是国家的，不能私人开采。我要上报官府。"恶霸只得悻悻而去。

半夜，从和听到屋门外有动静，他偷偷往外一看，发现恶霸正指挥一群人准备烧房子。他们在房子周围堆满柴草，又往柴草里浇油，最后把一个个燃烧的火把丢进柴草里。

这时，奇迹出现了：恶霸一伙儿丢在柴草上的火把全都熄灭了。

"老大，这事儿太古怪了，竟然有浇了油也点不着的柴草，一定有神灵在保佑从和!"一个地痞用发抖的声音说。

其他地痞一个个吓得体若筛糠，四散逃窜，恶霸逃得比谁都快。

从和好半天才明白过来："蚝能防火的传说所言不虚啊。"他赶紧去看院子里的水缸，只见那只蚝正趴在水缸沿上对着他笑呢!

【中山经·中次十二经】

有兽焉，其状如龟而白身赤首，名曰蚝，是可以御火。

177

白蛇

——柴桑山的白色大蛇

等级	形态	异能
神兽	白色大蛇	能幻化成人形

传说女娲用泥造人的时候，也造了两个蛇形的仙兽：一个是雌性，名叫白嫘（xǐ）；一个是能乘雾飞行的雄性，名叫腾蛇。

后来，女娲补天时因为五色石不够用，于是以身补天。白嫘和腾蛇被女娲的献身精神感动，决定帮助女娲。

当时，白嫘快要产卵了，她要为自己和腾蛇的孩子寻找一个适合生活和修炼的地方。于是，她来到美丽的柴桑山。柴桑山有丰富的银矿，也有许多青绿色的玉石，山中有很多柳树、枸杞树、构树和桑树，景色宜人。白嫘对这里很满意，她把一枚卵产在一个山洞里，然后和腾蛇一起追随女娲补天去了。

在一个雷雨天，白嫘的卵孵化出一条跟白嫘一模一样的白蛇。

一个采药人到山洞避雨，看到了小白蛇。采药人抓住小白蛇，准备带回家制作药酒。

这时，一个砍柴的男孩也躲进山洞避雨，他看到采药人手中的小白蛇挣扎的样子很可怜，就用脖子上挂着的祖传的银锁换下了小白蛇。

采药人拿到银锁，心满意足地走了。

男孩临走前叮嘱小白蛇："你好好躲起来，不要再让人发现你。"

两千年以后，白蛇已经修炼得能幻化成人形。她变幻成一个美貌女子，给自己取名白素贞。

白素贞去人间寻找曾经的救命恩人——砍柴的男孩。这时，那个砍柴男孩已经转了三十五世，这一世他姓许名仙，字汉文，家境贫寒，在杭州

一家药铺做学徒。

　　白素贞找了一个机会接近许仙，后来成了许仙的娘子。她帮助许仙过上了富裕的生活，直到许仙去世，白素贞才又回到空桑山继续修炼。

　　以后再也没人见过这条能幻化成人形的白蛇，只留下了关于白蛇的各种传说。

【中山经·中次十二经】

　　其兽多麋鹿，多白蛇、飞蛇。

bìng fēng
并封
—前后两个头的黑猪

异能
不用转身就能向前后
两个方向行走

形态
身形似猪，黑色，身
体的前后两端各有一
个头

等级
异兽

很久以前，天空中出现了十个太阳，大地像被火烧过一般，田地干裂，老百姓快饿死了。

当时民间有一位尊贵的大巫师女丑，她挺身而出，要为百姓做法求雨。

不幸的是，女丑被十个太阳炙烤而死。帝尧派羿射日之后，人们感激女丑的恩德，经常到她死去的地方祭拜她。后来有些人在那里定居下来，逐渐形成了女丑国。

一天，女丑国来了一个身穿黑袍的女子，她自称是大巫师巫咸，她来女丑国是替女巫女丑转达神灵旨意。巫咸的坐骑是一只会变幻身形的怪兽并封。并封有时像黑猪，有时像马，有时像狗，但不管像什么，它们都有一个相同的特点：身体的两端各长着一个头，而且不用转身，就能向前后两个方向行走。

因为巫咸给百姓做了很多好事，人们相信她、夸赞她，还把女丑国的

国名改成了巫咸国。

听到人们赞美大巫师巫咸，并封不高兴了，它愤愤不平地想："如果没有我，哪来巫咸大女巫的成绩？人们赞美大女巫的时候，应该给我同样的赞美啊！"

一天，巫咸大女巫骑着幻化成黑猪的并封来到巫咸国的东边。并封忽然发起脾气来，它的两个脑袋不再配合，而是各自指挥着两条腿向两个不同的方向前进，两个脑袋互不退让，身体只能在原地打转。

巫咸大巫师大怒，她对着并封长袖一挥，大喝一声："神通消失！"然后丢下并封扬长而去。

并封果然没有了神通，它只能做一只黑色的两头猪，再也不能幻化别的形象了。它羞愧难当，躲进巫咸国东面的一座小山上，再也不好意思出现在世人面前。

从那以后，人间只留下并封的传说。

【海外西经】

并封在巫咸①东，其状如彘，前后皆有首，黑。

【注释】

① 巫咸：传说中的国名，因其国中之人都是巫师，故名。

bó
驳

——能吃虎豹的锯齿白马

等级
异兽

形态
形貌像马，白色的身体，锯形的牙齿

异能
能吃老虎和豹子

传说在古代，在遥远的北海内有一个北海国。北海国虽然小，但是因为国君英明、将士齐心、百姓勤勉，整个国家繁荣富裕，百姓安居乐业。

与北海国相邻的是蛮族国。蛮族国的国王对北海国的财富早就垂涎欲滴。他几次派兵攻打北海国的都城，可是，都被守城大将冷将军率兵打退。

冷将军的儿子冷公子从小就跟一个隐居山中的武林高手学艺。十八岁的时候，冷公子已经练得一身好本领。

这天，师父对冷公子说："蛮族国正大规模攻打你们的都城，他们这次带兵的是两个奇人，一个骑虎一个骑豹。"

说完，师父唤过一匹马。只见它高大威猛，全身皮毛雪白耀眼，张嘴嘶鸣露出锯齿一般锋利的牙齿，神骏异常。

"你骑上它赶快下山，帮你父亲去吧！"

冷公子骑着白马飞快地往家赶，离都城老远，就看到城门外蛮族国的两位奇人将军正骑着一虎一豹夹击父亲。

双方都擂起战鼓，冷公子的白马仿佛受到了召唤，它长声嘶鸣，接着，风驰电掣般向两军阵前冲过去。

正在交战的双方看到一个白衣少年骑着一匹威风凛凛的白马冲过来，都大吃一惊。

蛮族国两位将军的坐骑竟然趴在地上不敢动了，他们只得丢下坐骑带领士兵仓皇逃跑。

冷将军惊喜地迎着冷公子说："儿子，你骑的白马可不是普通的马，它是异兽驳啊！传说它能吃老虎和豹子，老虎、豹子都怕它。果真如此啊！"

从那以后，蛮族国再也不敢进犯北海国了。

【海外北经】

有兽焉，其名曰驳，状如白马，锯牙，食虎豹。

开明兽

kāi míng shòu

——昆仑虚的九首虎

等级	形态	异能
神兽	身形像虎，人脸、九头	守护昆仑山

　　羿射日的故事发生以后不久的一天，昆仑山东面，一个矫健的身影正在高大险峻的岩石间腾跃。他越来越接近山顶。

　　忽然，山顶传来一声大喝："站住！你不能往前再走一步。"

　　爬山的男子停下脚步，抬头看到山顶的天门旁边站立着一只怪兽。只见它身子像老虎，却长着九个人一样的脑袋，它面向东方站立着，瞪大眼睛，凶巴巴地俯视着男子。

　　男子一边继续往上爬，一边说："我要到西王母宫面见西王母。"

　　怪兽再次厉声大喝："我是专门看守昆仑山的开明兽。有我在，你休想踏进西王母宫半步！"

　　"我一定要见到西王母，我要为我的妻子嫦娥求取长生不老的灵丹妙药。"男子坚定地说。

　　开明兽大惊，暗想："这个人竟然是嫦娥的丈夫羿！羿可是拯救了世间生灵的射日大英雄啊！"他犹豫起来："我的责任是不让任何凡间的生物进入昆仑，就算是羿来了，我也不能让他进昆仑虚啊！可是，要是羿硬要闯天门，我是它的对手吗？"

　　开明兽正进退两难，三只青鸟飞过来，高喊："西王母要召见羿。"

　　原来，西王母得到青鸟报信，她很佩服这个射日英雄，于是传信请他。

　　羿走进西王母的宫殿，见到了西王母，讲述了自己求取长生不老药的原因：嫦娥本是月宫仙子，可是，只因为她偷看凡间的射日英雄，被天帝打入凡间。嫦娥到凡间之后嫁给了羿，但她常常为自己将要慢慢老去而伤心哭泣，所以羿下决心到昆仑山来为妻子寻找长生不老药。

西王母被羿的爱妻举动感动，把长生不老药赐给了羿。羿离开西王母宫，回望昆仑山，他看到开明兽依然威风凛凛地站在那里。

【海内西经】

开明兽身大类虎而九首，皆人面，东向立昆仑上。

六首蛟
liù shǒu jiāo

——六个脑袋的蛇

等级	形态	异能
神兽	形貌像蛇，六个脑袋	呼唤风、雨、雷、电、火

在昆仑虚有一座美丽的瑶池，瑶池周围生长着各种名贵的树木。这里生活着许多飞禽走兽：长尾猿、豹子、诵鸟……

一天，瑶池来了一只模样怪异的大蛇，它竟然长着六个脑袋！

瑶池的老居民都不喜欢它。长尾猿嚷嚷的声音最大："六头蛇，我们不欢迎你。"

六头蛟六个脑袋争先恐后地说："我是六首蛟，凭什么不让我进？我听说这里是野兽的天堂。我也想过一下天堂里的生活……"

长尾猿吵不过六首蛟的六张嘴，赶紧说："除非你有了不起的本领，否则就别怪我们赶你走。"

六首蛟哈哈大笑："我的六个头，各有各的本领。"

它晃晃第一个脑袋，喊："风来！"接着，它用力吹了一口气。刹那间，狂风四起，飞沙走石。

"不要吹了！停！"大家都喊。

六首蛟停止吹气，它的第二个脑袋晃了晃，说："火来！"它的嘴里立刻喷出了一道火焰，火焰喷到旁边的岩石上，岩石也烧起来了。

"收了火！赶紧！"大家齐声喊。

六首蛟的第三、第四个脑袋同时喊："雷来！电来！"

只见天空中一下子聚满了乌云，紧接着一道闪电划破乌云，发出"咔啦啦""轰隆隆"的声音。

还没等大家回过神来，六首蛟的第五个脑袋又喊："雨来！"

一阵大雨倾盆而下。除了六首蛟自己浑身干爽，旁边的飞禽走兽都被大雨浇成了落汤鸡。

"停！停！"所有的飞禽走兽一齐喊。

六首蛟收了雷、电、雨，第六个脑袋笑嘻嘻地说："你们还看不看我第六个脑袋的本领？"

大家赶紧齐声喊："不管你还有什么本领，都不要再施展了。六首蛟，欢迎你成为我们的邻居！"

六首蛟就成了瑶池中的新居民。至于它的第六个脑袋到底有什么本领，成了一个谁也不想解开的谜。

【海内西经】

开明南有树鸟、六首蛟、蝮、蛇、蜼^①、豹、鸟秩树，于表池树木，诵鸟、鹎、视肉。

【注释】

①蜼（wěi）：一种长尾猴。

jí liàng
吉量

——乘上它可活千年

等级
吉兽

形态
身形似马，全身花纹，
毛色雪白，长鬣火红

异能
乘坐此马，可获千年
之寿

很久以前，有一个喜欢周游天下的年轻武生，名叫曼青。

曼青小时候听同族的老人讲过一个传说："世间有一个犬封国，犬封国中有一种神马，叫吉量。它全身布满花纹，双目金光闪烁，它的毛色雪

188

白，长长的鬃毛像火一样红。它身长一丈，身高八尺。如果谁有幸把它当作坐骑，可获千年之寿。"

长大以后的曼青就想去犬封国一趟，他要亲眼看看神兽吉量。

曼青一路走一路打听，终于来到了犬封国。当他经过一座无名山的时候，忽然听到马的嘶吼。他循声进山，发现山坡上的乱石中有一匹高头大马，它的样子很像传说中的神兽吉量。此刻，它浑身发抖，脚边横着一条奄奄一息的毒蛇。

曼青明白了："吉量被毒蛇咬了，被咬以后它又把毒蛇踩死了。"曼青赶紧从旁边采了一棵治蛇毒的草药，他把草药嚼碎，然后把草药糊给吉量敷在伤口上。

吉量很快停止了抖动，精神渐渐振作起来。吉量对曼青点点头眨眨眼，然后慢慢地跪在曼青面前。曼青似乎听到了一个声音："从今以后千年之内，你都是我的主人。"

曼青骑到吉量背上，吉量昂首奋蹄，驮着曼青向山下飞奔而去。

真如传说中的那样，曼青获得了长寿。他见证了一个又一个朝代的更替，也目睹了家族一代又一代亲人的逝去。

【海内北经】

有文马，缟①身朱鬣，目若黄金，名曰吉量，乘之寿千岁。

【注释】

① 缟：一种白色的丝织品。

驺吾
zōu yú
——日行千里的长尾虎

等级
仁兽

形态
形貌像老虎，身上五彩斑斓，尾巴比身子还长

异能
骑上它就能日行千里

　　林氏国有一个传说：在遥远的迷雾森林里，有一种名叫驺吾的野兽。它长寿，能活到三百岁；它异常神骏，骑上它能日行千里。

　　林氏国的国王听说竟然有这样一种神兽，立刻下令："谁能降服驺吾，就封谁为大将军。"很多人听到"迷雾森林"四个字就吓得浑身发抖，更不敢去寻找什么神兽了。

　　少年左盟虽说出身平民之家，但他从小就立志要为国家建功立业。听到驺吾的传说，他很想借这个机会从军。

　　左盟勇敢地进入迷雾森林，他穿越林海，终于发现了传说中的驺吾。只见它身体如老虎一般，身上有五彩斑斓的花纹，尾巴比身子还长。它时不时高喊一声"驺吾驺吾"，仿佛在提醒人们：我的名字就是驺吾。

190

　　左盟悄悄跟踪观察，发现驺吾跟别的野兽不一样：它连青草也不忍心践踏，不是自然死亡的动物它一口也不吃。它脚力非凡，在陡峭的悬崖间走起来如履平地。

　　左盟心中感叹："驺吾生性仁慈，是义兽。只要我对它没有恶意，我完全可以接近它。"

　　左盟在一棵大树下轻轻地吹起了笛子，笛声悠扬动听。过了一会儿，驺吾慢慢走过来，它感觉到左盟没有恶意，就靠近左盟。左盟友善地摸摸驺吾的头，驺吾舔了舔左盟的手。

　　左盟骑上驺吾，风驰电掣地来到了京城，面见皇帝。皇帝真的封左盟为将军。但是，皇帝听左盟讲到驺吾的善良，感动地说："如此义兽，我们怎么忍心让它上战场呢？还是还它自由吧！"

　　左盟没有了驺吾的帮助，依然勇敢善战，成了一位名副其实的将军。

【海内北经】	【注释】
林氏国①有珍兽，大若虎，五采毕具，尾长于身，名曰驺吾，乘之日行千里。	① 林氏国：大约在今河北北部一带。

三足乌
sān zú wū
——来自太阳的乌鸦

等级 神鸟

形态 身形像乌鸦，三足

异能 带来光明或旱灾

上古帝尧时代，太阳神住在遥远的东方。三足乌是太阳精灵，他们弟兄十个，就住在太阳里面。三足乌兄弟们自告奋勇替太阳神每天到天空巡游，他们每天出动一个，借助太阳的光和热，轮流给大地带来光明和温暖。

世间万物接受了太阳的光和热，有了四季的轮转、万物的生长，人们纷纷赞美太阳神。

三足乌心里渐渐感到不平衡了，他们想："我们付出这么多，凭什么接受赞美的是太阳？"

于是，三足乌兄弟们决定：以后的日子里，它们再也不听太阳神的指挥，十兄弟要一起结伴到天空中巡游。

第二天，三足乌每人拉着一辆装满太阳神光和热的车子一路向西。他们嘻嘻哈哈、打打闹闹，随心所欲地把随身带着的光和热完全散发出来。

天上出了十个太阳，这对地上的人们来说，简直就是一场灾难。江河被晒干了，禾草被晒枯了，土地被烤得裂纹纵横交错。大旱中的百姓苦不堪言。大家不但没有粮食吃，而且马上就要渴死了。

帝尧看到百姓深受炙烤之苦，非常愤怒，他派最厉害的神射手羿去把十个太阳射下来。羿不负众望，他拉开神弓一连射了九箭，天上九个太阳被射了下来，落到地上变成了九只三足乌。

此时，天上仅剩的一个太阳吓坏了，他慌忙四处躲藏。羿正准备射最后一个太阳的时候，百姓都过来为这个太阳求情。

"如果把最后一个太阳射下去，以后地上就没有光和热了。我们同样活

不了呀!"

最后这个太阳也保证从此以后再也不会胡作非为,羿这才饶了它。

从此,天上再也没有出现多个太阳。很少有人知道,那些三足乌,就是被羿射落的太阳精灵。

【大荒东经】

有谷曰温源谷、汤谷,上有扶木,一日方至,一日方出,皆载于乌①。

【注释】

①乌:乌鸦,古代传说太阳中有三足乌。

蜚蛭
fěi zhì

——会飞的四翅兽

等级
异兽

形态
身形像水蛭，有四个翅膀

异能
害人的时候给人治病

在遥远荒僻的地方有一座不咸山，不咸山下有一个肃慎氏国。

肃慎氏国的国王勤政爱民，心系百姓。王后也亲自纺纱织布，日夜操劳。后来，王后竟然患了一种病：她腿上的血管凸出，像一团团紫黑色的蚯蚓盘踞在那里，疼痛难忍。

太医说："王后的病是血虚寒凝造成的。"他开了很多药方，也没有把王后的病治好。

一个老臣悄悄对国王说："大王，我听说不咸山中有一个神医，他专治王后身上的这类病。"

国王大喜，赶紧说："快把神医请到王宫给王后治病。"

"大王，据说这个神医有个规矩——治病不离不咸山。"

国王立刻带着王后赶往不咸山，找到了神医。

神医对国王说："在我治病的时候，所有人都要听我指挥。"

国王答应了。神医让国王、王后，还有随行的人都用黑布条蒙住眼睛。

不久，大家的耳畔传来一阵"刷刷刷"的声响，国王忍不住偷偷把黑布条揭开一条缝，他看到了惊悚的一幕：王后的腿上有斑斑血迹，一群长着翅膀的水蛭模样的虫子正吸附在王后的腿上。

过了一会儿，又响起了"刷刷刷"的声音，直到声音完全消失，神医才让大家把眼睛上的黑布条拿下来。此时，王后腿上没有血迹，没有虫子，就连那一团团紫黑色的蚯蚓一样的血管也几乎看不见了。

神医说："大王，我知道您偷看了我治病的秘密，我就实话告诉您吧。

那些虫子叫蜚蛭，它们喜欢吸人身上的血液。我用一种野兽的血液涂抹在王后腿上的病患处，吸引蜚蛭从很远的地方飞来。它们就在王后的病患处吸血。这样，瘀血化解，王后的病就好了。"

两天之后，王后的病痛彻底消失，她派人带着礼物去答谢神医。可是神医仿佛凭空消失了一般，再也找不到踪迹。

【大荒北经】

有蜚蛭，四翼。

qín chóng
琴虫
——兽头蛇

等级
灾兽

形态
兽首蛇身

异能
它出现的地方就会有
人失踪

　　很久以前，有一个部落老酋长，他的年龄太大了，准备从自己的三个儿子当中选一个新酋长。老酋长看这三兄弟平时表现都很出色，一时难以抉择，所以想考验考验他们。

　　他对三个儿子说："传说咱们部落后面的大山里有一个山洞，山洞里有一个怪兽。多年来，很多人进山，有去无回。现在大家都不敢进山了。你们谁能去看清楚那个怪兽是什么样子，然后想一个办法收服它？"

　　三个儿子出发了。几天以后，他们陆续回来。

　　大儿子说："我看到怪兽了。它就是一条蛇。它的身体又粗又长。如果被它缠住，一定会没命的。"

　　二儿子赶紧说："大哥说得不对。我看到了怪兽巨大的兽头，像老虎又

像豹子的头，它长着獠牙，血盆大口。如果被它咬住，肯定性命不保。"

三儿子却迟迟没有说话。老酋长问："我的小儿子，你看到的是什么?"

"我看到的是一只兽头蛇。它长着巨大的头，身体长得跟大蛇一样。"

大儿子和二儿子都说三儿子撒谎。三儿子没有争辩，一声不吭地走了。

第二天下午，整个部落忽然热闹起来。人们奔走相告："怪兽被打死了，我们再也不怕到山上去了。"

老酋长赶紧出去看，只见三儿子扛着被他杀死的怪兽来了。怪兽的样子果然与三儿子说的一模一样。

原来，三儿子连夜让大家帮忙用面做了好多小猪，面猪的肚子里装满了石子。然后，他带着面猪去找兽头蛇。他把面猪一个个抛给兽头蛇，贪婪的蛇怪把面猪一口一个全部吞了下去。到最后，蛇怪被面猪肚子里的石子拖累，行动变得迟缓，三儿子抓住机会，把兽头蛇打死了。

老酋长觉得三儿子智勇双全，就把酋长之位传给了他。

【大荒北经】
────────────

有虫，兽首蛇身，名曰琴虫。

197

翳鸟

yì niǎo

——群飞遮日的五彩鸟

等级
吉鸟

形态
像普通大鸟，羽毛五彩缤纷

异能
成群结队活动，起飞就能遮蔽太阳

北海之内有座山，名叫蛇山，传说蛇山中有一种翳鸟，翳鸟五彩斑斓，喜欢成群飞翔，遮天蔽日。

蛇山的北面有一个无名小国，因为它距离蛇山不远，人们就称它蛇国。

蛇国的国王是个明君。他关心百姓疾苦，深受百姓爱戴。在他的治理

下，蛇国成了一个富庶的国家。

蛇国邻国的守边大将是一个野心勃勃的人，他一直觊觎蛇国百姓的财富，就往蛇国派出暗探，随时寻找机会。

一天，蛇国国王出宫微服私访，随行的只有一个侍卫长。邻国的暗探得到消息立刻向他的将军报告。

蛇国国王和侍卫长经过蛇山的时候，被邻国将军派来的五十名身穿便衣的武功高手团团围住。

侍卫长保护着国王边战边往蛇山上跑。敌人穷追不舍，形势十分危急。忽然，半空中传来一阵悦耳的鸟鸣声，不知从什么地方飞来了一群又一群五彩缤纷的大鸟，这些鸟上下翻飞、越聚越多，很快就把太阳的光辉严严实实地遮挡起来，蛇山立刻陷入无边的黑夜之中。

"天助大王啊！这是神话传说中的翳鸟，它们是来帮助大王脱险的。"侍卫长小声对蛇国国王说。他又嘱咐道："大王，您先藏起来，等我把敌人引开，您就逃出去。"

说完，侍卫长故意往旁边的密林深处跑去，敌人听到了动静，赶紧在黑暗中摸索着深一脚浅一脚地追赶。由于不熟悉地形，他们乱跑乱撞，有几个人不小心还坠落了悬崖。

国王乘机逃走了。等他逃到安全的地方，山上的翳鸟才渐渐散去。这时，敌人还像没头苍蝇一样在山上四处乱找呢！

国王的侍卫长从山下的府衙搬来了救兵，很快就把敌人全部消灭了。

国王脱险之后回到王宫，因感激翳鸟的救命之恩，把王宫中的图案全部换成了翳鸟的形象。

【海内经】

有五采之鸟，飞蔽一乡，名曰翳鸟①。

【注释】

① 翳鸟：凤凰一类的鸟。

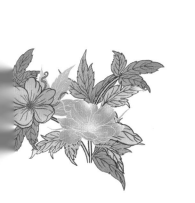

孩子读得懂的

山海经 ②

神木

许萍萍 - 著　　　赵冠亚 - 绘

北京理工大学出版社
BEIJING INSTITUTE OF TECHNOLOGY PRESS

版权专有　侵权必究

图书在版编目（CIP）数据

孩子读得懂的山海经 . 2. 神木 / 许萍萍著 ; 赵冠
亚绘 . -- 北京 : 北京理工大学出版社 , 2023.4（2024.7 重印）
ISBN 978-7-5763-2202-6

Ⅰ . ①孩… Ⅱ . ①许… ②赵… Ⅲ . ①儿童故事 — 作
品集 — 中国 — 当代 Ⅳ . ① I287.5

中国国家版本馆 CIP 数据核字（2023）第 048661 号

责任编辑：李慧智　　文案编辑：李慧智
责任校对：王雅静　　责任印制：施胜娟

出版发行 / 北京理工大学出版社有限责任公司
社　　址 / 北京市丰台区四合庄路 6 号
邮　　编 / 100070
电　　话 /（010）68944451（大众售后服务热线）
　　　　　（010）68912824（大众售后服务热线）
网　　址 / http://www.bitpress.com.cn

版 印 次 / 2024 年 7 月第 1 版第 9 次印刷
印　　刷 / 三河市金元印装有限公司
开　　本 / 880 mm × 1230 mm　1/16
印　　张 / 13
字　　数 / 100 千字
定　　价 / 219.00 元（全 3 册）

图书出现印装质量问题，请拨打售后服务热线，负责调换

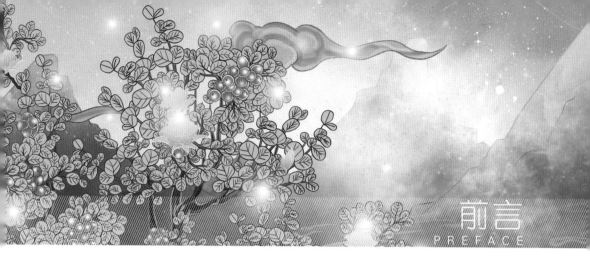

　　我最初知道《山海经》这本书，是通过鲁迅先生写的《阿长与〈山海经〉》。当时年龄小，对于"人面的兽，九头的蛇，三脚的鸟，生着翅膀的人，没有头而以两乳当作眼睛的怪物"感到害怕，但好奇心又无限地膨胀起来，很想知道《山海经》中到底还有哪些神秘又奇特的故事。不过之后一直都没有接触到《山海经》，中国神话故事倒是看了很多——一直以为神话故事和《山海经》是两码事。

　　事实上，像夸父逐日、羿射九日、精卫填海等故事都来自这本奇特的书。

　　而捧起《山海经》来读，却又如置身于幻境中，那些半人半神半兽的古怪形象、奇特瑰丽的玉石矿物、罕见神奇的参天大树、珍稀而又绚烂的神鸟、延绵神秘的高山、灵动魅惑的碧水……无不把你带入仙境或者幽冥之地，令人惊叹不已。

　　《异兽》卷里的动物不但长相奇特，而且大多有着神奇的"特异功能"：样子像鸡，长着三个脑袋、六只眼睛、六只脚、三只翅膀的鹠鸺，能使人睡不着；样子像羊，没有嘴巴的䍸，却饿不死；样子像猫头鹰，长着人脸，只有一只脚的橐𩇯，把它的羽毛插在身上就不怕打雷。此外，还有形状像喜鹊，却有两个脑袋、四只脚的鵸𫛸；样子像蛇，却长有四只脚的鲑鱼；身体像狗，长着豹纹和牛角的狰……这些稀奇古怪的动物，一个个都像是外星球的生物，充满了奇幻神秘的色彩。

1

  《神木》卷就是根据《山海经》中所描述的草木来展开的故事。能治愈心痛病的萆荔、能解百毒的焉酸、使人不迷路的迷穀、忘忧树白𦮶、让马日行千里的杜衡……也都一一在故事中变得立体、形象。它们寄托着古人美好的愿望，令人神往……

  《仙山》卷里藏着一个个动人的神话传说，它们是我们中华民族宝贵的精神财富。万山之祖昆仑山、日月的寝宫日月山、凤凰的栖息地南禺山、巨灵神劈成的太华山、河姆渡文明的诞生地句余山……这些瑰丽的上古神话，宛如璀璨夺目的星辰，闪耀在幻想王国的星空里，开启了一代又一代孩童的智慧，照耀了一代又一代孩童的心灵，激发了一代又一代孩童的想象。孩子们通过阅读《仙山》卷里的这些故事，不但能了解我国源远流长的历史，还能增长知识见闻，丰富内心体验，获得趣味和愉悦。

  是不是有点迫不及待地想要去了解这些奇特而又神秘的异兽、神木和仙山了呢？请你缓缓地打开书本，尽情享受这场穿越之旅吧。

目录
CONTENTS

1

目录
CONTENTS

目录
CONTENTS

3

目录
CONTENTS

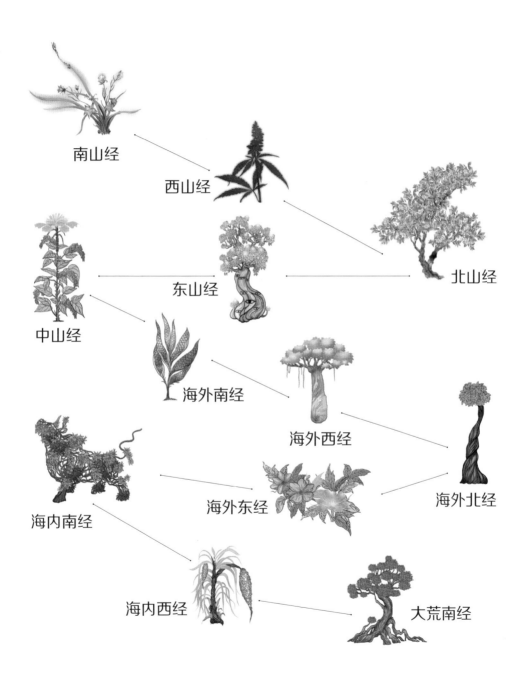

南山经

西山经

北山经

中山经

东山经

海外南经

海外西经

海外北经

海内南经

海外东经

海内西经

大荒南经

祝余

zhù yú

——吃了不会饿肚子的草

等级 仙草

形态 形状像韭菜，细长的绿叶，开蓝色小花朵

异能 耐饥，有饱腹感

招摇山是南方第一个山系䧿山的第一座山峰。它毗邻西海，千岩万壑，有嶙峋的怪石、兀立的危峰，也有澄澈的山涧溪流。

在招摇山附近，有个名为青柚的小山村。村民们经常去山里寻奇探幽，找些可食之物，比如野果、草药等。

有一年夏天，连日大雨滂沱，村庄里的田地被淹，村民们颗粒无收，家家户户都揭不开锅了。

"我饿！我饿！"女孩小佩已经两天没吃东西了。

"家里什么都没有了。孩子她爹，你带小佩去山里转一转，看能不能找到点吃的。"小佩妈妈叹了口气。

爸爸带小佩来到山上，看到许多和他们一样在找食物的村民。

"大雨不仅淹了庄稼，就连山果也都被打落了呢。"望着空空的枝头，大家都愁眉不展。

"看，蓝色的小花朵，真好看呢。"突然，小佩兴奋地叫起来。

只见半山腰上，开满了蓝色的小花朵。花儿们在山风中轻轻摇曳，它们有五个花瓣，明黄的花蕊就像花房里的灯盏，于光影中忽明忽暗地闪烁着。

"花儿是好看，但好看却无用啊！"村民们摇摇头，都无视那摇曳在风中的小花朵。

小佩却喜爱得不得了。

"爸爸爸爸，我要小蓝花。"

　　"好咧，我们拔几株栽到院子里去。"小佩爸爸小心地拔了几株，放进背上的小竹篓里，带着小佩回家了。

　　小佩爷爷看到后，惊喜地说："难道它们是传说中能让人饱腹的祝余草?"

　　"相传，招摇山上有一种仙草，看着像韭菜，但会开出蓝色的花朵。吃了这种草的人不会觉得饿哩。你看它们的茎叶，细细长长的，确实和韭菜没什么两样。"爷爷闻了闻，"但是没有韭菜的味道，我们不妨试着吃吃看。"

　　于是，在犹疑和期待中，妈妈将"仙草"除根洗净，把植株连同蓝色的小花朵一起放进锅里煮。煮熟后，一人吃了一小碗。

　　确实是爷爷说的仙草"祝余"呢！大家吃了之后，不再饿了。

　　爷爷和爸爸还跑去对其他村民说了祝余的事，大家纷纷去拔来煮了吃。

　　真好，村民们再也不用为揭不开锅犯愁了。

【南山经·南山一经】	【注释】
有草焉，其状如韭而青华①，其名曰祝余②，食之不饥。	① 华：同"花"。 ② 祝余：植物名，具体所指待考。一说指山韭菜，一说指天门冬。

迷穀

mí gǔ

——使人不迷路的树

等级

神木

形态

形状像构树，树干有黑色的纹理，叶如桑，开色泽艳丽的花朵

异能

使人不迷路

招摇山对于当地的百姓来说，就如一座宝山。山上不仅有能使人吃了不会感到饥饿的祝余仙草，还有一种叫迷穀的神木。

迷穀深咖色的树干粗壮有劲，黑色的木纹深嵌其中，如枝枝蔓蔓的细藤，无规则地蜿蜒着。迷穀叶有着网状的叶脉，绿得清亮，似桑叶般呈阔卵形。

生活在青柚村的原住民，在每年夏秋雨季过后，会备好钩刀去剥取被雨水浸润过的迷穀树皮。剥落的树皮经过压平、浸泡、捶打、晾晒等工序，成为布帛。这些布经过缝合，可以制成衣裤、帽子、飘带。用迷穀树皮做成的衣服，温暖绵软，非常舒适。

有一年春天的深夜里，招摇山上所有的迷穀树突然开出耀眼的花朵，它们照亮了整个山峰。就连沉睡着的人们，也被花朵的熠熠光华唤醒，他们纷纷跑到山上观看这奇异的景象。

整座招摇山亮如白昼，但光并不刺眼，迷穀树雪白花瓣上柔和的浅紫色纹理和嫩黄色细小的花蕊显得越发清晰了。

"摘一朵吧，摘一朵吧。"不知是谁叫起来。突然，所有的花朵黯淡下来，村民们惊恐万分，怕是触犯了什么神明，都匆匆逃回家去。

小伙子土土并没有回家，而是坐在一块岩石下，静观迷穀树。山风吹来，花朵纷纷落下。许多迷穀花还没落进土里，便不见了。但仍有一些花朵落在地上，并不消失，并且发出一丝微光。土土捡了一朵带回家。第二天，土土外出打猎，在一座陌生的山头迷了路。当他徘徊在三岔路口，不

知走哪条路可以顺利回家的时候，随身带着的迷榖花突然忽闪起来，然后凝聚起一束光线，照亮了三条小路中的一条。

土土疑惑又惊讶地顺着有光束的地方走，果然没多久，就找到了回家的路。原来迷榖花，能带迷路的人走出困境呀。

【南山经·南山一经】	【注释】
有木焉，其状如榖①而黑理②，其华四照，其名曰迷榖，佩之不迷。	① 榖：树名，即构树，落叶乔木，叶子卵形，开淡绿色花。 ② 理：纹理。

白蓉

bái gāo

——忘忧树

等级 神木

形态 形状像构树，树干有红色的纹理

异能 使人饱腹、忘忧

南方山系中有一座仑者山。仑者山北部，有个叫绿蔓的村落。村落不大，只有四五十户人家，他们在门前种植庄稼，如果风调雨顺，日子倒也过得和和美美。

冬天的一个清晨，绿蔓村的小伙子梓木在伐木时不小心误伤了一只美丽的白狐。他眼睁睁地看着白狐拖着一条受伤的腿消失在山林中。这个场景令他在以后伐木的日子里，时不时回忆起，心中便充满了忧伤和不安。也因为如此，原本健壮阳光的小伙子渐渐消瘦，眼神都失去了光彩。

梓木的姐姐采耳很担心弟弟，便去邻村一位有名的老大夫那儿问药。老大夫告诉她，他只会治身体上的病。"心病难治呀！"他无奈地摇摇头。

采耳不甘心，便自己上仑者山寻草药："说不定，有那么一种植物，能

治好弟弟的心病呢。"

　　带着这样的信念，采耳背着小竹篓上山了。途中，她又累又饿，便找了一块岩石倚靠歇息。这时候，她看见附近有棵高大的树。树形如构树，枝条横斜，树叶葳蕤，树干处的纹理是奇特的红色。采耳好奇地凑近去看，发现那些纹理就像鲜红的汁液在树上流淌。她取出一把刀，有点怯怯地割开树皮，只见一股细小的红色汁液流了出来，随即便浓稠如浆，并散发出一阵阵甜滋滋的果香。采耳想都没想就吸了一口："甜甜的，是果浆的味道。"采耳从小竹篓里取出一只小木勺，接起红色的树汁来。

　　只喝了两勺，她便觉得肚子饱饱的，疲惫感也消失了。

　　"弟弟喝了树汁，也会快乐起来吧？一定的，一定的。"采耳开心极了。

　　第二天，她带着弟弟梓木上山，找到了这棵神奇的大树。采耳割开树皮，让红色的汁液流进特意带来的小木碗里。梓木咕嘟咕嘟喝了一大碗。自从梓木喝了这棵树的汁液后，心病奇迹般地消失了。

　　采耳又找到神医，把仑者山上有棵树能治心病的事告诉了他。神医捋了捋胡须，若有所思道："我倒是听说过有这样一种神木，以为在仙山上才有，没想到它们就长在仑者山上啊。我记得没错的话，这种树叫白䓘，喝了它的汁液，不仅能饱腹，消除疲劳，还能治心病呢。"

　　神医非常感激采耳能告诉他白䓘的事，便收她做了徒弟。

　　采耳学成后，成了当地很有名望的医者。

【南山经 · 南次三经】

　　又东三百七十里，曰仑者之山，其上多金玉，其下多青䨼①。有木焉，其状如穀而赤理，其汗②如漆，其味如饴③，食者不饥，可以释劳④，其名曰白䓘，可以血⑤玉。

【注释】

①青䨼（huò）：青色的可做颜料的矿物。
②汗：应作"汁"。
③饴（yí）：糖浆；糖稀。
④释劳：解除疲劳。一说指解除忧愁。
⑤血：染上色彩。

7

bì lì

萆荔

——能治愈心痛病的草

等级

仙草

形态

形状像乌韭，羽扇叶

异能

能治愈心痛病

在西方的山系中，有座小华山。小华山脚下有个村庄叫七里香。

村庄里最美的姑娘也叫七里香。她的父亲在她还未满月时就过世了。她和妈妈相依为命，过着贫苦的日子。好在七里香已经长大，能帮助妈妈干农活、做女红了。但就在生活日渐好转之际，七里香的妈妈患上了心口疼的病。

犯病的时候，妈妈总是捂着胸口，弯着腰，非常痛苦的样子。特别是到了晚上，妈妈总是喘不过气来，整宿整宿地睡不着。

每次妈妈犯病，七里香都会伤心地抹眼泪。

"姑娘，去求求山神吧。"邻家阿婆说。

七里香虽然不太相信小华山上有山神的传说，但为了妈妈的病，她还是听了阿婆的话。月圆那天，她来到小华山最高的那棵大树下祈求："山神啊山神，请你救救我的母亲，她与人为善，温柔贤良……"

就在那天晚上，七里香梦见一个模样清秀、身姿挺拔的绿衣女子。

"我是住在小华山上的苔娘。你明日来，看见一棵攀爬着许多像乌韭一样植物的树，那就是我了。记住，缠绕在我身上的像乌韭一样的草叫萆荔，它们有的从石头缝中钻出来，有的会攀附在像我一样高大的树干上。这些长着青绿色羽扇状叶子的草，能治好你娘的病。"苔娘说完就不见了。

姑娘醒来后，知道这只是一个梦，但为了母

亲的病，她决定还是再次进山，去找找这种像乌韭的草。

七里香把母亲托付给邻家阿婆照看，自己便提着一只小竹篮去小华山碰运气了。

山峰陡峭，七里香艰难地循着人们走过的小道攀爬。从小被母亲呵护的她，哪里遭过这种罪？但若能找到治娘心痛的草药，就是让她跳进火海她也愿意。七里香就是凭着这种毅力，一边找寻梦中那棵攀爬着萆荔的大树，一边艰难地攀登。

到了半山腰时，七里香的面前突然蹿出一只灰色的野兔。野兔并不胆小，一步三回头地在七里香面前奔跑。

"该不会它是在帮我引路吧？"七里香觉得这两天的事情真是太不可思议了，冥冥之中像有什么在召唤似的。她坚定地朝着野兔奔跑的方向寻去。

没过多久，她果然看见了一棵青绿色的高大树木，它的树干上蔓延着许多长着羽扇状叶片的绿植。

"莫非，我梦到的女子，就是这棵高大古老的树？"七里香不禁作揖膜拜，"多谢苔娘的指点，小女冒犯了。"

七里香说完，便小心地拔起萆荔来。

晚上，妈妈喝了七里香为她煮的萆荔汤汁，果然胸口的疼痛缓解了，不到一个时辰，竟然奇迹般地痊愈了。

小华山上的萆荔草能治心痛病的说法，也传开了。

【西山经·西山一经】

其草有萆荔①，状如乌韭②，而生于石上，亦缘木而生，食之已③心痛。

【注释】

① 萆荔：即薜荔，藤本植物，攀缘树木，叶椭圆形，果实可食用，藤、叶、根等可供药用。一说是一种香草。

② 乌韭：一种苔藓类植物，多生于潮湿的地方。

③ 已：治愈。

文茎

wén jīng

——果实能治耳聋的树

小华山向西八十里处，有一座符禺山。美丽的白藕村就在符禺山的南面。

白藕村有户姓白的人家，他家院子里有口水井——水质清澈，甘甜润喉。白家人烧水煮饭用的都是这井水。

有一年秋天的午后，白家小女儿草尔忽然看到井水中有颗浅紫色晶莹剔透的果实，便大声嚷嚷着要吃。奶奶把果子捞起来，喂进草尔的嘴里。

没想到，祸从口入。草尔吃了这颗紫色的果实后，就不会说话，也听不到声音了。

大人叫她，她不回应。她想要表达，却只会"哇哇"乱叫。

奶奶后悔得直掉泪："只觉得果子好看，一定也好吃，怎么就没想到它可能是颗毒果子呢？"但事已至此，也只能认命了。奶奶便倍加疼爱草尔，她总是努力去读懂草尔的手语。

有一天早晨，奶奶背着草篓要去山里，草尔打着手势："我也要去。"

望着草尔期待的眼神，奶奶答应了。

山林中有许多有趣、美丽的鸟儿在飞来飞去，它们发出悦耳动听的声音。

"草尔以前多么喜欢听鸟鸣，学鸟叫啊。可是现在，再清亮的鸟叫声，她都听不见了。"奶奶心酸地望向草尔。

只见她仰头望着一棵大树。树上挂满了红色的果实。果实很小，有着红色的外皮，看上去像红枣一样，却比红枣圆润、光滑。

11

望着它们，奶奶想起了那颗紫果。她知道草尔想吃，但无论如何，奶奶是不会再让草尔冒险了。万一又发生什么不测的事呢？

但就在这时，只听"扑落"一声，一颗红果子掉到了草尔脚边。奶奶来不及阻止，草尔已经捡起果子，放进了嘴里。

"草尔，不准吃，不准吃，快吐掉呀！"奶奶惊慌失措地叫着。

聋哑的草尔什么都没听见，她快乐地嚼着果子，脸上绽放着笑容。

突然，她听到了山林中溪流的潺潺声，山风吹过树林的沙沙声，还有鸟儿欢快的啾啾声……

"奶奶，我听见声音了！"草尔稚嫩的叫声在山林中回响。

奶奶惊愕地望着草尔，转瞬间就明白过来。原来，是这颗长得像红枣的果子，治好了草尔的病。

奶奶问一位正在赶路的老爷爷："您知道这些长满了红色果实的树，是什么树吗？"

老爷爷说："您算是问对人了，它们是文茎树，果实能治聋哑病，可神了呢！"

噢，原来是文茎树呀，奶奶和草尔都牢牢记住了树名。她们还摘了一些果子，要去分给村里的聋哑人吃。

【西山经·西山一经】

又西八十里，曰符禺之山，其阳多铜，其阴多铁。其上有木焉，名曰文茎①，其实如枣，可以已聋。

【注释】

① 文茎：植物名，一说指无刺枣，一种小乔木，枝上没有棘针。

赤华条

chì huá tiáo

——吃了能使人清醒的草

等级

仙草

形态

状如葵，花朵硕大，
有红色的花盘，果实
如婴儿的舌头

异能

吃了使人不会迷惑

　　有一年春天，白藕村突然来了一个外乡人，自称"黄方士"。

　　黄方士穿着华丽，说话头头是道。白藕村的人对他所说的事感到新奇，也对他天花乱坠的说法深信不疑。

　　"过两天，符禺山旁边的湖水中，会出现水怪，特别吓人。它不仅会降暴雨，还会推倒大树，摧毁房屋……"黄方士神秘地说道。

　　"那可怎么办呀？"大家都慌了神。

　　"不用慌，我黄方士就是来降伏水怪的。只不过，你们每户人家要凑给我一些碎银。如果没有银子，粮食、布帛也可以。"黄方士转动着眼珠子说道。

　　于是，家家户户无论富有

的、贫困的，都多多少少拿了东西给黄方士。

他便领着大家来到湖边，对着湖水，像是对谁说着话："明天我会带着大家进贡的钱财去拜访您。请您息怒，不要降祸于白藕村……"

之后，黄方士又念了一通谁也听不懂的咒语，走了进进退退几个步伐，长舒一口气："好了，水怪不会降雨作怪了，你们放心吧。"

大家都非常感激，纷纷作揖拜谢。

黄方士却偷偷笑个不停："愚蠢的人哪，全被我骗了。"

第二天，黄方士回家途经符禺山，看见一种长得奇特的植物，它们像葵，但花盘却是红色的。有些花已经结了果实。这些果实通体黄色，长得像婴儿的舌头，看上去有点恶心。

"白藕村的人太好骗了，不如再和他们开个玩笑。"

黄方士开始给一些人传话："符禺山上有一种长得像婴儿舌头的果实，它能治疗各种疼痛，吃得越多症状就会越轻，你们不妨去试试。"

哪个人身上没有一点痛处啊。大家便纷纷去采这些果实吃，黄方士看着他们抢着采果子的狼狈样，恶作剧般地笑个不停。

但令他没有想到的是，这些果实虽然不能治愈各种病痛，但能使人头脑清晰，不轻易听信于人，不被假象迷惑。

所以，当村民们吃了果实后，思绪变得清晰，甚至还识破了黄方士的骗人把戏，纷纷向他索还钱财。

黄方士见势不妙，赶紧归还了所有不义之财，灰溜溜地逃跑了。

【西山经·西山一经】

其草多条[1]，其状如葵，而赤华黄实，如婴儿舌，食之使人不惑。

【注释】

[1] 条：植物名，一说可能是蜀葵，二年生草本植物，茎直立，叶互生，卵圆形。

15

白华条

bái huá tiáo

——能治疥疮的草

等级　仙草

形态　形状像韭菜，开白色花朵，结黑色果实

异能　吃了能治疥疮

从符禺山向西六十里处，有一座石脆山。石脆山上除了棕树和楠木，还有一种草，这种草非常平凡，就像韭菜一样，细条绿带状，在春天会开细碎的白色小花朵，秋天会结米粒般大的黑色果实。人们叫它白华条。不起眼的白华条，就如荒草一样杂乱丛生，没有人想去吃它，反而总认为它

挡路误事而把它砍掉。

这一天，山上来了一位满头白发的老婆婆，她佝偻着身子，看上去很老了，但精神却格外好。看到白华条，老婆婆两眼放光，大声惊叹："没想到我们那里无比珍贵的白华条，在这里漫山都是。"

老婆婆扒开叶子，寻找起黑色的果实来。

一位路过的村民很好奇，他问老婆婆："您为什么不摘好果子吃？到处都是熟透的红果子，这黑色的玩意儿能吃吗？"

老婆婆站直了身子说："你不知道这白华条有多珍贵。尤其是它的果实，吃了能治疥疮。"

"还有这样的事？"路人撸起衣袖，露出一胳膊的疙瘩来，"你看，像我这样的疥疮，也能治好吗？"

"当然可以啦！看你这疥疮长得也有几天了，为什么不摘些白华条的小黑果来治一治啊！"老婆婆一边说，一边递给他一捧小黑果。

村民迟疑了一下后，把小黑果放进嘴里嚼起来。不到一刻钟的光景，老婆婆说："你把袖子撸起来看看，疥疮还在不在了？"

"这么短的时间能治好吗？不过身上倒是不痒了呢。"村民把袖子撸起来，看到手腕、胳膊上的小疙瘩已经消退下去，只有浅浅的斑痕了。

原来，这些被当地人看作是野草的白华条，竟然有这般神奇的功效。

"看来我要采些回家，家里的老人、孩子都染了疥疮，这下好了，能治喽！"年轻人兴冲冲地和老婆婆一块儿采起黑果子来。

【西山经·西山一经】

又西六十里，曰石脆之山①，其木多棕②、楠，其草多条，其状如韭，而白华黑实，食之已疥③。

【注释】

① 石脆之山：即石脆山，山名，在今陕西境内，一说即二龙山。

② 棕：指棕榈，常绿乔木，茎呈圆柱形，叶子大，有长柄。

③ 疥：疥疮。

杻、檀
niǔ　jiāng

——能造车的树

等级
凡木

形态
有盘绕的枝条，长白色叶子

异能
无

　　从石脆山向西七十里，是万物竞发、生机勃勃的英山。山上有丰富的赤金、铁等矿藏以及飞鸟和游鱼等生物。鲜鱼和肥遗鸟在英山尤为常见。肥遗鸟每天拂晓时分就在树上欢唱，歌声嘹亮。它们喜欢停落在杻树和檀树的高枝上。

　　杻树的叶子和杏树叶相似，顶部尖细，但所有的叶子都是白色的。杻树枝干粗壮，树皮暗红色，细看能发现一些更为暗色的曲线状纹理，无规则地盘旋或缠绕着，像一幅随意的线条画。

　　杻树和杻树之间，间杂着几棵檀树。檀树是比较矮小的乔木，它们和杻树生长在同一块地盘上，看上去就像哥哥和弟弟，和谐不突兀。檀树虽然小，但是材质坚硬，是做车轮的上好木材。杻树主干粗壮，适合做车

身。因此，这两种树对于当地的村民们来说，缺一不可。特别是村里的木匠们，时不时地就会往山上跑，砍树做车子。

　　村里的木匠特别多，每天晨起，你就会听到叮叮当当的敲打声，喊嚓喊嚓的刨木声。空气中还弥漫着杻树和檀树散发出来的特有木香。木香对于村民们来说，就如一剂安心的良药，慰藉着他们，治愈着他们。

　　确实，英山上的杻树和檀树，就是村民们的依靠。

【西山经·西山一经】

　　又西七十里，曰英山，其上多杻①、檀②，其阴多铁，其阳多赤金。

【注释】

① 杻：木名，即檍树。一说指糠椴，乔木，高可达10米。
② 檀：木名，木质坚韧，古时用作制车的材料。

huáng guàn
黄蘿
——治疗疥疮、消浮肿的草

等级

仙草

形态

形状橡臭椿，开白色花朵，结红色果实

异能

吃了能治疥疮，消浮肿

英山再往西五十二里，有一座竹山。竹山上长满了高大苍劲的树木。竹山附近村庄里的人，每天都会去砍柴、摘野果、寻草药。

村里有个小男孩叫又冬，刚入秋的时候，身上长了疥疮，浑身都痒痒的。爷爷听说白华条能让人吃了立马就治愈疥疮，于是便带着又冬上山寻找。

但是山上除了高大的树木，就只有杂草和另外一种长得像臭椿树的野草了。这种野草，叶子是掌形互生的，看上去就像麻叶。它们有的正开着白色的花朵，有的已结下了一粒粒有点发黑，又有些泛黄泛红的赭石色果实。

"爷爷，这种果实能治疥疮吗？"又冬问。

"不能。我们要找的草叫白华条，它长着韭菜一样的叶子，结着黑色小果实，不是这种。"爷爷说。

"谁说不能啊，这是黄蘿，把它的果实放在大锅里煮，用煮好的水来泡澡、洗脸，疥疮就会消失了呀。"一个穿着蓝衫的农夫正好听见祖孙俩的对话，忍不住搭话道。

"这是真的吗？"爷爷有点儿不相信。

农夫说："当然是真的。你不信去试一试！"

"又冬，那咱们赶紧采果子吧。"爷爷兴奋地说。

"多采点儿回去呀！黄蘿的果实，不仅能治愈疥疮，还可以消浮肿呢。"农夫说，"多备点儿，总会有用的。"

"那奶奶的浮肿病也可以治好喽!"又冬兴奋地说。

爷孙俩采了满满一大筐黄雚果实回家。他们用大火煮果实,等到汁水变成红黑色后,才熄火。爷爷用一半汁水给又冬泡澡,另一半汁水让奶奶泡脚。

果然,不仅又冬的疥疮痊愈了,连奶奶的浮肿也消退了呢。

"这黄雚,可真是个好东西啊!"

【西山经·西山一经】

有草焉,其名曰黄雚,其状如樗①,其叶如麻,白华而赤实,其状如赭,浴之已疥,又可以已胕②。

【注释】

① 樗(chū):臭椿树。

② 胕(fú):浮肿。

xūn cǎo
薰草
——能让瘟疫消失的草

等级 仙草

形态 形状像麻叶，茎干为方形，开小红花，结长圆形的黑果子

异能 吃了能治传染病

竹山往西一百二十里，有一座浮山。浮山再向西三里处，有一个叫香阳的村庄，村庄里有一座破旧的神庙。

神庙平常很少有人来，佛龛和石桌石凳上总是积满了灰尘。

但这几天，来神庙的香阳村村民络绎不绝，他们面露菜色，神色凝重。更有几个村民身上长满了红斑，走路一瘸一拐，苦不堪言。原来，大家都患上了瘟疫——麻风病。这是一种传染性极强的病，身上长斑，出疹子，严重的病人肢体会变得畸形，导致残疾。当地有名望的大夫都治不了这种病，大家就只能求助神灵保佑了。

有一天，大家看见石桌上的供品突然不见了，上面摆满了长得像麻叶，茎干是方形的野草。

24

"这不是薰草吗?"一个村民说。

"没错,它们长在浮山的悬崖峭壁间,秋天结长圆形的黑色果子。有一次,我想摘果子吃,但就是够不着啊。"

"肯定是有人上山拔了薰草,看到庙里有供品,就把草扔在这里,把供品带回了家。"大伙儿七嘴八舌地猜测着。

一位壮汉气呼呼地一把抓起薰草,丢了出去。小姑娘水岚看到薰草堆里有两朵小红花,便跑过去摘。这时,她闻到了一股好闻的草香味,正是薰草的香味。水岚摘下小红花后,顺带抓了一把薰草放进口袋里。

"扔掉,快扔掉。"妈妈说。

但水岚紧紧地捂着口袋:"香,香,好闻。"

妈妈吸了下鼻子,果然薰草香很好闻,也就不勉强水岚了。

水岚一家都患上了麻风病,染病时间还不算长,除了身上的斑疹,其他症状还没出现。但是第二天,当妈妈给水岚穿衣服的时候,发现水岚身上的斑疹奇迹般地消失了,皮肤光滑又水灵,就像没有出过疹子一样。

这究竟是怎么回事啊?妈妈忽然想到水岚衣服口袋里的薰草。

"一定是这草,治愈了水岚的病。"

为了证实这是真的,妈妈从水岚口袋里取出一半草,佩在自己身上。

果然在当天晚上,妈妈发现自己的病也好了。

第二天,村民们都上山去找薰草。很快,全村的人都得到了救治。

【西山经·西山一经】

又西百二十里,曰浮山,多盼木,枳①叶而无伤,木虫居之。有草焉,名曰薰草,麻叶而方茎,赤华而黑实,臭②如蘼芜③,佩之可以已疠④。

【注释】

① 枳(zhǐ):落叶灌木或小乔木,小枝多硬刺,果实球形,味酸苦。

② 臭(xiù):气味。

③ 蘼芜(mí wú):草名,芎䓖(xiōng qióng,一种香草)的苗,叶有香气。

④ 疠(lì):瘟疫。

蒈蓉

——人吃了会不生育的草

异能

人吃此草会不生育

形态

叶子像蕙草，开黑色花朵，不结果实

等级

异草

从前，有座嶓冢山。寻云村就在嶓冢山的北方。

有一年夏天，天气炎热，寻云村一户朱姓人家去嶓冢山上寻荫避暑。

山上凉快处倒是很多，但溪流少。中午时分，一家人又累又渴。特别是朱家的四个女儿，嚷嚷着要喝水。

母亲说："这儿没有溪流，也没山涧，要不去找些汁液饱满的野草来。"

"那儿有草丛，看上去有很多草汁呢。"大女儿指了指不远处竹林下的一丛草。

只见那草叶子长得和蕙草般，是掌形互生的；茎紫赤色，一米左右高，看上去像长长的笔管，和桔梗茎很相似。草丛中，开着零星的几朵黑色小花。

大女儿跑过去折下一根草茎，尝试着吮吸了一口。

"很好吃呢，虽然有点苦，但是很爽口，还有一点点甜味。"

一家人便纷纷跑去折草茎，喝草汁来解渴。

但小女儿闻了一下后，使劲摇起了头："再渴我也不喝，我不喜欢它的味道。"

转眼间，朱家的女儿成了大姑娘，她们依次出嫁了。

新的家庭都在期盼新生命的诞生。但很遗憾，朱家的四个女儿，除了小女儿外，其他三个女儿都没有生育的迹象。

她们去求神，去看医，去寻药，但三四年过去了，仍然没能生下一儿半女。

有一次，村里来了一位老神医。母亲便带着三个女儿去求医。老神医问："嶓冢山上有一种叫菁蓉的草，不知朱家三位女儿有没有喝过这种草的汁水，或者吃过这种草？"

老神医说着便从一个竹筐里拿出一种草来。

"您说的菁蓉就是这种草吗？"母亲问，"小时候她们去山上，口渴了经常会拔来吃，难道……"

"菁蓉草，也叫无子草，吃了它，便无法再生育了。你的三个女儿，就是因为吃过这种草，才生不出儿女的。"老神医说。

"怪不得只有小女儿生了孩子。"母亲很是后悔。

"有些花草树木能治病，但也有些存在着一定的毒性，千万不要吃不知性状的草或果实，会害人的呀。"老神医摇摇头。

母亲带着三个女儿在回家的路上，看见一个姑娘正拔了一株菁蓉草要吃，便赶紧阻止了她。

自此，菁蓉是无子草的说法，就在民间传开了。

【西山经·西山一经】

有草焉，其叶如蕙①，其本②如桔梗③，黑华而不实，名曰菁蓉④，食之使人无子。

【注释】

① 蕙：即蕙兰，兰花的一种，初夏开黄绿色花，有香气。

② 本：草木的茎或根。

③ 桔梗：多年生草本植物，叶子卵形或卵状披针形，开暗蓝色或暗紫白色花。

④ 菁蓉：草名，具体所指待考。

杜衡

dù héng

——让马日行千里的草

等级	形态	异能
仙草	形状像葵，叶子呈马蹄状	能让马日行千里，也能治愈人的肉瘤病

嶓冢山向西三百五十里，有一座天帝山。山上生长着高大葱茏的楠木和棕树，山脚下布满了茅草和蕙草，丰美的草常常引得天帝山附近的谷兰村村民前来牧马。

小九家也有一匹马，只是这匹马看上去瘦弱不堪，在众多健壮的马匹中就像一只可怜的病山羊。

男孩小九也和别的小孩不一样，他的脖子上有一颗硕大的肉瘤，像是挂着一只肉乎乎的口袋。村里的小孩都不愿意和他玩。

小九总是孤零零地牵着他的马儿离大家远远的。

这一天，天蓝得如纯净的海，衬得草地也水灵灵的，绿得像洗过一样。小九牵着他的马去溪水边喝了水，又牵着马儿向一丛鲜嫩的白茅草走去。

突然，马像是受了什么惊吓似的，直往天帝山上跑。着急的小九只好跟在它后面追。

跑了一会儿后，马儿在一棵高大的棕树下停了下来。

山风吹过，九儿闻到一阵浅浅的清香。他看见不远处有一丛长得像马蹄形的草，忽然想起妈妈说过在菜里加点香草味道就会更好的话来。

九儿便走过去，闻了闻，感觉香气更浓了点儿。

"这就是香草吗？可以让妈妈做菜用。"九儿正要拔草。

忽然听见一个苍老的声音："这是杜衡，一种草药，叶子像葵菜叶，有点像马蹄的样子，有蘼芜一样的香味。孩子，吃了它，你脖子上的肉瘤就会消失的。"

九儿循着声音看过去，只见一位白胡子、白眉毛的老人站在他的马儿旁边。

"不仅如此，你的马儿若佩戴着它，奔跑起来就会像飞一样，成为一匹千里马。这里所有的马儿都跑不过它。"老人向他眨了眨眼睛，"这可是个秘密，只有需要它的人才会得到它。"

老人说完就走进了山林中。

九儿拔了几株杜衡，牵着马儿下山了。

他不知道老人说的是不是真的，但当天晚上，妈妈给他煮了杜衡吃。没想到第二天，九儿脖子上的肉瘤竟然真的消失不见了。他赶紧兴奋地拿了一株杜衡佩戴在马儿的鬃毛上。他的马也因此成为一匹千里马。

【西山经·西山一经】

有草焉，其状如葵，其臭如蘼芜，名曰杜衡①，可以走马②，食之已瘿③。

【注释】

① 杜衡：亦作杜蘅，多年生草本植物，叶片阔心形至肾状心形，叶柄长，单花顶生，结蒴（shuò）果。

② 走马：可以使马跑得快。

③ 瘿（yǐng）：长在颈上的大瘤子。

wú tiáo
无条
——能把老鼠毒死的草

等级

异草

形态

形状像槁茇，叶子呈
马蹄状，背面呈红色

异能

可以毒死老鼠

西方第一列山系中，有一座皋涂山，它在天帝山向西南三百八十里处。
皋涂山的西边有蔷水，南面有涂水。这两条河都发源于皋涂山。

就在涂水边，有个叫静柏的小山村。村庄临水，土壤肥沃润泽，庄稼
都长得很喜人。但是村里人也很烦扰，这儿的鼠患太严重。

老鼠们成群结队地出来偷食，几乎每户人家都有许多被老鼠咬破的物件。更可怕的是，这些老鼠胆大包天，不仅晚上出来，白天也会不时地在人们的眼皮底下窜来窜去。听说有个村民，还被老鼠咬破了脸……

"这样下去，我们村要变成老鼠村了。"大家都人心惶惶的，担心有一天真的会被老鼠夺取了主权。

那时大家也不知道怎么才能毒死老鼠。他们只知道用棍棒追打，可这有什么用呢？老鼠不仅没有减少，而且繁殖得更快了。

有一天早上，村民半槐起床后去生火做饭，突然看见灶台下有五六只老鼠的尸体，他吓得赶紧跑到屋外，好一会儿才镇静下来，又回到屋子里。这时候，他发现老鼠的旁边，散落着几片叶子和一些枝条。他认出这是长在皋涂山上一种叫无条的野草。

昨天他上山砍柴时，是有一些无条草顺带也被捋进了柴堆中。难道无条能毒死老鼠？

半槐将信将疑，他叫来邻居一起看个究竟。

"我们不妨去山上再拔些无条来，放到卧房、堂屋、厨房里，看看第二天有没有老鼠再被毒死。"邻居说。

"那就这么办吧。"

半槐和邻居来到山上，拔了满满一筐的无条草。

邻居家，半槐家，无论是屋子里，还是院子里，都撒上了无条草。

过了没一个时辰，他们便发现了食草而死的老鼠。

本来被山民们认为无用的无条草，就这样成了家家户户的宝贝。

【西山经·西山一经】

有草焉，其状如槁茇①，其叶如葵赤背，名曰无条②，可以毒鼠。

【注释】

① 槁茇（bá）：香草名。

② 无条：植物名，具体所指待考。

女床

nǚ chuáng

——能止咳的草

等级	形态	异能
仙草	草茎直立，开纯白色的花朵	能润肺化痰、健脾利湿

鸟危山下，有一个叫白石的村庄。小戈一家住在村口一间宽敞的石屋里，因父亲是当地有名的石匠，生活过得比较宽裕。但有一年冬天，母亲得了一场重感冒，之后便天天咳嗽不断。喝水咳，说话咳，睡觉咳，几乎一整天都能听到母亲的咳嗽声。石屋里再也没有往日的平静和安逸了。父亲请了多个郎中来给母亲把脉，他们都说没什么大碍，只是落下风寒，导致体内湿气重，吃些草药慢慢调理便是。

但母亲喝了很多药都不见好转，每天仍不停地咳。

"娘，你要快点好起来呀。"小戈难过地说，"你已经好久没有陪我上山去采野花了。"

娘说："今天天气这么好，娘就陪你去转转吧。"

小戈摇摇头："你走路气喘，咳嗽会加重的。"

"没关系，我也想出去看看，说不定会碰到好运气。"

听娘这么一说，小戈便答应了。

一路上，娘还是咳得厉害，小戈担心地牵紧了母亲的手。

当她们来到山脚下时，一只鸢鸟盘旋着，然后如向导般在娘俩前面缓缓地飞着。

"小戈，鸢鸟可是吉祥鸟，咱们跟着它走吧，说不定能给我们带来好运。"母亲说道。

望着美丽的鸢鸟，小戈兴奋之余多了一丝期盼，她默默想着："说不定它会带我们找到治疗母亲咳嗽的良药呢。"

她猜得没错，鸾鸟带母女俩来到一丛茂盛的野草前停下，然后欢叫了几声后，飞远了。

小戈母亲认出这种草，叫女床，会开星星一样的纯白色花朵，草茎直立，草叶如铜钱般大小。

食用女床草煮沸后的草汁，能润肺化痰，健脾利湿。小戈娘喝了一个星期的草汁后，再也不咳嗽了。

【西山经·西次二经】

西南二百里，曰鸟危之山，其阳多磬石，其阴多檀楮①，其中多女床②。

【注释】

① 檀（tán）楮（chǔ）：檀指檀树，木材极香，可用于制作器具。楮即构树，长得很高大，皮可以制作桑皮纸。

② 女床：草类植物名，据古人说是女肠草。

chóng wú mù
崇吾木
——吃其果实能多子多孙的树

等级

神木

形态

圆叶，白萼红花朵，果实形状像枳

异能

吃其果实能多子多孙

崇吾山巍峨耸立于云涛雾海中，仿若一座仙山，充满着神秘气息。山中的植物都很美，特别是崇吾木。

崇吾木就长在山腰处，主干粗壮有劲，旁枝盘根错节，圆润光滑的叶子无论在晴天还是雨天，都闪闪发着微光——枝叶交错处，像是隐藏着无数个秘密。

小七就住在崇吾山山脚下。他是一个被领养的孩子，但爸爸妈妈非常爱他。

每个晴日清晨，小七都会上山去玩。

他最喜欢坐在崇吾木下，听山风吹过的沙沙声，看崇吾木盛开着的红色花朵——花朵有七个瓣，纯白色的花萼托着红花朵，像红色的小灯笼，照亮了四方。

秋天的时候，崇吾木结满了一颗颗小青果。小青果翠翠的，硬硬的，看上去很可爱，但是并不好吃。

小七曾经摘过好几颗小青果来尝，每一颗都能酸掉牙齿。他都是尝一下，就吐出来。

不止小七，过路的人、砍柴的人、采草药的人、挖野菜的人，每当口渴或者饥饿的时候，都会爬上树去摘小青果吃。

但他们和小七一样，只尝了一口，就再也不想吃了。就这样，秋天的崇吾木下，丢满了只咬了一口的小青果，还有成熟后掉下来的小青果。这些小青果渐渐地变黄，渐渐地腐烂，变成了泥土。

有一天，小七和妈妈一起上山挖野菜。妈妈看到满地的崇吾木果，可惜得不得了，就俯身去捡。

"妈妈，这些果子太难吃了，你别尝，千万别尝。"小七阻止妈妈。

但是妈妈却捡了一些回家。回家后，她把崇吾木果和甜浆果一起放进锅里煮，没想到，这样煮出来的果酱酸酸甜甜的。虽然小七还是嫌酸，但妈妈却特别喜欢吃。

第二年，从未生育过的妈妈居然生了一个女儿。第三年，她又为小七生了一个弟弟……小七有了伴儿，生活得更快乐了。

其实，崇吾木上结的果实，能让吃了它的人子孙满堂。只是很多人都不知道，就连小七的妈妈，也从未想到过自己忽然能生育孩子，是因为吃了崇吾木果实的缘故。

【西山经·西次三经】

西次三经之首，曰崇吾之山[1]，在河之南，北望冢遂[2]，南望䍃[3]之泽，西望帝[4]之搏兽之丘[5]，东望蠕渊[6]。有木焉，员[7]叶而白柎[8]，赤华而黑理，其实如枳，食之宜子孙。

【注释】

[1] 崇吾之山：即崇吾（一作"丘"）山，具体所指待考。一说在今青海茶卡盐湖附近；一说在今甘肃境内。

[2] 冢（zhǒng）遂：山名，具体所指待考。

[3] 䍃（yáo）之泽：水名，具体所指待考。

[4] 帝：一说指黄帝；一说指天帝；一说指黄帝或炎帝。

[5] 搏兽之丘：搏杀猛兽的丘陵。一说指山名，即搏兽丘，具体所指待考。

[6] 蠕（yān）渊：地名，一说即"盐渊"，指茶卡盐湖。

[7] 员：同"圆"。

[8] 柎（fū）：花萼（è），花瓣下部的一圈小片。

嘉果

jiā guǒ

——能让人解忧的树

等级
神木

形态
红萼黄花朵，果实像桃子

异能
吃了能解忧

不周山海拔很高，站在山顶，能望到很远的地方。

山脚下，有一对老夫妻。他们的女儿早春时嫁到离不周山几十里远的另一个小山村了。老夫妻就这么一个宝贝女儿，从小就宠着惯着她。女儿出嫁后，夫妻俩便茶饭不思，总是担心着她。特别是老婆子，整宿整宿地失眠，不到一个月，已身心憔悴，像是老了十岁。

她总是唠叨着："女儿要是被欺负了怎么办？女儿从小挑食，吃不好怎么办？女儿想家了怎么办？"

日出到日暮，老婆子总是在唠叨，总是在猜疑，总是在担忧。

老头儿也被她弄得身心疲惫。

有一天，亲戚来串门，看到他俩瘦骨嶙峋的样子，非常惊讶。知道缘由后，亲戚说："不周山上有一种叫嘉果的树，它在仲夏会结出像桃子一样大的果子。听说吃了果子的人，所有的烦心事都会烟消云散。你们可以上山去摘来吃吃看，不然再这么烦心下去，身子会吃不消的。"

老头儿第二天就去不周山寻找嘉果木了。亲戚曾告诉他，嘉果长在北山上，一共有十棵，尽管北山阳光不够足，但嘉果木一年四季都长得郁郁葱葱，甚至都不长一片黄叶。

老头儿走了半天山路，终于来到了不周山北面。嘉果木不难找，他一下子就看出来了。十棵嘉果木，就像十个绿巨人。在北山的地盘上，它们是最高大、最挺拔的。

嘉果木的树叶密而小，如枣叶，很清亮，泛着莹莹绿光，像无数只小小的绿勺子，一只叠着一只，山风吹过，仿佛能听到叶子们传来丁零当啷的叩击声。

但这时候的嘉果，还没有结果，只见满树的小黄花，明灿灿地盛开着。每朵花的花萼是红色的，一树灿然，艳丽得能晃了人的眼。

"看来，我来得不是时候，要过几天，嘉果木才会结果子。"老头儿叹了口气，正准备离开时，突然听见"扑通"一声，有什么东西掉到地上了。

老头儿俯身看了看，发现一枚像桃子一样的果实，青里透红，有微小的细毛。

　　"这就是像亲戚说的那种如桃子一样的果实呀!"老头儿欣喜万分地捡起果子,"刚才可能是我疏忽了,以为满树的花朵,还没结下果实呢。"

　　老头儿重新又找了一遍,但再也找不出第二个果实了。

　　他回家后,让老婆子吃下捡来的果实。但老婆子一定要两人分着吃。

　　于是,一人一半。

　　吃了嘉果木果实的老夫妇,这天晚上睡得很香很香……

【西山经·西次三经】

　　(不周之山)爰①有嘉果,其实如桃,其叶如枣,黄华而赤柎,食之不劳。

【注释】

①爰(yuán):这里;那里。

chì dān mù

赤丹木

——果子能饱腹的树

等级 神木

形态 圆叶，开黄花朵，果实赤红色

异能 吃了能饱腹

峚山附近多水泽，因水的滋润，峚山显得郁郁葱葱。水中生白玉，白玉中可以析出玉膏来。这玉膏如琼浆，让峚山上生长着的赤丹木长得更为挺拔葱茏。

赤丹木是崒山上特有的树种，几乎遍山都是。它们有暗红色的树身和枝条，繁茂的圆叶。那叶子，每一片都如绿绸质地的团扇，在山风吹来时，轻摇轻晃着，犹如女子在舞蹈。秋天，赤丹木会结出如橘子般大小的赤红色果实，果实光滑透亮，仿佛一碰触，果汁就会流出来似的。

只是崒山周围，渺无人烟，没有人知道山上的赤丹木。赤丹木花年年寂寞盛开，无人欣赏；赤丹木果也年年孤独结果，无人品尝。

直到有一年，一群逃难的人从崒山脚下路过，正又累又饿时，发现了一些掉落在地的赤丹木果。

他们也顾不得果子是否有毒，拾起来便吃。没想到果子味甘如饴，特别好吃。只是人多果少，不够分。

"山上一定有树，咱们去看看吧。"

人们往山上跑，一眼就看到了正结着累累硕果的赤丹木。

像遇着了救星一样，他们摘下果子大吃起来。

一人一个果子下肚后，大家纷纷打起了饱嗝。

"奇怪啊，我们有两天两夜不进食了，怎么只吃一个果子肚子就饱了呢？"一个大姐说。

"怕是我们吃的果实就像传说中的仙果那样，能饱腹呢。"

有人提议："既然这儿有仙果，我们不如就安定下来，省得青黄不接的时候，离乡背井寻找食物吃。"

"这果子好吃又能饱腹，在这里安家，确实不错。"

【西山经·西次三经】

又西北四百二十里，曰崒山①，其上多丹木，员叶而赤茎，黄华而赤实，其味如饴，食之不饥。

【注释】

① 崒（mì）山：一说在今青海境内；一说在今新疆或甘肃境内。

沙棠
shā táng

——其果实让人不会溺亡的树

等级 神木

形态 形状像棠梨树，开黄色的花朵，结红果

异能 吃了果实的人不会溺亡

槐江山往西南四百里，有个昆仑之丘。有一天，山民如凡到昆仑之丘上找一种能治疗浮肿的香草时，看到一只长得像蜜蜂一样的鸟，它有尖刺般的利嘴，一振翅，就发出很大的嗡嗡声。

如凡看着这只鸟在一株草里刺一下，这株草马上就枯萎了。然后，鸟飞到一棵树上，轻轻地啄了一下，没想到那棵高高大大、树叶繁茂得能遮天的树，居然也一寸寸地枯萎下去。

"糟了，这是遇到了传说中的钦原鸟。"如凡跟跟跄跄地准备逃离。

但就在他奔跑了几步后，一不小心从山崖上跌了下去。山下正好有条河，他落进了河里。如凡不会游泳，但不知道为什么，他在水中，就像一条鱼那样，自

如地漂游着，没有呛水，也不下沉。不知道漂了多久，他发现自己来到了岸边，就试着慢慢爬上了岸。

"难道是有神灵在助我？"如凡觉得不可思议。当他望向四周的时候，看见一位樵夫站在一棵结着海棠果般红色果实的树下，正想要摘果子吃。

看到如凡后，樵夫说："今天总算找到了沙棠果。你知道吗？吃了沙棠果，无论你会不会游泳，都不会溺亡。"

如凡这才想起来，早上刚上山的时候，他因口渴，顺便摘了一个沙棠果子吃。果子汁多味甜，很好吃。

"原来，我是吃了沙棠果，才没有被淹死呀。"如凡把自己的遭遇告诉了樵夫。

樵夫说："沙棠树确实很神奇，不止它的果实有奇效，听说它的树干也能防水，无论多大的雨水都不能把它浸湿。但我找了好几年才找到它。"

如凡问："你也不会游泳吗？"

樵夫告诉他："昆仑之丘附近多河流，每年都会引发洪水。虽然每到初夏，住在附近的村民们就会准备好行囊，等着洪水来临之前，逃到山头去避灾。但是灾难来临时，即使你做了充分的准备，更多时候还是无处可逃，无地可藏。许多村民家破人亡，总是活在苦痛中。"

"这下好了，我今天要把果实摘下来，分给大家吃。吃了果子，就算被洪水冲走，也不会溺水了。"樵夫说，"你是最好的见证者，以前的沙棠果只是传说，但现在，这个传说得到了证实。"

如凡听了也很兴奋，他帮樵夫摘下沙棠果。然后，他们把所有的沙棠果分送到村民手中。在这一年的洪灾中，落水的村民没有一个溺亡的。

【西山经·西次三经】

（昆仑之丘）有木焉，其状如棠①，黄华赤实，其味如李而无核，名曰沙棠，可以御水，食之使人不溺。

【注释】

① 棠：即棠梨，落叶乔木，叶子长圆形或菱形。

蒇草
pín cǎo
—忘忧草

等级

仙草

形态

形状像葵，草色翠绿，有红色叶脉

异能

能使人忘忧

昆仑丘之北，有个青芸村，村庄很大，有一百来户人家。这些人家有的富得流油，有的贫困潦倒。

小夕家兄弟姐妹多，爸爸妈妈又总是杞人忧天，怕这怕那，明明可以放开大干一场的事情，到头来却不敢尝试，错过了几次改变家境的机会。

家里穷，愁事也越积越多，小夕总觉得自己好像掉进了一个黑洞中，一丝光亮都寻不到。

"家里人的笑容都失踪了，真的，谁都不会笑了。"小夕在昆仑山上碰到一个佝偻着背的老婆婆。当老婆婆问她为什么年纪这么小，脸上流露出来的愁绪却那么多时，小夕就是这么回答她的。

小夕还把家里的情况告诉了老婆婆。

"我今天就是来找食物的，已经饿了一天了呢。您说我还快乐得起来吗?"小夕愁眉不展地说。

老婆婆说："贫穷惹忧愁啊，但是心情一定得好。情绪一坏，就会把好事也变得糟糕。小姑娘，我倒有个秘方，准保你们全家一天之内消除烦忧。"

老婆婆说完，就牵起小夕的手，来到北山遮阴处。

那里长着一丛翠绿的草，叶子像葵，有锯齿，有红色的叶脉。

老婆婆扯下一把草叶，凑近小夕的鼻子："你闻闻，是什么味道?"

小夕不用深嗅，就闻到了一股浓郁的葱香。

"这是蒇草，和葱的味道一模一样，但长得却完全不一样。"老婆婆对小夕说，"你割一篓回家，摘掉叶子，把草茎洗干净，切成段，直接吃就可

以了。这种草，看似普通，却能让人忘掉烦忧。"

小夕谢过老奶奶后，回家照着做了，正好也能凑一顿伙食。

第二天，小夕惊讶地发现，所有的家人都如散去乌云的太阳，露出了久违的灿烂笑容。大家在一起说说笑笑，其乐融融。

"心情好了，好运自然也会到来的。"小夕快乐地想。

【西山经·西次三经】

（昆仑之丘）有草焉，名曰薲草①，其状如葵，其味如葱，食之已劳。

【注释】

① 薲草：多年生草本植物，秆单生或成疏丛，叶片较厚硬。

櫰木

huái mù

——能使人力大无比的树

等级 神木

形态 形状像棠梨，圆叶子，红果实

异能 吃了果实的人力大无比

中曲山峰峦叠嶂，怪石嶙峋。山上有一种叫櫰木的树。櫰木长在中曲山的东边。每天太阳升起来的时候，光芒就会照射在櫰木身上，让它们看起来就像披着霓虹的薄纱，闪亮着，璀璨着。櫰木叶如一面小圆镜，光滑可爱。秋天，櫰木就会结满如木瓜一样大的红色果实，它们看上去有点笨

重，甚至有点丑，不太讨喜。而长在它们旁边的橘树上却挂满了令人眼馋的橙黄色果实，喜庆又温暖。路过的人从来都不会去采摘檿木的果实吃，他们喜欢的是甜蜜的小橘果。

但有一天，女孩楠曼却摘了一颗檿木果来吃："尝尝味道总可以吧，不好吃吐掉就行了。"那是她从未尝过的一种味道，甜香中有轻微的凉意，随后又似乎有一种温热的感觉，让她充满了力量。

"太好吃了！"楠曼大口大口地吃起来。

"那我也尝尝。"和楠曼一起来山里玩的另一个女孩映儿说。

"味道确实不错。"映儿尝了一个后，也停不下来了。

正在这时候，山林中突然发出一声巨大的吼叫。

"呀，是豹子，赶紧逃啊。"两个女孩惊慌失措地拼命往前逃。

眼看着凶猛的野兽就要扑上来的时候，楠曼不知哪来的力量，一拳挥了出去。没想到柔弱的小手居然把豹子打了个趔趄。这时，映儿也挥出了一拳，"啪"的一声，她把豹子的头给拍碎了……豹子缓缓地倒在地上，挣扎了几下后就不再动弹了。

楠曼和映儿狐疑地看看自己的小拳头，不知道这力量是从哪里迸发出来的。"该不会是这不起眼的果实给了我们力量吧？"楠曼说，"怪不得我吃完果子后，会觉得浑身有了力气，心里也暖暖的呢。"

是的，是檿木果，它给了楠曼和映儿无穷的力量。檿木吸收了天地精华，让果实具有了一种神奇的力量。

【西山经·西次四经】

有木焉，其状如棠而员叶赤实，实大如木瓜①，名曰檿木②，食之多力。

【注释】

① 木瓜：植物名。落叶灌木或小乔木，叶子长椭圆形，开淡红色花，果实也叫木瓜，长椭圆形，黄色，有香气。

② 檿木：即檿槐，一种落叶乔木。

49

丹木
dān mù

——能治黄疸、能避火的树

等级

神木

形态

形状像构树，红花朵、果实大

异能

能治黄疸、能避火

小慈生活在崦嵫山附近的一个村落里。村庄有个好听的名字，叫绿岚。

绿岚村掩映在崦嵫山的青绿中，名副其实，无论从哪里望去，都是青葱一片，使得绿岚村也似乎穿了一身绿衣，显得生机勃勃。

小慈是个非常可爱的小姑娘，她喜欢学野兔蹦蹦跳跳，喜欢爬高高的树，喜欢听山泉水的叮咚声，也喜欢帮大人们干活。但八岁那年，她病了。小慈整个人肤色蜡黄，黯淡的脸上毫无血气，有时会呕吐，有时会肚子痛。

眼看着小慈的身体状况越来越差，家里人担心得不得了。他们请来邻村的一位老医生来给小慈看病。

医生给小慈把脉后，脸色凝重地说："小姑娘得的是黄疸病，要尽早治疗，但是我手头没有可以用的药。"

"不过，崦嵫山上丹木树结的果，可以治好小姑娘的病。"老医生对小慈的爸爸说，"山上有那么多树，你可能不认得哪些是丹木树，我画一棵给你看看。"

老医生捡起一根树枝，在地上画起来："丹木树简直和构树一模一样。但这个时节，丹木树花还没有完全凋零，你只要看到开有黑色斑纹的红花朵，结有像木瓜一样大的果实的树，就能确定是丹木树了。丹木果的瓤像青丝一样黑，但味道不错，小姑娘应该喜欢吃。记住，只需要两个果实，就能治好你家姑娘的病了。"

小慈爸爸感激地送走老医生后，马上就去崦嵫山寻丹木果了。

丹木树参天耸立，其实它们是崦嵫山上最常见的树了。小慈爸爸还没爬到半山腰，就看到了一棵。那红色的花朵、木瓜大的果实，和老医生描述得一模一样。

小慈爸爸摘了四个丹木果回家。

但小慈一看那黑黑的瓤，便使劲摇起头来。

奶奶和妈妈分别尝了一口，都说好吃着呢。

小慈见她们没有因酸味皱眉，也没有因苦味咂嘴，就犹豫着轻轻地咬下一口果肉。

又甜又糯，是小慈喜欢的口味呢。她一口气就吃下了一个。

当天下午，小慈觉得整个人精神了许多。

第二天早上，她又吃下了第二个果子。没多久，小慈身上和脸上的蜡黄渐渐褪去，整个人恢复如初。

为了庆祝小慈痊愈，一家人准备了一桌丰盛的菜。正吃得开心时，突然灶房里着起火来。火势很快就蔓延开来，大家手忙脚乱地泼水灭火，但火实在燃烧得太快，怎么都扑不灭。眼看着就要烧到小慈心爱的小木偶了，她飞快地跑过去拿。

没想到，奇怪的一幕发生了！小慈经过的地方，火居然渐渐地消退，直至熄灭。

"会不会吃了丹木果，就拥有了不怕火的能力呢？"

妈妈和奶奶都尝过丹木果，她们小心翼翼地靠近火，想去证实一下。

没错，当她们离火还有五米左右时，火势突然猛地弱了下去……

就这样，小慈、奶奶和妈妈三个人成了灭火的主力，不到三分钟的时间，全部的火都熄灭了。

丹木果能灭火的这个功能，恐怕连老医生都不知道吧？

　　西南三百六十里，曰崦嵫之山[1]，其上多丹木，其叶如榖，其实大如瓜，赤符[2]而黑理，食之已瘅[3]，可以御火。

【注释】

① 崦（yān）嵫（zī）之山：在今甘肃天水市西部，传说中认为是日落的地方。
② 符：同"柎"，指花萼。
③ 瘅：同"疸"，指黄疸病。

湖灌木
hú guàn mù
——能制作叶笛的树

等级 异木

形态 叶子如柳叶

异能 叶子能吹奏乐曲

　　北方第二列山系中有座湖灌山。湖灌水发源于湖灌山，在湖灌水中，生活着许多鳝鱼。喜欢食鳝鱼的山民总是到湖灌水里抓鱼。水向东流，他们也一路向东。男孩谷丰就常常跟着他的叔叔到湖灌水里去抓鱼。

　　有一天，谷丰正在河边向山上望的时候，发现一群动物快速地奔跑着。好奇的他想去看个究竟，居然没和叔叔打招呼就径直向山中跑去。

　　当他正跑得气喘吁吁时，突然听见一阵悦耳的声音。那声音时而短促，时而温婉，像鸟叫，但又不像。谷丰从来没有听过这么动听的声音，不禁循音而去。但整座山上空无一人，除了葱葱茏茏的树木，青青绿绿的山草，偶尔飞过的小鸟外，就只有风吹起的光影了。

　　"嗨，你好！"突然，从谷丰的头顶处传来打招呼的声音。

　　扬起头的谷丰看见一棵参天大树的树冠上，蹲着一个比他大一些的哥哥。

　　"我就住在这山上，叫又天。"他说。

　　"刚才的声音是哪儿来的，你知道吗？"谷丰问。

　　又天哈哈笑起来。然后他随手摘下一片树叶，放到嘴边，轻轻地抿了抿。接着，他撮起嘴，开始吹起来。

　　谷丰又听到了那阵悦耳的声音。"原来这树叶能吹曲子呀！"谷丰觉得很好奇，也摘下一片来。这是一片长得像柳叶的叶子，长长的，窄窄的，如一条小小的绿舟。

　　这是很普通的叶子呀，难道它的叶脉中藏着玄机？谷丰学着又天的样子，用嘴唇把叶子轻轻地夹住，然后呼呼地吹起来。

　　但是叶子并没有发出声音，只有谷丰自己的呼气声。

　　"你知道我能吹出这样的声音来，练了有多久吗？"又天说，"至少有三个月吧。"

谷丰说："你教我怎么吹吧！只要掌握了方法，我想我马上就能把它吹响了。"

又天摇摇头："不会不会，绝对不会。"

但就在他摇头间，谷丰已经把声音吹了出来。虽然短短的、尖尖的，但毕竟把叶子吹响了呢。

"看来我低估了你。"又天说。

"这是一棵什么树呀？"谷丰仰望着那华盖般的树冠，"它的叶子长得像湖灌水岸边的柳树叶，但是又比柳叶大一些。"

"它不是柳树，它是湖灌山上特有的树。你看，山腰间、山峰上、山谷里，都长着这种树，我们叫它湖灌木。"又天说，"它的树干和树枝都是红色的呢，柳树可不是这样的。"

谷丰刚才没有留意树干，现在听又天这么一说，就特地走过去摸了摸。确实，湖灌木的树干、枝条和柳树完全不一样，它们像是涂上了一层旧旧的红色。

"你看，有一片七彩叶呢，像一朵美丽的花。"突然，谷丰看见头顶上阳光筛下来的地方，有一片闪烁着七彩光芒的叶子。

"真的呀，听说湖灌木每十年都会长出一片七彩叶来。用七彩叶吹出的乐曲，能召唤小动物。"又天像只灵活的猴子，纵身一跃，摘下了那片神奇的叶子。

"快吹，快吹！"谷丰嚷嚷着。又天有点兴奋又有点怯怯地吹响了叶笛。

传说是真的呀，地上的野兔子跑来了，天上的鸟儿飞来了……太奇妙了！

【北山经·北次二经】

（湖灌之山①）有木焉，其叶如柳而赤理。

【注释】

① 湖灌之山：即今河北沽源县境内的大马群山。

sān sāng shù
三桑树

—— 三种颜色的桑树

等级	形态	异能
神木	高百仞，无分枝，叶团簇，三色	引来蚕娘吃桑吐丝

　　从湖灌山向北，有五百里的水路，水路之后又有三百里的流沙地段。洹山就坐落在流沙之北。洹山是座宝山，山里不仅有富饶的金属矿物、珍贵的玉石，还有三棵神奇的桑树。

　　这三棵树并不是普通的桑树，每一棵树都没有任何多余的分枝，只有一根粗壮挺拔的主干。主干有百仞之高，像是已经碰触到了云朵上。桑叶就长在那里，高高的，如锦簇花团相叠在一起。三棵树的桑叶颜色各不相同，最南面的那棵桑树长有蓝桑叶，那蓝色，像星空般梦幻，也如海水般神秘；中间那棵桑树长有黄桑叶，那黄色，像金子般纯净，也如光芒般耀眼；而最北边的那棵桑树，则长有红桑叶，那红色，像火焰般灼灼，也有着血液般的活力。这是多么美丽又奇特的三棵桑树呀！

　　洹山脚下生活着许多奇奇怪怪的蛇，人们都害怕蛇。除了天上的仙人和山中的精怪，几乎没有人攀登过洹山，当然也没有人看见过这三棵美丽妖娆的桑树。

　　相传在每年的春天，三桑树生长的地方，都会有三个美丽的女子同时从天而降。她们在与自己衣着颜色相同的桑树前翩翩起舞。她们不跳舞的时候，就会爬到最高处仰着头食桑叶。

　　整整一个春天，她们都在跳舞、爬树、吃桑叶。当夏季来临，三个姑娘就会从高高的树冠处缓缓地滑落下来，慵懒地匍匐在地上，一动也不动，像是沉睡了过去。

　　直到有一天，从天庭驶下来一辆由龙驾驭着的闪着金光的车子，把三个姑娘唤醒。她们坐在龙车上，借助一阵风力，向天边驶去。

据说，天上有个织女宫，里面住着织女和蚕娘，她们分工合作，专门为仙人们制作霓裳。三位姑娘就是住在织女宫里的蚕娘，她们负责丝线的制造——吃桑叶，结蛹，吐丝。蚕娘们吐出红色、黄色、蓝色的丝线，供织女们织成质地非常柔软的丝帛锦缎，做成霓裳，供仙人们穿着。

【北山经·北次二经】

三桑①生之，其树皆无枝，其高百仞②。

【注释】

① 三桑：传说中的一种树，一说指三棵桑树。

② 仞（rèn）：古时以八尺或七尺为一仞。

柘树
zhè shù

——全身都是宝的树

等级
佳木

形态
高矮不一，浅灰色树皮，开浅黄色花朵

异能
全身都是宝

发鸠山不独立成峰，而是由三座主峰延绵在一起。山巅云蒸雾绕，远看恰似仙境。

中间的那座山峰上，长有柘树。柘树并不成林，而是长在较潮湿的岩缝中，这里有一棵，那里有一株。它们有的长成高大的乔木，有的却非常矮小，甚至还有的因岩缝的走势而形成灌木状或者藤状。但无论柘树长成什么形态，全都有一身浅灰色的树皮。树皮很薄，许多地方有剥落的痕迹，剥落处都呈不规则的片状。柘树的叶子也和树身的大小成正比，大的树叶子大，小的树叶子就明显小了。柘树的开花季在初夏，它们开小球似的浅黄色花朵，花落后结的果实也是小球状，并不光滑，如鲜红的肉瘤。

发鸠山下的村民都很喜欢柘树，柘树无论树干还是枝叶都能派上用场。他们用柘树皮来做纸浆；用边缘的木材做成弓箭；用中间的木材雕刻成精美的工艺品，或做成木桌椅、木床；用根部的树皮晒制成药；用果实酿造成酒……

全身都是宝的柘树，没有人不喜欢。但是它们生长缓慢，许多年才能成材。山民们可不管这些，小的柘树只要有一处能派上用场，他们就会带上斧子来砍树。山神对山民们的滥砍滥伐很是生气，有时候，看到正在对小柘树下手的山民，山神会轻轻地呼出一口气，让它拔地而起，飞向空中，然后在山民的头顶盘旋。山民吓得以为柘树显灵了，赶紧跑下山，再也不敢来砍树了。

从此，柘树得以在山神的保护中自然成长。

60

【北山经·北次三经】

又北二百里，曰发鸠之山①，其上多柘木②。

【注释】

① 发鸠（jiū）之山：在今山西长子县。

② 柘木：即柘树，落叶灌木或小乔木，叶子卵形或椭圆形，可提取黄色染料。

北号木
běi hào mù
——能治疟疾的树

等级 神木

形态 高大参天、开红花、结红果

异能 治愈疟疾

北号山是东方第四列山系的第一座山，它与北海相邻。

北号山虽然风景秀丽，但生活着的动物都很凶猛。一种是猲狚（gé jū），长着红脑袋，像狼一样，会吃人。另一种叫𩈅（qí）雀，是大鸟，有着虎爪和像鸡一样的白色脑袋，它也吃人。

这导致了北号山上常年无人光顾，荒草蔓生，几乎看不到路。

可是山脚下，却有一个美丽祥和的村庄。村里有灵动的河流，青翠的田园，和睦的人家。

麦婆婆更是全村人尊敬的老者，她因长年累月地帮助他人而倍受村里人的尊重。

麦婆婆自小就是个热心人，除了有一双巧手外，更有一个智慧的头脑。她经常去村外的小山丘上觅草药，并自己熬制，试吃，积累了很多治病的常识。村里一旦有人头疼脑热，就会去找麦婆婆医治。麦婆婆一个人生活，除了给人看病换取一些必要的物品外，从来都不收取任何费用。

这一年春天，麦婆婆突然寒战不止，继而又发高烧，并且头痛、恶心。她知道自己得了非常严重的疟疾，一般的草药已经不起作用了，只有长在北号山上的北号木结下的果实，才能让自己完全康复。

可是，谁能无所畏惧地去北号山呢？

食人的野兽猲狚和禽鸟𩈅雀，每天就在北号山上徘徊、盘旋。

一边想要救恩人麦婆婆，一边又有吃人的野兽挡道，这给淳朴的村民出了一道难题。可难题再大，也没有麦婆婆的生命重要啊。

　　村里的长寿爷爷说："我小时候听说过，北号山上会吃人的两种动物，也是有克星的。它们不能闻艾草的味道，一闻就会晕过去，丧失攻击性。但是我们这里没有，得去二十里之外的小山丘上寻找。"

　　"我知道艾草，我吃过麦婆婆用艾草给我熬的汤。"一个叫雨泽的小伙子说道，"我去找艾草吧。"

　　"我也去，我也去。"十五岁的曼冬嚷嚷着。

　　那天中午，他们俩吃过午饭后就去寻找艾草了。

　　总算是没有白去，天黑时，雨泽和麦冬就背着两大袋艾草回来了。

第二天凌晨，他们用一部分艾草熬成汁抹在身上，一部分艾草切成碎末装进小布囊里，另一部分艾草保持原样放进包袱中。

做完这一切后，他们就一起上北号山了。

两人的身上一直散发着浓郁的艾草香。

他们警惕地留意着身边的动静，但是一路都很顺畅，并没有发现什么可疑的野兽。

"雨泽你看，那棵是不是北号木呀？'开红色的花朵，结红枣一样小的果实，看上去整棵树就像我们村里的杨树那样高大。'长寿爷爷就是这么描述北号木的。"

"我记得长寿爷爷还说过，它的果实没有核，我们先摘一个尝尝。"雨泽爬上树，摘下两颗果子，一颗递给曼冬，一颗放进了自己的嘴巴里。

没错没错，就是北号果。两人摘了很多果子回家。

"野兽是不是闻到了艾草香，都逃跑了呀？"曼冬一边走一边问。

"也许吧！以后要上山摘果实，咱们就用这个方法吧！真管用！"

麦婆婆吃了北号果后，不到一个星期，病就痊愈了。

【东山经·东次四经】

又①东次四经之首，曰北号之山②，临于北海③。有木焉，其状如杨，赤华，其实如枣而无核，其味酸甘，食之不疟④。

【注释】

① 又：此为衍字。

② 北号之山：一说应为今小清河畔一丘阜，临于山东北面的莱州湾。

③ 北海：水名，一说这里指今莱州湾。

④ 疟：指疟疾，一种周期性发冷发烧的传染病。

芑
qǐ

——能驯服马匹的树

等级
神木

形态
像杨树，树干有血脉般的纹理

异能
其树汁能驯服马匹

东始山的西北面，有个叫香山的村落。村落里有户人家，非常喜欢马。

有一天，一对父子去赶集，父亲看见有人在卖马，便想买下来。

一共有两匹马，一匹是枣红色的，一匹是纯白色的。

红马特别温顺，站在那里一动不动，拍打它的头也无动于衷。白马却有一股野劲儿，两只蹄子不停地来回踏着，还不时"哼哼"两声。

父亲自然喜欢白马了。他说，这样的马才带劲儿，看上去强壮又灵活。

父亲把本来要买粮食和器物的银子全部用来买白马了。他喜滋滋地牵着马回家，不料在半路上，马突然停下来，无论父亲怎么牵它，它都站在原地一动不动。父亲拍拍它的背，它竟然乱踢起来。

一个过路人站在一边，说道："离这儿不远的东始山上，长有芑树。它和杨树长得很像，但是树干和枝条都有红色的纹理。割开枝干上的红色纹理，像人血一样鲜红的树汁就会流出来。将这些红色的液体涂在你的马身上，它立马就会听话了。"

"还有这样的树？"父亲觉得很奇怪，便吩咐儿子说，"你在这里看着马，我去取些树汁来。"父亲从随身背着的包袱中取出一只大号的木碗、一把小刻刀，就急匆匆地上路了。

东始山就在不远处，父亲很快就爬到了半山腰。他一下子就找到了芑树。他用刀割开树皮，只见血液般鲜红的汁液汩汩地流了出来。他赶紧用碗接住……

父亲把树汁淋到马的鬃毛上。"走，回家！这次你应该听话了吧？"父

亲牵起马。确实如过路人所说的那
样，马温顺地迈开了步子，乖乖地
上路了。

【东山经·东次四经】

又南三百二十里，曰东始之山[1]，
上多苍玉[2]。有木焉，其状如杨而赤
理，其汁如血，不实，其名曰芑[3]，可
以服马。

【注释】

[1] 东始之山：一说在今河北境内；一说在
今山东境内。
[2] 苍玉：灰白色的玉。
[3] 芑：古书上说的一种植物，一说指杞柳
（也叫紫柳、红皮柳）。

67

箨

tuò

——能治眼疾的草

等级
仙草

形态
叶子如杏叶，茎干如葵，开黄花、结荚果

异能
治愈眼睛昏花模糊

甘枣山东北方向，有一个小山村。村里有一位出了名的巧手姑娘。她会绣山川大海、花草树木、山怪狐妖……只要是肉眼能见到的东西，她都会绣，而且绣得栩栩如生，惟妙惟肖。很多人都慕名前来，让她绣出嫁女儿的嫁衣，绣定情的香囊巾帕，绣屏风，绣枕巾。

勤快的姑娘日日夜夜地绣东西，也许是眼睛太过劳累，有一年的秋天，她突然发现自己看东西都模糊了，更不要说穿针引线做女红了。

巧手姑娘太伤心了，做不了自己喜欢做的事情，实在太煎熬了，她梦里都在绣花绣鸟。

姑娘的妈妈看到女儿这个样子，担心得不得了。她去庙里求神，去各个村坊里求医，护身符、各种药，都不能让姑娘的眼睛有改变。

春去秋来，姑娘的视力越来越模糊了。有一天，她从山林里往家走，刚到村口的时候，竟然对眼前的景象产生了错觉："我是不是走错路了？以前这里好像不是这样的呀。"她看树不像是原来的树，看房子不像是原来的房子，它们都模模糊糊的，很陌生。

姑娘用力地揉了揉眼睛，"嘤嘤嘤"地哭起来。

突然，不知从哪里传来一个细碎的声音："姑娘，甘枣山上有条小溪，小溪的旁边长着一棵参天的杻树，树冠巨大，像是遮住了半边天。就在这棵杻树的下面，长着许多野草。你找到其中一株茎干长得像葵，叶子长得像杏叶，开着小小的黄花朵，结着豆荚一样果实的野草。它的名字叫'箨'。你摘下箨结的果实，直接放进嘴里吃，它能给你带来光明。明天早上你一起来，就会发现你的眼睛看所有东西都很清楚明亮。"

是谁在说话呢？姑娘看过去，周围模糊一片，但她能感觉到树上停着一只彩色的鸟儿。

"是你吗，小鸟，是你在说话吗？"姑娘刚问完，就发觉这只"小鸟"飞走了。

姑娘凭着自己的感觉回到家中，把村口遇到的奇怪事情告诉了妈妈。

"走，咱们现在就去找箨草。"妈妈不由分说拉起姑娘的手上山去了。

她们找到山涧。高大的杻树就在眼前，它的下面长满了各种各样的野草。

"妈妈，箨草茎干像葵，叶子像杏树叶，开小小的黄花，结豆荚一样的果实。"姑娘又对妈妈强调了一遍。

"我看到开小黄花的草了，再找找它有没有结果实。"妈妈兴奋地跑过去，俯下身子拨拉起草丛来。

果然有豆荚一样的果实呀！但是不多，妈妈只找到两个荚果。

"赶紧吃吧，孩子。"妈妈剥开荚果，发现里面有三颗黄绿色的果实，长得就像天空中明亮的星星。

姑娘把两个荚果中的六颗"星星"全都吃了下去，它们的味道不甜也不酸，就像新鲜的草汁。

第二天，姑娘的眼睛有没有恢复如初呢？

当然了，听说比之前还要明亮，她做的手工活也越来越栩栩如生了。

据说，告诉她嚳草的确实是一只鸟儿，不过那只鸟，是姑娘曾经在一幅画中绣过的。

【中山经·中山一经】

中山经薄山①之首，曰甘枣之山②。共水③出焉，而西流注于河。其上多枏木，其下有草焉，葵本④而杏叶，黄华而荚⑤实，名曰嚳⑥，可以已瞢⑦。

【注释】

① 薄山：山系名，一说即蒲山，位于今山西南部的中条山脉中。

② 甘枣之山：即甘枣山，山名，一说指今山西芮城县东北的甘桑山；一说在今山西永济市南。

③ 共水：水名，具体所指待考。一说指今山西芮城县东北的朱石河。

④ 本：草木的茎或根。

⑤ 荚：豆类植物的长形的果实。

⑥ 嚳：草名，具体所指待考。

⑦ 瞢（méng）：眼睛视物模糊。

栎木
lì mù

——能找回记忆的树

等级
神木

形态
粗壮、挺拔，方茎圆叶，开黄花、结黄果

异能
能恢复、增强记忆

古翠村掩映在一座高山中，这座山叫历儿山。

男孩雨青和妈妈相依为命，他们全靠一小块庄稼地和山野里的野果生活。春天雨季过后，妈妈去山林里采蘑菇，不小心踩在青苔里，仰天滑倒。虽然没有受多大的伤，但自那以后，妈妈什么都记不起来了。就连儿子雨青，也成了陌生的人。

"喂，你是谁家的小孩？我的菜放在哪了？刚刚倒的水呢？"妈妈看见雨青，竟然这样问他。

看到妈妈变成这个样子，他非常难过，常常躲在角落里哭泣。

"孩子，历儿山上有很多栎木，这些栎木收集了人的记忆，说不定你妈妈的记忆，也被收集在其中一棵栎木中了呢。只要找到这棵栎木，采它的果子来吃，你妈妈的记忆就会恢复如常的。"村里的香芹婶婶对雨青说，"不过我也是道听途说，是真是假，要试过才知道。"

雨青听了香芹婶婶的话，黯淡的眼神顿时放出光亮："不管是真的还是假的，我一定要去找到这棵树。"

但历儿山上的栎木多得数也数不清，妈妈的记忆会被收集在哪一棵中呢？

雨青先是来到妈妈那天滑倒的地方。那儿至少有三十棵栎木，它们这儿一排，那儿一丛地生长着，方形的树干粗壮挺拔，浑圆的绿叶繁茂如织。有几棵栎木正盛开着黄色花朵。那黄色，耀眼明亮，仔细看，能发现花瓣上浮着一层细细密密的绒毛。有一些栎木结满了果实，它们的大小形

状如楝树豆，包裹着一层浅黄色的果皮，数都数不清。

这么多的果实，哪一颗中收集着妈妈的记忆呢？

无措的雨青不知该怎么下手。

他想起妈妈是在青苔上滑倒的。那么这棵树，一定长在青苔旁边。

但是青苔边的两棵枥木上，结满了成千上万颗小果子。

雨青望着它们，着急地哭出声来："到底是哪一颗果子，收集了我妈妈的记忆呀？"

"孩子，我们枥木的果实并没有收集你妈妈的记忆，但是，我们的果实能帮助你妈妈恢复记忆。"突然，不知是哪一棵枥木，低沉地说起话来，"十颗就够了，直接剥开皮吃下去。"

"这是真的吗？这是真的吗？这是真的吗？"雨青一连问了三遍，大树却再也没有回应。

"一定是真的！"雨青拱手拜了拜树，然后爬上近旁的一棵枥木，小心地摘下十颗果实后，又拜谢了枥木们，这才回家。

他把枥木果剥了皮，喂进妈妈的嘴里。

十颗下肚，妈妈突然问："雨青，你去哪儿了？以后出去，要和妈妈说一声。"雨青听到这句话，兴奋得泪流满面——像是离家出走后的妈妈，又回来了。

【中山经·中山一经】

又东二十里，曰历儿之山①，其上多櫔，多枥木②，是木也，方茎而员叶，黄华而毛，其实如楝③，服之不忘。

【注释】

① 历儿之山：一说即历山，为中条山脉中的山峰，在今山西永济市境内。

② 枥木：木名，具体所指待考。一说指甜槠（zhū），常绿乔木，高可达20米，树皮灰褐色，叶椭圆状卵形或圆形，果实卵形，可食。

③ 楝（liàn）：即楝树，落叶乔木，高可达15~20米，小叶卵形或椭圆形，果实黄色，长圆形或球形。

植楮

——让人不做噩梦的草

金星山山脚下，有一个人口不多的小村落。村里的人都姓白，并同宗同族。白阳十岁，比较胆小，平常总是待在村里，不敢和玩伴们上山去玩耍。但有一年秋天，他的父亲很早就上山去砍柴了，可到了中午还没回来。

妈妈很是着急，就和白阳一起上山去寻找。

白阳其实是随了母亲的性格，两人都很怕事。但这次没办法，硬着头皮也要去山里。他们是在半路上遇到那只老鹰的。当时天阴着，凉风徐徐地吹拂。妈妈和白阳正走在一条蜿蜒曲折的山路上，旁边盛开着黄色的小野花，没有遮天蔽日的大树，只有满地的荒草。

老鹰俯冲下来的时候，白阳正紧紧拉着妈妈的手。那黑色的大家伙展翅时，带来巨大的风力。当它从白阳身边掠过时，白阳和妈妈都摔了个大跟头。

但老鹰的目标不是他们，而是近旁的一只小野兔。灰色的小野兔被带到了空中，发出恐怖的"吱吱"声。

白阳害怕地哭起来。妈妈也在一旁发抖，手足无措，不知道怎么来安慰白阳。

这时候，父亲从山上下来，正好看到了母子俩。原来，他在半路上遇到一个多年未见的友人，便愉快地聊起了天，所以才耽误了回家吃午饭。

这天晚上，白阳做了一个噩梦：他去树林里，走进一间黑屋子，屋子里有许多双绿色的眼睛。那绿光射出来，似乎能穿透人的皮肤。这让白阳想起了白天那只老鹰的眼睛，阴鸷、犀利、凶猛。那种感觉越来越强烈，白阳禁不住号哭起来。

这哭声，在沉寂的秋夜显得那么惨烈。

父母被吵醒了，邻人被吵醒了。

当知道白阳做了噩梦后，大家松了口气，都说没事没事，睡一觉就好了。

但自那以后，白阳天天都会做噩梦，天天在深夜里把小村庄给哭醒。而且在白天，他见到陌生人，看到小虫子，都会大声尖叫。

一天，有人来访，他是住在村口的老来。老来说："我们的村庄可真小，你家孩子半夜里的号哭声，我们都听到啦。我记得有人说过，在离这儿二十里远的脱扈山上，有许多草药，你不妨去打听打听，那里有没有能治你孩子做噩梦的草药。”

父亲第二天一早就朝东方出发了。前面能看得见山尖的那座山，就是脱扈山。虽然看上去近在眼前，但其实得走上个老半天。

半路上，父亲一直在问行人，有没有治晚上做噩梦的草药。大家都摇头。

直到他来到脱扈山近旁的一个山村里，才有人告诉他一种草。

“我带你去吧，脱扈山有很多草药，你一时半会儿是找不到的。”那人很热心地做起了向导。

脱扈山海拔不高，山路也因走的人多了，自然地延伸出一条开阔的路径来。

“你看，就是这种草，叫植楮草。”

但见这种草，长得和葵菜很像，叶子像把小蒲扇，边缘有细碎的锯齿，是红色的，看上去比红花朵还要鲜艳。

“现在正是它们结果实的时候，你看，这一嘟噜的黄色果荚，晒干后吃下去，晚上就不会做噩梦了。”

父亲摘了一捧回家。白阳吃下晒干的果荚后，当天晚上就见效了。自此，他不再做噩梦，像是永远忘记了那只老鹰，人也比以前活泼开朗了许多。

【中山经·中山一经】

又东七十里，曰脱扈之山①。有草焉，其状如葵叶而赤华、荚实，实如棕荚，名曰植楮②，可以已瘅③，食之不眯④。

【注释】

① 脱扈（hù）之山：在今山西芮城县北。

② 植楮：植物名，具体所指待考。

③ 瘅（shǔ）：忧病。

④ 眯（mǐ）：通“寐”，梦魇。

guǐ cǎo
鬼草
——解忧草

等级 仙草

形态 簇生，葳蕤秀美，赤色草茎，絮状花朵

异能 使人忘忧

　　劳水的发源地在牛首山。牛首山附近的村落，南临水，北靠山，风景宜人，常年生机勃勃。

　　每年春天来临的时候，村落里的人们都会去拔一种草煮了吃。这种草并不难觅，就在山洼处，它们一丛丛地生长，葳蕤秀美。草的名字很特别，叫鬼草，但长得一点都不怪异。它们普通得像葵，赤色的草茎有的笔直，有的因细长而微微下垂。鬼草在初春开花，花朵如稻花般呈花絮状，细细密密，风一吹，会如蒲公英般向四处飘散。

　　村里的人喜欢吃鬼草，是因为它有清新的香气，叶子鲜嫩，味道极好。但大家都不知道，鬼草还有另外一个功效，那就是排忧解难。

　　不过吃法不是通常的蒸煮，而是晒成草干（晒到一捣就碎的程度），然后把草干捻成粉末，放至小瓷钵中，盖上盖封闭起来。鬼草在瓷钵里闷上七天后，开盖能闻到奇香。这时候的鬼草粉就有了神力，只要吃上一口，就能让人一辈子不会有烦忧。即使日子清苦，也能穷得开心。

　　鬼草的这个功效和吃法是由一名常年在外经商的村民告诉大家的。他因生意不景气而烦心，失眠，快要忧郁成疾了。和他一起经商的友人学过巫术，就告诉他鬼草能使人忘却烦忧的方法。村民连夜赶回家，第二天一早就拔了草，在院子里晾晒，直到干透。然后，按照友人所说一步一步去做。七天后，这位村民吃下了鬼草粉，真的忘记了烦忧，晚上也能安睡了。

　　后来，村里的人都知晓了这件事，他们只要一遇到不开心的事情，就会去拔鬼草，制成粉末，七天后开盖食之。

渐渐地，这个村庄再也没有忧愁之人，即使日子再艰难，也会笑着去面对。

【中山经·中山一经】

又北三十里，日牛首之山①。有草焉，名日鬼草②，其叶如葵而赤茎，其秀③如禾④，服之不忧。

【注释】

① 牛首之山：在今山西临汾市境内。

② 鬼草：草名，一说指鬼目草，多年生蔓性半灌木，茎长可达4~5米，花冠白色，浆果卵形。

③ 秀：谷类植物抽穗开花。

④ 禾：古代特指粟（谷子）。

zhān jí

薝棘

——花朵会掉金粉的树

等级 神木

形态 如灌木般矮小，带状叶子，金黄色花朵

异能 花朵会掉金粉

有一天，小茜和父亲一起去赶集，回家的时候，天色已晚。

“咱们抄近路吧，能省一半的路程。”父亲所说的抄近路，就是走山路。

合谷山上的一条山路，东西走向，如果顺利的话，一个小时就能回到家。小茜很少走山路，不免露出担忧的神色，那样子像在说：“要是遇到山妖怎么办？要是遇到怪物怎么办？”父亲说：“有我在，你怕什么呀？”就这样，父女俩走上了曲曲弯弯的山径。

合谷山风景秀丽，可一到傍晚，山峰如壁，黑压压地似要倾倒下来。虽然有满月，但周围静谧如沉入一个空旷的洞中，小茜踩在山路上，像置身在云里雾里，步入了一个幻境中。好在被父亲温热的手牵着，才有了真实的感觉。小茜不禁把父亲的手又拉紧了些，心才逐渐平复下来。

不远处，像是星星坠落，碎了一地，金光闪闪。那光，细细的，碎碎的，却又很明亮。

“爸爸，那是什么？”小茜好奇地问。

“是萤火吧？但看着又不像。”父亲也被那细小的光亮吸引，他牵着小茜的手走过去。

“原来是薝棘树啊！”父亲认得它们。

薝棘虽然是一种树，但长得如灌木般高。它的叶子如丝带，呈条状，叶子边缘有细细的齿，看上去像把锋利的锯。薝棘的一片叶子中有三种绿色，苍绿、嫩绿、黛绿相杂，并不规则，但看上去又特别和谐。

发光的是正盛开着的黄色小花朵，如金子般灿烂。

"原来蓁棘在晚上会发光啊！它开的花朵我从来都没有看见过，也没有听人说起过。"父亲说，"也许没有人能碰巧看见满月下开花的、像金子一样闪着光的蓁棘花。我们有眼福了。"

小茜看得入了迷，她忍不住踮脚去触摸蓁棘的小黄花。只见一些金黄色的粉末落了下来。小茜赶紧用手接住。粉末落在小茜的手掌心中，越积越多，就像托起了一盏亮闪闪的灯。

"爸爸你看，像有很多只萤火虫停在我的手掌心。"小茜晃了晃手，开心又好奇。

就是这些光亮，让小茜和爸爸走山路时，添了一抹暖色。

到家时，小茜发现，她的手掌心托举着的，并不是金色的粉末，而是一粒粒明黄色的小种子。"爸爸，我们把小种子种到院子里吧。"小茜突然很兴奋，顾不上吃晚饭就迫不及待地要把小种子种到院子里。

"好的。满月夜，总是会发生点什么。"爸爸若有所思，"也许，它们发芽后，会出现奇迹呢。"

小茜听了爸爸的话，心中充满了期待。第二天一早，她就来看种子了，却发现撒了种子的土壤里，居然已经长出蓁棘苗来，绿油油的一大片，特别讨人喜欢。

但这些蓁棘苗长大后，虽然也会开出金黄色的小花朵，但并不像山上那棵蓁棘树开的花那样会有金粉掉落。尽管如此，小茜还是很喜欢这些小花朵，她叫它们"小金花"。

【中山经·中山一经】

又北五十二里，曰合谷之山①，是多蓁棘②。

【注释】

① 合谷之山：在今山西中南部，具体所指待考。

② 蓁棘：具体所指待考。

diāo táng
雕棠
—— 能治耳聋的树

等级
神木

形态
叶子像榆树的叶子但呈方形，红果实

异能
能治耳聋

小希很早就失去了爸爸妈妈，她和姨妈相依为命。

姨妈长得漂亮，心地善良，为了小希，甚至做出了不嫁的决定。

小希九岁那年，姨妈在河里洗菜的时候，不小心滑入水中。当时没有人看见，不会游泳的姨妈呛了水，耳朵里也灌满了水。好在，一根浮木救了姨妈。但是，自落水后，姨妈的耳朵忽然什么都听不见了。

姨妈变得很焦虑，常常一遍一遍地对小希说："本来我听到凌晨的第一声鸡叫，就知道该起床了；听到清晨的第一声鸟鸣，就知道要准备早餐了。但是现在，就算屋子里进了贼，弄出特别大的声响来，我都听不到啊；就算村里哪户人

83

家着了火，铜锣敲起来，我也听不见啊。更加让我难过的是，小希甜甜的笑声，我也无法听见了。"

小希总是比画着安慰她："姨妈，您别着急，说不定什么时候，您又能听见声音了呢。"

懂事的小希去山林里的老医生那儿询问，老医生开了很多药，但总是没有效果。

有一天，小希的朋友约她去阴山上玩。阴山上有许多美丽的七彩石。那些石子在阳光下，会闪闪发光，特别美丽。

小希很想去，但是又担心姨妈，就拒绝了小伙伴。

"说不定在那座山里，有能医治姨妈耳聋的宝贝呢。"小伙伴说。

听朋友这么一说，小希改变了主意："好吧，我去。"

这次游玩，小希便多了一个心眼。她一路上都在留意山上的植物：那种草，是治咳嗽的。这个果实，吃了对眼睛好。

"这么多小红果！"小希她们看见一个小树林，林子里长的都是同一种植物。它们的叶子有些像榆树的叶子，却是方形的。树上累累挂着的小红果，和红豆一样玲珑可爱，它们在阳光下晶莹剔透，闪着光亮。

一个背着竹篓的小哥哥看见小希她们驻足凝望着小红果，就对她们说："这儿长的都是雕棠树，它们结的果实不仅好看，还很甜，而且，还可以治耳聋呢。"

"这是真的吗？真的可以治耳聋？"小希兴奋地跳起来。

"当然是真的啦。本来我们也不知道雕棠果能治耳聋，直到去年，我爷爷吃了它们的果实后，突然能听见声音了。后来，我的邻居哑婆婆，也是吃了这个小红果，治好了耳聋病。"小哥哥说。

那真是太好了，小希赶紧摘了一大捧雕棠果，顾不得和小伙伴游山玩水，谢过小哥哥后，便回家去了。

小希用清水把雕棠果洗净，一颗一颗地喂进姨妈的嘴巴里。

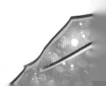

姨妈吃了六颗果子后，突然惊诧地对小希说："我好像听见了溪流声，哗哗哗的。"

"真的吗？那你能听到我说话的声音了？"小希迫不及待地问。

"听见了听见了，我还听到了画眉叫。"

小哥哥说的是真的呀，姨妈的耳聋症果然治愈了。

【中山经·中山一经】

又北三十五里，曰阴山①，多砺②石、文石。少水③出焉，其中多雕棠④，其叶如榆叶而方，其实如赤菽⑤，食之已聋。

【注释】

① 阴山：一说可能指绵山，在今山西灵石县、沁源县交界处。

② 砺（lì）：粗的磨刀石。

③ 少水：水名，一说即今沁河。

④ 雕棠：植物名，具体所指待考。一说疑是枸骨，灌木或小乔木，叶长椭圆状四方形，开白色花，核果球形或椭圆形。

⑤ 菽（shū）：豆类的总称。

荣草
róng cǎo

——能治风痹病的草

等级
仙草

形态
根茎如鸡蛋，柳叶状的叶子

异能
能治风痹病

    荞东的奶奶其实五十岁都不到，但最近一年，背佝得厉害，看上去足足老了二十岁。

    不仅如此，奶奶还天天喊疼——腰疼、腿疼、胳膊疼。

    去看医生，说是风寒湿邪侵袭了身体，得了风痹病。

    奶奶是个女红高手，经常给人纳鞋底，做棉袄。现在手都痛得捏不住针线。

    "我还没老，没到知天命的年纪呢，就这么不中用了啊。"奶奶除了叹气还是叹气。

    看到奶奶这个样子，孙子荞东逮住机会就问大人们："麦叔叔，你知道什么东西能治好奶奶的腰腿疼吗？""花婶婶，你知道什么药能治好奶奶的腰腿疼吗？"

　　有的说蕙草能治腰腿疼，有的说条草能治腰腿疼。荞东便都去采来，给奶奶煮草汁喝，但什么草都不管用，一种草甚至引发了奶奶皮肤过敏，全身出了红疹子，这越发增加了奶奶的愁绪，心情一天比一天低落。

　　荞东更是不好受，总觉得是自己让奶奶活得更加痛苦了。

　　有一天，荞东去山上，想掏些鸟蛋来，给奶奶补补身子。当来到半山腰的时候，他遇见了一位戴草帽的伯伯。

　　伯伯走起路来一瘸一拐的，有点像奶奶走路的样子。

　　"伯伯，您的腿不方便还走山路啊，不疼吗？"

　　"没办法，我来找荣草，治我的腰腿病。"

　　荞东立马来了兴致。

　　"我帮你一起找吧。这种草真的能治好腰腿痛的毛病吗？"荞东问，"伯伯，您说的荣草长什么样呀？我奶奶的腿也痛得越来越厉害了呢。"

　　"荣草的叶子就像池边的柳树叶，但它是一种草，很矮小。这种草的特点是根茎很奇特，像是长了瘤子一样，这儿一颗，那儿一颗。当然说得好听点，就像一颗颗椭圆形的鸡蛋挂在草茎上。"

　　"像瘤子，像鸡蛋，就是说这种草的茎干上长满了疙瘩。哈哈，好特别的草。"荞东一边笑，一边找，还时不时地想象着荣草的样子。

"这不就是了吗?"当他们走到一块岩石的近旁时,看见了一丛绿得发亮的草,草叶覆盖之下,荞东看见了若隐若现如鸡蛋那么大的浅咖色疙瘩。

　　只见伯伯拨开草叶,兴奋地说:"果然就是啊,这荣草,我都找了快半年了。这下好了,我的腰腿痛,能治愈了。"

　　两个人俯身拔起草来。荞东问:"伯伯,这草是煮着吃呢,还是泡开水喝,或者研成粉末呀?"

　　伯伯说:"这草洗干净了,叶子和茎干一起煮。煮好了晒干,泡水喝,或者嚼着吃,都是有效果的。咱们多拔一些回家,说不定除了你家奶奶,其他人也有个腰腿酸痛的,你可以分给他们一些。"

　　"嗯嗯。"荞东认真地听着。

　　转眼太阳就要落山了,荞东赶紧和伯伯道了别。

　　第二天一大早,荞东把荣草处理干净后,煮了一大锅晾晒在院子里。

　　伯伯说得没错,奶奶吃了荣草干后,浑身的酸痛都奇迹般地消失了。

【中山经·中山一经】

又东北四百里,曰鼓镫之山①,多赤铜。有草焉,名曰荣草②,其叶如柳,其本如鸡卵,食之已风。

【注释】

① 鼓镫(dēng)之山:在今山西境内,具体所指待考。

② 荣草:草名,具体所指待考。一说疑为葳蕤(wěi ruí),即玉竹,多年生草本植物,地下茎具鞭状肉质块根。

máng cǎo
芒草
——能毒死鱼的树

异能
能毒死鱼

形态
形似棠梨树，长红叶

等级
异木

蓬山下有条河，它发源于蓬山。蓬水在山下静静地流淌，水肥鱼多。蓬山下村子里的人经常去河中撒网捕鱼。

他们用鱼煮汤，或是晒成鱼干，这给本是贫瘠的生活带来一点鲜活的滋味。

在一个秋日的午后，有户人家去打鱼。他们刚来到河岸边，突然看见几条白肚皮朝上的鱼，它们随着波浪起起伏伏地荡漾着。渐渐地，死鱼多了起来。这儿一堆，那里一簇，这是从来没有过的事啊。

大家纷纷猜测着：有的说是水中的水怪把它们咬死了，有的说是哪户人家把脏污的水倒进了水里，还有的说最近下的雨是不是有毒啊……甚至有的说山上出现了一个山妖，是山妖把研制的毒药倒进了河水中。

这到底是怎么回事呢？香草村的男孩阿之再也坐不住了，他可是个打破砂锅问到底的人，不弄个明白绝不罢休。

阿之一早就站在了河边，看着滔滔河水向东流，风吹皱了湖面，在金色的光芒中闪出小亮片。

翻着白肚皮的鱼匆匆地被水流冲走，接着又被送过来一群。真是太可惜了，全都是死鱼啊。

阿之一边痛惜着，一边在想，难道它们全都被潮涌撞在河滩上了吗？可为什么没有撞破了肚皮，撞碎了脑袋？

"一定是吃了不干净的东西。这点我可以肯定。"

但那是什么呢？

这时候，一阵大风刮来，阿之听见河水中"扑落扑落"掉进了许多小红果子。这些红色的果子像鱼的眼珠般大小，圆滚滚的，看上去很可爱。还有一些红叶也被风打落在河水中。

河面上热闹起来，除了没有生命的鱼，还有鲜艳的红果红叶，这让整条河看起来怪异万分。

"这些红果红叶是从哪里来的呢?"他望了望山上，看见山壁间长着一溜布满了红叶和小红果子的植物。它们乍一看像棠梨树，但又不像树，枝枝蔓蔓的，倒像是巨型的草。

该不会是这种植物有毒?

阿之不由分说地

跑到山上，摘了几片红叶和几个小红果。

他跑回家，把昨天捕的鱼从鱼缸里捞了一条出来，放在一只盛了清水的大木盆中，然后把红叶和小红果放到木盆里。

阿之看鱼张着嘴巴吞下了一颗小红果。

随即，阿之就发现鱼痛苦地摆动起来，不到一分钟的时间，肚皮就朝天了。

原来，河里的鱼也是误食了小红果，被毒死的呀。

阿之连忙跑去告诉村里的人。有个老婆婆认得这种植物，说它叫芒草，一年生，春天生长，冬天萎去。

没想到芒草结的红果实，看着讨人喜，却有毒呀。

【中山经·中次二经】

又西百二十里，曰葌山①。葌水出焉，而北流注于伊水，其上多金玉，其下多青雄黄。有木焉，其状如棠而赤叶，名曰芒草②，可以毒鱼。

【注释】

① 葌（jiān）山：在今河南栾川县。
② 芒草：状如芊，叶片绒状披针形，果实多毛。一说即茛草，一种有毒的植物，亦称水茛，常绿灌木或小乔木，果实有剧毒。

茜草

qiàn cǎo

——能染布的草

等级
异草

形态
根圆锥形，
心形叶

异能
能染布

离敖岸山十里处，有个小村庄，村里住着一户人家，女主人叫小鹃。有一次她和丈夫一起去敖岸山采草药，来到山腰处时，小鹃被那儿秀丽的景色给迷住了。

"咱们把家搬到这里来吧。"小鹃憧憬着，"看花开，听鸟鸣，闻果香，可真好啊。"

没想到，她随口这么一说，丈夫却当真了。第二天他就上山建起小木屋来。

半个月之后，夫妻俩把家搬到了山腰上。

有一次下完雨，小鹃发现沿着石缝流下来的水是暗红色的，她很好奇这是什么水，便循着水源往上走。原来，这水是被一种野草染红的。小鹃认得这种草，它们叫茜草，可以用来做草药，有祛瘀活血的作用。现在，茜草因为被雨水浸润，茎干部分也湿漉漉的，有些茎干处的皮被泡烂了，红颜色就来自茎干处。

"是不是也可以用它来染布呢?"小鹃像发现了什么似的，连忙蹲下身，拔起茜草来。

小鹃回家后，拔掉茜草叶，把草茎剪成小段后晾晒。草茎完全干掉后，小鹃把它们放进锅里煮，等水变得暗红的时候，就可以把白坯布放进水里浸泡了。泡得时间越长，颜色便越深。小鹃泡的是一块纯白色的棉布。棉布入水后，渐渐着了色，由浅至深，非常好看。小鹃把染了色的布晾晒起来，等布干后，她还要缝制一件红裙子、一块红手绢、一条红发

带，等春节的时候穿
戴起来，让自己变得
喜气洋洋的！

【中山经·中次三经】

北望河林①，其状
如茜②如举③。

【注释】

① 河林：指黄河岸边的
树林。
② 茜：即茜草，多年生草
本植物，根圆锥形，黄
赤色，茎有倒生刺，叶
心脏形或长卵形，花冠
黄色，果实球形。
③ 举：即"榉（jǔ）"，榉
树，落叶乔木，高可达
30米，叶卵形或椭圆披
针形。

荀草

xún cǎo

——会让皮肤变白的草

等级
仙草

形态
形状像菻草，方形茎，黄花朵，红果实

异能
吃了能使肤色变白

青要山之南，有个村庄。村里有个丑姑娘叫采雪，采雪的皮肤粗糙黝黑，不仅如此，她的左脸颊上还长着一块如铜钿一样大小的酱红色小圆斑。

采雪样貌虽丑，但心地善良。村里有个独自生活的老妇人，因年老体弱，过得贫寒孤独。采雪心生怜意，便把她接到自己的家里来，一起生活。

94

有一天，采雪去青要山，想采摘一些浆果，熬制老妇人最爱吃的果酱。采雪刚走到一棵有着浓密枝叶的大树下时，突然听到一阵清脆迷人的"叮当"声。采雪循声而望，却见一位美丽的姑娘，正向她走来。姑娘不似人间女子，唇红齿白，肤若凝脂，连走路的姿态都飘然若仙。那叮咚的脆响，是从她耳朵上的金环处传来的。但继而，采雪的眼神慌乱了，她看见那姑娘，居然长着一身豹纹。

采雪的心扑通扑通跳得快起来，她知道自己遇到了青要山的山神武罗。一直以为山神只是个传说，没想到真的有啊。山神两耳戴着的金耳环，撞击之声清脆悦耳。

"你是采雪？我听说过你。"武罗说道，"去林子间找一种叫荀草的植物吧！它们有细长青翠的叶子，看上去像兰草。它们这会儿正开着四个瓣的小黄花，花蕊雪白。有些花已经结下了红红的小果子。摘些果子来吃吧，记住，就地把果子吃下去，不能带回家。"

山神说完就消失了，采雪只听得一阵阵金环的撞击声渐渐远去。

她来到山林里，很快就找到了山神所说的荀草。但果子结得并不多，采雪找了好久才看到一株草上的六个果子，她摘下来全部吃了下去。

第二天早上，老妇人惊奇地对采雪说："姑娘啊，你像换了个人似的，皮肤变得又白又光滑，就连那块红斑，也不见了呢。"

采雪先是一愣，继而就明白过来。一定是荀草果，让她变美了。她不禁朝着青要山的方向，默默地拜了拜。

【中山经·中次三经】

有草焉，其状如葌①而方茎、黄华、赤实，其本如藁本②，名曰荀草③，服之美人色。

【注释】

① 葌（jiān）：兰草，一种多年生草本植物，花白色或带紫色，有香气。

② 藁（gǎo）本：即"稿本"，指一种香草。

③ 荀草：草名，一说应作"苞草"，具体所指待考。

蔓荆
màn jīng

——可以做香料的树

等级
异木

形态
钟形小花朵

异能
能做香料

宜苏山的山脚下，有条河，名潇潇。潇潇河从宜苏山出发，向北而流。河畔生长着一种叫蔓荆的植物，它们攀缘蔓生，高有一丈。每年夏天，蔓荆会开出紫白相间的钟形小花朵，远看像一只只翻飞着的紫蝴蝶，俏皮又美丽。村里的小姑娘们都很喜欢蔓荆花，常常摘了花朵戴在头上，或者编成花环、花串、手链。蔓荆的果实由青变黑，一般在九月成熟。这些果实，能治愈感冒、头痛和骨痛，深得村民们的喜爱。

有一天，小蕾和伙伴们看见一个陌生的美丽姑娘在采蔓荆果，就围了上去："小姐姐，你感冒了吗？妈妈说感冒了吃些蔓荆果就会治愈的。"

小姐姐摇了摇头，说："这个果实除了能治病，还能提取香味呀。"

"可是它们并不香呢。"

小姐姐说："你们不妨跟我到家里去，我会让它们变香。"

小姐姐的家就在山上，没走几步就到了。只见她把果实放置在一口大锅中，又往锅里添上水。小姐姐生起火，把灶膛烧得旺旺的。很快，锅里的水煮沸了，滚烫的水汽冒出来。

"好香，我闻到香味了。"大家深深吸着鼻子。

"都闻到了吧？"小姐姐说，"蔓荆的果实能制成香料。做成香粉，放到衣柜里，衣服都会香香的。"

然后，她把煮熟的蔓荆果实从锅里捞出来，放在一个圆圆的竹匾中，沥干水分。

"这是要去太阳下晒吗？"小蕾问。

　　"蔓荆果不能在太阳下暴晒，要在通风处阴干，这样才能锁住它的香味。"小姐姐说，"等果实晾干，磨成粉，就能做成香粉了。"

　　真有意思！小蕾她们告别了小姐姐，也要去采蔓荆果做香粉了。

【中山经·中次三经】

　　又东四十里，曰宜苏之山，其上多金玉，其下多蔓居①之木。

【注释】

① 蔓居：一说指蔓荆，又叫荆，落叶小灌木，高约3米，小叶阔卵形，花冠淡紫色。

茇
bá

——荚果有毒的树

　　秋天来了，柄山上各种树木变了色，绿中带黄，黄中带红，看上去缤纷璀璨，色彩比春天要热闹多了。

　　小郁喜欢一种树，它长得像臭椿，有灰色的树皮，叶子却像梧桐叶，手掌形，宽大，但薄脆。人们称它为茇树。十月的天气，它们的叶子由绿

98

变黄，又由黄变得绯红。此时，它们正如火般灼灼燃烧着，似乎要点燃缀在叶间的青色荚果。

小郁看着果实，有点嘴馋，但它们长在高处，必须爬高了才能采摘。

小郁不会爬树，他跳起来想够到最低的那个荚果，但跳了好几次，仍然还差那么一截。

这时候，有一个大个子叔叔路过，小郁叫住他："叔叔，你能帮我摘一下果实吗？"

大个子叔叔说："这个果实不能吃，吃了能要命的。"

"你骗人，这么饱满好看的果实，怎么会不能吃呢？"

"荚树的果实，是有毒的，这里的人们都知道。你看，它们长在路边，看上去又那么饱满，要是能吃，恐怕早就被摘光了，哪还轮得到你吃？"

小郁想想有点道理，但他还是很想吃啊。

叔叔无奈地摇摇头："看来你是不死心啊。"

"来，你跟我来。"

大个子叔叔摘下一个荚果，带着小郁来到一个水洼处。水洼很小，只有脚盆大小，是两天前下暴雨积下的水洼。

接着叔叔从竹篓里拿出一条鱼来："这是我刚刚钓的鱼，还活着呢。"

果然，鱼一落进水洼处，便甩起尾巴来。

接着叔叔把刚才摘的荚果放进水洼，鱼游过来，只轻轻地啄了两下，便浑身发黑，接着便浮在水中，翻起了白肚皮。

"鱼死了，鱼被毒死了。"小郁有点后怕地说，"幸亏我没吃，不然就完蛋了。"

【中山经·中次四经】

（柄山）有木焉，其状如樗，其叶如桐[1]而荚实，其名曰荚[2]，可以毒鱼。

【注释】

① 桐：桐树，包括泡桐、油桐和梧桐。

② 荚：木名，具体所指待考。

葶苧
dǐng nìng

——花是毒药，叶是解药的草

等级
异草

形态
像苏草，开红色花朵

异能
花能毒鱼，叶能解毒

熊耳山群山延绵，中间的主峰高耸而立，侧峰犹如朝拜之态，纷纷向着主峰，极具层次感。山上动植物繁多，充满了蓬勃的生机。

山谷里，长有一种像苏草的植物，叫葶苧。葶苧名字很特别，乍一看觉得它一定是一种柔软甜美的草，殊不知它其实是一种能毒死鱼的草。毒素就累积在葶苧的红色花朵中，每一片花瓣艳丽如霞，却都暗藏"杀气"。

小芙不知道葶苧花的毒性，有一天上山，她摘了很多葶苧花回家。妈妈有个纯白色的瓷瓶，小芙便把花插在里面。白瓷配彤花，非常美丽。

一星期之后，花朵渐渐枯萎，小芙把凋谢的花扔到了附近的一条溪沟里，看它们随流水向东漂去。

这条小溪沟，虽然宽不到两米，却生活着很多鱼，有鲫鱼、包头鱼、鲢鱼、乌鱼、泥鳅、黄鳝等。

第二天，溪沟里出现了死鱼，而且不止一条两条，有许多条。无论鲫鱼还是包头鱼，无论大鱼还是小鱼，都不能幸免。

围观的人说："瞧，溪流中漂浮着葶苧花，应该是它们毒死了鱼。"

当时，小芙也在人群中，她看到溪沟里漂着的葶苧花正是她撒落的。

"葶苧花会把鱼毒死吗？"她怯怯地问。

"葶苧花能毒死鱼，但葶苧花的叶子能让鱼复活。"有人回答。

"那我去摘葶苧叶。"小芙像要赎罪似的向山谷里跑去。

有些人也跟着小芙跑。另一些人赶忙打捞水中的葶苧花。

当小芙把葶苧叶撒在溪沟里的时候，已经翻起了白肚皮的鱼儿们顿时

就活了过来。

一半是毒药一半是解药的葶苧草，也太神奇了！

【中山经·中次四经】

（熊耳山）有草焉，其状如苏①而赤华，名曰葶苧②，可以毒鱼。

【注释】

① 苏：一年生草本植物。茎方形，叶两面或背面带紫色，夏季开红花或淡红色花。

② 葶苧：一种有剧毒的草。一说即醉鱼草，落叶灌木，高1~2.5米，叶卵圆形，花冠紫色。

zuò
柞

——木匠喜爱的树

等级 凡木

形态 枝叶葳蕤，姿态优美，叶倒卵形，边缘有钝齿

异能 无

老木匠住在首山半山腰上。

他居住的小木屋是用首山上生长的柞树建造的。

柞树，姿态优美，枝叶葳蕤，长在首山的树丛之间，别具一格，最为好看。柞树叶呈倒卵形，边缘有钝齿，秋天叶子变成红黄色，至冬天全部落尽。掉光了叶子的枝条凌而不乱，别有一番风情。

老木匠对柞树情有独钟，冬天的时候，他会砍些比较粗壮的树枝，做一些木器，比如木椅、木凳、木盆、木碗等。

有一天，他看见柞树上飞来一只鸟。这只鸟非常奇怪，从这根树枝跳向那根树枝，像是在找寻什么。它飞到上一根树枝的时候，全身是雪白的，飞到下一根树枝上时，又变成七彩的了。它就这样跳来跳去的，看得老木匠的眼都花了。

"小鸟啊，你这是在找什么呢？"老木匠像是自言自语，又像是真的在问小鸟。

"你帮我看看，哪一根柞树的树枝做木珠比较好，我要你给我做一串木珠子。"小鸟忽然这样回答老木匠。

"啊？"老木匠又惊又喜，"一串木珠子？"

"小小的木珠子，一共十一颗，刚好围我的脖子一圈。"小鸟说，"七天时间够吗？"

老木匠从来没有用柞树做过这么小的东西，他觉得这是一个挑战，便答应下来。

老木匠去山里找到一种叫木贼的草。这种草有空心的茎干，茎干上分布着粗糙的节骨，能把木头磨圆，磨光。

之后的七天里，老木匠就开始天天用木贼草磨柞木。他把柞木截成很小的一块，从早到晚地用木贼草的节骨磨呀磨，直到木材的棱角被磨平磨圆，成为一颗小木珠。

当十一颗木珠磨完后，老木匠用一根麻绳把它们串联起来，挂在那棵柞树上，方便小鸟取走。

但那只神奇的小鸟再也没有来过。不过，老木匠的手艺却变得越来越精湛了。

【中山经·中次五经】

东三百里，曰首山①，其阴多穀、柞②。

【注释】

① 首山：一说指今山西永济市的首阳山。
② 柞：柞树，落叶乔木，叶子倒卵形，木质坚硬，叶子可用来养柞蚕。

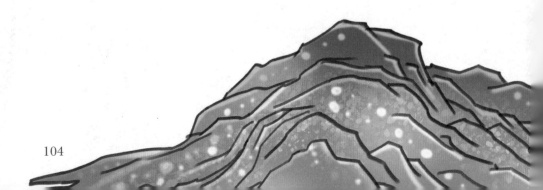

kǔ xīn
苦辛
——果实能治疗疟疾的树

等级	形态	异能
神木	像楱，果实像瓜	治疗疟疾

十月的阳华山，秋阳温润，微风不燥，来山里采玉石的人络绎不绝。

杨大叔带着儿子小杨在北山上寻一种浅紫色的玉。这种颜色稀有的玉石，能打磨成项链坠。

"父亲，我浑身发冷，能不能歇一歇呀？"小杨疲惫地坐在一块岩石上。

杨大叔说："孩子，再坚持一下吧。"

尽管阳华山玉石多，但要特意找寻起来，也不是一件容易的事。

眼看着太阳就要西沉了，他们也没有找到一颗哪怕不是浅紫色的玉石。

"父亲，一天都没吃饭了呢。"小杨说。

父亲指指脚下一大片薯莓草："我们也许能在这里找到一些夏天遗留下来的果实。"

"什么都没有啊。"小杨在草丛里拨拉了好久。

这时，他看见一棵很高很高的树。"那是什么？父亲，它会结果吗？"小杨问。

"这是苦辛啊，太好了！"杨大叔一眼就认出这种植物，"它结的果实像瓜，特别好吃。"

小杨小心地从地上捡起一个来。"就这样能吃吗？"小杨问。

"苦辛果煮熟了，味道很好。当然生吃也是可以的。"父亲说，"对了，我想起来，你爷爷曾经说过，苦辛果能治疗疟疾。你这几天忽冷忽热，还头疼冒汗，一定是得了疟疾了。"

父子俩在夕阳的余晖中，吃起苦辛果来。吃了没一会儿工夫，小杨就觉得自己神清气爽，也不头疼冒汗了。

"父亲，这苦辛果真的治好了我的病呢。"小杨说，"我得的也一定是疟疾了。"

杨大叔点点头。当小杨俯身去捡第二个苦辛果的时候，连带着发现了两颗浅紫色的玉石。"今天我们真走运。"父子俩激动又兴奋。他们又捡了一些苦辛果，满足地回家去了。

【中山经·中次六经】

又西九十里，曰阳华之山①，其阳多金玉，其阴多青雄黄，其草多薯薁，多苦辛，其状如楸②，其实如瓜，其味酸甘，食之已疟。

【注释】

① 阳华之山：在今陕西洛南县至华山之间。
② 楸（qiū）：同"楸"，楸树，又名梓桐，落叶乔木，高可达15米，叶子广卵形或卵状椭圆形，前端尖长。

夙条
sù tiáo

——茎干挺立能做箭杆的草

等级
异草

形态
形似蓍草，叶呈红色，茎干丛生

异能
茎干能做箭杆

休与山，是中央第七列山系苦山山系的第一座山。神仙帝台曾经住在山中，他和仙人们下棋的时候散落过很多棋子。这些棋子是椭圆形的小石头，大小如鹌鹑蛋，上面有五彩的斑纹，看上去玲珑且美丽。休与山山脚下有个休与村，人们每次上山，都会找到一些奇特的小石子。

村民喜欢上山的另一个原因，是休与山的山腰处有一块宽广的平坦之地。这个地方视野开阔，而且场地的边缘，正好长着一排能当箭靶的高大树木，非常适合射箭。村庄里的很多小年轻常常背着弓箭，来这儿练习。

喜欢射箭的人越来越多，村里便开始举办一年一度的射箭比武。大家甚至把原来的村名"休与村"改成了"箭羽村"。

射箭比武在每年的春末举行。这个时节，树木开始葳蕤，山风不冷也不燥，正是大显身手的好时候。

村里的小伙子麦芒和古力是大家公认的射箭能手，大家预测今年的比武第一名，准会在这两个小伙子中产生。

但在比赛当天，麦芒早上醒来的时候，发现他准备好的一大把箭杆，一根都没有了。

父亲说："一定是有人把箭杆偷走了，而且是不想让你获胜的人。"

但是没有证据，只能干着急。

"我无法参加今天的射箭比武了。"麦芒既失望，又难过。他跑到休与山的一块山石上，一屁股坐下来，望着天空发呆。

"小伙子，一大早的，你坐在这里干什么呀？"一位素不相识的采药老伯路过这里。

麦芒便把射箭比武及箭杆被偷的事告诉了老伯。

"小伙子，这有什么过不去的。你看这附近，放眼望去，到处都是箭杆。"老伯指了指跟前长得有一米多高的植物，"这些凤条草，有坚硬笔直的茎干，它们都是现成的箭杆呀。"

老伯说完，去拔了一株凤条草，捋掉红色的边缘有细密锯齿的羽毛状叶子，把草端稍加打磨。

"瞧，这就成了。这青色的箭杆，肯定比你自己的那些好使。"老伯用凤条茎干垂直地戳了戳石块，居然发出了金属般的撞击声。然后，他把茎干向一棵大树射去，只听"叮"的一声脆响，凤条杆被钉在了树干上。

麦芒露出惊喜之色，他赶紧也像老伯那样，拔了一株凤条草来试。果然，那青色的茎干比普通的箭杆要好使得多。

"谢谢您老伯，我知道该怎么做了。"

麦芒在很短的时间里，收集了百来根凤条茎干，兴冲冲地去参加射箭比武了。

"这不是草吗？你带着一捆草来干吗？"古力嘲笑他。

但令古力吃惊的是，这捆不起眼的青色箭杆，居然令麦芒在这次射箭比武中，获得了冠军，而且远远地超过了他。

【中山经·中次七经】

（休与之山①）有草焉，其状如蓍②，赤叶而本丛生，名曰凤条③，可以为簳④。

【注释】

① 休与之山：即休与山，山名，一说在今河南灵宝市。

② 蓍（shī）：蓍草，俗名蚰蜒草或锯齿草，多年生草本植物，茎直立，我国古代用它的茎来占卜。

③ 凤条：草名，具体所指待考。

④ 簳（gǎn）：箭。

yān suān
焉酸
——能解百毒的草

等级
仙草

形态
茎干万形，圆叶重叠，
花朵黄色

异能
能解毒

神仙帝台喜欢音乐，他有很多钟鼓安放在鼓钟山。每到满月之日，帝台会邀请众多的神仙来到高山顶上，听钟鼓共鸣，丝弦齐奏，热闹非凡。

有一年，不知是哪个神仙赴约时，宽袍衣袖上沾染了一些仙草籽。这

些种子在他舞动之际——散落。来年的春天，草籽遇暖而萌发，钻出许多嫩嫩的绿芽来。这些绿芽在夏初已整株成形：小圆片似的叶子三枚一叠，像是三个薄薄的绿色小薄饼垒在一块。茎干是四方形，枝条上盛开着俏皮的小黄花，这些花形如微笑的脸，在暖风中轻摇。

其实这种由神仙从天庭带来的野草，都有奇特的功效。像这种草，就有解毒的作用。但当地的人们谁都不知道它能给人带来福报。一年又一年，大家都不曾留意过它。直到有一年夏初，住在鼓钟山附近的樵夫阿远上山来砍柴，当他正要把柴火用草绳捆起来的时候，突然被一只毒蝎子咬伤。伤口顿时浮肿，继而渗出血丝来。阿远疼痛难忍，顺手摘了一片长在脚边的草叶，轻轻地擦了擦伤口上的血。没想到，这一擦之后，他的胀痛感马上就消失了。阿远再看伤口处，发现肿也在渐渐地消退。

难道这草能够解毒？阿远欣喜万分，他又摘了几片叶子覆在伤口上。不到一盏茶的时间，蝎子咬过的地方，除了有个细小的针眼外，其他皮肤都已完好如初，肿也退了，血也止住了。这真是一种神奇的草。

阿远想起来，他早上出门，路过村口的一户人家时，听到了一阵哭声。据邻居讲，那户人家的小孩被毒蜂蜇咬，几天不见好转，就连呼吸都困难了。因为担心浮肿得不成样的孩子，父母悲恸而哭。他赶紧拔了几株野草奔跑下山，来到那户人家，摘下草叶敷到小孩被毒蜂蜇过的地方，轻轻搓揉。他还嘱咐孩子的母亲把剩下的野草煮成汁液，让孩子喝下去。第二天，孩子精神大好，肿也消退了许多。一个星期后，已恢复如常。后来，人们把这种能解百毒的野草叫作焉酸。

【中山经·中次七经】

东三百里，曰鼓钟之山，帝台之所以觞①百神也。有草焉，方茎而黄华，员叶而三成②，其名曰焉酸，可以为③毒。

【注释】

① 觞（shāng）：向人敬酒。

② 三成：三重。

③ 为：治。

yáo cǎo
蒱草

——能使人变得美丽的草

等级
仙草

形态
叶子重叠在一起，开黄花

异能
吃了能让人漂亮，讨人喜欢

姑媱山本是一座极其普通的山峰，没有精美的玉石珍宝，也没有奇特的参天大树。但因山上有一株仙草，而被人们津津乐道。

这株仙草叫蒱草，因它是仙女瑶姬的魂魄幻化而成的。相传瑶姬是炎帝的女儿，她花颜月貌，皓齿星眸，不施粉黛也香腮如雪，芬芳袭人。但这个美丽迷人的瑶姬，却在豆蔻年华死去，安葬于巫山。但瑶姬的魂魄却随云絮和风力飘到了姑媱山上，幻化成了一株仙草——蒱草。

蒱草就长在山峰最高处，仿佛一妖娆女子，穿着繁复的霓裳起舞弄影，在阳光下若隐若现，变幻莫测。蒱草在每年的夏天会开出嫩黄色的花朵，圆润饱满，明艳如一个个小太阳。花谢后，会结出一嘟噜一嘟噜的果球，果球小小的，像菟丝子的果实，表皮是浅浅的黄色，看上去晶莹剔透，像是藏着很多汁液。

村庄里的姑娘们最向往的就是去姑媱山，采摘一颗蒱草果球吃。据说吃了蒱草果，最丑的姑娘都会变得气质如兰，美丽迷人。

可是蒱草果却很难采摘到。不要说这株蒱草长在高山之巅，很难够得着，就算你能够着，也要应时应景。因为蒱草每个夏天只结一个果。摘下果实后，一秒钟内要把它放进嘴里。放进嘴里后，得赶紧囫囵吞下肚，否则，吃下这样的蒱草果，不但不能让人变得美丽，反而会使人更加丑陋。

但即使如此，仍有很多姑娘来采果实。姑娘小希却对这种果子一点都不放在心上，她总是说，改变了又怎样呢？人心善良才是最美的。确实，小希和别的姑娘不一样，她总认为外表并不重要。

但偏偏这个不在乎自己容颜的小希，在一次无意的攀爬中，恰巧遇到䔟草结果，恰巧有一颗䔟草果掉落下来，恰巧小希正张着嘴巴在惊叹一片云朵的美丽，恰巧掉落的䔟草果砸中了小希的嘴巴，恰巧小希不留意，䔟草果囫囵滑入小希的肚子里……

就这样，小希在一瞬间变成了一个美丽的姑娘。当然，小希的心也依然是那颗善良的心。

【中山经·中次七经】

又东二百里，日姑媱之山。帝女死焉，其名曰女尸，化为䔟草，其叶胥成[1]，其华黄，其实如菟丘[2]，服之媚于人。

【注释】

[1] 胥成：相互重叠。
[2] 菟丘：草名，即菟丝子，蔓生，茎细长，缠络于其他植物上，开淡红色花，种子圆形，细小。

huáng jí
黄棘

——果实能使人不育

等级

异木

形态

树身修长，长绿圆叶，
开小黄花

异能

吃了果实不能生育

苦山，重山复岭，层峦耸翠，绵延十里。

山下有个叫岚湘的村庄，住在村口的王姓人家，是个大户。他们家有百亩田地，日子过得悠闲富裕。

王家有个厨娘叫二丫，负责一家人的伙食。

金秋十月，王家的三儿子娶了媳妇。新娘叫福美，年方二八，却娇生惯养，任性又刁蛮。她对下人又是骂又是刁难，让二丫原本舒适的厨娘生活添了一层寒意。

福美对每一天的伙食都会挑刺：今天鱼汤太淡了，肉生硬难吃；明天莲子糖放少了，银耳里有沙子。有一天，福美更是打翻了二丫刚送过去的米粥。米粥刚出锅，打翻后洒到了二丫的脸上，烫得她毁了容。福美非但没有一丝内疚，甚至还给二丫添了好多分外活，比如去山中找新鲜的食材。

这一天，二丫去采蘑菇，遇见两个采药人。

"你看，这就是黄棘木。快到冬天了，黄棘果也要落光了。"药师正在教徒弟认植物。

只听徒弟问："吃了黄棘果的人，一辈子都不能生育了吗？"

药师点点头："黄棘果也叫无子果，只要吃下一颗，就终生不会生育。就算怀了孩子的人，在吃下黄棘果后，也保不住胎儿。"

二丫不禁望向黄棘木，只见树身修长，圆圆的绿叶之间，有一些黄色的小花，还有一粒一粒小如兰草果的种子。想必药师说的黄棘果，就是这种小小的果实吧。

等药师师徒二人离开后，二丫摘了三粒黄棘果。

望着黄棘果，二丫的脑海里便出现了福美的脸，福美的腹部。

"给她吃吧，吃了她就不能生育了。"二丫下山的时候，一直都在想这件事，"我要放在哪个菜里呢？最好是福美独自一人享用的菜。"

但二丫到底是个善良的人，还没走到村口呢，她就把手中已经捂得汗津津的三粒黄棘果扔在了沟里。

然后，她轻快地走回了王家。

不过，据说福美尽管没有吃黄棘果，也没有生出一儿半女来。

【中山经·中次七经】	【注释】
（苦山①）其上有木焉，名曰黄棘②，黄华而员叶，其实如兰③，服之不字④。	① 苦山：山名，一说在今河南伊川县西北。 ② 黄棘：木名，具体所指待考。一说可能指刺黄柏，落叶灌木，高可达1~2米。 ③ 兰：兰花或兰草。 ④ 字：生育。

无条

wú tiáo

——能让脖上肉瘤消失的草

等级 仙草

形态 没有茎，叶子贴地，长绿圆叶、开红花朵

异能 吃了能治脖子上的瘤子

　　离苦山百里远的一个村庄，常年薄雾缥缈，细雨绵绵，很多人因潮湿的环境，脖子上长了肉瘤。

　　但因多见不怪，村里的人对脖子上的肉瘤也就渐渐地习以为常了。

　　有一年，村庄里一个叫阿泰的小男孩突然失踪了。有人告诉阿泰的家

118

人，阿泰是往南走的，说不定是迷了路。阿泰是家里唯一的孩子，爸妈决定向南，无论如何都要找到阿泰。夫妻俩每天赶二十里路，白天翻山越岭，晚上就睡在破庙中。五天后，他们来到苦山上。

"孩子他娘，你看那个小孩是不是阿泰？"丈夫指着一个小男孩的背影问。

"长得可真像，但是我们的阿泰脖子上有肉瘤，他却没有呢。"妻子明亮的眼神黯淡下来，"不是我们家阿泰呀。"

但就在夫妻俩失望之时，突然看见小男孩转过身来。小男孩显然认出了他们，大声喊着"爸爸妈妈"飞身奔跑过来，抱住妈妈抽泣起来："我找不到家了，我好害怕。"

"是我的阿泰！但你脖子上的那颗肉瘤怎么消失了呢？"男孩熟悉的气息令妈妈激动万分，她紧紧拥着他。

"昨天，我遇到一个好心人，他见我脖子上有肉瘤，就给我煮了一种叫'无条'的草。我吃下这种草煮的水后，肉瘤就慢慢地消失了。"小男孩突然指了指前方，"你们看，就是那种草。"

那是一种长满了碧绿圆叶子的草，没有茎，紧贴着地面，像一只只贴地的绿耳朵。叶子上开着红色的花，很是俏皮可爱。

"那我们摘些回家吧。"阿泰爸爸说。

于是，一家人采了些无条草回家。他们把草分送给邻居们，一起煮水喝，肉瘤果然都渐渐变小了。

【中山经·中次七经】

有草焉，员叶而无茎，赤华而不实，名曰无条①，服之不瘿②。

【注释】

① 无条：草名，具体所指待考。
② 瘿（yǐng）：长在颈上的大瘤子。

tiān piān
天楄

—— 能让人不噎食的树

等级 神木

形态 像葵菜，有方形的树干

异能 吃了能使人不噎食

堵山因有神人居住，常年笼罩着神秘的色彩。就连山脚下的云幻村，也存在着很多不确定性。比如，一秒钟前还是晴朗的天空，霎时就落下倾盆大雨来。比如，刚刚还是满池的水，一下子就被晒干了……这样的事情在云幻村经常发生，村民早已由之前的苦不堪言到现在的淡定自若了。

云幻村有一户人家，爷爷已经有一百岁了，但仍然很健朗。只是入秋以来，他吃东西常常会被噎住。特别是坚硬的、大颗粒的食物，十有八九让他吃得不痛快。有一次吃午饭，爷爷居然被一颗小小的饭团噎得缓不过气来，家里人又着急又害怕。

十八岁的孙子幻山想起小时候去外婆家，外婆有一次也被噎得难受，是舅舅用一种树木的叶子泡了水给外婆喝，外婆才缓过劲来的。很奇妙的是，外婆自从喝了那种树叶泡的水之后，再也不会被食物噎住了。

"那种树，好像叫天楄。"幻山说，"在堵山上，就有这种树。我记得它的叶子就像一个个巴掌，我还用小手比过，不过比来比去，还是天楄的叶子大。"

"既然吃了天楄的树叶能让人不噎食，不妨我们现在就去堵山找找看。"幻山的姐姐幻花说。

可是，要去堵山，并不是件容易的事。如果没有急事要事，村里人不会平白无故地去登山——山上那个叫天愚的神人，说不定什么时候又会刮起一阵可怕的风，下起一场吓人的雨，令正在奋力赶路的人措手不及。

话说前两天，就有一个村民在走山路时，被一阵大风刮到了十里之

120

外，一个星期之后才回到家。也不知道他在这几天里，经历过怎样的绝望和痛苦。可是，爷爷的吃饭问题也很重要啊。

正在大家纠结之际，突然，柴堆里传出一个低沉的声音："天愚今天在天上，不在山上。"

起先，幻山以为他出现了幻听，但当屋子里的人都说听见了这句话后，他才惊讶起来："是不是我家有个不寻常的灵物？一口锅、一把柴火、一只木碗……"

幻花说："既然我们得到了消息，就义无反顾地上山去吧。"

于是，父亲、幻山和姐姐幻花就出发去堵山了。

"应该很快就能找到。我们就看树叶好了，大大的，像巴掌。"幻山一边走一边说。

"看，就在这里呀。"父亲的右手边，正有一棵长着巴掌样叶子的树。

"没错没错，我认得，就是这种叶子。"幻山高声叫道。

天楄整株长得像葵菜，其实它的叶子看似巴掌形，边缘却是连着的，倒更像是一把绿扇子。树干不是圆的，而是方的，深咖色的树皮有些已经剥落下来，露出原木色，仿佛木香也从这些窟窿里传递出来。

幻山他们三个人摘了满满一筐树叶下山了。正当他们回到家中，起风下雨了。"一定是山神回到堵山了。"幻花望着滂沱的雨幕，心有余悸。

晚饭前，爷爷喝下了天楄叶煮的水，吃饭时果然没噎着。以后，也再没有被噎着过。

【中山经·中次七经】

又东二十七里，曰堵山[1]。神天愚居之，多怪风雨。其上有木焉，名曰天楄，方茎而葵状，服者不噎[2]。

【注释】

[1] 堵山：一说指伏堵岭，在今河南洛阳市东南。

[2] 噎（yè）：噎食。

蒙木
méng mù

——能让人不犯糊涂的树

等级 神木

形态 叶子形似槐树，开黄花

异能 吃了能使人不糊涂

放皋山是明水的发源地。相传明水中，盛产青绿色的玉石。

住在放皋山附近的村民常常会带着侥幸的心理，去明水河畔走一遭——或许运气好，能捡拾到开采玉石的人遗漏在岸上的玉石呢。

村姑秋竹这几天就在河畔，忙于寻找玉石。她想把玉石打磨成一个玉环，送给自己做生日礼物。

但玉石没找到，却碰到了一个迷路的老妇人。

"老人家，您住在哪里呀？"秋竹问。

"在那边，就在那边。"老妇人指了指河西。

但秋竹知道，河西除了一些庄稼地，就是荒草丛生的野地了，没有人家。

"老人家，您可能记错了路，那儿没有人住啊。"

"在那边，对，就在那边。"老妇人又指了指北面。

北面倒有个小村庄，村里不过十几户人家。热心的秋竹便送老妇人回村去。但所有的人家都问过了，都说没有老妇人这个人。

眼看天快黑了，老妇人仍然想不起来自己住在哪儿，秋竹便带她回了自己家。

123

那天晚上，老妇人净做些匪夷所思的事。比如把秋竹的房间翻得乱七八糟的，把一只碗藏进了棉被中，还差点把蚊帐剪出一个洞来……

老妇人还对着秋竹家的一盏油灯自言自语："灯亮了，灯又灭了。灯灭了，灯又亮了。"

她还怔怔地望着秋竹，一个劲儿地说："小嫚，小嫚，你终于还是回来了。回来了就好，回来了就好。"说着还去拉秋竹的手。但一会儿，又厉声骂她："你给我滚出去，别再回这个家!"

秋竹这才意识到，老妇人患了老年人常常患的糊涂病。

但秋竹所在村庄的老年人，没有一个

患糊涂病的。

那是因为村里的人，自小就吃过蒙木叶子熬制的水。吃了这种汁水的人，一辈子都不会犯糊涂。

但眼前这个老妇人，糊涂得这么厉害，应该不是自己村庄的老人。

"只要熬过今晚，我明儿一早就去给老妇人摘蒙木叶去。喝了汁水，她一定能清醒过来的。"

晚上，老妇人一夜无眠，秋竹也是。

天刚蒙蒙亮的时候，她就让弟弟看着老妇人，自己上山摘蒙木叶去了。

蒙木就长在放皋山上，树叶类似于槐树叶。它的树干也如槐树般挺拔，高耸入云天。只是蒙木叶不会落，一年四季常青，在春天开的是明艳的黄色小花朵。

蒙木在放皋山向阳而生，秋竹一出村口就能看到它们。

一个时辰不到，她就摘了满满一篓蒙木叶。

回家把锅烧开，把叶子煮烂，盛出汤汁放凉。

老妇人也许口渴了，接过秋竹给她的汤汁，一口气就喝了下去。

汤汁真的很神奇，一下子把老妇人从混沌中拉回到清醒状态。

原来，她是东村的人，住在明水东岸。

秋竹要把她送回家，她却说自己能回去。

"走过一座小木桥，往西再走几步，就到村口了。"老妇人一边道谢一边向家的方向走去。

[中山经·中次七经]

（放皋之山①）有木焉，其叶如槐，黄华而不实，其名曰蒙木②，服之不惑。

【注释】

① 放皋（gāo）之山：在今河南伊川县境内，具体所指待考。

② 蒙木：木名，具体所指待考。一说指檬花树，落叶灌木，高约2米，叶长披针形，开黄色花，核果卵形。

niú shāng
牛伤

——能避兵器、治昏厥的草

等级
仙草

形态
叶子像榆树叶，茎干上长满了刺

异能
吃了能避兵器，治昏厥

大蜚山雄浑的山体多奇岩险崖，看上去叠嶂起伏，延绵不绝。山中除了盛产青翠的玉石外，还生活着众多小兽。山下村里的人们经常到山中来狩猎。他们大多用网来抓捕小兽，或者布下陷阱。箭术好的村民也会背上弓箭进行射击。但是奇怪得很，每当他们射向小獾时，箭都会偏离目标，拐到别的地方。就连村里最好的射箭能手，每次也都以失败告终。

难道山上所有的小獾都有保护神？难道箭遇到小獾，会萌发灵性，特意绕开？难道大蜚山上的小獾和别的地方的小獾不一样，自带神秘的天性？经过村民们反复地观察和思考，他们得出一种结论，那就是獾喜欢吃山上的一种草，这种草除了獾，其他小兽从未吃过，应该是这种草有规避箭等兵器的作用。它们就长在獾生活的洞穴附近，走近这些草，会闻到一种比较难闻的气味。它们杂乱生长，叶子很像榆树叶。这些草方方的茎干上像是有人画了一条条苍色的线，线的长短不一，又像是什么爬虫爬过后留下的痕迹。而且上面布满了尖利的刺，就连紧密厚实的牛皮，也能一下子被刺穿。所以村里人把这种草称作"牛伤"。

但就是这样一种草，小獾们却吃得欢，而且它们挺机智，会绕开刺，不被扎伤。

有个猎人曾在它们吃得欢的时候拉弓射击，但离弦的箭明明是对准了目标的，却在刚要接触到小獾的身体时，又偏离了方向，而且再绕过另一只小獾，落到了别处。

猎人对同伴说："我倒要试试看，是不是这种草真的有这样的功效。"

于是他小心地拔了一把牛伤草的叶子，带回家和汤料一起熬了一锅汤。

猎人喝下汤后，去收拾碗筷。没想到他刚要碰到刀刃时，手突然像有了一股力量，把刀推开了。

"糟了，我都不能持刀了。"猎人后悔极了。但当他试着去握木头做的刀柄时，却一点事都没有。

原来，牛伤草能避开的是金属做的器具。

村里一些壮丁听说了这件事后，都纷纷上大蕞山去拔了牛伤草来吃。

据说，这种草还可治愈昏厥的人。

【中山经·中次七经】

有草焉，其状叶如榆，方茎而苍伤^①，其名曰牛伤，其根苍文，服者不厥^②，可以御兵。

【注释】

① 伤：刺。
② 厥：气闭；昏倒。

嘉荣

——能使人不被雷劈的草

异能
吃了能免遭雷劈

形态
高一丈，长红叶，开红花

等级
仙草

阿诺的家在半石山的山腰处。他喜欢山居生活，每天能听溪流的淙淙声，看离山峰很近的云，爬遮天蔽日的大树，闻草木的清香。

这一天，他正爬上一棵高大的树，去寻找鸟蛋。忽然看见两个穿着宽袍的人走来。他们一个穿着红袍子，一个穿着青袍子。

阿诺从来都没有看到过这样的人。他们的眉毛浓得如墨涂抹过一般，眼睛炯炯有神，仿佛能射出强光来。

他们路过阿诺所在的那棵树时，发顶居然快碰到阿诺的脚了。幸亏阿诺穿了一件青绿色的衣裳，两个人都没有发现他。

"你看那草，快避开。"穿红袍的人说。

阿诺看清楚了，他说的草是

嘉荣——长红叶子，开红花，有一丈多高。整座山中，只有这个地方长嘉荣。它们火红的身姿在青葱的山林里，艳丽得有点突兀。远看，还以为着了火，火势还非常凶猛。阿诺看到两个怪人远离了嘉荣草。

着青袍的人说："没想到这儿竟然长着避雷草，是我们的克星啊。不过没关系，我们避开就行。"

听到这里，阿诺惊讶极了："我今天算是遇到雷神了吗？"

忽听得红袍人说："恐怕没有一个凡人知道吃了嘉荣草的叶子能避雷击、躲闪电吧？时候不早了，我们得行雨了，今天的雷电会非常凶猛。"

转眼间，阿诺看见红袍人和青袍人腾云而去。刹那间，天暗了下来。阿诺乘机跳下树，摘了嘉荣草的叶子就往嘴里送。这可是能避雷的呀。

阿诺一边吃一边赶紧回家。闪电划破了长空，接着雷声大作，一个又一个霹雳炸响在天际、树梢、房顶。

不知道是不是嘉荣草起了作用，本来非常害怕雷电的阿诺，这时候居然在震耳欲聋的霹雳声中，泰然自若地行走着，甚至眼前闪个不停的强光都仿佛成了不一样的风景。突然，一阵巨大的轰隆声把离阿诺五米远的一棵大树给炸翻了，阿诺看见一个火球在飘移。本来，它是朝着阿诺的方向飘过来的，可马上，它就调转了头，离阿诺越来越远，直至看不见。

"好险哪！如果没有吃嘉荣草，我今天一定逃不掉被雷劈。"阿诺暗自庆幸。

回家后，他决定在嘉荣草结籽的时候，好好地收集一些种子进行播种，以便长出更多的嘉荣草，让村民们随意采来吃。

【中山经·中次七经】

又东七十里，曰半石之山①，其上有草焉，生而秀，其高丈余，赤叶赤华，华而不实，其名曰嘉荣，服之者不霆②。

【注释】

① 半石之山：在今河南登封市西。

② 不霆："霆"字前应有"畏"字，指不怕雷霆。

帝休
dì xiū

——让人不发脾气的树

等级
神木

形态
树枝像五条大路向外伸展，开黄花，结黑果

异能
吃了能让人不发脾气

少室山是一座气势磅礴的山，沟壑纵横，山峰直插云霄。它也是一座秀丽梦幻的山，山上百花齐放，草木云集，有时看山像花海，有时又如绿林。如此景色迷人之地，自然多人家——少室山下至少有十个小村庄，大家走村串巷，其乐融融。

但也免不了有几个脾性暴躁的村民，比如住在静槐村的秋老伯。

其实秋老伯在平日里也是一个比较和善的人，他会给家里打点野物、抓些小鱼打打牙祭，有时还会用竹篾做些小玩意儿给小辈玩。但若是有人做了什么惹他生气的事，他就会暴跳如雷，怒吼、跳脚，甚至会用暴力发泄心中的不满。

尤其随着年岁的增长，秋老伯恼怒暴躁的频率越来越高，家里人对他又爱又怕。儿子阿夏更是小心翼翼，在父亲面前吃饭时不敢大声咀嚼，接受任务时不敢说一个"不"字，有开心的事情时也不敢朗声笑出来……如若不这样，秋老伯一定又会破口大骂，甚至掀翻桌子，摔破碗盘。说起碗盘，家里已经没有一只是完好的了，它们不是缺角，就是裂缝。即使不太容易摔得破的竹碗、木碗也不能幸免。

一天早晨，秋老伯对阿夏说："马上就要秋收了，盛放粮食的箩筐不够用，咱们去少室山砍些竹子回来编箩筐。"

虽然阿夏一百个不情愿，但还是响亮地回答道："好的。"

父子俩一前一后地走着山路。

山花烂漫，树影婆娑，小鸟在啁啾，少室山上真是风光无限。但阿夏无心欣赏，他紧跟着父亲的脚步，心情沉重，怕一不小心就会惹恼了父亲。

但越是如此，糟心事越会猝不及防地降临。

阿夏走着走着，踩了个空，趔趄着向前跑了几步，撞在父亲身上。

"你干什么?"秋老伯厉声问道。他不仅没有去扶他，反而推了他一下。

阿夏终于站不住了，一下子摔倒在路上，要不是身旁有一块山石拦着，他准会骨碌碌地滚下山去。

秋老伯更恼怒了，大声咆哮起来："把你养到这么大，居然连走路都走不明白! 你是不是特别不愿意和我一起来山上，想要谋害我呀? 我这老腰，都快被你撞断了!"

秋老伯的骂声招来一个小男孩。

小男孩的手里拿着一个黑色的、圆溜溜的果实，看上去和苹果差不多大，果皮发亮，像是里面藏满了汁水。

"伯伯，给你吃这个，消消气吧。"小男孩咧嘴笑着。

不知为什么，小男孩的笑容令还在破口大骂的秋老伯立刻噤了声，他不由自主地伸手接过果实大口地吃起来。

小男孩朝阿夏挤了挤眼睛："你爸爸吃了这个果实后，再也不会发脾气了，他会变得很温和。"

阿夏认出来，这是帝休树上结的果实，因为是黑色的，大家都不敢去摘来吃，怕会中毒。帝休树就长在少室山上，主干粗壮，枝条交叉着向四周伸展，像一条条扭着的胳膊，看上去有点怪异。它们在初夏开嫩黄色的七瓣花，花朵凋零后，就结出黑色的果实。

"我说的是真的，经常会恼怒的人吃下这果子后，就会变得心平气和。"小男孩说完后，隐入竹林中。

他说得没错，自那以后，秋老伯不再动不动就发怒了。

【中山经·中次七经】

又东五十里，曰少室之山①，百草木成囷②。其上有木焉，其名曰帝休③，叶状如杨，其枝五衢④，黄华黑实，服者不怒。

【注释】

① 少室之山：在今河南登封市西北，是中岳嵩山中的山。

② 囷（qūn）：圆形的谷仓。

③ 帝休：木名，具体所指待考。一说疑为梓树，落叶乔木，高可达10余米，叶子卵圆形。

④ 五衢：像五条大路一样向外伸展。衢，大路。

梯木
yù mù
—— 使人不嫉妒的树

等级
神木

形态
叶子像梨树叶，上面有红色叶脉

异能
吃了能使人不嫉妒

小浅和小曼是邻居，在同一年的春天出生，她们住在泰室山山脚下一个叫浮草的村庄里。

有一天，小曼跑过来，把花环套在小浅的脖子上："小浅，你看我用野地里的小花给你做了一个花环。"

"谢谢你，小曼，我很喜欢这个花环。"小浅笑得很开心。

但很快，她就觉得脖子一阵阵地发疼发痒，像是被虫子咬了，又像是被什么刺痛了。"哎哟。"小浅不由得叫出声来。

"怎么了？"小曼问。

"我感觉有虫子在咬。"小浅把花环取了下来。

果然，在一朵黄色的小花朵上，爬着两条毛毛虫。小浅再仔细一看，发现花环中还缠绕着一些荆棘草。就是这虫子和荆棘，咬痛和刺痛了小浅。

"呀，真是对不起，刚才做花环的时候，我没留意它们。"

"我看你的手，有没有被荆棘草划破口子呀？"小浅说，"你编花环，更容易被伤到。"

"小浅你看，那只鸟真漂亮！"小曼忽然岔开了话题。

这一幕，正好被小曼的奶奶看见了。奶奶眼神黯然，自言自语道："小曼的嫉妒心是越来越强了，她看不得小浅比她长得好，故意在花环中编进了荆棘草，还放上了虫子。唉！看来得去泰室山采些梯木的叶子来。"

奶奶说完，就急匆匆地去爬泰室山了。

梯木长在山路两侧，很容易就找到了。它的叶子有红色的叶脉，样子

134

像梨树叶，长卵形，边缘有细密的锯齿。奶奶伸手就摘下一大把栯木叶。

回到家，她把叶子捣碎捣烂，滤出汁液。

"奶奶，我渴了。"小曼正好回来，咕嘟咕嘟一口气喝下了汁液。

奶奶笑眯眯地看着她，心想："从明天开始，我的小曼再也不会有嫉妒心了。"

【中山经·中次七经】

又东三十里，曰泰室之山①。其上有木焉，叶状如梨而赤理，其名曰栯木②，服者不妒。

【注释】

① 泰室之山：在今河南登封市。

② 栯木：一说指郁李，落叶灌木，高1~1.5米，叶卵形或阔卵形，花粉红色或近白色，果实球形。

yáo

䔄

——能治眼花的草

　　白棉村坐落在泰室山之北。那里绿树掩映，天高气爽，是个景色宜人的好地方。白棉村落里的人，有放牧羊群的，有种庄稼的，有纺纱织线的，有晒网打渔的，生活多姿多彩。村庄里的小孩子，大都喜欢去泰室山玩。阿夏也不例外。山上有高大的树，有可口的野果，有奇形怪状的石

136

头。无论是爬树、掏鸟窝，还是捉迷藏、尝野果，都很好玩。

这一天，几个好朋友又相约去山里了。

"今天，我们来找找从来都不曾看到过的果子。"有人提议道。

山上的野果子，有红有黄有青有橙有紫有白，但山里的孩子都视它们为平常物，要真找个不常见的果子来，是有难度的呢。

果然，阿夏从这个山头找到那个山头，也没看见一种特别的果子。

就在她要离开一棵大树的时候，发现树下的岩石缝里长着一株草。它有长卵形的叶子，叶缘的锯齿细细密密，看上去像能割开皮肤似的，很尖利。阿夏想起来，白术的叶子也是这个样子的，只是，白术开紫红色花朵，而它开的是白色的花。花朵像铃铛，一摇便会发声似的。

阿夏不禁跑过去，只见花叶丛中，零星地缀着一颗颗黑紫色的果实。果实小如葡萄，水盈盈亮晶晶的，把阿夏的身影也照了出来。

阿夏蹲下身子，把果实摘下来，放进随身背着的竹篓里。

"瞧瞧吧，多好看的果子。"阿夏得意地分给每一个同伴。

果实甜中带着一丝酸味，水分也很多，可口好吃。

"剩下的果子，我要送给我的奶奶吃。"阿夏说。

七十多岁的奶奶身子骨还很硬朗，但眼神不好，老是看不清东西。但她吃了阿夏采来的黑色果实后，眼睛居然变得非常明亮。

原来，结黑紫色果实的植物称为蓇，有治疗眼疾的功效。

【中山经·中次七经】

有草焉，其状如荣①，白华黑实，泽如蘡薁②，其名曰蓇草③，服之不眯④。

【注释】

① 荣（zhú）：多年生草本植物，术（zhú）属植物。

② 蘡薁：落叶藤本植物，枝条细长，有棱角，叶掌状，有三到五个深裂，果实黑紫色，俗称野葡萄、山葡萄。

③ 蓇草：草名，一说指葡萄。与前文的蓇草不同。

④ 眯：一作"眛"。

137

帝屋

——能辟邪的树

等级
神木

形态
树干有倒钩刺，叶如花椒树叶，长小红果

异能
果实能辟邪

讲山上有许多参天大树，一年四季郁郁葱葱。山体被绿树遮挡，显得幽僻静谧，像是藏着许多秘密。

确实，讲山上有很多让人望而生畏的灵怪。

接触过这些灵怪的人，有的会像中了邪一样，说胡话、傻笑；有的会得些古怪的病，一夜之间，变成秃顶，甚至改变样貌。

在某一年的秋天，村里有好几个人上山之后，便像有什么鬼怪附体了一样，神志不清。有两个村民竟然还时不时地学牛叫、学鸟叫，还像牛和鸟一样，食草、抓虫子吃。

很多人都不敢去讲山了，怕自己也中了邪。但不去山里，哪来的野果吃，哪来的柴火烧，哪来的草药采？

有一天，村里来了一个白胡子老翁，他问大家："听说这儿的讲山上有一种神木，叫帝屋，是能辟邪的。你们知道它长在哪儿，是什么样子的吗？"

还有这样的树？大家都摇摇头："要是有辟邪的树，我们也不怕山里的灵怪了。"

人群中一位老婆婆说道："我记得自己五岁那年，爷爷就中过邪。他把柴火一捆一捆地抱到院子里去淋雨，还一整天不说话，只顾嘻嘻哈哈地笑。有一天，我奶奶砍柴时摘了一些红色的果实回来。爷爷看见了，一把就夺来吃。说也奇怪，自从爷爷吃了小红果后，人就变得正常了。"

"山上结红果实的树木多着呢。奶奶，您还记得当时的小红果实是圆圆的，小小的呢，还是扁扁的或是椭圆形的呀？"一个姑娘问。

"容我想想啊。"老婆婆回忆了一下说，"我记得那个小红果就像珍珠那么大，果皮亮晶晶的，我当时也嘴馋想吃，可都被爷爷吃光了。对了，爷爷吃的时候，嘴上扎出了血。因为长着小红果的枝条上，有很多倒钩刺。"

"那叶子又长什么样?"

"叶子倒也有两三片挂在枝条上，但是我记不清是什么样子的了。"

"倒钩刺，小红果。有这两样特征就够了，我们不妨现在就去找找看?"一位壮小伙提议道。

但是很久都没人敢回应，他们怕一上山，还未找到帝屋木，就先中邪了。

突然，一个男孩指着讲山的方向："你们看，那棵长着小红果的树，是不是帝屋木?"

那是长在山脚下的一棵树，远远望去，上面像是缀满了红宝石。

"去看看有没有倒钩刺。你们不敢去，我去!"刚才的那个壮小伙说完就迈开大步向前走。

陆续有人跟了去。

走近时，壮小伙兴奋地说道："枝干上果然有倒钩刺，应该就是老婆婆说的帝屋木了。"

树木很高大，山风吹来，它那形如花椒叶的叶片沙沙作响，若一片片绿丝帛在空中翻飞。

大家摘了很多红果子，分给乡亲们。自此，村里的人再也不怕中邪了。

【中山经·中次七经】

又北三十里，曰讲山[1]，其上多玉，多柘，多柏。有木焉，名曰帝屋[2]，叶状如椒，反伤[3]，赤实，可以御凶。

【注释】

[1] 讲山：在今河南西北部，具体所指待考。

[2] 帝屋：木名，一说指花椒树。

[3] 反伤：倒长着刺。

亢木
kàng mù

——能驱虫的树

等级
异木

形态
叶子像臭椿叶，红
果实

异能
能驱走虫子

　　浮戏山有葱郁的山林、清澈蜿蜒的溪水，风光十分迷人。但一到夏天，各种虫子肆虐，就连山下的茉莉村也遭了殃。特别是一到日落黄昏，挨家挨户爬满了虫子。

　　这些虫子种类各异，有的飞，有的爬，有的发出讨厌的嗡嗡嘤嘤声，吵得人无法入睡。这些倒也不是很可怕，可怕的是有些虫子有毒。它们一旦咬了人，就会使人奇痒，胳膊粗大，甚至呼吸困难。

　　"唉，听天由命吧，说不定什么时候就被毒虫咬死了呢。"大家什么办法都没有，只能唉声叹气。

　　日子总不能就这么担惊受怕地过下去呀。

　　有人提议，山上有那么多树，那么多草，总有一些能治得了这些虫子。

　　于是，大家每天都爬到浮戏山上去拔草，摘树叶，晒干后点燃熏虫子，看有没有哪一种是虫子害怕的草叶。

　　但它们都不是。

　　有一天，村里一个少年看到一棵树和其他的都不一样。本来他以为是一棵臭椿树，却发现它结着累累的小红果。少年摘了一颗尝尝：果子特别甜，汁水也多。少年便摘了一把放进口袋里，一边回家一边吃。

　　少年突然发现一件奇怪的事情。

　　无论是爬的虫子，还是飞的虫子，到了他近旁，都会掉转头离开。

　　吃晚饭时，他看见桌子边上有一条毛毛虫，便伸手去捉，但离虫子还有一尺来长的距离时，原本缓缓爬着的毛毛虫如见到了什么似的，拼命逃

跑了。

"你去山上，是不是吃过什么，或者摘过什么？"父亲问。

少年回答道："我吃了一棵树上的果实。"

第二天，父子俩又上山去，少年就带父亲去看那棵结小红果的树。

"原来是亢木啊。难道这些小果子能驱虫子？"父亲仰望着亢木，但见它长得像臭椿树叶的叶子，羽状，长椭圆形，光斑点点的叶片亮得耀眼。在浓密的枝叶间，参差地挂着一些红彤彤的小果子，这些果子如雀蛋般大小，玲珑圆润，饱满多汁。但长在低处的果子并不多，父亲说："既然我们知道亢木的果子能驱虫，就多摘一些回村分给大家吃吧。你爬上树去摘，我来接着。"

少年高兴地说："好嘞，我可是爬树高手。"

不一会儿，少年就像猴子那样，灵活地爬上了树。他摘下果子扔给树下的父亲，两人非常默契地合作，很快就摘到了满满一筐亢木果。

回到家，父子俩把果子给村庄里的每户人家送去。吃了亢木果后，村民们再也不用担心被毒虫咬了。

【中山经·中次七经】

又东三十里，曰浮戏之山①。有木焉，叶状如樗而赤实，名曰亢木②，食之不蛊。

【注释】

① 浮戏之山：一说在今河南巩义市、荥（xíng）阳市、郑州市一带。

② 亢木：木名，一说指卫矛，落叶灌木，高可达3米，叶子倒卵形，开淡黄绿色的小花。

茵草

gāng cǎo

——能让人变聪明的草

等级
仙草

形态
像葵叶，红色的茎干，开白花，果实像野葡萄

异能
能让人变得聪明

少陉山有粗犷的山体，也有着婉约的风景，远看，就如一轴山水画卷。穗草村便坐落在这幅画卷的西南角。

小姑娘小葵天生聪颖，人又长得漂亮可爱，穗草村的老老少少都非常喜欢她。

有一年初夏，因气候的原因，村里虫蚊肆虐，十岁的小葵被一只硕大的蚊子叮咬后，发了整整三天的高烧。退烧后，她就像换了个人一样，眼神呆滞，做事迟钝，就连爸爸妈妈都不认得了。

"小葵的脑子怕是被烧坏了呀！多么好的一个姑娘，真是太可惜了。"村民们惋惜的眼神和叹息，让小葵爸爸妈妈更是悲痛万分。

"小葵会好起来的，一定会。说不定秋天就好了呢。"小葵的姐姐阿瑾安慰着爸爸妈妈。

但是七月过去，八月过去，九月过去，眼看到了十月，小葵的状态还是那样。

村里开始有人叫小葵"傻子"了。因为小葵有时候会无意识地做一些对他们不利的事，比如在晒着的草药上倒水，冷不丁地咬人，打人。有一次，她竟然把一个小孩子推进了小池塘里。

"管好你家那个傻子。"那户人家的女人说，"幸亏我家孩子命大，没淹死。"

爸爸妈妈除了愧疚和伤心，不敢把愤怒的情绪显露出来，他们怕小葵遭到更多的唾弃。

秋越来越深，正是少陉山上的浆果成熟季。

一天早晨，姐姐小瑾带小葵上山去采浆果。但显眼的地方，浆果已经被村民们采得差不多了。

"平时少有人去的地方，浆果一定还很多。"小瑾对小葵说，虽然她知道小葵听不懂。

她们攀到更高处，穿过密林，却不见浆果的影子。

"真是白白浪费了体力。"小瑾叹了口气。

突然，小葵扯了扯小瑾的衣袖，"啊啊"叫着，并低头看着脚边。

小瑾循着小葵的眼神望过去，居然看到了一嘟噜一嘟噜的紫色果实，

累累地缀着，都要碰到地上了。

那是一片草丛，草叶像小扇子，叶脉如网细细密密地布满了整片叶子。叶间隐约能看见一些将要枯萎的小白花。就在花叶下的红色细长茎干间，缀满了如葡萄般晶莹圆润的小果子，它们成串地生长着。

小瑾蹲下身，摘了一串给小葵。

小葵吃了一颗又一颗，脸上洋溢着久违的笑。

"姐姐，这些果子可真甜呀，汁水也多，你也尝尝呀。"吃了一半果实的小葵突然开口说道。

小瑾愣住了，她呆呆地凝视着小葵，足足有一分钟。

"小葵，是这些果实让你变得像以前一样聪明了吗?"小瑾默想着，忽然间想哭又想笑。

是的，苪草的果实，吃了后能让人充满智慧，就算是像小葵那样有脑病的人，也会被完全治愈。

据说此后，姐妹俩成了穗草村最有智慧的人。

【中山经·中次七经】

又东四十里，曰少陉之山①。有草焉，名曰苪草②，叶状如葵而赤茎白华，实如藜藿，食之不愚。

【注释】

① 少陉之山：在今河南荥阳市。
② 苪草：草名，具体所指待考。一说生长在水田中，苗似小麦。

梨

lí

——能消除脓疮的草

等级
仙草

形态
像荻叶，开小红花

异能
能治疗毒疮

阿泰是太山附近一个小村庄里的村民。

每到夏天，他都会因为暑热而长毒疮。

这一年，暑热更胜，阿泰的脊背上、胳膊上和腿上，长满了无数的小疙瘩，奇痒难耐。

更令他痛苦的是，他的右脚脚底，也长出一颗脓疮来。起先像米粒般大小，微痒，阿泰走路的时候稍有感觉，晚上睡觉之前，挠一挠，倒也能挺过去。

但一周之后，这颗小米粒般大小的疮像是充了气，越来越鼓。稍微一碰触，黏糊糊的脓液就会渗出来，还散发出一股难闻的气味。

　　令阿泰更加受不了的是，他的行动被限制了，不能走路。如果要活动一下，只能单脚跳跃。他一用力跳，毒疮就会因振动而更疼了。

　　阿泰是家里的顶梁柱，不干活怎么行呢？生火的柴要砍，煮饭的水要挑，庄稼活更多，要灌溉，要除草……

　　"真是生不如死呢。"阿泰活得痛苦极了，整天不是唉声叹气，就是骂骂咧咧，有时发起脾气来，还会掀桌子，摔锅碗。

　　一天晚上，阿泰又掀翻了桌子。他的儿子小莱又怕又生气，一溜烟地跑出了家门，向太山上跑去。

　　在半山腰，他跑不动了，就地坐下来。

　　山中萤火点点，山风微凉，山峰静谧。小莱望着神秘莫测的星空，顿觉世界上就只剩下他一个人了，不禁抽泣起来。

　　这时候，他听见一阵咚咚咚的脚步声。

　　声音有力，但又觉得轻巧。小莱有点害怕地望了望四周，只见月光下，有个披着长发的小哥哥，正露着洁白的牙齿朝他微笑。

　　"我听到你的哭声了，出什么事了吗？"小哥哥问。

小莱提起的心落下来，他告诉小哥哥："我爸爸每年身上都会长满疙瘩，又痛又痒，今年甚至在脚底下长出一颗毒疮来，让他走不了路。爸爸整天发脾气，我不想回家。可他以前对我可好了，都是这些讨厌的疮。"

小哥哥听完，顺手从旁边的山岩边拔了一株长有红色花朵的草递给小莱。

"这是一株梨草。你把整株草包括花朵切成丁，用木棒捣碎，滤出汁液，再把汁液涂在你爸爸的毒疮上。用不了半个时辰，你爸爸身上的小疙瘩就会全部消失了。"

"真的吗，小哥哥?"小莱站起来想要感谢小哥哥，却忽然发现周围已是空无一人。

小莱赶紧跑回家。

妈妈眼眶红红的，爸爸正低着头不吭声。

小莱举着梨草说："爸，我得到了一株仙草，是一位神仙哥哥送给我的，说能治您身上的疮。"

没等爸爸妈妈反应过来，小莱就捣起草汁来，足足捣了半个小时。

爸爸很配合地让小莱和妈妈帮他涂在患处。

果然，这一天晚上，他睡了一个安稳觉。第二天醒来，全身的小疙瘩都消失了，包括脚底的那颗脓疮。

【中山经·中次七经】

又东南十里，曰太山①。有草焉，名曰梨②，其叶状如荻③而赤华，可以已疽④。

【注释】

① 太山：不是东岳泰山，在今河南北部，具体所指待考。

② 梨：草名，与果树不同，另有所指。

③ 荻（dí）：多年生草本植物，生长在水边，叶子长形，与芦苇相似，开紫色花。

④ 疽（jū）：中医指局部皮肤肿胀坚硬而皮色不变的毒疮。

蓟柏
jì bǎi

——让人变暖和的灌木

等级 异木

形态 低矮的灌木，白花，结红果

异能 使人变得暖和

有一年冬天，敏山一带下了一场厚厚的雪，天出奇的冷，就连呵出的气也很快变成了小霜粒。

家家户户无事时都关门过日子，尽量避免到冰天雪地的屋外去。

一天深夜，小山爸爸醒来，忽然想起家里唯一的柴刀落在山林里了。"是现在去找呢，还是明天一早去找？"小山爸爸翻来覆去，纠结得不行。

小山被吵醒了，他揉着惺忪的睡眼问："爸爸，您怎么啦，做噩梦了吗？"

"没有，今天我把柴刀忘在山林里了，我记得好像把它放在一块山岩上。"爸爸说，"要是被人捡走了该怎么办？"

"那我们现在去找吧。"小山一骨碌从被窝里爬出来。

"天太冷了，外面风又这么大，会受不了的。"爸爸说。

"但现在我怎么感觉不到冷呢？"没有穿外套的小山跳下床，在屋子里走来走去。

听小山这么一说，爸爸忽然也觉得奇怪："昨天晚上，屋子里还冷得让人受不了。但今天像换了一个季节，确实暖和了很多。"

虽然冷风直往窗户里灌，小山和爸爸却一点都没有冷的感觉。

小山打开门，去屋外站了一会儿。

"爸爸，屋外也不冷。"小山说。

"太奇怪，太不可思议了！这冰天雪地的，怎么就不冷呢？"爸爸也走到院子里，他甚至都没有穿外套，"既然已经起床了，不如我们现在就上山

151

去找柴刀。"

在白茫茫雪地的映照下，山路并不漆黑。一丛丛灌木，一棵棵大树，就如大兽小兽般静默着，偶尔能听到雪从高处掉下来的"簌簌"声。

"爸爸，我还是一点儿都不觉得冷，您呢？"小山问。

"我也是，这大冬天的，真是奇了怪了。"爸爸说。

"小山，今天我们吃了些什么？该不会是我们吃的食物能御寒吧？"爸爸突然问。

"今天我们吃的是黍米呀，还有妈妈煮的一大碗汤。这和平时也没啥不一样。"

只是今天的汤料中，妈妈似乎放了一种之前从未吃过的红果实。这些红果实是从一种叫蒟柏的树木上摘来的。蒟柏是一种低矮的灌木，生长在敏山向阳的山谷中，四季花开不断，纯白黄花蕊，在碧绿的有细齿的叶丛掩映下，非常清新可人，果实却难得一见。

早上妈妈和邻居婶婶一起去采蘑菇，意外地发现了一株长着红果实的蒟柏。她便摘了一些回家，做汤的时候把蒟柏果放了进去。她还说："这小红果浮在嫩绿的野菜中，怪好看呢。"

"会不会蒟柏果能御寒？"父子俩异口同声地说道。

没错。蒟柏树向阳而生，常年吸收着温热的光，它的果实能够储存吸收到的热量。吃了蒟柏果的人，冰冻天也不会觉得冷。

小山和父亲在雪地中行走，却像走在春天的山路上一样。

【中山经·中次七经】

又东三十五里，曰敏山[1]。上有木焉，其状如荆[2]，白华而赤实，名曰蓟柏[3]，服者不寒。

【注释】

[1] 敏山：一说即梅山，在今河南新郑市。

[2] 荆：落叶灌木，枝条可用来编筐、篮等。

[3] 蓟柏：即蓟柏，也叫翠柏，丛生灌木，叶多为鳞片状，果实球形，红褐色。

láng 狼

——能让孩子不夭折的草

等级
仙草

形态
形状像蓍草，开小蓝花，结小白果

异能
吃了果实的小孩不会夭折

春天冰雪消融，大騩山附近的一个小村庄里，来了一户外乡人。他们一家四口，夫妻俩和一个男孩、一个女孩。外乡人穿着和村里人完全不同的服装，说着听不懂的话语。

这户人家把家安在破庙附近的一个小草房里。这间草房陈旧破烂，好几年都没人住过。

男主人每天会去山上打柴，但似乎又在寻找着什么。村里的人遇见他，会问他们从哪里来，为什么要到这儿来安家。

男主人叽里呱啦地比画着，但没人能听懂他在说什么。

他家的小男孩看上去脸色苍白，身体羸弱，像是患了什么病。

有一天晚上，那户人家的女主人惊慌地叫起来，那声音划破了夜空，显得格外恐怖。

大家纷纷跑去看个究竟，但见他们的儿子安静地卧在床上，小脸通红，怎么叫都叫不醒，似乎昏睡了过去。

男主人对前来看望的村民们指了指山，又指了指小男孩，还用手比画着什么，似乎山和男孩之间有着什么联系似的。

但是没有人明白他究竟在说些什么。

"去把小夜子叫来吧。她是我们村里最智慧的姑娘，或许她能知道些什么。"一位村民提议道。

"我来了，我来了！"叫小夜子的姑娘正匆匆地跑来。

男主人又比画了一通。

小夜子点点头说："我明白了。他说的是他家孩子生来体弱，医生说命不长，但是我们大騩山上有一种吃了能使人不夭折的蓨草。他们来我们村，就是为了给孩子寻找这种蓨草的。"

"大騩山上竟然还有这样的草，那得多珍贵呀！可它长什么样呀？"

"蓨草我见过，但不知道它竟然还这么神奇。"村里一位有名望的老者说，"它们长得就像蓍草，有笔直的茎干，叶子上长满了细小的绒毛。开蓝色的小花，结白色的果实。"

"这么说来，我也见到过这种草。"有人应和。

"那还不快去找。"小夜子说，"带上火把，咱们现在就去吧，孩子恐怕等不及了。"

就这样，村民们浩浩荡荡地出发去大騩山找蓨草。

小男孩被这么多人呵护，一定会有奇迹发生的。果然，大家还没到半山腰呢，就发现了蓨草。它结的白色小果子在暗夜里兀自发着微光，如小小的灯盏。

小男孩吃了乡亲们找到的小白果，再也不担心发病了。

【中山经·中次七经】

（大騩之山①）有草焉，其状如蓍而毛，青华而白实，其名曰蓨②，服之不夭，可以为腹病。

【注释】

① 大騩（guī）之山：在今河南新密市。
② 蓨：草名，具体所指待考。

高粱草
gāo liáng cǎo
——能让马跑得飞快的草

等级	形态	异能
仙草	形状像葵，开红花，结荚果	能使病马变良马

　　高粱山下有个高粱村，村里人有种庄稼的，有放牧牛羊的，有做草药的——赚钱养家的形式各异，每家每户的收入也高低不同。

　　小松家养着一群羊和一匹马。父亲放羊牧马很有一套，他总能找到鲜嫩的草丛，也能精准地看天气，很少有羊在放牧的途中失散，也很少有羊因饥饿而羸弱不堪。有一年冬天，村中有嫉妒心强的人在小松家的羊圈里放了毒草，结果第二天，所有的羊都被毒死了。

　　自那以后，小松家就变得贫困交加，甚至欠了很多外债。他们再也买不起羊了，唯一的马也因疏于照料变得病恹恹的。

　　这一年春天，村里出了一个告示，说要举行赛马大赛，获胜者能得到五十两银子。

　　"爸爸，我们去参加吧。"小松说。

　　"村里再也寻不出比我们家这匹还要羸弱的马了。"爸爸说，"你觉得我们的马能跑得过人家的吗？"

　　小松望了望拴在院子里的马，它就像一匹病马呀，一副随时都会倒下去的样子。

　　"不要气馁，你们的马虽然看上去不怎么样，但是我有办法能让它变得强壮起来。"突然，他们的耳边响起一个苍老的声音。

　　声音有点耳熟，却不见人影。

　　"爸爸，是去年夏天，我们在池塘里救起的那位老爷爷的声音呀。"小松说道，"老爷爷，是您吗？"

157

"没错，是我，但你们无法看见我。"声音又响了起来，"不要好奇我到底是谁，你们只管听我的吩咐去做。"

老爷爷说："高粱山上有一种草，它的名字和山的名字一样，叫高粱。高粱草长在山峰的南边，匍匐绵延，叶子像葵叶。它们春天开灿烂的红花朵，由白色的花萼托着，看上去就像一盏盏烛火。花谢后，会结出一个个荚果，每个荚果里有两颗圆圆的小果实，但结得很少。你的马如果吃下这种果实，就会变得强壮，成为一匹千里马。赶紧去寻找吧。"

老爷爷说得没错，小松和爸爸果然在高粱山的朝南地带找到了一大丛高粱草。草叶匍匐在山岩处，如果不留意，根本就没有人会发现这种草会结果实。

小松和爸爸趴在地上拨拉草叶，寻觅了好久才发现两个荚果。

"两个就够了，小松。"爸爸说，"我相信老爷爷，也相信我们的马。"

"我也是。"

小松家那匹赢弱的马吃下荚果后，第二天就变得强壮了，精神了。

在赛马中，它果然不负小松和爸爸所愿，跑得就像飞一样，最终成为优胜者。

小松家得到了五十两银子，窘迫的日子得到了改善。

【中山经·中次九经】　　　　　　　　【注释】

　　（高粱之山[①]）有草焉，状如葵而赤　　①高粱之山：指今四川剑阁县北的大剑山。
华，荚实白柎，可以走马。

樗木
shàn mù

——散发着好闻木香的树

异能 无

形态 高耸入云，木纹白色

等级 凡木

风雨山，和名字并不相符，它是一座安静的山。

山下有个木山村，因山中多林木，大家经常去砍树做些木家具。

有一天，阿藕跟着父亲去风雨山。

来到一棵大树跟前时，阿藕突然闻到了一股好闻的木香。

那是一棵樗木散发出来的幽香，清清浅浅的，但持续良久。

"爸爸，这棵树能用来做什么？"阿藕问。

"什么都可以做啊。"爸爸说。

"爸爸您看，它的树冠那么高大，像是和天空连在一起了。"阿藕高高地仰着头，望着蓝天映衬下的树冠。

"阿藕，爸爸用樗木给你做一把木梳吧，用来梳你的小辫儿，头发都会香香的呢。"爸爸说完就砍下来一根碗口粗的枝条。

"原来，树皮里面藏着白色的木头呀。"阿藕仔细地看着切口处。

"爸爸，做两把梳子吧！妈妈一把，我一把。"阿藕说，"不，要三把，给阿莲也做一把。"

阿莲是阿藕的好朋友，她们每天都一起玩。

"可以，可以，做十把都没问题。"爸爸扛起树枝，"走，咱们回家，我这就去给你们做木梳。"

回到家，爸爸把树枝切成片状，在大锅里蒸煮了十分钟后，晾晒在院子里。

第三天，晒干的木材就开齿了。阿藕看到爸爸拿了一把柴刀，把木片的一端切成齿状，然后在另一端画出一根弧线，再用刀沿弧线切割多余的木材。一把梳子的雏形就显现出来了。

"爸爸，让我来打磨吧。"阿藕平时看过爸爸做东西，知道怎么让木器更光滑。

她找到用木贼草的骨节串起来的珠子，轻轻地摩擦梳胚。在来来回回的打磨中，木梳变得越来越光滑，越来越亮。

爸爸果然一连做了十把梳子。阿藕、阿莲和妈妈一人一把。剩下的七把梳子，爸爸拿到集市上卖，因樗木梳散发出好闻的香气，很快就卖光了。

【中山经·中次九经】

又东一百五十里，曰风雨之山①，其上多白金，其下多石涅②，其木多楢③、樗④，多杨。

【注释】

① 风雨之山：一说可能指今重庆巫山县的巫山。

② 石涅：即石墨，矿物名，铁黑色，条痕呈光亮的黑色，半金属光泽。

③ 楢：木名，具体所指待考。

④ 樗：木名，木纹白色，又叫白理木。

鸡穀

——能延年益寿、治百病的草

等级　仙草

形态　草茎像鸡蛋，绿叶狭长

异能　治愈百病

　　兔床山脚下一个叫谷村的村庄里，有一户残疾人家。这户人家不知道中了什么邪，五口人都带疾。父亲有耳疾，母亲有腿疾，大儿子视力弱得像个盲人，两个女儿一个不会说话，一个只会傻笑。好在一家人相亲相爱，父母又勤劳肯干，日子过得清苦却也快乐。

　　有一天，母亲去割草，途中看见一只小画眉像是被什么缠住了，在野花丛中扑腾，怎么都飞不起来。"它需要帮忙呢。"母亲一边想一边疾走上前，但因腿脚不方便，走几步就会趔趄一下。

　　走近小画眉时，母亲果然发现鸟腿上有一根细细的红丝线。她小心地把线提起来，给了画眉鸟自由。

　　画眉鸟在母亲的头顶上盘旋了三圈后，唱着歌飞远了。

　　第二天早晨，母亲在晨光中发现院落里堆起了一丛草。

　　常年上山去割草的母亲知道这种草，当地的人们叫它鸡穀草。

　　鸡穀草就像许许多多普通的草那样，在兔床山很常见。它们有狭长的绿叶，草茎就像鸡蛋，圆润、饱满、光滑。这种草牛羊不爱吃，马儿不爱吃，很少有人会去割它喂牲口。

　　母亲便很奇怪，这草怎么会堆在院落里啊？

　　她拿来扫把，把它们扫进簸箕，丢到了院外的田地里。

　　可是又一个早晨，母亲在老地方再次发现了一堆鸡穀草。

　　"这是谁搞的恶作剧呢？"她觉得很蹊跷。

　　在村里，母亲每天总是第一个醒来的人。她一起床，就会打开门，把

院落清扫干净。

"邻居和我们相处得都很好，不会有人故意把这些无用的东西堆在这里的呀。"母亲越想越觉得奇怪。当天晚上，她索性不睡觉，候在窗口看动静。

五更时分，母亲听见一阵扑棱翅膀的声音，然后，就着夏日拂晓的微光，她看见那只曾被她救助过的画眉鸟，嘴里衔着一株鸡穀草，俯身下来把草丢在地上，又飞走了。

不一会儿，又衔来一株……直到五株后，画眉鸟再也没有出现。

"会不会这不起眼的鸡穀草能煮来吃啊?"母亲虽然腿不方便，但有智慧的头脑，"我曾救助过画眉鸟，它也许是来报恩的。五株草，是让我们一人吃一株吧。"

母亲这次没有把鸡穀草清理掉，而是把它们煮了，一家人一人分一株吃了下去。

鸡穀草味道酸甜，比一般的野菜都要可口。

"不知道它能为我们带来什么样的福报?"母亲很期待。

正在这时，不会说话的女儿突然开口叫道:"妈妈，这草味道真不错，它是什么草?"

接着，母亲发现，儿子的弱视好了，另一个女儿有了正常的头脑，丈夫能听见声音了，而自己的腿疾，也在瞬间消失了。

原来这鸡穀草，看似普通，却是能治愈百病的仙草啊，据说还有延年益寿的功效呢。

【中山经·中次十一经】

又东北八百里，曰兔床之山①，其阳多铁，其木多薯芎，其草多鸡穀②，其本如鸡卵，其味酸甘，食者利于人。

【注释】

① 兔床之山：具体所指待考。

② 鸡穀：草名，具体所指待考。一说指蒲公英。

huán
桓
——天然的"洗涤剂"

等级
异木

形态
高大挺拔，叶薄如纸，葡萄状果实

异能
清洗衣物

　　袂簡山上，生长着许多参天大树，有松树、柏树，也有桓树。

　　桓树有柳叶般的长卵形叶子，薄如纸，却透亮。秋天，叶子会变黄、掉落。九到十月，桓树会结出小圆球似的果实，先是青色的，逐渐变成黄色。桓树的果实一嘟噜一嘟噜地生长，就像一串串黄色的葡萄。

　　小蓓上山，一眼就看到了桓树。此刻，正值仲秋，桓树叶有青的、绿的，也有一些泛红的，再加上正变黄的果实，看上去整棵树缤纷灿然，非常美丽。小蓓一伸手，正好能够得到长在最低处的桓树果。

　　"这么好看的果实，一定也很好吃。"小蓓张口就要咬。

　　"不行，小姑娘，桓树果是不能吃的。"从山林里的一条小溪边走来一

167

位美丽的女子，只见她穿着一身绿衣，像个天仙。

绿衣女子牵起小蓓的手，又伸手摘了一串桓树果。绿衣女子俯身剥开桓树果，把果肉涂在小蓓的脏手上。

"你看，起泡泡了。这桓树果呀，也叫无患子，能清洗脏东西。"绿衣女子用溪水把小蓓手中的泡沫冲掉，"你看，是不是干净了？"

然后她又剥开另一颗果子，涂抹在小蓓脏了的裙角，"果肉滑腻腻的，搓一搓，洗一洗，就能去污渍。"果然，脏的地方清洗干净了。

小蓓问："妈妈最烦衣服脏，这下好了，有了桓树果帮忙，妈妈会很开心的。"

绿衣女子说："嗯，你摘几个回家吧。"

小蓓笑着告别了绿衣女子，当她回转身再看时，发现那女子连同那条小溪，都不见了。可能她是山神吧，也可能是仙女吧，或者，是一个树精？

【中山经·中次十一经】

又东北五十里，曰祑筒之山，其上多松、柏、机、柏①。

【注释】

① 柏：一说应作"桓"，指无患子。

dì nǚ sāng
帝女桑
——赤帝女栖息的树

沧水是一条奇异的河流，生活着许多蛟龙。它的发源地宣山也是一座充满了神秘感的山峰，山上有一棵五十尺粗的桑树。这株桑树和其他的不同，它的叶子硕大，每一片都有一尺宽，如一把把伞撑起在空中。风来叶摇，起伏如云，清凉濯目。相传，这株硕大无比又奇特的桑树，和赤帝女有关。

赤帝女是炎帝神农氏的二女儿。她的姐姐炎帝少女有一次在湖畔休憩时，做了一个怪异的梦，她梦见了在襄阳的大尖山上修行的赤松子。

赤松子居于山上一个石屋里，已经修行得能在风雨中来去自如，在烈火中行走如常。梦醒后，炎帝少女很是羡慕，便随梦中的景象探寻到襄阳，栖身在一座名为小朱山的岩洞里。赤松子果然就在大朱山，已经成为雨师的他便常常来给炎帝少女传道。

两人一起修行，同时也辛苦地炼丹化玉。多年后，赤松子和炎帝少女一起得道成仙，修成正果。

赤帝女想和姐姐一样成为一个仙人，便也勤苦修行。

当她如愿以偿后，把自己幻化成了一只白鹊，纯美迷人。

有一天，白鹊飞到宣山顶上，一眼就望见了这株桑树。

桑树如彩云般的叶子和那粗壮的树干吸引了赤帝女，她便停落在桑树上，观望四周。但见宣山景色秀美，而桑树更是一个绝好的安家之所，是赤帝女从未见过的树形。尤其那向四处伸展交叉的树枝，枝条上那隐约嵌有红色叶脉的叶子，叶间盛开着的明黄色花朵，和花朵下的青色花萼，都让她觉得舒适，安然。

赤帝女花了半年的时间，用宣山上最柔韧的枝条给自己做了一个漂亮的巢。接着又凿开树干，雕琢出一个精致的树洞。

以桑树为家，赤帝女就这样安心住了下来。大多时候，她都以一只白鹊的样貌高居在巢里，偶尔也会变回女儿身，住进树洞里。

炎帝神农氏心疼女儿像个野人一样蜷居在树上，便一次又一次地劝她回家过安逸的日子。但赤帝女喜欢桑树，根本就劝不动。神农氏只好请人焚烧桑树，好逼赤帝女落回到地面上来。怎奈赤帝女铁了心不肯就范。火势上窜，烧着了白鹊的羽毛……赤帝女就此焚化，升天而去。

说也奇怪，这棵巨大的桑树并没有被火灼伤。火灭后，它依然是原来的样子，叶大如伞，干粗如塔，就连鹊巢也完好无损。

人们为了纪念赤帝女，就把这棵桑树称为"帝女桑"。

【中山经·中次十一经】

（宣山①）其上有桑焉，大五十尺，其枝四衢，其叶大尺余，赤理、黄华、青柎，名曰帝女之桑②。

【注释】

① 宣山：在今河南东南部，具体所指待考。
② 帝女之桑：即帝女桑，桑树名。帝女，一说指传说中的赤帝之女。

171

yáng táo
羊桃

——能消肿的树

丰山上长满了普通的桑树，间杂有些羊桃树。羊桃树形似普通的桃树，春天也会开粉红色的桃花，只是茎干不为圆形，而是方的。

羊桃结果任性而为，并无规律。有的羊桃树十年结一次果子；有的会在冬天结果；有的在满月天的清辉中结果，第二天又会消失不见。

羊桃果能治愈肿胀病。无论是脸部的肿胀，腿部的肿胀，还是手指的肿胀，只要吃下一颗羊桃果，保准在五分钟内就能消肿，让皮肤恢复如初。

小夜的妈妈患肿胀病快两年了，总是反反复复，断不了根。无论是炽热的夏天，还是严寒的冬天，小夜都会去丰山候着，只为给妈妈摘取一颗羊桃果。可是，每一次她都空手而归。

这一天，小夜又去丰山了。中午时分，突然乌云密布，天空如夜幕降临般灰暗，山岩像堵黑墙，像是要倾倒下来。小夜知道，暴风雨就要来临。

"乘着滂沱的大雨还未下，赶紧逃回家吧。"小夜害怕极了，往山下跑去。但就在这时，树底下传来一个低沉的声音："羊桃就要结果了呢，就要结果了呢。只结一个果实，小小的，珍贵着呢。"

小夜停下奔跑的脚步，突然回转身来。"这是真的吗？这是真的吗?"小夜一连问了两遍，可是再也没有声音来回应她。

山风已经刮得大树东摇西晃，小夜的头发被吹乱了，呼吸也被风搅得不太顺畅。"如果这是真的，就算大雨倾盆，就算风把我吹走，我也不能回家。妈妈要是吃了羊桃果，身体恢复了健康，就能像以前一样整天都微笑吧?"一想到妈妈的笑脸，小夜就决定要守在树下，看羊桃结果。

许是小夜的决心感动了即将来临的暴风雨，当她再次倚靠在羊桃树干上时，风停了，乌云散去，阳光又倾泻下来。小夜紧张的心放松下来。

这时，她一抬头就看见了一颗小青果。小青果被从树缝中漏下来的光映照着，一闪一闪地亮着。"谢谢你，羊桃树，我要摘你的果子了。"小夜向树躬身作揖，然后往上一跳。

"摘到了，摘到了!"她大声欢叫起来。

她一路飞奔着回到家，把摘到羊桃果的好消息讲给妈妈听。

妈妈说："谢谢你，小夜。一定是你的善良感动了山神，是他提示了你呢。"吃下羊桃果的妈妈，第二天就消肿了。

【中山经·中次十一经】

又东四十里，曰丰山，其上多封石，其木多桑，多羊桃①，状如桃而方茎，可以为皮张②。

【注释】

① 羊桃：阳桃和猕猴桃等植物的别称。阳桃是一种常绿乔木，叶卵形，开白色或淡紫色花，果实椭圆形，绿色或黄绿色，有五条棱。

② 皮张：皮肤肿起。

guì zhú
桂竹
——有毒的竹子

等级 奇竹

形态 像普通竹子，主干中长着细密的侧枝

异能 能毒死人

云山上，有许多黄金；云山下，有许多美玉。云山之南有个小山村，名为喜乐村。

喜乐村的村民们把黄金和美玉运到山外，卖给商人，换取各种各样的商品。布帛、食具、器物都是上好的，每一户每一家都不用为衣食而担忧。

但是不知道从什么时候起，喜乐村的村民上山去，经常会出现暴毙的现象。明明出门的时候精神抖擞，但到了山中，走着走着就会莫名其妙地倒地而亡。似乎每天都有村民出去之后便不再回来。

村庄里时不时地就有人家办丧事。喜乐村笼罩着恐怖气氛，大家不知道是什么原因，也不知该怎么办。

云山似乎成了大家望而生

畏的地方，可是为了生计，大家又不得不上山去寻找黄金和美玉。

小沛是村庄里长得最健壮的小伙儿，不仅如此，他还爱思考。面对云山上发生的怪事，他很想去弄个明白。但是父母极力阻止他上山，小沛只好作罢。有一天，他乘着父母不留意，偷偷地跟在邻居大叔大伯们的身后，上云山去了。

山里和往常一样，天空高远，蓝得透澈，山峰一片青绿，风吹拂面，一如既往地舒适。树还是原来的树，草还是原来的草。小野兔和山鼠时不时地跳跃，奔跑，留下一地细碎的足迹。突然，一只野兔不知道为什么，蹦到高处时掉了下来，趴在地上一动不动。大家走近一看，才发现野兔已经死了。正在这时，一只松鼠也在野兔掉落的地方，突然坠落。村民们惊恐万分，预感到不好的事情就要发生在自己的身上，纷纷掉转头要回家。

只有小沛急速走上前，看周围的动静。那儿除了荒草和几块突兀的岩石外，就只有一些零星生长着的桂竹了。桂竹长得和普通的竹子很相似，但它的主干之外还有细长的侧枝伸展开来，像一把把利剑刺向四面八方。

再看倒在地上的野兔和松鼠。小沛很快就发现，它们身上都有一道细细的划痕。这划痕是哪来的呢？小沛把目光锁定在桂竹的侧枝上，只见它们尖细如针，一不留神就会被刺到。

"我能断定，这些桂竹有毒。是它毒死了野兔和松鼠。"小沛坚定地说，"我们村里的人，也是被它刺伤，中毒身亡的。大家只要绕开桂竹，就不会有事。"

这一天，大家如小沛所说的那样，绕开桂竹而行，都顺利找到了黄金和美玉，平安归家，没有人发生意外。

【中山经·中次十二经】

又东南五十里，曰云山，无草木。有桂竹①，甚毒，伤人必死。

【注释】

① 桂竹：一说因产于湖南桂阳，故名。

三珠树
——结珠宝的树

等级	形态	异能
神木	全株缀着珠宝，青色的叶子	长珠宝

厌火国北面的赤水岸边，生长着珍贵华丽的三珠树。三珠树青得深沉，但又明丽。叶子上缀满珠宝，看上去晶莹、透亮、纯粹。

赤水岸边人迹罕至，鸟却多得数不胜数。就像人类那样，高贵的人住富丽堂皇的屋子，底层的人只能住在简陋的房子里。这些鸟择木而栖，鸟的栖息地也能分出个高低贵贱来。三珠树是当地最珍贵的树，当然有最美丽的翡翠鸟来筑巢安家。当翡翠鸟站在长满了珍宝的三珠树上歌唱时，声音悦耳迷人，常常引得其他的鸟儿前来和鸣。

一天，一只全身乌黑的老鸦不知从哪儿飞来。翡翠鸟朝乌鸦不停地尖叫，完全失去了往日的优雅。众鸟闻声飞来，看见乌鸦，也非常排斥。乌鸦无法再停留下去，只好聒噪了一番后，展翅飞走了。

自从乌鸦来过后，赤水岸边时常会出现一些不寻常的事。比如三珠树的珍珠有时落了一地，滚得到处都是。比如夜莺的歌声，不知为何，变得粗哑。更可怕的是，赤水岸边居然出现了人类。起先是两个，后来是五个。

这些人把三珠树上的珠宝采下来，装进口袋里。

过了几天，他们又来了。栖息在树上的翡翠鸟们惊恐极了，它们悄无声息地飞离巢穴，躲到别的树上去了。

人类抡起锄头把赤水岸边所有三珠树都挖了出来。赤水岸边再也没有三珠树了。而人类的院落里，已被采撷完珠子的三珠树，光秃秃地挺立着。

"不知道这些树什么时候能再次长出珠宝来。"他们期待着。但没过多久，三珠树就毫无征兆地枯死了。自此，世上再无三珠树。

三珠树在厌火①北，生赤水上，其为树如柏，叶皆为珠。一曰其为树若彗②。

① 厌火：指厌火国，因其国中之人能口中吐火，故名。

② 彗：彗星，俗称扫帚星。

雄常
xióng cháng

——能做衣服的树

　　肃慎国在白民国之北，因气候的原因，那里土地贫瘠，树种稀少。

　　冬天，肃慎国处在冰天雪地中，大家也因为不会织布做御寒之衣，只好聚居在洞穴里，抵御寒冷。人们在肃慎国的冬天，度日如年。尽管如此，大家心中还是会燃起希望，这希望就是雄常树。

　　在肃慎国，雄常树毫不起眼，它的树叶小而稀疏，常年保持着同一个姿态，似乎从不掉叶，也从来都不长新叶。但就是这种雄常树，有"应德而生"的神力，只要世间出现一位贤德圣明的君王，它就会长出柔韧温暖的树皮。那树皮如丝巾绸缎那样光滑，也像棉麻般厚实。只要把树皮扯下来，就是一件上好的衣裳。

　　这一年，听说中原地带有位新君主，气度恢宏、至圣至明，且节俭爱民，深受老百姓的信任和爱戴。这对肃慎国国民来说，可是一次难得的福报。他们从春天开始就在祈盼着雄常树发生变化。但暑来寒往，雄常树却依然无动于衷，像一个个木偶人，风来不摇，雨来不动。

　　村里每天都会有两个健壮的男人去看一看雄常树，好及时知晓树皮长出来的好消息。

　　腊月的最后一天，终于有人发现每一株雄常树都长出了树皮。

　　这个消息令所有肃慎国的人激动万分，他们扒下树皮披在身上。

　　这些树皮也很神奇，每一块都像藏着一个裁缝，偷偷地给获得它的人量体裁衣，做出适合他们的衣裳。

178

【海外西经】

　　肃慎之国在白民北。有树名
曰雄常[1]，先入伐帝，于此取之[2]。

【注释】

① 雄常：或作雄棠、洛棠，树名，一说指棠梨。
② 先入伐帝，于此取之：也作"圣人代立，于此
　　取衣"。

寻木
xún mù
——众多精灵的栖息地

等级
神木

形态
巨大无比，枝条各异，彩色叶子

异能
生活着各种精灵

　　黄河上游的西北方，拘瘿国的南面，生长着一棵巨大无比的神树。

　　这棵树高望不到头，宽望不到边，延展千里，大得无法形容。据说没有人能从树的这一头走到那一头。这棵树叫寻木。它的枝条各异，有弯曲生长的，有旁逸斜出的，有笔直竖挺的，也有打结缠绕的，看上去不像是自然生长的树，更像是一个怪异的小天地。

　　寻木叶也五花八门，有的枝条上长着圆润的蓝叶子，有的枝条上长着尖细的绿叶子……在寻木这个小世界里，人迹罕至，却生活着众多精灵：花精灵、叶精灵、苔精灵……数不胜数。

　　这些小精灵在寻木中安家，在树身的各个部位获得所需的能量，延续

生命。它们从不打扰各自的生活，日子过得安逸舒适。

花精灵每天会在寻木绽放的花朵中穿梭，它们采集花露，制作香精，在自己薄如纱的羽翼中洒满香粉，一整天都散发着迷人的香气。这些香气并不相同，有时浅淡，有时浓郁，有时带来喜乐，有时却充满着忧伤。花精灵用香气来感知彼此的心情，获悉同伴的情绪，并给予安慰、劝解、分担或者分享。它们在四季轮回中，简单又快乐地过着无外人侵扰的生活。

每一个叶精灵都着绿裳，只是这身绿裳时常会变换。世界上有多少种绿，它们就能变幻出多少种来——青绿、黄绿、蓝绿、黛绿、粉绿、玛瑙绿、琉璃绿……都很好看。

寻木因为有了各种小精灵的存在，显得越发生机勃勃。

【海外北经】

寻木①长千里，在拘瘿②南，生河上西北。

【注释】

① 寻木：一种极其高大的树。
② 拘瘿：即拘瘿国，因其国中之人常常用手托着脖子上的大肉瘤，故名。

三桑

sān sāng

——天上掉落的种子长成的桑树

等级	形态	异能
神木	高达百仞，无枝条，叶簇生	蚕娘吐丝

三桑长在大踵国的东面。它们如三个巨人并列站着，也像三座规划好间距的屋子，很有秩序感。它们处在荒野中，周围除了荒草还是荒草。

三桑树形高大，有百仞。但它没有枝条，只在树冠处长着一大簇茂密的绿叶。这些叶子重重叠叠地生长，看上去像一朵又一朵的绿云，聚拢在高处。

偶尔会有大踵国的人从三桑树边路过，他们有时会停下脚步仰望树冠，有时会好奇地用手摸一摸树干。

"爸爸，为什么这棵树没有枝条呢？"有一天，一个小男孩问父亲。

"树的形态本就多种多样。如若它有枝条，就不是这种树了。"父亲说。

其实这三棵桑树，是天庭上掉落的三颗小种子生发长成的。

种子原本属于天上蚕娘的。有一天，当她爬上树，吃完桑叶后感觉嘴巴里有什么东西给硌着了，便把它们吐了出来。蚕娘吐出来的便是桑树的种子，一共有三粒。那天，刚好有顺着天梯爬到天上去的巫师，种子便掉落在他的头冠上。

等巫师回到人间，路过大踵国的东面时，帽子上的种子便掉落下来。当春天来临，种子便发了芽。等到七七四十九天过后，三棵树已经变成了参天的桑树。天宫的蚕娘知道此事后，每年暮春时节会下到凡间，爬上树吃桑叶，等吐出丝来后，再回到天上。

蚕娘吐的丝就堆积在三桑树边，看见蚕丝的人会带回家把它们做成衣裳。

【海外北经】

　　三桑无枝，在欧丝^①东，其木长百仞，无枝。

【注释】

① 欧丝：即欧丝之野。欧丝，即呕丝，指吐丝。

xūn huá
薰华

——能使头发变色的草

等级

仙草

形态

如普通的杂草，开各色花朵

异能

晨开暮落

君子国的国人们虽然食的是野兽，使唤的是老虎，但他们并不野蛮，反而是当时最懂礼仪的国邦。与人相处时，君子国人总是会很客气地谦让，并始终面露微笑。

在他们的国家，还有一种特有的草，称为薰华。

184

薰华看上去是一种极普通的草，但开的花却异常美丽。

每一株薰华会盛开不同颜色的花朵，浅红色尤为好看。只是，这些花晨起开放，傍晚的时候就全部凋谢了。凋谢的花瓣如隐形了一样，再也寻不见。

君子国人因怜惜花朵只开一天，谁都不忍心去摘。

薰华多在河畔生长，它们春天发芽，夏天开花。花落后却从不见籽，也不知道它们是怎么生长起来的。

有一天，河里驶来一条木船，船上是一户异乡人。小姑娘看见河畔的薰华开得那么好看，就叫父亲停船靠岸。

她采了一朵红色的薰华，戴在左边的乌发上；又采了一朵黄色的薰华，戴在右边的乌发上。小姑娘站在船边，临水照镜，水中映出一张美丽的脸，两朵花也分外好看。惹得岸上爱美的小女孩们也纷纷跑去摘花，戴在发间。

当夕阳西下，天色黯淡下来时，姑娘们戴在头上的花朵莫名其妙地消失了。

"呀，你的头发变红了。"

"你的变黄了。"

"你的变成蓝色的了。"

原本满头乌发的女孩们，发色都不一样了。她们刚才戴了什么颜色的薰华，头发也相应地变成了那种颜色。

花色虽美，但无论什么颜色的头发，都比不过满头的黑发，姑娘们后悔极了。

【海外东经】

有薰华草①，朝生夕死。一日在肝榆之尸北。

【注释】

① 薰华草：一说薰华即木槿花。木槿是一种落叶灌木，夏秋开红白或紫色花，早开晚落。

jiàn mù
建木
——能上天入地的树

等级
神木

形态
像头老黄牛，叶子硕大

异能
上天入地的阶梯

　　建木生长于弱水边上，它的周围方圆几十里无草木，显得空旷无边。

　　建木的枝干看上去凌乱疯狂，但无论它怎么抽枝长叶，形态都像一头大黄牛——每个角度都成"牛"。这头牛挺胸昂首，雄壮矫健。

夏天是建木最繁茂的时节，它枝干上的树皮由深褐色变成了明黄色，若缨带，也像蛇皮。树皮与树干之间有缝隙，用手轻轻一扯，就会剥落。但神奇的是，在树皮脱落的瞬间，原来的地方又会形成新的树皮，颜色更加明丽。被剥落的树皮柔韧如麻，能用来搓成牢固的绳索。

秋天，建木会结果实，呈圆球状，玲珑如小灯盏。这些果实有时候在暗夜里会发光，据说，那是天上有神仙下凡了。原本这棵建木，是黄帝所种。他种树的目的，就是想让建木作为沟通天上、人间和地狱的桥梁，方便各界来往交流。黄帝、伏羲等神人用建木树皮搓成的牢固绳索做成天梯。他们通过天梯上天入地，很是便利。

后来，人间有了巫术，出现了很多巫师。有一个测风水的巫师，在做法的时候知道了建木，便不远千里赶来探个究竟，果然看到在天地的中心，有一棵能上天入地的建木。就这样，一传十，十传百，知道建木存在的巫师越来越多。他们想获得更厉害的法术，便和神人一样，通过建木上天庭下地狱，采撷异果，获取仙草……

来来往往的人、神、怪一多，原本寂静的神秘之地，变得异常嘈杂纷乱。黄帝的孙子颛顼为此非常恼火，有一天深夜，他趁着月色把建木砍了，现在那里只剩下一个光秃秃的大树墩。

【海内南经】

有木，其状如牛，引①之有皮，若缨②、黄蛇。其叶如罗③，其实如栾④，其木若芑⑤，其名曰建木。

【注释】

① 引：牵引；牵拉。
② 缨：一种带子，用来系冠、捆绑或作装饰物等。
③ 罗：一说指一种稀疏而柔软的丝织品；一说指网罗；一说通"萝"，指女萝。
④ 栾：木名，即栾木，又叫栾华，落叶乔木，高可达20米，羽状复叶，开黄色花。
⑤ 芑：荑的别称。荑指初生的荻，似苇而小。

木禾
mù hé
——需五人围抱的稻禾

等级
神谷

形态
五寻高，五围宽，茎干上长着稻须和稻穗

异能
结碗口大的稻穗

昆仑虚，方圆八百里，万仞之高。在延绵的群山之巅，长有一株奇异的植物。它高达五寻，宽有五围，需五个人展开双臂合抱。它看似是一棵古老的巨树，但实际上是一株谷类植物，叫木禾。木禾粗大的茎干上，没有分支和节点，却长着无数细细长长的稻须和一个个硕大无比的稻穗。

传说木禾本是人间一块稻田里结下的稻谷，被一只灰鹤衔起。灰鹤在飞过昆仑虚时，稻谷掉落在山巅。三天后，这粒普通的谷种便生根发芽，有了生命。因小禾苗长在离地面万米之高的云端，吸收了更多的天地精华，加上神秘的昆仑虚自身所带的神力，使得这棵小禾苗越发茁壮成长，巨大如树，且不会因为稻谷成熟而萎谢。住在昆仑山下的人们都知道山巅长有这么一株木禾，但谁都没有看见过它结的谷子究竟有多大。每年秋季田间的稻子成熟后，村民们就会想起木禾的果实。

"我猜，它们有木瓜那么大。"

"应该不止吧，该有西瓜那么大吧？"

"会不会像个木盆那么大？"

"那么大的米，要切开来煮吧？"

有一天，昆仑虚的山神听到了村民们的议论，觉得有趣，便来到木禾生长的地方。只见谷穗累累，一颗紧挨着一颗，它们虽然硕大，但并没有村民们想的那么夸张。山神摘下一颗，用力一挥，把它扔到了田间，好让村民们看个真切。但当如一个碗口大的谷穗落下来砸中地面的时候，并没有人知道它就是木禾结的果实呀。

【海内西经】

　　昆仑之虚①方八百里，高万仞。上有木禾，长五寻②，大五围。

【注释】

① 昆仑之虚：指昆仑山。

② 寻：古代以八尺或七尺为一寻。

文玉树
wén yù shù

——结满五彩玉石的树

等级	神木
形态	枝条向四面交错、缠绕，叶子会变幻
异能	结五彩玉石

　　文玉树长得并不高，也不挺拔。就像一个人，矮个儿，却巨胖——文玉树也是这样的态势，横向生长。它的枝条向东西南北交错着，缠缠绕绕，仿如一株巨型的藤蔓。

　　文玉树的叶子看似普通，却会变幻。有风的时候，叶子如扇，圆润亮

泽；静止的时候，叶如丝缕，纤细柔软。而在阳光的照射下，叶子会变得透明——不见叶片，只隐约能看到叶脉。

不知文玉树在世上究竟长了多少年，它结下的果实居然都是玉石。

玉石小如砾，却多如星辰。白天，玉石是灰色的，有深灰、浅灰和银灰，看上去就像普通的小石子。可一到晚上，缀在树上的玉石就会变色。

有时候，它们变成红色，能照亮方圆几十里地；有时候，它们变成紫色，让人有置身在梦境中的感觉；它们还会变成如星空般的蓝色，如草甸般的绿色，如麦田般的金色……

五种颜色的变化，毫无规律：前一秒还是蓝色，下一秒或许就是黄色的，也有可能会是红色的。

文玉树所在的地方，少有人烟。即使白天有人路过这里，也不会对结着灰色石子的树感兴趣。因此，文玉树结玉石的这个秘密，很多年都无人知晓。

直到有一天，山民阿普、阿满夫妇赶路时，阿满被文玉树附近的一块岩石绊倒后摔坏了腿，不方便行走，便在一棵大树下休憩。夜幕降临，他们看到了散发着光彩的文玉树，才知道这棵树居然是宝物。

夫妇俩采撷了五彩玉石，过上了富足的日子。

【海内西经】

开明北有视肉、珠树①、文玉树②、玗琪树③、不死树。

【注释】

① 珠树：长有珍珠的树。一说指三珠树。

② 文玉树：五彩玉树。

③ 玗琪树：长有红玉的树。

去痙
qù chì

——能减轻病痛的树

等级
神木

形态
高耸入云，叶绿，结红色或黄色的果实

异能
只有长在去痙山南面的树会结果

在一片荒凉之地，有一座去痙山。山的走势平缓，四季如春。

去痙山南十里远，有个南山村。村里的人们喜欢爬去痙山，他们一直认为，去痙山是一座吉祥的山。因为山上长着一种叫去痙的树。去痙树高耸入云，成片成林，无论春夏秋冬，它们都挂着累累的果实。去痙果，小如珍珠，有红有黄，味道酸甜，可以直接摘来吃，也可以蒸煮或烘干了吃。

小薰的爷爷因为吃了去痙果，治好了二十几年的腿疾；小云的奶奶因为吃了去痙果，胸口疼的顽疾也消失了……总之，有病的人吃了去痙果，都能减轻病痛，甚至治愈。

去痙山北十里远，有个北山村。有一天，北山村的山木听南山村的森野讲了去痙果的事后，为自己不知道有这样奇特的果实而颇感惭愧。山木回到村里，马上告诉村民们去痙山上有奇异果的事。

当天，大家就相约去山里摘果子。

山木拿出森野给他做参照的去痙树枝叶，请大家一起找。

"那不就是吗？那么多，像片森林。"有人指着一排树说道。

大家比对着树叶和枝条，一致认为眼前成片成林的树，就是去痙树。

"但哪里有果实呀，分明一颗都没有。"

"一年四季都挂着果的。"山木说，"南山村的森野就是这么告诉我的。"

可是，大家找了一遍又一遍，直到日落西山，也不见一颗去痙果。

后来，山木又去森野那里打听，才知晓：只有长在山南的去痙树才会结果，而北山遮阴，去痙是结不了果实的。

【大荒南经】

大荒之中，有山名
曰去痓①。南极果，北不
成，去痓果。

【注释】

① 去痓：山名，具体所指
待考。

fēng mù
枫木

——蚩尤的枷锁变成的树

等级 神木

形态 充满力量，叶如掌，秋天变成红色

异能 蚩尤的枷锁变成的树

在宋山中，生活着一种叫育蛇的浑身赤红的大蛇。

整片山岭中，长的都是枫木。枫叶在秋天变红，看上去就像一片红色的云霞，铺满了整座宋山。

育蛇在秋天的枫木林里，似乎难寻踪迹。好在育蛇没有毒性，山民们并不怕它。

山中住着一位很老很老的老爷爷，也许有一百岁了吧。他的小草屋也有很多年头了，不过因补修及时，倒也显得结实。

秋天的宋山，正是观赏枫叶的好时节。一个晴朗的早晨，阿绿和阿红也爬上了宋山。

阿红说："我的名字和枫叶的颜色一样红！"

"我的名字和松叶的颜色一样绿！"阿绿学着阿红来了一句。

"真红呀，红色特别好看。"阿红指着枫林说。

阿绿本来想说，真绿呀，绿色特别好看。但是他望了眼四周，见不到一棵绿色的树。

"小家伙，你们知道这片枫木林是怎么来的吗？"突然，老爷爷从小草屋里走出来，饶有兴致地望着阿红和阿绿。

"地上长出来的呗。"阿绿说。

"就是啊，不然是天上掉下来的？"阿红问。

老爷爷摇摇头："它不是地上长出来的，也不是天上掉下来的。"

"而是——"老爷爷捋了捋胡须。

"怎么来的？怎么来的？"阿红和阿绿急切地问。

"给你们讲个故事吧。"老爷爷说，"很久很久以前，在这片土地上，发生了一场战争。黄帝和蚩尤分别是两个战队的首领。蚩尤有八十一个部落，兵力强大，会呼风唤雨，投放烟雾。黄帝也有很强的本领，会造车，会制作箭靶、弓箭和盾牌。在交战中，蚩尤部落英勇善战，黄帝和他的手下被烟雾笼罩，眼看着就要被打败了。这时，巫师玄女、天上的应龙和神女都来助力黄帝部落。蚩尤终因寡不敌众而战败，被黄帝套上了枷锁。行至宋山时，蚩尤被杀害，鲜血染红了枷锁。几天后，枷锁便化成了枫林。"

"这片枫林原来是枷锁变的呀。"阿红说。

"是鲜血染红的枷锁变的。"阿绿纠正道，"要不这叶子怎么会这么红呢？"

老爷爷笑着点了点头。

【大荒南经】

有宋山者，有赤蛇，名曰育蛇。有木生山上，名曰枫木[1]。枫木，蚩尤所弃其桎梏[2]，是为枫木。

【注释】

①枫木：即枫树，落叶乔木，叶子通常三裂，边缘呈锯齿状，秋季叶变成红色，开黄褐色花，也叫枫香树。

②桎梏：脚镣和手铐。

luán

栾

——神仙取药的树

等级

神木

形态

枝叶繁茂，色彩纷呈，黄色的树干，红色的树枝，青色的叶子

异能

其果为神药

大荒中，有一座云雨山。

云雨山常年云雾缭绕，又时常落雨。远观山峰如梦幻之境，神秘莫测。

相传大禹在治水期间，曾经到云雨山来伐木。有一天，他远远地发现，在一块红色的石头上，长着一棵有黄色树干、红色枝条的树。这就是

栾树。

秋来，栾树开出明丽的鹅黄色花朵，细密而蓬松，像美丽的鸟羽；结出的果实却红扑扑的，如一盏盏小小的灯笼，照亮了这座常年浸润在烟雨中的山峰。

这棵云雨山上唯一的栾树，还具有神力。据说神仙们曾给它注入了各种仙水，让它结下的果实，有不一样的疗愈能力。

栾树果在每年的九到十月成熟，它们有砖红色的果皮，围成一个三棱状，看上去薄而脆，就像一个个小铃铛。

山风吹过时，"小铃铛"轻轻地互相叩击，发出"沙啦，沙啦"的声响。每一个"铃铛"的下端，有个小小的孔，神仙们只要往小孔中一望，就能知道这个栾树果的疗效。

离云雨山最近的村庄远在百里之外，没有人知道山上有棵神奇的栾树，直到有一天，为妈妈寻医问药的小伙子阿吉来到栾树下。刚好那时，有位老神仙下凡来，看到满面愁容的阿吉，就问他："你是不是遇到了什么不顺心的事？"

阿吉就把妈妈得重病，自己不远百里来云雨山求医问药的事告诉了老神仙。老神仙见阿吉如此有孝心，便为他找寻了三颗对症的栾树果，并告知他食用方法。

"一餐一颗果，剥掉果皮，直接咀嚼就可以了。"老神仙说完，甩了甩衣袖，半分钟不到，就把阿吉送回了家。

阿吉的母亲吃完三颗栾树果后，病果然就痊愈了。

【大荒南经】

有云雨之山，有木名曰栾。禹攻云雨，有赤石焉生栾，黄本，赤枝，青叶，群帝焉取药。

甘柤、甘华
gān zhā   gān huá

——能使人成为树仙和地仙的树

　　盖犹山是一座奇幻的山，山上有一匹青色的马和一匹红色的马，它们虽然在同一座山上，但从未遇见过。盖犹山上还有两棵神奇的树，一棵叫甘柤树，一棵叫甘华树。

　　甘柤树高达三十米，有鲜红色的枝干，黄色的叶片，纯白的花朵，结的果实却是黑色的。深秋的甘柤树，白色的花朵还未凋谢，黑色的果实就累累地缀着了。整棵树红、白、黄、黑相间，看上去缤纷多姿。

　　甘华树也高达三十米，枝干、叶片和花朵的颜色都和甘柤树一模一样，连叶片的形状也相似。唯一不同的是，甘柤树的果实黑中泛着红光，甘华树的果实黑中泛着紫光。

　　盖犹山脚下有两个同年同月同日生的少年，一个叫千凡，一个叫百舟。千凡的愿望是能成为一个小树仙，百舟的愿望是能成为一个小地仙。

　　听说长在山巅的甘柤和甘华能帮助他俩实现愿望，千凡和百舟就天天练功。晨起到日暮，他们都在增强体质，锻炼耐力。

　　十五岁生日那天拂晓，他们俩就一起出发去爬山了。

　　爬了整整七天，千凡和百舟才一起爬到了山巅。

　　山巅耸入云端，两人站在那儿，不知南北东西。

　　千凡向东，百舟向西。想要成为地仙的百舟吃的是甘柤树果，成了一个树仙。想要成为树仙的千凡吃的是甘华树果，成了一个地仙。

　　虽不能如所愿，但两个人毕竟都成了神仙。

【大荒南经】

　　有盖犹之山者，其上有甘柤①，枝干皆赤，黄叶，白华，黑实。东又有甘华②，枝干皆赤，黄叶。

【注释】

① 甘柤：一说这种植物的树干、树枝皆为红色，叶子黄色，开白色的花，结黑色的果实。

② 甘华：一说这种植物的枝干皆为红色，叶子黄色；一说属于柑橘类。